THOMAS FINN
Mordstrand

Über das Buch:
Lisas Blitzlicht flammte auf und Jan zuckte geblendet zurück. Nur einen Augenblick lang verlor er das Gleichgewicht und seine Füße suchten instinktiv neuen Stand. Unter seinem rechten Fuß knackste es. »Scheiße!« Jan wollte noch wegspringen, doch im nächsten Moment gab die altersschwache Abdeckung nach. Holz knirschte und sein Bein brach ein. Verzweifelt mit den Armen rudernd schlug er der ganzen Länge nach auf der Holzabdeckung auf. Das Holz bog sich unter seinem Körpergewicht, weitere Latten splitterten und plötzlich war unter ihm nichts mehr, das ihn zu tragen vermochte. Unter lautem Getöse stürzte er in die Tiefe – und klatschte in eine dunkle Brühe, die nasskalt über ihm zusammenschlug. Panisch strampelte er mit den Beinen, spürte, wie seine Füße unter ihm in Schlick einsanken und kam prustend wieder an die Wasseroberfläche.
»Jan!«, hallte über ihm Lisas besorgter Schrei.
Angesichts des fahlen Lichtscheins, der über ihm durch die zerbrochene Abdeckung fiel, sah er, dass er fast zwei Meter tief in den zur Hälfte mit Wasser gefüllten Zisternentank gestürzt war. Seine Füße fanden nur wenig Stand und mit der Feuchtigkeit kroch auch die Kälte über seinen Körper.
»Mist! Werft mir das Seil runter und holt mich hier raus!« Er prustete und seine Stimme hallte seltsam verzerrt von den Tankwänden wider. Verzweifelt tastete er nach etwas, an dem er sich festhalten konnte – und tatsächlich, da war etwas. Direkt neben ihm im Wasser. Etwas Weiches. Schweres. Er griff danach. Über ihm drängte Lichtschein in die Tiefe und sein Blick fiel auf das, was er festhielt. Ein … Arm? Entsetzt blickte er an ihm entlang und ein heller Schemen leuchtete ihm unter der Wasserfläche entgegen: ein wächsernes Gesicht mit leblosen Augen.
Jan schrie.

Über den Autor:
Thomas Finn, geboren 1967 in Evanston/Chicago, studierte Volkswirtschaft und war nebenbei als Journalist und Autor für diverse deutsche Verlage und Magazine tätig, u. a. als Chefredakteur für das Magazin Nautilus. Seit 2001 arbeitet er als Roman-, Spiele- und Drehbuchautor. Er ist mit zahlreichen Preisen ausgezeichnet worden, u. a. mit der Segeberger Feder. Er lebt und arbeitet in Hamburg. Weitere Informationen unter: www.thomas-finn.de

Thomas Finn bei LYX:
Mordstrand. Ein Nordsee-Krimi

MORD
THOMAS FINN
STRAND

Roman

LYX

LYX in der Bastei Lübbe AG
Dieser Titel ist auch als E-Book erschienen.

MIX
Papier aus verantwortungsvollen Quellen
FSC® C083411

Originalausgabe

Dieses Werk wurde vermittelt durch die Michael Meller
Literary Agency GmbH, München

Textredaktion: Hanka Jobke, Lektographem, Berlin
Umschlaggestaltung & -illustration: © bürosüd, München unter Verwendung
der Motive von Heinz Wohner / LOOK-foto, GettyImages (Leuchtturm)
und Ilona Wellmann, plainpicture-Rauschen (Landschaft)
Satz: KCS GmbH, Stelle | www.schriftsetzerei.de
Gesetzt aus der New Caledonia
Druck und Verarbeitung: CPI books GmbH, Leck
Printed in Germany
ISBN 978-3-7363-0132-0

3 5 7 6 4 2

Sie finden uns im Internet unter www.lyx-verlag.de
Bitte beachten Sie auch: www.luebbe.de und www.lesejury.de

Für Hampi und Lalle,
die mich sachkundig durch den Dschungel
echter Polizeiarbeit lotsten.

Dienstag, 16. Februar

Sturmtief

Das Haus hatte etwas Lauerndes. Am Nachthimmel über dem Mansardendach ballten sich die Wolken, die Fassade war von Ranken überwuchert und an den hölzernen Fensterläden rüttelte der Wind. Dort, wo sie fehlten, glotzten Jan dunkle, gläsern schimmernde Löcher entgegen.

Inzwischen war er klatschnass vom Regen und ihn fröstelte, was nicht allein an den Böen lag, die nasskalt vom Meer heranwehten. Seit Tagen wurde vor dem Februarsturm gewarnt, der sich im Nordwesten zusammenbraute und die Nordsee mit zunehmender Kraft in die Deutsche Bucht hineinpeitschte. Auch Pellworm war von dem Orkan nicht verschont geblieben. Am Vormittag war der Fährbetrieb zum Festland eingestellt worden, und die Feuerwehr hatte alle Hände voll zu tun, um die Insel sturmfest zu machen. Warum also hatten er, Oliver und Lisa sich auf Patricks wahnsinnigen Vorschlag eingelassen, bei dem Mistwetter einmal quer über die Insel zu radeln? Sie hatten auf der Herfahrt immerhin sehen können, wie hoch die Flut gegen den Deich drückte. Und auf der Insel musste es doch noch irgendeinen anderen Ort geben, der ebenfalls als Versteck taugte und deutlich bequemer zu erreichen war.

»Wo sind wir hier eigentlich?« Obwohl Lisa dick mit Mütze, Mantel und Schal eingemummelt war, schien Jans Schulkameradin zu frieren. Ihr Blick glitt zu den Kastanien, die das düstere Anwesen umstanden und deren Zweige in Wind hin und her wogten.

Jan war froh, dass er nicht der einzige Unwissende war. Ohne

Zweifel handelte es sich bei dem Gebäude vor ihnen um ein Gutshaus aus dem neunzehnten Jahrhundert. Das Haus, die angrenzenden Bauten mit den heruntergekommenen Reetdächern, der offene Fahrradschuppen und der verwilderte Garten, der das Grundstück halb umschloss, schienen der Kulisse eines Film Noir entsprungen zu sein.

»Das ist das alte Internat«, rief Oliver gegen den Wind. »Sag jetzt nicht, dass du noch nie davon gehört hast?« Lisas Bruder mühte sich vom Fahrradsattel und sah sich um. »Ich hoffe, hier ist wirklich niemand?«

»Keine Angst. Hier kommt alle paar Wochen höchstens mal ein Hausmeister vorbei.« Patrick lehnte sein Rad trotz des Windes lässig gegen einen altersschwachen Fahnenmast, und Jan tat es ihm wie selbstverständlich nach. Lisa sollte auf keinen Fall bemerken, dass ihm nicht ganz wohl in seiner Haut war.

Insgeheim befürchtete er, dass sie auf Patrick stand. Patrick war immerhin fast volljährig und ging im Gegensatz zu den anderen dreien nicht mehr zur Schule. Auch Jan musste zugeben, dass Olivers langjähriger Kumpel ziemlich cool war. Sogar in einer Band spielte er.

Und so beobachtete Jan Patrick missmutig dabei, wie sich dieser den kleinen Rucksack vom Lenker schnappte. Darin musste sich die Shisha befinden, von der Oliver so geschwärmt hatte. Die arabischen Wasserpfeifen waren derzeit schwer angesagt. Jan hatte zwar bis auf eine gepaffte Kippe an seinem sechzehnten Geburtstag noch nie geraucht, aber in seiner alten Schule in Husum schworen sie auf Shishas. Blöderweise glaubten seine neuen Mitschüler auf Pellworm, dass er Erfahrungen damit hätte, und er hatte sie in dem Glauben gelassen.

»Ich hoffe, Oliver hat euch gesagt, dass wir nur bis zweiundzwanzig Uhr weg sein dürfen«, meinte Lisa.

»Da sind wir doch längst wieder zurück«, antwortete ihr Bruder leicht genervt. Auch er stellte sein Rad am Fahnenmast ab und wühlte dann in den Taschen seines Mantels. »Mist!«, fluchte er und blickte den Weg zurück, den sie gekommen waren. »Ich glaube, ich hab unterwegs meine Taschenlampe verloren.«

»Toll.« Patrick lüpfte die durchfeuchtete Sportkappe und strich sich das schwarz gefärbte Haar hinter die Ohren. »Hoffentlich habe ich meine dabei.« Er durchsuchte die Außentaschen seiner Lederjacke und präsentierte schließlich eine alte Flachbatterie-Taschenlampe, wie auch Jans Vater einst eine besessen hatte. Ihr Lichtkegel war trübe, und Jan wurde bei ihrem Anblick wehmütig zumute. Er hatte schon viel zu lange nicht mehr an seinen Vater gedacht. Oder hatte er den Gedanken an ihn lediglich verdrängt?

Patrick nahm die Lampe und schüttelte sie verärgert, doch der Lichtschein wurde nicht stärker.

»Hey, wer braucht noch Taschenlampen?« Jan fischte unter seiner Windjacke nach dem Smartphone und schaltete die Flashlight-App an, die die nähere Umgebung sofort in silbernen Schein tauchte.

Patrick nickte gönnerhaft. Lisa und Oliver taten es Jan nach und der nutzte die Gelegenheit, um ein Foto von Lisa zu schießen. Lisa lachte und nahm ihn nun ihrerseits mit ihrem Smartphone ins Visier. Abermals flammte ein Blitzlicht auf und eine Weile ging es hin und her.

»Könntet ihr mal mit diesem Kinderfasching aufhören!« Patricks Stimme klang gereizt. Er stand inzwischen oben auf den Stufen vor dem Eingangsportal und rüttelte erfolglos an den Türflügeln. Erwartungsgemäß waren sie verschlossen. Er begab sich unter eines der verkrauteten Fenster des Erdgeschosses, legte den Rucksack ab und hielt gleich darauf einen Kuhfuß in den Händen, den er rücksichtslos zwischen die Fensterläden rammte.

»Hey, was wird das denn?«, rief Jan empört. »Willst du da jetzt einbrechen?«

»Alter, bleib locker.« Patrick brach die Läden mit einem kräftigen Ruck auf. Das Geräusch ging im Pfeifen des Windes fast unter.

»Du weißt genau, wenn meine Mutter …«

»Was haste denn da für ein Muttersöhnchen mitgebracht?« Patrick warf Oliver einen verärgerten Blick zu.

»Du weißt schon, wer sie ist, oder?«, wandte Lisas Bruder kleinlaut ein.

»Na und?« Ungerührt rammte der Ältere das Brecheisen zwischen die frei gelegten Fensterflügel und brach auch diese auf. Patrick fixierte Jan herausfordernd. »Wenn du Schiss hast, kannst du ja abhauen. Aber wehe, du sagst auch nur ein Wort.«

Jan fühlte sich hin- und hergerissen. Wenn er jetzt ging, blieb das Image des Muttersöhnchens ewig an ihm hängen. »Ist ja gut«, meinte er und sah zu Lisa hinüber, die gerade alle vier Räder mit einem Bügelschloss sicherte. Er gewann den Eindruck, dass sie Zeit schinden wollte. Offenbar war auch ihr nicht wohl zumute.

Patrick stemmte die Fensterflügel auf und kletterte ins Hausinnere.

»Hey, macht euch keine Sorgen. Niemand wird je von alledem erfahren«, versuchte Oliver, Jan und seiner Schwester Mut zu machen. Er zog die Mütze vom Kopf und der Wind fuhr durch sein zerzaustes Haar. Es war so blond wie das von Lisa. Aufmunternd zwinkerte er den beiden zu und kletterte ebenfalls durch die Fensteröffnung.

Lisa und Jan folgten ihm zögernd und standen kurz darauf in einem alten Speisesaal. Zumindest legten die langen Tische und die vielen drumherum gruppierten Stühle für etwa zwei Dutzend Personen dies nahe. Auf einer Kommode stapelten sich alte Sitzbezüge, und Jans Blick fiel auf leere Regale und kitschige Schiffsgemälde an den Wänden – als er von einem Lichtstrahl geblendet wurde.

Er zuckte erschrocken zusammen – Der Hausmeister? – und entdeckte zu seiner Erleichterung sein eigenes Abbild in einem fast blinden Spiegel an der Wand gegenüber.

Seine Jacke war leicht verdreckt und die Kapuze seines Wollpullis klebte klatschnass an seinem Kopf. Er streifte sie ab und schüttelte sein rotes Haar. Im Raum flammte wieder Lisas Blitzlicht auf. Offenbar nutzte sie die eingebaute Kamera, um für etwas Helligkeit zu sorgen.

Patrick wählte die nächstgelegene Tür. Durch sie gelangten sie ins Vestibül des alten Gebäudes. Irgendwo im Haus klapperte ein Fensterladen, und über ihnen in der Decke knarrte es.

»Das hier war mal ein Internat«, raunte Patrick.

»Warst du schon mal hier?« Lisa sah sich argwöhnisch um.

»Nö. Noch nicht. Aber da rauf dürfte es zu den alten Schlafräumen gehen.« Er leuchtete zu einer geschwungenen Treppe, die von der Vorhalle aus nach oben in den ersten Stock führte. Jan interessierte sich mehr für den alten Kamin direkt gegenüber dem Eingangsportal, über dem ein präparierter Heringshai an der Wand hing. Von dem verstaubten Wandschmuck abgesehen war die Halle leer.

Patrick grinste. »Sagt selbst, ist doch ein ziemlich abgefahrener Treff, oder?«

Jan leuchtete noch immer den Hai an, als er am Rande seines Sichtfeldes eine Bewegung auszumachen glaubte. Aufgeschreckt ließ er den Lichtschein seines Smartphones durch die Halle wandern. Doch alles, was er aus dem Dunkeln holte, war ein düsterer Korridor, der von der Halle aus in den gegenüberliegenden Trakt des Hauses führte. Schattenspiele. Schon wieder.

Er schüttelte über sich selbst den Kopf.

Hinter ihm flammte abermals Lisas Smartphone auf. »Hier zieht es«, flüsterte sie.

»Ach, komm schon.« Oliver grinste. »Jetzt mach nicht so auf Mädchen. Wir suchen uns jetzt eine gemütliche Ecke und zünden dann unser Pfeifchen an.«

Diesmal war er es, der vorausging. Statt den Weg über die Treppe nach oben zu wählen, betrat er den dunklen Korridor, den Jan misstrauisch beäugte. Dort öffnete er eine Tür. »Hey, wer sagt's denn? Das ist die Küche. Mit etwas Glück gibt es hier Wasser.«

»Dann mal los.« Patrick folgte ihm ohne Zögern und war kurz darauf ebenfalls verschwunden.

Jan versuchte, Lisa Mut zu machen, indem er ihr zulächelte. Dann betraten sie den Wirtschaftstrakt und entdeckten neben weiteren Türen ausgetretene Treppenstufen hinunter in den Keller des Gebäudes. Im Hintergrund quietschte derweil ein Wasserhahn und das Rumpeln einer alten Wasserleitung war zu hören, dem ein deutlich vernehmbares Plätschern folgte. »Was für eine Drecksbrühe«, ertönte Olivers Stimme. Patrick lachte.

Jan folgte den Stimmen und spähte durch die offene Tür in eine alte Großraumküche mit Kochzeile, leeren Regalen und verchromten Arbeitstischen. Oliver stand vor einer Spüle mit rauschendem Wasserhahn, und Patrick öffnete soeben den Rucksack – als Lisa Jan am Arm berührte. »Hast du das auch gehört?«

»Was denn?« Jan drehte sich zu ihr um und sah, dass Lisa atemlos zu der Kellertreppe deutete. »Da unten war eben ein Geräusch.«

Jan leuchtete in die Tiefe, wo sich die Stufen in der Dunkelheit verloren. »Ich höre nichts.«

»Doch, ehrlich. Das klang wie … Schritte.«

Jan zwinkerte. »Wer weiß, vielleicht spukt es hier?«

»Hör auf damit.« Lisa boxte ihn gegen den Arm, und sofort

bereute er seinen verunglückten Scherz. Ob sie wirklich etwas gehört hatte?

Vorsichtshalber zog er seinen Schlüsselbund hervor. Es handelte sich um ein ebenso buntes wie dickes Tauende samt Metallring, an dem gleich mehrere Schlüssel hingen. Nötigenfalls konnte man sich damit auch zur Wehr setzen.

Lisa musterte den ungewöhnlichen Schlüsselbund interessiert. »Hübsch«, flüsterte sie. »Wo hast du den her?«

»Könntet ihr euch vielleicht auch mal nützlich machen?« Oliver stand plötzlich hinter ihnen und musterte sie scheel. »Wir sind gleich so weit. Sucht uns schon mal eine gemütliche Ecke.«

»Okay.« Jan wandte sich von der Kellertreppe ab, steckte den Schlüsselbund rasch weg und gemeinsam mit Lisa betrat er wieder die Vorhalle. Er wollte den Weg über die Treppe nach oben einschlagen, doch Lisa hielt ihn zurück.

»Ich geh da auf gar keinen Fall rauf.«

»Na gut. Ich hab eine andere Idee. Komm.« Jan führte sie zurück in den einstigen Speisesaal und deutete auf die veralteten Sitzbezüge. »Wir machen es uns mit der Shisha vor dem Kamin bequem, okay?«

Lisa stimmte zu, und beide verteilten rasch die weichen Unterlagen vor dem Kamin. Sie hatten kaum Platz genommen, als Patrick und Oliver zu ihnen zurückkehrten und die mit Wasser gefüllte Pfeife vor ihnen abstellten. Jan, der eine orientalische Pfeife mit bunter Vase, Messingrauchsäule und dem obligatorischen Schlauch erwartet hatte, runzelte die Stirn. Das Glasgefäß mit dem Kolbenbauch und dem nach oben gekrümmten Rohr erinnerte ihn vielmehr an ein Gerät aus dem Chemieunterricht.

»Sag mal, das ist doch keine Shisha«, erklärte er verärgert. »Das ist eine Bong!«

»Und?« Patrick warf ihm einen gereizten Blick zu, während er ein Päckchen Tabak hervorkramte. »Ist auch ’ne Wasserpfeife.«

»Ja, aber so eine Bong wird dafür genutzt, um sich Cannabis reinzuziehen.«

»Alter, du nervst.« Patrick maß Oliver mit einem überheblichen Blick. »Hast du deinem Kumpel nicht erzählt, warum wir hier sind?« Ohne dessen Antwort abzuwarten, wandte er sich wieder Jan zu. »Was glaubst du wohl, was das hier ist?« Er präsentierte eine kleine Metalldose. »Das ist bestes Dope. Und wo das herkommt, gibt es noch mehr.«

»Ich hab auf so etwas aber keinen Bock.«

»Ich dachte, du kommst aus einer Großstadt«, herrschte ihn der Ältere an. »Du führst dich auf wie 'ne Pussy.«

»Ist mir scheißegal, was du denkst. Wenn rauskommt, dass …«

Ein leises Poltern brachte Jan zum Verstummen. Das Geräusch klang wie ein Brett, das zu Boden fiel. Nur sehr viel gedämpfter. Da das allgegenwärtige Säuseln des Windes einen Moment lang nachgelassen hatte, war sich Jan sogar sicher, von woher der Laut zu ihnen gedrungen war: aus dem Korridor zur Küche.

»Habt ihr das auch gehört?« Lisa stand auf und sah besorgt in Richtung des Gangs.

Auch die Jungen erhoben sich, und Oliver leuchtete mit seinem Smartphone, um mehr zu erkennen. »Vielleicht eine Katze?«, schlug er vor.

»Nein, ich hab vorhin schon mal was gehört«, flüsterte Lisa. »Ich glaube … wir sind hier nicht allein.«

Beunruhigt sahen sich die Jungen an. Jan gab sich einen Ruck und ging einige Schritte auf den Korridor zu, gerade so weit, dass er die offen stehende Tür zur Großküche und die obersten Stufen der alten Kellertreppe einsehen konnte. Doch der Korridor war leer. Alles, was er hörte, waren die klappernden Fensterläden über ihnen im Obergeschoss. Unschlüssig drehte er sich zu seinen Begleitern um und sah, dass Patrick hektisch Bong, Tabak und Cannabis zusammenräumte.

»Und?«, wollte der Ältere von ihm wissen. Lag in seiner Stimme Unsicherheit?

»Hier ist nichts«, antwortete Jan. »Wenn, dann kam das von unten. Vom Keller.«

»Okay, wir hauen ab.« Rasch stopfte Patrick die Rauchutensilien zurück in den Rucksack.

»Was? Einfach so?« Jan wusste nicht, welcher Teufel ihn ritt, aber zu sehen, dass Patricks coole Fassade Risse bekam, erfüllte ihn mit einem Hochgefühl. »Leute, lasst ihr euch jetzt von so einem bisschen Wind bange machen? Ich wette, da unten ist nichts, außer einer losen Kohleklappe.« Diesmal war er es, der überheblich lächelte. »Wir könnten ja mal nachsehen. Nur ist das natürlich nichts für … Pussys.«

Wütend sah Patrick zu ihm auf, trat provozierend dicht an ihn heran und verengte die Augen. »Okay, sehen wir halt nach.«

»Haltet ihr das wirklich für eine so gute Idee?«, wandte Lisa ein.

»Kommt jemand mit?«, fragte Jan.

»Meinetwegen.« Oliver drehte sich zu seiner Schwester um. »Du kannst ja so lange hier oben bleiben.«

»Bist du bescheuert?«, fauchte sie. »Ich bleib doch nicht allein zurück.«

Jan leuchtete wieder mit seinem Smartphone und betrat vorsichtig die oberste der Kellerstufen. Ihm strich eine kühle, leicht muffig riechende Luft entgegen. »Spürt ihr das? Da unten steht offenbar ein Kellerfenster offen.«

Mutiger werdend schritt er in die Tiefe und sah, wie ihre Schatten über die Wände huschten. Patrick und Oliver folgten ihm in geringem Abstand, und hell flammte hinter ihnen der Lichtblitz von Lisas Handykamera auf. Kurz darauf erreichten sie einen düsteren Gangabschnitt mit schimmelverkrusteter Decke und alten Kellerlampen an den Wänden, von dem links und rechts Türen abzweigten. Jan betätigte einen Lichtschalter, doch der Strom im Haus war abgestellt. Er lauschte und vernahm vor sich in der Finsternis ein sanftes Rascheln. Wie eine Plastiktüte, die im Wind knisterte. Auch er betätigte einige Male sein Blitzlicht. Nur reichte der Schein ihrer Lampen nicht aus, um Genaueres zu erkennen. Sein neuer Mut verflüchtigte sich, und er bereute seinen Vorschlag. Doch jetzt gab es kein Zurück mehr. Abermals flammte hinter ihnen Lisas Kamera auf.

»Und?«, wisperte sie.

»Nichts«, gab sich Jan unverzagt und schritt vorsichtig weiter.

Sie kamen an einem leeren Kohlekeller vorbei, dessen Wände tiefschwarz verfärbt waren, querten einen Geräteraum, in dem eine rostige Schaufel an einem Regal aus Holz lehnte – als Jan das Knistern abermals hörte. Auch Patrick schien das Geräusch vernommen zu haben, denn der Ältere versteifte sich unmerklich und schüttelte die altersschwache Taschenlampe. Sie erlosch endgültig.

»Scheiße«, fluchte er.

Jan folgte den gespenstischen Lauten und entdeckte eine dunkle Kellertür. Ihr Schloss wirkte wie aus dem letzten Jahrhundert – doch die Tür war lediglich angelehnt. Jan drückte sie auf und runzelte die Stirn. Der Raum dahinter war ohne Zweifel alt und besaß einen schmalen Durchgang zu einem benachbarten Gewölbe. Von der Raummitte an bis zur gegenüberliegenden Wand wurde er von einer niedrigen Wanne aus Beton beherrscht, die mit zusammengenagelten Latten aus wurmstichigem Holz abgedeckt war. Unmittelbar vor ihnen auf dem Boden lag eine zusammengeknüllte schwarze Plane, die in einem schwachen Windzug knisterte, der durch das Gewölbe strich. Jan wechselte zur Flashlight-App, beleuchtete die Plane und entdeckte halb darunter ein abgespultes Nylonseil, wie es auf Sportseglern in Gebrauch war.

»Was ist das?«, fragte Patrick.

»Siehst du doch«, antwortete Jan unwirsch. »Eine Plane.«

»Nee, ich meine das Ding da.« Patrick deutete auf das abgedeckte Betongebilde.

Jan beäugte die Fläche ebenfalls genauer und entdeckte weiter hinten auf der Abdeckung einen länglichen, metallisch blinkenden Gegenstand. Er ging näher an die Umgrenzung heran und sah, dass die Latten Löcher und Risse aufwiesen, so als habe sie jemand mit Gewalt aufgebrochen. Durch die Spalten hindurch war lediglich Finsternis auszumachen.

Auch die Geschwister drängten in das Gewölbe.

»Ich glaube, das ist eine Zisterne«, beantwortete Oliver Patricks Frage. Er beleuchtete mit seinem Handy ein löchriges Bleirohr, das an der gegenüberliegenden Kellerwand lotrecht bis zu dem Betonsockel abfiel. »Darin speichert man Regenwasser, um …«

»Ich weiß, was eine Zisterne ist«, unterbrach ihn Patrick unwirsch und griff nach der Plane. »Die ist ja ganz nass.« Angewidert ließ er sie wieder los. »Wo kommt die her?«

Jan sah sich um, und sein Blick fiel erneut auf das Metallobjekt auf der hölzernen Abdeckung. Eine Stange?

»Hier, halt mal. Das will ich mir ansehen.« Er drückte Patrick sein Smartphone in die Hand, damit dieser ihm leuchten konnte.

Oliver hingegen half ihm dabei, auf den Rand der Zisterne zu klettern. »Pass bloß auf«, zischte er.

Jan balancierte auf dem Betonsockel, stützte sich an der Kellerwand ab und taste mit dem Fuß nach dem steinernen Sims, der die Zisterne umschloss. Kaum hatte er festen Stand, beugte er sich vor und griff nach der Eisenstange. Sie ähnelte dem Kuhfuß von Patrick, nur war sie deutlich länger.

»Ein Brecheisen!«, flüsterte er und drehte sich mit dem

Fundstück zu seinen Freunden um. »Ich frage mich, warum hier jemand …«

Lisas Blitzlicht flammte auf und Jan zuckte geblendet zurück. Nur einen Augenblick lang verlor er das Gleichgewicht, und seine Füße suchten instinktiv neuen Stand. Unter seinem rechten Fuß knackste es. »Scheiße!« Jan wollte noch wegspringen, doch im nächsten Moment gab die altersschwache Abdeckung nach. Holz knirschte und sein Bein brach ein. Verzweifelt mit den Armen rudernd schlug er der ganzen Länge nach auf der Holzabdeckung auf. Das Holz bog sich unter seinem Körpergewicht, weitere Latten splitterten, und plötzlich war unter ihm nichts mehr, das ihn zu tragen vermochte. Unter lautem Getöse stürzte er in die Tiefe – und klatschte in eine dunkle Brühe, die nasskalt über ihm zusammenschlug. Panisch strampelte er mit den Beinen, spürte, wie seine Füße unter ihm in Schlick einsanken, und kam prustend wieder an die Wasseroberfläche.

»Jan!«, hallte über ihm Lisas besorgter Schrei.

Angesichts des fahlen Lichtscheins, der über ihm durch die zerbrochene Abdeckung fiel, sah er, dass er fast zwei Meter tief in den zur Hälfte mit Wasser gefüllten Zisternentank gestürzt war. Seine Füße fanden nur wenig Stand, und mit der Feuchtigkeit kroch auch die Kälte über seinen Körper.

»Mist! Werft mir das Seil runter, und holt mich hier raus!« Er prustete, und seine Stimme hallte seltsam verzerrt von den Tankwänden wider. Verzweifelt tastete er nach etwas, an dem er sich festhalten konnte – und tatsächlich, da war etwas. Direkt neben ihm im Wasser. Etwas Weiches. Schweres. Er griff danach.

Über ihm drängte Lichtschein in die Tiefe und sein Blick fiel auf das, was er festhielt. Ein … Arm? Entsetzt blickte er an ihm entlang, und ein heller Schemen leuchtete ihm unter der Wasserfläche entgegen: ein wächsernes Gesicht mit leblosen Augen.

Jan schrie.

Kassandras Ruf

»Danke.« Gesa Harms nahm der jungen Serviererin den Sektkelch aus der Hand, setzte sich auf einen der Barhocker und ließ den Blick durch die vom Ortsamt Pellworm angemietete Scheune wandern. Die Organisatoren hatten sich Mühe gegeben. An den Wänden hingen Fotografien, die himmelwärts strebende Windkraftanlagen vor blauem Himmel zeigten, an den Wänden reihten sich Schautafeln, die für die grüne Energiewende warben, und über ihnen an der Decke hing eindrucksvoll ein halbes Rotorblatt, auf dem in grüner Schrift *Windkraft – Investition in die Zukunft* stand. Daneben prangte das Emblem einer Firma namens NorthElectric. Also war das hier kein reiner Informationsabend, sondern eine geschickt verpackte Public-Relations-Veranstaltung. Gesa schürzte die Lippen.

Obwohl *Kassandra* Pellworm fest im Griff hielt, waren immerhin dreißig Besucher erschienen. Das Sturmtief beherrschte schon seit Tagen die Wettervorhersagen, und die Bewohner der Küste waren dazu angehalten worden, mit dem Schlimmsten zu rechnen. Nicht grundlos, wie Gesa inzwischen wusste, denn der Februarsturm hatte seit letzter Nacht auch Pellworm erfasst. Die Einheimischen kannten solche Wetterlagen natürlich, für sie selbst war es jedoch neu, wie die Sturmflut eine ganze Insel von der Außenwelt abschnitt. Seit dem frühen Morgen peitschten sintflutartige Regenfälle über die Insel hinweg, und gleich zwei umgestürzte Bäume und zahlreiche verwehte Gegenstände hatten für Schäden gesorgt und sie den ganzen Tag über auf Trab gehalten. Auch der alte Hafen war gesperrt worden, unter anderem deswegen, weil die Sturmflut einige Fahrwassertonnen versetzt hatte.

Immerhin erwies sich die freiwillige Feuerwehr der Insel als eingespieltes Team. Es hatte die Wetterlage gut im Griff. Das schlechte Gewissen, sich auf dieser Veranstaltung herumzutreiben, während sich die Männer und Frauen da draußen bei dem schlechten Wetter abmühten, blieb dennoch.

Den hiesigen Andrang hielt Gesa daher für durchaus beachtlich, auch wenn die mit bunten Broschüren bestückten Stuhlreihen für mehr als doppelt so viele Interessierte aufgestellt worden waren. Ganz anders empfand es wohl der stellvertretende Bürgermeister Gustav Freese. Ihr Gastgeber stand mit pomadig frisiertem Haar und kariertem Anzug, der sich über den dicken Bauch spannte, in der Nähe des Rednerpultes und sah alles andere als zufrieden aus. Sein Blick schweifte immer wieder über die Köpfe der Anwesenden, so als zähle er nach. Natürlich hatte er auch Gesa bemerkt. Doch wie schon Ende November, bei ihrem Antrittsbesuch im Pellwormer Ortsamt, hatte er auch heute nur ein unverbindliches Nicken für sie übrig gehabt – ganz anders als der Erste Bürgermeister, der sie mit offenen Armen auf der Insel willkommen geheißen hatte. Gesa fragte sich, ob Freese speziell etwas gegen sie hatte oder ob dieses sauertöpfische Gebaren ein üblicher Wesenszug von ihm war.

Gesa fiel auf, dass die meisten derjenigen, die gekommen waren, nicht etwa vor den Informationstafeln, sondern unverhohlen vor dem kalten Büfett standen, das von den Betreibern des auf Pellworm angesehenen *Hafen Pubs* angerichtet, aber noch nicht freigegeben worden war. Sie schmunzelte. Die kalte Jahreszeit bot den Pellwormern nur wenig Abwechslung. Der Start der Tourismus-Saison ließ noch eine Weile auf sich warten, und auf Dauer boten auch die auf der Insel populären Skatabende nicht genug Abwechslung. Inzwischen wusste sie, dass Skat auf

Pellworm als eine Art Volkssport galt, der den Bewohnern in den Wintermonaten dabei half, sich die Zeit zu vertreiben. Sie selbst konnte allenfalls bei einer Partie Mau-Mau mithalten.

Der eine oder andere Gast prostete ihr zu, und Gesa grüßte freundlich. Einige Besucher stammten direkt aus Tammensiel, der mit vierundneunzig Bewohnern größten Ortschaft der Insel und zugleich Verwaltungssitz des Amts Pellworm. Andere Gesichter waren ihr nur vage vertraut. Dafür wusste hier offenbar jeder, wer sie war, und das, obwohl sie trotz des halboffiziellen Anlasses auf ihre blaue Polizeiuniform verzichtet hatte. Stattdessen trug sie einen modischen grauen Hosenanzug mit schmal geschnittenem Blazer, der leicht meliert wirkte, darunter ein violettes Hemd, das ihr rotes Haar noch intensiver leuchten ließ. Es war zu einem mittellangen Bob geschnitten, den sie heute Abend mal nicht unter der Uniformmütze versteckte. Sie hatte sich darauf gefreut, den Anzug auszuführen, doch während sie sich unter den übrigen Gästen umsah, von denen einige noch Jacken und Schals trugen, kam sie sich eher overdressed vor.

Inge hätte ihr ruhig sagen können, dass man Veranstaltungen wie diese auf Pellworm etwas lockerer nahm. Wo blieb sie überhaupt? Gesa sah auf die Uhr. Inzwischen war es kurz nach zwanzig Uhr, und eigentlich hätte der Vortrag längst beginnen sollen.

»Darf ich?« Vor ihr baute sich ein gut aussehender blonder Mittvierziger mit schulterlangen Haaren, dunklem Pullover und ebenso dunklen Jeans auf, der eine Kamera in Händen hielt. Es klickte, bevor Gesa reagieren konnte. Der Fremde lächelte charmant. »Wenn ich das sagen darf, Sie repräsentieren die Insel von ihrer schönsten Seite.«

Gesa musterte den Fotografen. Er war einen halben Kopf größer als sie und mit dem Dreitagebart und den Lachfältchen um die Augen wirkte er durchaus sympathisch. Nur stand sie nicht auf Anmachen wie diese.

»Ich habe schon originellere Sprüche gehört.« Gesa klimperte wie zufällig mit ihrem Ehering am Sektglas.

Ihr Gegenüber hob beschwichtigend die Hand, und sie hörte noch ein »Nichts für ungut«, als er sich umdrehte und einige Gäste fotografierte. Dennoch kreuzten sich ihre Blicke hin und wieder. Gesa wandte sich demonstrativ von ihm ab. Sie mied Männer, die bei verheirateten Frauen ihr Glück versuchten.

Der Gedanke machte sie traurig.

Außerdem war sie ungerecht.

Nach einem verärgerten Schluck aus dem Sektkelch sah sie abermals auf die Uhr. Sie würde Inge noch fünf Minuten geben, dann war sie hier wieder weg. Inzwischen fragte sie sich, warum sie überhaupt hergekommen war. Da draußen gab es vermutlich genug zu tun, und wie die meisten hier hatte sie nicht vor, in Windkraftanlagen zu investieren. Suchend sah sie sich zum Eingang um, und als habe ihre Patentante bloß darauf gewartet, rauschte die rundliche Endfünfzigerin endlich in den Veranstaltungsraum. Inge trug wie immer ihren dunkelgrünen Parka, schüttelte der Garderobiere die Hand und wechselte einige Worte mit ihr. Inge arbeitete auf Pellworm als einzige Ärztin und war sicher mit der ganzen Insel vertraut. Der Mantel wechselte den Besitzer, und ihre Patentante enthüllte darunter einen schlichten braunen Cordrock und eine weiße Bluse, die beide vielleicht vor zehn Jahren modern gewesen waren. Gesa lächelte, denn sie mochte die unbeschwerte Einstellung ihrer Tante ganz besonders, und Inge kam freudestrahlend auf sie zu.

»Gesa, Schatz, schön dass du endlich mal aus deinem Loch herausgekrochen bist.« Die beiden umarmten sich, und die Polizistin spürte den Regen in Inges lockigem Haar.

»Ich dachte schon, dir sei etwas dazwischengekommen. Bei dem Sturm hätte ich dich auch abholen können.«

»Unsinn.« Ihre Patentante winkte ab. »Glaube mir, diese Kassandra ist gegen die Sturmflut von 1981 nur ein laues Lüftchen. Und etwas Bewegung tut mir ganz gut.«

»Nicht, dass du dich morgen selbst behandeln musst.« Gesa schmunzelte. »Und nur fürs Protokoll: Wir leben in keinem Loch.«

»Ach, tut ihr nicht?« Inge winkte die Serviererin heran und ließ sich ebenfalls ein Sektglas reichen. »Als was bezeichnest du deine Wohnung denn dann? Du könntest wenigstens einige Bilder an den Wänden anbringen.« Gut gelaunt stieß sie mit Gesa an, und beide tranken einen Schluck. »Warte es nur ab. Wenn der Sommer kommt, dann wirst du schon noch sehen, wie schön es hier bei uns ist.«

»Weiß ich doch.« Gesa lächelte müde. »Ich brauche halt meine Zeit.«

Inge sah missbilligend zu ihr auf. »Zumindest könntest du mal deine restlichen Umzugskartons auspacken.«

Gesa zuckte resigniert mit den Schultern. »Das sind vor allem Peters alte Bücher. Du weißt doch, was für eine Leseratte er war. Ich kann mich nicht entscheiden, ob ich sie behalten oder weggeben soll.«

»Liebes.« Ihre Patentante berührte sie mitfühlend am Arm. »Du liest doch kaum. Im Zweifel biete sie der Schulbibliothek an. Und die *Bücherkiste* freut sich bestimmt ebenfalls über einige neue Exemplare.« Dann zwinkerte sie ihr zu. »Ich hab dich übrigens nicht ganz ohne Grund hergebeten. Da gibt es nämlich jemanden, den ich dir vorstellen will.«

Sie wollte sie mit sich ziehen, doch Gesa entzog sich ihr. »Inge, bitte! Du weißt, dass ich so etwas hasse.«

»Nun hab dich nicht so.« Inge stiefelte davon und Gesa bereute es abermals, hergekommen zu sein. Gereizt nahm sie einen weiteren Schluck Sekt – den sie fast wieder ausgespuckt hätte, als sie sah, dass ihre Tante ausgerechnet mit dem blonden Fotografen im Schlepptau zurückkehrte. »Darf ich vorstellen: Arne Lorenzen. Journalist und Fotograf.« Inge deutete auf Gesa. »Und das hier ist Gesa Harms. Ich hatte Ihnen doch von ihr erzählt.«

»Ja, wir hatten bereits kurz das Vergnügen.« Arne Lorenzen reichte Gesa schmunzelnd die Hand, die diese widerwillig schüttelte.

»Ach ja?« Inge hob misstrauisch eine Augenbraue.

»Dein Bekannter hat eben ein Foto von mir geschossen«, beantwortete Gesa die Frage rasch.

»Nur zu verständlich.« Ein Ruf lenkte Inges Aufmerksamkeit ab. Vom anderen Ende des Raumes winkte ein Paar der Ärztin zu. »Wenn ihr mich mal kurz entschuldigt. Dahinten sind die Petersens. Ich will nur mal Hallo sagen.« Inge wandte sich wieder dem Fotografen zu und hob mahnend einen Finger. »Und immer daran denken: Meine Patentochter ist hier der Inselsheriff. Wenn Sie sich nicht benehmen, kann sie Sie jederzeit verhaften.« Mit einem eindringlichen *Mach-was-draus-Blick* verschwand sie in Richtung des Ehepaars.

»Ich hoffe, Sie tragen nicht auch noch eine Waffe?«, flachste Arne Lorenzen und legte seine Kamera hinter Gesa auf den Tresen.

»Besser, Sie lassen es nicht darauf ankommen. Ich schieße nämlich auch ganz gut.« Gesa merkte selbst, wie schroff sie klang. »Tut mir leid. Meine Patentante ist manchmal ziemlich direkt.«

»Manchmal?«

Wider Willen musste Gesa lachen. »Nein, eigentlich immer. Für die feineren Nuancen ist sie jedenfalls nicht zu haben. Ich hoffe, es kränkt Sie nicht, aber Sie sind jetzt schon der Dritte in drei Monaten, mit dem sie mich zu verkuppeln versucht.«

»Ach, erst der Dritte?« Lorenzen schien amüsiert. »So begeistert, wie mir Ihre Tante heute morgen in der Praxis von Ihnen vorgeschwärmt hat, dachte ich eigentlich, das täte sie bei allen ihren männlichen Patienten.«

»Daher kennen Sie beide sich also. Mir ist das ehrlich gesagt ziemlich peinlich.«

»Muss es nicht.« Arne Lorenzen griff nach einem Bier. »Aber wenn es Sie beruhigt: Ehrlich gesagt hatte ich erwartet, dass Ihre Tante mir heute Abend eine dralle Inselbäuerin mit vier Zentnern Lebendgewicht vorstellt.«

Gesa riss in gespieltem Entsetzen die Augen auf. »Und das soll mich beruhigen?«

»Zumindest bin ich erfreut, dass sich meine Befürchtungen nicht ganz bestätigt haben ... wenngleich zwei Zentner natürlich immer noch recht viel sind.« Lorenzen grinste herausfordernd, und Gesa musste ein weiteres Mal lachen. Sie wusste selbst, dass sie in Wirklichkeit viel zu dünn war. »Okay, der war jetzt etwas besser als der Spruch vorhin.«

»Da haben Sie mich übrigens gänzlich missverstanden.« Der Journalist griff wieder nach seiner Kamera. »Ich bin hier, weil ich derzeit an einer Reportage über die Nordfriesischen Inseln und die Halligen arbeite.«

»Das bietet Stoff für eine Reportage?«

»Aber jede Menge. Schauen Sie selbst.« Er präsentierte ihr auf dem Display der Digitalkamera einige Fotos.

Gesa betrachtete Aufnahmen des Tammensieler Hafens vor bedrohlicher Sturmkulisse, Mitglieder der freiwilligen Feuerwehr beim Stapeln von Sandsäcken und noch einige andere mehr, die zeigten, wie sich die Insel gegen den Orkan wappnete. Es dauerte nicht lange, bis er zu jenem Bild kam, auf dem sie zu sehen war. »Ich finde, Sie sind wirklich fotogen. Eigentlich wollte ich Sie fragen, ob Sie es mir gestatten, einige Bilder von Ihnen und der Polizeiwache zu machen.«

»Glauben Sie mir, da gibt es nicht viel zu sehen. Aber … dann wussten Sie, wer ich bin?«

»Zumindest habe ich es geahnt. Ihre Tante hatte Sie heute Mittag ja ganz gut beschrieben.« Er schmunzelte. »Ihren Sohn habe ich bei der Gelegenheit übrigens ebenfalls kennengelernt.«

»Stimmt, er wollte nach der Schule noch in die Praxis, um Inge ein Buch zurückzugeben. Nur hat er von Ihnen nichts erzählt.«

»Tja, mein gewohntes Los. Ich hinterlasse einfach keinen Eindruck.« Seine Mundwinkel zuckten. »Dabei war er sogar so nett und hat mich noch ein wenig in Tammensiel herumgeführt. Er hat übrigens die gleichen roten Haare wie Sie.«

»Nicht nur von mir, auch von seinem Vater.«

Lorenzens Blick wurde ernst, als dieser den Ring an ihrer Hand streifte. »Tut mir sehr leid. Frau Wilms hat mir von dem Skiunfall erzählt.«

Gesa senkte rasch ihre Linke. »Schon gut. Ist bereits zwei Jahre her. Auch, wenn es sich manchmal so anfühlt, als wäre das Ganze erst gestern passiert. Nur will Inge das nicht einsehen.«

»Ich kenne das Gefühl.« Arne Lorenzen sah sie mitfühlend an. »Mein Bruder ist vor mehreren Jahren durch einen Autounfall ums Leben gekommen. Fahrerflucht. Den Kerl suchen sie bis heute.«

»Die Kollegen konnten da nichts tun?«

»Nein, leider nicht. Wie gesagt, ist ebenfalls schon länger her.« Lorenzen trank einen Schluck.

»Wie lange dauern Ihre Recherchen?«

»Mindestens bis zum Biikebrennen Ende der Woche.«

»Na, das wird ein Spaß.« Gesa trank noch einen Schluck von dem mittlerweile warmen Sekt. »Mir wurde bereits angekündigt, dass da einiges an Arbeit auf mich zukommt. Die Biikebrennen haben hier in Nordfriesland die Osterfeuer ja praktisch abgelöst. Auch auf Pellworm ist am Sonntag wohl die Hölle los. Viele Alkoholisierte. Gerade unter den Jugendlichen. Aber wenn ich ehrlich bin, waren wir damals nicht anders.«

»Wollte ich gerade sagen.« Lorenzen prostete ihr zu. »Auf jeden Fall ein interessanter Brauch, der einige hübsche Bilder verspricht.«

Im Hintergrund war das Piepsen des Mikrofons zu hören. Ein junger Mann verstellte dessen Höhe am Rednerpult, und sie sahen, dass Gustav Freese seine Notizzettel aus der Jackentasche kramte. Die Gäste strömten zu den Sitzreihen, und auch Inge kehrte wieder zu ihnen zurück. »Entschuldigt. Ich hoffe, ihr seid auch ohne mich ausgekommen?«

»Sind wir.« Gesa warf ihr einen tadelnden Blick zu, den ihre Tante geflissentlich ignorierte.

»Bin mal gespannt, wie sich Ihr Zweiter Bürgermeister so schlägt«, meinte der Journalist.

»Der?« Inge verdrehte die Augen. »Seit unser Erster Bürgermeister im Krankenhaus ist, lässt der keine Gelegenheit aus, um sich in Szene zu setzen. Ein aufgeblasener Wichtigtuer, wenn ihr mich fragt.«

Lorenzen grinste. »Wenn Sie beide mich kurz entschuldigen würden. Ihr Herr Wichtigtuer bat mich nämlich, einige Aufnahmen von ihm und der Veranstaltung zu schießen.«

Inge sah ihn an, als habe er Ausschlag. »Da gibt's jetzt aber Abzüge in der B-Note.«

»Auch ich bin eben käuflich.« Lorenzen stellte sein Bier ab und trat mit der Kamera in der Hand einige Schritte nach vorn, von wo aus er einen besseren Blick auf das Rednerpult hatte. Mehrfach betätigte er den Auslöser, als Freese mit öligem Lächeln ans Mikrofon trat.

»Liebe Mitbürger und Mitbürgerinnen. Ich freue mich, dass Sie es trotz des Sturms da draußen so zahlreich zu uns geschafft haben.« Freundlicher Applaus erklang, den Freese professionell abwartete.

»Und?«, flüsterte Gesas Patentante neugierig. »Wie findest du ihn?«

»Du sollst damit aufhören«, zischte Gesa.

Beide Frauen lächelten betont arglos, als Lorenzen zu ihnen herüberblickte.

Freese fuhr fort. »Ich möchte gleich zur Sache kommen: Wer die Energiepolitik unseres Landes in den letzten Jahren aufmerksam verfolgt hat, kommt nicht umhin festzustellen, dass der Deutschen Küste goldene Zeiten bevorstehen.« Er deutete hinüber zu den Hochglanzbildern der Windkraftanlagen. »Was vor zwanzig Jahren noch belächelt wurde, ist heute Realität. Strom aus Windkraft wird hier bei uns im Norden inzwischen zu Preisen erzeugt, die – richtig gerechnet – voll wettbewerbsfähig mit denen gewöhnlicher Kohlekraftwerke sind. Und das ist ein Signal, das wir Politiker nicht übersehen dürfen, insbesondere nicht in einer vergleichsweise strukturschwachen Region wie der unseren. Die Medien berichten zwar lieber über die eindrucksvollen Offshore-Windparks draußen in Nord- und Ostsee, aber das ist nur die eine Seite der Medaille. Wir möchten Ihren Blick heute Abend auf jenen Beitrag lenken, den die Windparks an Land leisten – wobei Nordfriesland natürlich ein ganz besonderer Stellenwert zukommt.« Freese schien ganz in seinem Element zu sein. »Wenn ich also vollmundig von goldenen Zeiten spreche, dann meine ich die Chancen, die Ihnen persönlich als Bewohner unserer schönen Insel offenstehen. Denn immer mehr Firmen investieren in die grüne Energiegewinnung, nur benötigen sie dafür Baugrund.« Gespanntes Gemurmel war zu hören. »Daher möchte ich der Firma NorthElectric danken, die diesen Informationsabend ermöglicht hat. Das Unternehmen betreibt gut dreißig Windparks mit zweihundertsechs installierten Windkraftanlagen in Deutschland und Polen. Eigentlich sollten Ihnen jetzt einige Experten von NorthElectric Rede und Antwort stehen – nur haben es die angekündigten Referenten heute leider nicht zu uns auf die Insel geschafft. Schuld ist Kassandra. Sie erinnern sich an die verfluchte Seherin gleichen Namens? Die stürmische Dame, die dem Orkan ihren Namen leiht, hat nämlich leider dafür gesorgt, dass die Herrschaften noch immer auf dem Festland festsitzen.« Spöttisches Gelächter ertönte, und Inge hielt mit ihrer Meinung nicht hinter dem Berg.

»Trotzdem findet die Veranstaltung statt? Das ist typisch Freese. Ich hoffe, der Kerl blamiert sich ordentlich.«

»Andererseits« – Freese lächelte die allgemeinen Bedenken fort – »ist Kassandra vielleicht gar nicht so schlecht wie ihr Ruf. Schließlich beweist uns der Sturm nur wieder aufs Neue, welche Energie die Natur hier bei uns aufzubringen vermag. In diesem Sinne habe ich mich ersatzhalber um Fachleute bemüht, die Ihnen heute zumindest einige Ihrer Fragen beantworten können. Wenn ich als Erstes Herrn Schmidt von der Volksbank nach vorn bitten dürfte.«

Ein grau melierter Herr in der ersten Reihe erhob sich unter verhaltenem Applaus.

»Ihr Herr Freese trägt ja ganz schön dick auf.« Lorenzen stellte sich wieder neben die Frauen.

»Sag ich doch«, murmelte Inge.

»Nur irrt er, wenn er meint, dass der Name des Sturmtiefs etwas mit der antiken Seherin zu tun hat – mal davon abgesehen, dass diese keinerlei Macht über das Wetter besaß.« Er schürzte spöttisch die Lippen. »Der Name steht in Wahrheit für ein schnödes Seitensprungportal im Internet.«

»Ernsthaft?« Gesa runzelte die Stirn, während Freese den Bankvertreter mit Handschlag begrüßte und dessen Geldinstitut lobte. »Kassandra war doch die, die den Untergang Trojas prophezeite?«

»Ihre humanistische Bildung in allen Ehren, aber die Namen für die Hoch- und Tiefdruckgebiete kommen durch sogenannte Wetterpatenschaften zustande«, erklärte der Fotograf. »Im Prinzip kann jeder so eine Wetterpatenschaft beantragen. Kostet so zwischen zweihundert und dreihundert Euro. Dank des Orkans erfreut sich im Augenblick *Kassandras Secrets* über weitreichende Werbung. Das ist ein Seitensprungportal, mit dessen Hilfe sich jeder diskret nach einem neuen Bettgefährten umsehen kann.«

»... und selbstverständlich stehe auch ich Ihnen Rede und Antwort«, gab Freese weiter kund.

Gesa, die dem Zweiten Bürgermeister nur noch mit halbem Ohr lauschte, lachte laut auf. »Das ist nicht Ihr Ernst?«

Zu spät begriff sie, dass ihr Kommentar im ganzen Saal zu hören war. Im Publikum ruckten zahlreiche Köpfe herum. Offenbar bezog Freese ihre Worte auf sich, denn er sah sie feindselig an. »Natürlich bin ich nicht der Experte, den Sie heute erwartet haben, aber manchmal bedingen die Umstände, sich mit dem zufriedenzugeben, was man bekommt. Apropos: Da ich nicht weiß, ob hier jeder schon unsere neue Polizeibeamtin kennt, bitte ich um Applaus für Oberkommissarin Gesa Harms.« Die Besucher klatschten höflich, und Freese lächelte, ohne dass dieses Lächeln seine Augen erreichte. Gesa nickte den Anwesenden überrumpelt zu, während Freese das Mikrofon vom Ständer nahm und einige Schritte an den Rand des Podiums trat. »Frau Harms stammt übrigens nicht von der Insel, aber das werden die Alteingesessenen unter uns vermutlich schon bemerkt haben.« Einige lachten. »Doch da sich die Gleichstellungsbeauftragte der Schleswig Holsteinischen Landespolizei so vehement für sie einsetzte, bin auch ich mir sicher, dass sich Frau Harms schon bald auf Ihrer Bewährungsdienststelle hier bei uns eingelebt haben wird.« Er betonte das Wort *Gleichstellungsbeauftragte* ebenso wie das Wort *Bewährungsdienststelle*. »Und da es gerade für eine Alleinerziehende schwer ist, sich in einem Männerberuf durchzusetzen, bitte ich Sie alle, ihr das Leben auf unserer schönen Insel nicht zu schwer zu machen. Im Gegenteil, ich hoffe, wir können ihr zeigen, dass Gastfreundschaft bei uns noch immer gelebt wird.« Die Anwesenden lächelten Gesa arglos zu, während Freese in falscher Freundlichkeit fortfuhr. »Und auch das sollten wir nicht vergessen: Selbst fehlende Kompetenz kann man sich mit etwas Geduld erarbeiten.«

Fassungslos schüttelte Arne Lorenzen den Kopf, während Gesa wütend vom Hocker rutschte. »Was bildet sich dieser blasierte Kerl ein?«

»Nicht«, hielt Inge sie zurück, während Freese wieder hinter das Pult trat. »Wenn du es jetzt auf einen Eklat ankommen lässt, verlierst du.«

»Ich lasse mich doch nicht wie ein unmündiges Gör vorführen.« Energisch schüttelte Gesa die Hand ihrer Patentante ab, um selbst das Wort zu ergreifen – als vom Eingang her aufgebrachte Stimmen zu hören waren. Freese, der sich soeben wieder dem Bankangestellten zuwandte, sah gereizt auf. »Was ist denn jetzt schon wieder?«

»Befindet sich Oberkommissarin Harms hier?« Zwei junge Männer, die durch ihre dunklen Einsatzuniformen mit den gelben Leuchtstreifen als Mitglieder der freiwilligen Feuerwehr zu erkennen waren, betraten den Saal und sahen sich suchend um.

»Ja, hier! Was gibt es?« Gesa warf kurz einen Blick auf ihr Handy und sah überrascht, dass sie keinen Empfang hatte. Offenbar hatte der Sturm einen der Mobilfunkmasten beschädigt. Sie eilte den beiden jungen Männern entgegen und sah sie fragend an.

»Sie sind doch die Mutter von Jan Harms, richtig?«

»Ja.« Gesa wurde blass. »Ist etwas mit ihm?«

»Na ja.« Die beiden jungen Männer tauschten Blicke. »Er hat sich mit Freunden in einem alten Haus herumgetrieben und ist dabei in eine Zisterne gestürzt.«

»Um Himmels willen. Wie geht es ihm?«

»Nur leichte Verletzungen. Jedenfalls äußerlich.« Der junge Mann senkte die Stimme. »Der Wehrführer bittet Sie aber noch aus einem anderen Grund mitzukommen. Wir haben in der Zisterne nämlich noch etwas anderes gefunden: eine Tote.«

Die Zisterne

»In Ordnung. Ich melde mich, sobald ich Genaueres weiß.« Gesa trennte die Telefonverbindung zum KDD, dem Kriminaldauerdienst in Husum, und war erleichtert, dass das Mobilfunknetz zumindest auf diesem Teil der Insel noch funktionierte.

Sie schlug den Kragen ihrer Jacke hoch und öffnete die Schiebetür des Spritzenfahrzeugs, mit dem die Mitglieder der freiwilligen Feuerwehr sie und Inge zum Unglücksort gefahren hatten. Eine heftige Sturmböe, die aufgeregte Stimmfetzen herantrug, brachte sie zum Frösteln. Feuerwehrleute mit Kabeltrommeln und Bergungsgeschirr standen vor einem roten Löschgruppenfahrzeug mit ausfahrbarer Drehleiter, dessen blaue Warnleuchten sie bereits bei der Herfahrt hatte ausmachen können. Ihre umlaufenden Lichtkegel mischten sich mit dem Schein eines Halogenscheinwerfers, der die Fassade eines stattlichen und von Ranken bewachsenen Herrenhauses anstrahlte. In der Nähe wogten Kastanien im Wind, und sowohl das Hauptgebäude als auch die beiden Reetdachbauten in der Nähe wirkten leicht heruntergekommen. »Wo sind wir hier?«

Inge, die hinter ihr ausstieg, hob erstaunt eine Augenbraue. »Ach je, da kommen Erinnerungen hoch. Das ist das alte Marie-Böttner-Internat für Mädchen.«

»Auf Pellworm gibt es ein Internat?« Gesa warf der Ärztin einen irritierten Seitenblick zu.

»Nein, nicht mehr.« Inge schüttelte den Kopf. »Das Internat wurde schon vor einiger Zeit dichtgemacht. Ich war hier selbst einige Jahre Schülerin. Hab ich dir das nicht erzählt?«

»Doch, ich glaube schon.« Gesa entdeckte vier Fahrräder, die gegen einen alten Fahnenmast lehnten. Eines davon war ohne Zweifel das von Jan. Die Beifahrertür des Spritzenfahrzeugs klappte, und einer der jungen Feuerwehrmänner schloss sich ihnen an. »Ich bringe Sie am besten gleich zu Wehrführer Knudsen.«

»Zuerst möchte ich zu meinem Sohn.«

»Natürlich. Die Jugendlichen befinden sich im Haus.« Der junge Mann stemmte sich gegen Wind und Regen und führte sie und Inge zielsicher über den Vorplatz zum Eingang des Hauptgebäudes. Dort hatte sich bereits ein halbes Dutzend Schaulustiger eingefunden. Zwei dick in Schals eingemummelte Frauen mittleren Alters standen so nah bei den Fahrzeugen, dass sie die Feuerwehrleute bei ihrer Arbeit behinderten. Und das schien erst die Vorhut zu sein, denn wie auch immer sich der Fund so schnell herumgesprochen hatte, dem Schein der Autoscheinwerfer zufolge, die Gesa bei einem Blick über die Schulter erblickte, nahte aus Tammensiel in raschem Tempo ein weiteres Fahrzeug mit Neugierigen.

Gesa stoppte ihren Führer. »Warten Sie. Wir finden schon selbst hinein. Sorgen Sie bitte dafür, dass das Grundstück weiträumig abgeriegelt wird. Und drängen Sie bitte die Leute zurück. Wenn es stimmt, was Sie gesagt haben, ist das hier immerhin ein Tatort.«

»Klar. Wird erledigt.« Der junge Feuerwehrmann wandte sich pflichtschuldig zu einem seiner Kameraden um. »Hinnerk, hol mal das Flatterband. Wir müssen hier alles abriegeln.«

»Und noch etwas: Verfügen Sie über Einweganzüge?«

Ihr Gegenüber sah sie irritiert an. »Ja, ich glaube schon. Fünf oder sechs Stück. Drüben im Einsatzwagen. «

»Gut, dann bringen Sie mir die bitte.«

Die beiden Frauen betraten den großzügig geschnittenen

Vorraum des Gutshauses. Er war ausgeräumt und ungastlich. Auch hier wurden sie von Mitgliedern der freiwilligen Feuerwehr begrüßt. Einer von ihnen kniete vor drei Jugendlichen, die zusammengekauert und mit einer Mischung aus Furcht und schlechtem Gewissen vor einem alten Kamin hockten. Ein Mädchen, zwei Jungen. Gesa erkannte das Geschwisterpaar in Jans Begleitung sofort. Doch im Augenblick hatte sie bloß Blicke für ihren Sohn, der in eine Decke gehüllt und mit einem Becher dampfendes Tees in der Hand dasaß und unglücklich zu ihr aufsah.

»Mensch, Jan, was machst du denn für Sachen?« Besorgt strich sie ihm über das Haar.

»Sorry. Ich wollte dir keinen Ärger machen.« Jan versank noch mehr in die Decke. Er zitterte.

»Ist alles in Ordnung mit ihm?« Gesa wandte sich an den Feuerwehrmann, der sich unschlüssig unter dem Helm kratzte.

»Soweit ich erkennen kann, schon. Aber es schadet wohl nicht, wenn Frau Wilms auch noch einmal einen Blick auf ihn wirft.«

Inge hatte sich bereits neben Jan niedergelassen und fasste ihm prüfend unters Kinn. »Hast du irgendwo Schmerzen?«

»Nein. Ehrlich. Ich bin da unten … bloß ins Wasser gefallen.«

»Bloß ins Wasser. So, so. Auf jeden Fall hast du eine ganz schöne Beule am Kopf.« Inge wechselte einen raschen Blick mit Gesa, tastete Jan weiter ab und ließ sich von einem der Feuerwehrleute eine Taschenlampe reichen, mit der sie ihm in die Augen leuchtete. Er verzog das Gesicht.

»Was hattet ihr hier überhaupt verloren?« Gesa wandte sich Lisa und Oliver zu. Das blonde Geschwisterpaar hockte wortkarg nebeneinander und sah beklommen auf.

»Es heißt, es würde hier spuken«, antwortete das Mädchen zögernd. »Und da wollten wir halt mal nachsehen.«

Die Jungen tauschten Blicke, widersprachen aber nicht.

»Auf jeden Fall haben wir unten im Keller Geräusche gehört«, ergänzte Oliver. Jans Klassenkamerad deutete müde zum gegenüberliegenden Korridor. »Wir konnten ja nicht ahnen, dass da … wirklich was war.«

»Und ihr wart zu dritt?«, hakte Gesa misstrauisch nach. Die Jugendlichen wechselten abermals Blicke.

»Ja, waren wir«, antwortete ihr Sohn eine Spur zu hastig. Nachdenklich musterte sie ihn.

»Kriegen wir jetzt Ärger?«, wollte Lisa wissen.

»Ich denke, ihr hattet erst einmal genug Ärger«, wich die Polizistin der Frage aus. Sie wusste nur zu gut, dass noch nicht geklärt war, wie die Jugendlichen überhaupt ins Haus gelangt waren. Dabei behagte ihr die Aussicht, gegen ihren eigenen Sohn wegen Einbruchs zu ermitteln, gar nicht. »Auf jeden Fall brauche ich eure Aussagen. Aber das können wir auf später verschieben. Ich muss mir jetzt erst einmal einen Überblick verschaffen.« Gesa drückte noch einmal die Hand ihres Sohns und erhob sich.

»Wurden die Eltern der beiden informiert?«, wandte sie sich mit Blick auf Oliver und Lisa an den Feuerwehrmann.

Der Mann nickte. »Die müssten jeden Augenblick da sein.«

»Gut.« Gesa winkte Inge heran und senkte die Stimme. »Und?«

Die Ärztin schürzte nachdenklich die Lippen. »Eine Beule am Hinterkopf. Hoffentlich keine Gehirnerschütterung. Aber vermutlich ein Schock. Kein Wunder, wenn das mit der Toten stimmt. Stell dir mal vor, du würdest auf diese Weise über eine Leiche stolpern.« Sie schaute mitleidig. »Du solltest Jan rasch nach Hause bringen.«

»Ich weiß, nur muss das noch etwas warten.« Gesa wandte sich um, denn im Hintergrund waren näherkommende Stiefelschritte zu hören.

Aus dem Korridor, zu dem Oliver gedeutet hatte, trat ein bärtiger, etwa fünfzigjähriger Mann in der dunkelgelben Einsatzuniform der Pellwormer Feuerwehr, der nicht nur wegen seines Alters Autorität ausstrahlte.

»Frau Harms?« Wehrführer Knudsen schüttelte der Polizistin die Hand. »Tut mir leid, dass wir Sie bemühen müssen.«

»Das ist nun mal mein Job«, antwortete Gesa. »Ich bin bloß froh, dass mein Sohn weitgehend unverletzt geblieben ist.«

»Glück im Unglück.« Knudsen betrachtete die Jugendlichen mitfühlend und senkte die Stimme. »Ich hoffe, man hat Sie informiert, über was wir hier noch gestoßen sind?«

»Ja, natürlich. Am besten Sie bringen mich gleich zum Fundort.« Der Wehrführer wandte sich bereits um, als der junge Mann mit den Einweganzügen hereinkam.

»Warten Sie.« Gesa hielt Knudsen auf. »Es mag dafür zwar bereits etwas spät sein, aber bitte ziehen Sie sich einen dieser Anzüge an. Ich möchte vermeiden, dass wir da unten weitere Spuren hinterlassen.«

Knudsen nahm einen der weißen Anzüge entgegen, riss die Plastikverpackung auf und mühte sich ebenso wie Gesa in ihn hinein.

»Wie viele Ihrer Kollegen sind noch da unten?«

»Zwei.«

Gesa nahm zwei weitere Anzüge entgegen, während Knudsen eine Stabtaschenlampe anschaltete, zum Wirtschaftstrakt leuchtete und sie über eine alte Treppe in den Keller des Gebäudes führte. Unten angelangt ließ er ihr den Vortritt in ein größeres Gewölbe, in dem zwei junge Feuerwehrleute auf sie warteten und rauchten. Sie wollten die Zigaretten bei ihrem Erscheinen austreten, doch Gesa hielt sie zurück. »Bitte entsorgen Sie ihre Kippen woanders. Das ist ein Tatort.«

»Tut uns leid.« Die Männer warfen ihr einen verunsicherten

Blick zu und verstauten die ausgedrückten Zigaretten hastig in ihren Uniformtaschen.

Gesa nahm es ihnen nicht übel. Pellworm konnte froh sein, dass die freiwillige Feuerwehr auf der Insel so engagierte Mitglieder hatte. Auf einen Leichenfund jedoch waren die Männer und Frauen nur unzureichend vorbereitet. »Und bitte die hier anziehen.« Sie reichte ihnen die mitgebrachten Einweganzüge und sofort streiften sich die beiden diese über.

Gesa trat an den Türsturz heran und atmete tief ein. Im dem wenig ausgeleuchteten Nachbargewölbe lag eine etwa sechzigjährige Frau in einem modernen blauen Outdoormantel mit hochgeschlossener Kaputze, die mit leblosen Augen zur Kellerdecke emporstarrte. Ihr Körper lag regungslos vor der Betonumgrenzung einer alten Zisterne und war von einer großen Wasserlache umgeben. Gesa musterte den blauen Outdoormantel, unter dem die Unbekannte Jeans und einen hellen Strickpullover trug. Zu Lebzeiten hatte er vermutlich gut zu ihren blonden Haaren gepasst, von denen einige nasse Strähnen unter der geschlossenen Kapuze hervorlugten.

»Die Rettung war schon da«, brummte der Wehrführer. »Aber sie konnten natürlich nichts mehr tun. Ich hab sie daher wieder zur Königswiese zurückgeschickt. Gut möglich, dass wir heute noch einen weiteren Einsatz reinkriegen.«

»Natürlich.« Gesa nahm Knudsen die Taschenlampe aus der Hand und kniete sich neben die Leiche. Ihr weißer Anzug knisterte leicht. »Irgendein Hinweis auf die Todesursache?«

»Nein, wir haben die Tote noch nicht groß untersucht«, antwortete der Bärtige. Er trat hinter sie. »Das wollten wir Ihnen überlassen. Und wie gesagt, da war nichts mehr zu machen. Allerdings bezweifle ich, dass sie da unten bloß reingefallen und dann ertrunken ist.«

Gesa leuchtete die Tote von oben bis unten ab. Überall auf

ihrer Kleidung klebte Schmutz, der vermutlich aus der Zisterne stammte. Die Verstorbene schien nicht von der Insel zu stammen, ansonsten hätte Knudsen oder einer der anderen Feuerwehrleute sie sicher erkannt. »Irgendwelche Papiere?«

»Nicht, dass wir etwas hätten ertasten können.« Knudsen verschränkte die Arme vor der Brust. »Die Außentaschen waren komplett ausgeräumt. Kein Portemonnaie. Keine Schlüssel. Gar nichts.«

Gesa beäugte die Hände der Toten. Die Haut an den Fingern war verschrumpelt, was sie der Einwirkung des Wassers zuschrieb. Die Unbekannte trug einen Ehering, war also vermutlich verheiratet. Doch erweckten Rötungen am Ringfinger den Eindruck, als habe jemand vergeblich versucht, der Toten den Ring abzuziehen.

»Darf ich?« Gesa bat einen der jungen Männer um seine Handschuhe, streifte sich diese über und hob einen Arm der Toten an, um die Beweglichkeit zu überprüfen. »Die Totenstarre ist noch nicht eingetreten. Der Tod der Frau kann also erst wenige Stunden zurückliegen. Zumindest weist auf den ersten Blick nichts darauf hin, das sie schon länger da unten liegt.«

»Sie sprechen so, als würden Sie sich auskennen.« Knudsen warf ihr einen interessierten Blick zu.

»Ich habe ein gutes Jahr bei der Mordkommission hospitiert.«

»Na, da können wir uns ja glücklich schätzen, dass wir Sie hier haben.«

»Tja, nur dachte ich, dass ich so etwas nie wieder sehen müsste.« Gesa erhob sich. »Auf jeden Fall ist es gut, dass Sie die Frau nicht weiter angerührt haben. Wie lange hat mein Sohn eigentlich neben ihr ausharren müssen?«

»Vermutlich nicht lange.« Der Wehrführer zuckte mit den Schultern. »Die Jugendlichen haben ihn aus eigener Kraft aus dem Tank gezogen. Mit dem Seil dort.« Er wies zu einem abgespulten Nylonseil, das auf einer schwarzen Abdeckplane lag. Beides lag unmittelbar neben der Zisterne. »Anschließend haben sie uns über Handy verständigt.«

Gesa beleuchtete Plane und Seil argwöhnisch. »Wo kommt das Zeug her?«

»Seil und Plane? Die lagen hier angeblich.«

»Hier? In diesem Raum?« Gesas Misstrauen war geweckt. »Dann bitte auch diese Sachen nicht weiter anrühren. Für die Spurensicherung ist das alles jetzt schon ein Fiasko.« Sie atmete tief ein. »Es wäre übrigens nett, wenn sie eine Liste all jener Ihrer Leute bereithalten würden, die heute hier unten waren. Inklusive Sanitäter.«

»Sicher. Bekommen Sie.«

Gesa wandte sich dem Zisternenschacht zu und beleuchtete das massive, von der Feuerwehr errichtete Dreibein mit der dazugehörigen Seilwinde. Noch immer war daran der Haken für das Bergungsgeschirr befestigt. Sie leuchtete über die Betonumgrenzung und konnte in der Dunkelheit unter sich zerbrochene Holzteile ausmachen, die auf dem Wasser trieben. »Und Oliver und Lisa wollen Jan da unten aus eigener Kraft rausgezogen haben?«

Knudsen und die übrigen Feuerwehrmänner warfen sich fragende Blicke zu. »Das sagen sie jedenfalls«, meinte einer der jungen Männer im Vorraum.

Knudsen spähte seinerseits in die Tiefe. »Bezweifeln Sie das?«

Gesa beleuchtete die Schachtwände. »Mein Sohn wiegt gute sechzig Kilo und die Wände haben wenig Vorsprünge. Er kann den beiden dabei also keine große Hilfe gewesen sein.«

»Angst verleiht große Kräfte«, brummte der Feuerwehrmann.

»Trotzdem …« Gesa schürzte die Lippen. »Wenn Sie mich fragen, waren die hier nicht bloß zu dritt.«

»Sie glauben doch nicht etwa, dass die Teenager etwas mit der

Toten zu tun haben?«, rief Knudsen erstaunt. »Einer von ihnen ist immerhin Ihr Sohn.«

»Nein, natürlich nicht. Aber oben auf dem Vorplatz stehen ihre Fahrräder, und mir ist vorhin schon aufgefallen, dass das vier Räder sind, nicht bloß drei.«

»Dann hilft Ihnen das hier vielleicht weiter.« Der eifrige junge Feuerwehrmann im Nachbarkeller bückte sich und präsentierte ihr einen sportlichen schwarzen Neonrucksack, dessen Reißverschluss offen stand. »Den haben wir ebenfalls hier unten gefunden. Die Jugendlichen behaupten zwar, er gehöre ihnen nicht, aber vielleicht interessiert Sie sein Inhalt?«

Gesa nahm den Rucksack entgegen, blickte hinein und entdeckte neben einem Kuhfuß auch ein Päckchen Tabak sowie ein in Küchenhandtücher eingewickeltes Glasgerät, das ihr nur zu vertraut war: eine Bong. So viel also zu der Spukhausgeschichte.

Sie ließ den Rucksack sinken und beäugte wieder die Tote. »Angeblich haben mein Sohn und seine Freunde hier unten Geräusche gehört.«

»Ja, haben sie uns auch erzählt.« Knudsen sah sie vielsagend an. »Dann denken wir dasselbe?«

»Vermutlich.« Gesa deutete auf Plastikplane und Seil. »Das alles erweckt den Eindruck, als habe jemand die Tote im Schutz des Sturms hergeschafft, um sie hier zu entsorgen. Und dabei ist dieser Jemand von meinem Sohn und seinen Freunden offenbar ertappt worden.«

»Fast ertappt«, korrigierte Knudsen. »Seien wir froh, dass er den Kindern nicht auch noch etwas angetan hat.«

»Sie verstehen es, eine Mutter aufzubauen.«

Knudsen raufte sich verlegen den Bart. Gesa betrachtete die unbekannte Tote abermals. »Vielleicht wäre es gut, wenn sich Inge den Leichnam mal ansieht.«

»Sie meinen Frau Wilms? Sind dafür nicht eher Ihre Kollegen von der Spurensicherung zuständig?«, wollte Knudsen wissen.

Gesa sah auf. »Doch. Nur kann deren Eintreffen leider noch eine Weile dauern. Ich habe bereits den KDD informiert, aber so lange uns die Sturmflut vom Festland abschneidet, sind wir allein auf uns gestellt. Bis dahin sollten wir die Tote irgendwo hinbringen, wo es möglichst kühl ist. Denn wenn wir herausfinden wollen, wann genau sie zu Tode kam, müssen wir den Verwesungsprozess stoppen.« Sie verzichtete auf weitere Ausführungen über die Entwicklung von Fliegenlarven und anderen organischen Prozessen, die sich im Körper einer Leiche abspielten. »Hier kann sie jedenfalls nicht bleiben. Auf Fälle wie diesen ist die Insel aber vermutlich nicht vorbereitet, oder?«

»Das nicht, aber ...« Knudsen dachte kurz nach. »Mein Schwager ist Krabbenfischer. Der kann im Augenblick eh nicht auslaufen. An Bord seines Kutters gibt es eine Kühlkammer. Wenn ich ihn darum bitte, stellt er sie uns vielleicht zur Verfügung. Wäre ja vermutlich nicht für lange.«

»Eine gute Idee. Bitte fragen Sie ihn.«

Knudsen nahm sein Handy zur Hand und ging zurück in den Vorraum. Gesa wandte sich wieder den jungen Feuerwehrleuten zu, die sie neugierig musterten. »Sagen Sie, wäre es Ihnen möglich, den Tank da unten noch einmal abzusuchen?«

»Klar«, sagte der Eifrige. »Nach was Bestimmten?«

»Persönliche Besitztümer der Toten, die Ihnen bei der Bergung vielleicht entgangen sind. Eine Handtasche. Vielleicht die Geldbörse. Irgendetwas, das uns verrät, mit wem wir es hier zu tun haben.«

»Sie sind der Boss.« Einer der jungen Männer spähte tatendurstig zu Knudsen, der nickte, während er telefonierte. Rasch legte der Feuerwehrmann das Tragegeschirr wieder an, und sein

Kamerad half ihm dabei, sich mittels der Seilwinde erneut in die Zisterne abzusenken.

»Das mit dem Kutter geht in Ordnung«, beendete der Wehrführer sein Telefonat.

»Danke.« Gesa zeigte auf die Szenerie. »Sagen Sie, bevor wir hier noch mehr Spuren verwischen, verfügen Sie zufällig über einen Fotoapparat, damit wir den Tatort ablichten können?«

»Theoretisch schon, aber nach dem vielen Gebrauch heute ist der Akku leider leer. Wir haben lediglich noch einige Aufnahmen oben schießen können.« Knudsen hob bedauernd die Schultern. Gesa kramte ihr Smartphone hervor und versuchte sich selbst an einigen Aufnahmen. Doch die Belichtung war einfach zu schlecht.

»Ist die Tote hier?«, war im Hintergrund plötzlich eine arrogante Stimme zu hören.

Freese? Gesa trat überrascht in den Vorraum und entdeckte dort zu ihrem Befremden den Zweiten Bürgermeister, der das Gewölbe an der Seite jenes Mitgliedes der freiwilligen Feuerwehr betrat, der sie hergefahren hatte. Der Politiker war mit einem eleganten Trenchcoat bekleidet und steuerte zielstrebig das Kellergewölbe mit der Toten an.

»Verdammt, was wollen Sie denn hier?« Gesa stoppte ihn, bevor er die Tote zu Gesicht bekam. »Das hier ist ein Tatort! Wie sind Sie überhaupt an der Absperrung vorbeigekommen?«

»Also wurde hier tatsächlich jemand ermordet?« Freese sah sie herausfordernd an. »Ich bin derzeit der höchste offizielle Vertreter unserer Insel. Sie sollten froh sein, dass ich mich so schnell freimachen konnte.«

»Das hier ist allein Sache der Polizei.«

»Ich bitte Sie.« Er lachte abfällig. »Wir leben hier auf einer Insel. Da gibt es nur eine einfache Polizistin wie Sie. Und gerade Sie dürften mit einer solchen Angelegenheit doch wohl etwas überfordert sein.« Wütend suchte er den Blick des Wehrführers. »Knudsen, wären Sie so freundlich und würden Frau Harms darüber aufklären, dass es hier nicht bloß darum geht, ein paar Strafzettel zu verteilen? Hier steht der Ruf Pellworms auf dem Spiel.«

»So, das reicht!« Gesas Verblüffung schlug in Wut um. »Sie werden den Keller jetzt sofort wieder verlassen, oder ich werde Zwangsmaßnahmen anwenden.«

Freese starrte sie ungläubig an. »Sie glauben doch wohl nicht, dass ich so mit mir umspringen lasse? Ein zartes Persönchen wie Sie …«

»… wird mit einem übergewichtigen Kerl wie Ihnen locker fertig. Also, letzte Warnung!« Diesmal schien etwas in ihrem Blick zu liegen, das Freese vorsichtig werden ließ. Seine Lippen bebten.

»Ich werde schon noch dafür sorgen, dass Sie erkennen, wo Ihr Platz ist, Frau Harms.« Wütend machte er auf dem Absatz kehrt und marschierte wieder zurück.

Gesa folgte ihm misstrauisch und sorgte persönlich dafür, dass er den Weg in die Vorhalle auch fand.

»Denken Sie an meine Worte!« Freese warf der Polizistin einen vernichtenden Blick zu und wandte sich dann an den jungen Feuerwehrmann, der ihn nach unten geführt hatte.

»Was grinsen Sie so?«, blaffte er ihn an. »Los, bringen Sie mich zurück nach Tammensiel.«

Der Angesprochene warf Gesa einen gequälten Blick zu und folgte Freese nach draußen in die Nacht. Erleichtert atmete Gesa ein und bemerkte erst jetzt, dass die Szene Zuschauer gehabt hatte. Oliver und Lisa waren offenbar von ihren Eltern abgeholt worden, denn Jan saß allein vor dem Kamin. Gesellschaft leistete ihm Arne Lorenzen, der ihrem Sohn offenbar die Bilder auf dem Display seiner Kamera zeigte.

War er mit Freese hierher gelangt?

Wenige Schritte entfernt stand Inge, die sich mit einem Pärchen in ihrem Alter unterhielt. Die beiden waren mit rot-schwarzen Gore-Tex-Jacken bekleidet, wie sie bei den Yachtbesitzern und Seglern im Hafen in Gebrauch waren. Offenbar kannten sich die drei.

»Ärger?«, fragte die Ärztin geradeheraus.

»Unser Zweiter Bürgermeister hatte Probleme einzusehen, dass er hier nichts verloren hat.« Gesa sah gereizt in die Runde. »Das gilt übrigens nicht nur für ihn. Darf ich die Herrschaften fragen, was sie hier alle zu suchen haben?«

»Freese wollte, dass ich ihn herfahre. Tut mir leid, ich dachte das ginge in Ordnung.« Der Fotograf erhob sich. »Ich hab mir in der Zwischenzeit erlaubt, Ihren Sohn etwas abzulenken.« Er zwinkerte Jan zu, der schmal lächelte. Richtig, die beiden kannten sich ja.

»Das hier sind Renate und Nils Ott«, stellte Inge das Pärchen vor.

Nils Ott überragte seine Frau um einige Zentimeter, die dafür etwas breiter war. Beide hatten nussbraune Haare, die Renate Ott schulterlang trug, was sie jünger aussehen ließ, als sie vermutlich war. »Renate und ich kennen uns noch von unserer Internatszeit hier«, fuhr ihre Patentante fort. »Und auch Nils, wenn man es genau nimmt.« Das Pärchen nickte. »Die beiden arbeiten hier als Hausmeister.«

»Herr Knudsen hat uns herbestellt.« Renate Ott reichte Gesa die Hand und lächelte unsicher. »Aber die Feuerwehr hat sich ja schon ohne uns Zutritt verschafft. Stimmt es, dass im Keller eine Tote entdeckt wurde?«

»Ja. Nur darf ich zu alledem im Augenblick nicht mehr sagen.«

Nils Ott folgte dem Beispiel seiner Frau. »Wenn wir Ihnen helfen können, dann sagen Sie es bitte.«

»Na ja.« Gesa sah sich zum Eingang um. »Wo Sie beide schon mal hier sind: Gibt es neben dem Haupteingang noch andere Möglichkeiten, in das Haus zu gelangen?«

»Ja, klar.« Nils Ott deutete nach hinten. »Da ist noch ein Zugang zum ehemaligen Garten. Und eine Kellertür gibt es dort auch. Aber wer auch immer hier war, der hat eines der Fenster nebenan im Speisesaal aufgebrochen. Das habe ich gleich gesehen, als wir ankamen.«

Gesa musterte ihren Sohn, doch der wich ihrem Blick aus. »Wären Sie beide so nett und würden mir die Zugänge nachher mal zeigen?«

»Gern«, sagte Nils Ott, während Gesa nachdenklich die Kamera in Lorenzens Besitz musterte.

»Sagen Sie mal, Herr Lorenzen, trauen Sie es sich zu, einen Tatort abzulichten?«

Der Fotograf sah sie verblüfft an. »Ich denke schon. Nur hoffe ich, dass der Anblick da unten einigermaßen erträglich ist.«

»Sie werden ihn verkraften.« Gesa musterte besorgt ihren Sohn, der sich unbehaglich in die Decke wickelte. Mit ihm würde sie ebenfalls noch ein Wort wechseln müssen. Nur nicht jetzt.

»Alles gut? Dauert leider noch ein bisschen.«

»Geht schon«, antwortete Jan. »Ich würde nur gern aus den nassen Sachen raus.«

»Pass auf, ich bringe dich nach Hause«, schlug Inge vor. »Wir können dann ja vielleicht noch eine DVD schauen. So zur Ablenkung.«

»Eigentlich wollte ich dich ebenfalls bitten, mal mit runterzukommen«, wandte Gesa zögernd ein. »Du bist hier nämlich die Einzige mit solider medizinischer Ausbildung, wenn du verstehst.«

»Darf ich einen Vorschlag machen?«, wandte Lorenzen ein. »Das mit den Aufnahmen wird doch sicher nicht so lange dauern. Wenn Sie es gestatten, bringe ich Ihren Sohn anschließend rum. Vielleicht zeigst du mir dann den Comic, von dem du mir erzählt hast?« Er wandte sich Jan zu, der müde mit den Schultern zuckte.

»Okay.«

»Gut, ich beeile mich auch.« Gesa zögerte, warf Lorenzen dann aber einen dankbaren Blick zu. Auch sie wollte nicht, dass Jan nach dem traumatischen Erlebnis allein blieb.

Einer der Feuerwehrleute leistete dem Jugendlichen Gesellschaft, während Gesa Inge und Lorenzen anwies, sich die übrigen weißen Einweganzüge überzustreifen. Anschließend führte sie die beiden in den Keller. Es dauerte nicht lange und sie standen wieder vor dem Zisternengewölbe, wo Knudsen die Arbeit seiner Männer überwachte. Gesa vernahm aus dem Schacht plätschernde Geräusche.

»Bislang nichts«, murrte der Feuerwehrmann in der Tiefe.

»Oh Gott.« Lorenzen, der als Erster neben Gesa trat, atmete tief ein, als er die Leiche zu Gesicht bekam. Er fing sich aber schnell und machte auf Gesas Anweisungen hin einige Fotos mit Blitzlicht.

Auch Inge warf einen Blick auf die Tote – und schlug entsetzt die Hand vor den Mund. »Das ist doch nicht möglich! Das ist Wiebke. Wiebke Ehlers. Ich hab erst vor einer Woche mit ihr telefoniert.« Fassungslos kniete sie sich neben die Frau.

»Du kennst die Tote?« Gesa sah ihre Patentante bestürzt an. »Dann stammt sie von der Insel?«

»Nein.« Inge schüttelte den Kopf. »Wiebke lebt auf dem Festland. In Kiel. Ich kenne sie ebenfalls noch aus meiner Internatszeit hier.«

»Das ist nicht dein Ernst, oder?« Rasch überflog Gesa, wie viele Mädchen einst in dem ehemaligen Internat gelebt haben mochten. Zwanzig? Vielleicht dreißig zur selben Zeit? »Dann wart ihr, also du, sie und auch Frau Ott oben, früher Freundinnen?«

»Ja, unsere Clique war damals unzertrennlich.« Inge sah bekümmert zu ihr auf. »Allerdings waren wir noch ein paar Mädchen mehr. Und ich war schon gespannt auf unser Wiedersehen. Nur frage ich mich, was Wiebke jetzt schon auf Pellworm zu suchen hatte.«

»Was meinst du mit *jetzt schon*?«

Die Ärztin sog geräuschvoll die Luft ein. »Renate und Nils oben haben erst kürzlich zu ihrer Silberhochzeit geladen, und zu der Gelegenheit haben sie alle alten Freundinnen angeschrieben.« Lorenzen fotografierte weiter das Zisternengewölbe, aber Gesa bemerkte, dass er ebenso wie Knudsen gespannt lauschte. »Nur findet die Feier erst in zwei Wochen statt«, fuhr Inge aufgewühlt fort. »Also frage ich mich, was Wiebke jetzt schon hier zu suchen hatte. Ich meine … das hier … wird ihr doch wohl bei uns auf der Insel zugestoßen sein, oder?«

Gesa nickte. »Ja, davon gehe ich aus. Die Fähre hat heute Morgen ihren Betrieb eingestellt. Deine Freundin wird also vermutlich gestern oder sogar noch früher auf der Insel eingetroffen sein.«

»Ich verstehe nicht, warum sie sich nicht gemeldet hat.« Ausdruckslos betrachtete Inge den Leichnam. »Ich glaube das einfach nicht.«

Knudsen stellte sich neben die Ärztin. »Können Sie mehr zur Todesursache sagen?«

»Jetzt und hier?« Inge seufzte und tastete den Körper der Toten widerstrebend ab, wobei sie sich insbesondere dem Kopf zuwandte. »Augenlider und Nacken haben sich bereits verfestigt. Ich denke daher, dass Wiebke vor mindestens drei Stunden ums Leben kam. Sie …« Inge stutzte. Ohne zu fragen, streifte sie ihrer einstigen Freundin die Kapuze ab, und jetzt sahen auch

Gesa und die Männer, dass das kinnlange blonde Haar der Toten am Hinterkopf blutverschmiert war. Inge beugte sich vor und stieß einen gequälten Laut aus. »Offenes Schädel-Hirn-Trauma. Wenn ihr mich fragt, wurde sie erschlagen. Für mehr bedarf es einer genaueren Untersuchung. Doch dafür müsste ich sie ausziehen, und das wäre hier wohl nicht sehr pietätvoll.«

»Nein, das überlassen wir den Kollegen.« Gesa ließ ihren Blick durch den Raum schweifen. »Dennoch sprechen die Umstände des Fundes eine deutliche Sprache. Wir haben es hier zumindest mit einer Verdeckungsabsicht zu tun.«

»Also Mord?«, hakte Lorenzen nach.

»Mord oder Totschlag«, korrigierte ihn die Polizistin und wandte sich wieder dem Wehrführer zu. »Ich schlage vor, dass wir den Leichnam erst einmal auf den Krabbenkutter Ihres Schwagers schaffen. Können Sie das veranlassen?«

»Natürlich.« Knudsen griff soeben zu seinem Funkgerät, als aus dem Schacht ein aufgeregter Ruf tönte. »Frau Harms! Ich hab hier was gefunden, das … das müssen Sie sich ansehen.«

Gesa, die die Bemühungen von Knudsens Untergebenen kurz aus den Augen verloren hatte, drehte sich überrascht zur Zisterne um. »Was denn?«

Die Seilwinde knarrte und sie sah, wie der junge Mann aus der Tiefe von seinem Kameraden wieder nach oben gezogen wurde.

Zum Entsetzen aller präsentierte er ihnen einen knöchernen Schädel, den er vorsichtig auf dem Schachtrand ablegte. Er war mit Schlamm bedeckt und die leeren Höhlungen der Augen glotzten sie vorwurfsvoll an. Gesa, Inge, Lorenzen und die Feuerwehrleute starrten den Fund ungläubig an.

»Mein Gott!«, durchbrach der Wehrführer die unheilvolle Stille. »Ein weiterer Toter?«

»Da unten ist noch mehr«, haspelte der junge Mann aufgeregt. »Wenn ich das richtig gefühlt habe, liegt da unten im Schlamm ein ganzes Skelett. Sollen wir die Knochen bergen?«

»Ja. Unbedingt«, sagte Gesa, der die Dimension des Fundes schlagartig bewusst wurde. »Was Sie finden, schaffen Sie bitte hoch. Anschließend bringen Sie die Knochen bitte in die Praxis von Frau Wilms.«

»Was? Zu mir?« Inge sah Gesa entsetzt an. »Warum wartest du nicht auf deine Kollegen von der Spurensicherung?«

»Weil die während der Sturmflut nicht kommen. Ich benötige aber jetzt Antworten«, erklärte Gesa bestimmt, »und nicht erst in einigen Tagen.«

»Aber ich bin doch für so etwas gar nicht richtig ausgebildet.«

»Begreifst du denn nicht, Inge?« Gesa blickte ihrer Patentante fest in die Augen. »Zwei Tote in einem derart abgelegenen Versteck wie diesem ist alles andere als ein Zufall. Wer auch immer deine Freundin hier entsorgt hat, hat das Versteck schon einmal für den gleichen Zweck genutzt.« Inge sah sie schockiert an.

Lorenzen jedoch pfiff anerkennend. »Verstehe. Sie wollen dem Mörder zuvorkommen, bevor der Orkan nachlässt.«

»Genau.« Gesa verengte die Augen. »Wiebke Ehlers wird vermutlich irgendwann heute Nachmittag zu Tode gekommen sein. Nur ist Pellworm bereits seit dem Vormittag vom Festland abgeschnitten. Und darin liegt unsere Chance. Wer auch immer für all das hier verantwortlich ist – er oder sie muss sich noch auf der Insel befinden.«

Geheimnisse

»Meine Güte, da habt ihr ja was ausgelöst.«

Jan vernahm Arne Lorenzens Stimme wie durch einen Nebel. »Hatten wir so ja nicht vorgesehen«, antwortete er resigniert.

Während sich die Erwachsenen weiterhin mit der Leiche im Keller des ehemaligen Internats beschäftigten, hatte ihn der Fotograf mit dem Segen seiner Mutter aufgesammelt und in seinen blauen VW Polo verfrachtet. Mit diesem fuhr er ihn nun einmal quer über die Insel zurück nach Tammensiel, wo sie ein Häuschen bewohnten. Es lag nahe der beschaulichen Einkaufsstraße der Ortschaft, zehn Gehminuten von dem Gebäude der Hafenverwaltung entfernt, in dem auch die kleine Polizeistation Pellworms untergebracht war.

Sturm und Regen rüttelten am Wagen und unentwegt mühten sich die Scheibenwischer mit dem herabfallenden Nass ab. Jan sah im Scheinwerferlicht, wie die Böen den Regen fast waagerecht über die Straße peitschten. Es erschien ihm wie ein Wunder, dass sie nicht mitsamt dem Wagen von der Straße gepustet wurden.

Ihn plagten leichte Kopfschmerzen, was er Inge und seiner Mutter verschwiegen hatte, um ihnen keine weiteren Sorgen zu machen. Außerdem fror er in seiner klammen Kleidung, die er noch immer unter der Decke der Feuerwehr trug. Am schlimmsten jedoch wog sein schreckliches Erlebnis da unten in der Zisterne.

Er hatte eine Tote angefasst.

Eine Tote!

Die Erinnerung an das fahle Gesicht dicht unter der Wasseroberfläche wollte nicht verblassen. Selbst jetzt – Stunden später – schien es ihn noch anklagend anzustarren.

Jan schüttelte sich, und ihm wurde flau zumute. Erst allmählich dämmerte ihm, welcher Gefahr sie sich mit ihrem idiotischen Vorstoß in den Keller ausgesetzt hatten.

»War der Mörder dieser Frau tatsächlich mit uns da unten?«

Arne Lorenzen schaltete einen Gang runter, da vor ihnen die ersten Lichter Tammensiels auftauchten. »Solche Fragen«, sagte er, »stellst du besser deiner Mutter. Ehrlich gesagt weiß ich nicht, was ich dir …«

»Ich bin doch nicht bescheuert«, begehrte Jan auf und zog sich die Decke fester um die Schultern. Er sollte ruhiger sprechen, denn sein Kopf schmerzte schlimmer. »Ich hab doch das Gerede der Feuerwehrleute gehört. Die haben da noch was gefunden, oder?«

Lorenzen fuhr langsam in den Ort und behielt misstrauisch die im Wind schwankenden Sträucher auf den Grundstücken links und rechts von ihnen im Auge.

»Sie haben da unten in der Zisterne noch eine weitere Tote gefunden«, antwortete er schließlich.

»Ernsthaft? Ich war da unten zusammen mit …«

»Sie haben Knochen gefunden«, unterbrach ihn sein Begleiter. »Die Zisterne wurde offenbar schon vor einiger Zeit dafür genutzt, um dort eine weitere Leiche zu entsorgen. Aber verrate deiner Mutter bitte nicht, dass du das von mir weißt.«

Jan starrte auf die gepflasterte Straße, über die ein verzweigter Ast wehte.

»Und ja«, fuhr der Fotograf fort, »der Verdacht liegt nahe, dass ihr da unten nicht allein wart. Ihr habt also ziemliches Glück gehabt.«

Glück? Jan hing finster seinen Gedanken nach.

»Und noch ein kleiner Tipp«, sprach Lorenzen behutsam. »Deine Mutter weiß, dass ihr in Wahrheit zu viert wart.«

»Sie ist durch die Fahrräder darauf gekommen, stimmts?«

Der Fotograf nickte. »Deine Mutter ist nicht auf den Kopf gefallen. Verrätst du mir, wer die vierte Person war?«

»Der Typ heißt Patrick«, sagte Jan. »Ein alter Kumpel von Oliver.«

»Oliver ist dein Schulkamerad, der vorhin mit seiner Schwester abgeholt wurde?«

»Ja«, raunzte Jan unwillig. »Er und Lisa kennen ihn schon lange. Er war es auch, der uns zu diesem Scheiß überredet hat. Wir wollten eigentlich eine Sisha rauchen. Lisa findet diese Wasserpfeifen ja so toll. Doch dann stellte sich raus, dass der Typ … ach egal.«

»Diese Lisa macht einen netten Eindruck.« Lorenzen erlaubte sich einen kurzen Seitenblick, und Jan lächelte gequält.

»Ja. Ist sie. Wäre sie nicht gewesen … dann hätte dieses Arschloch vermutlich direkt nach meinem Sturz in die Zisterne die Biege gemacht. Ohne ihn wäre ich da aber nicht mehr rausgekommen.« Jan wurde bei dem Gedanken an Olivers und Lisas älteren Freund zunehmend wütend.

»Und wie seid ihr in das Gebäude gelangt?«

»Patrick hat ein Fenster aufgebrochen. Dahinten wohnen wir übrigens.« Jan deutete voraus, da rechter Hand ein unauffälliges Backsteinhäuschen mit zugehörigem Garten in Sicht kam, das von der Straße durch einen Graben getrennt war. Um auf das Grundstück zu gelangen, musste man eine kleine Holzbrücke überqueren.

»Nettes Domizil.« Arne Lorenzen blickte interessiert durch die regennasse Windschutzscheibe, über die stetig die Wischer glitten. Er hielt dicht vor der Brücke. »Ich hoffe, dir ist klar, dass du das alles auch deiner Mutter erzählen musst?«

»Ja. Weiß ich.« Jan seufzte.

Der Fotograf stellte den Motor ab, doch Jan rührte sich nicht. Stattdessen starrte er unbehaglich die nasse Windschutzscheibe an und lauschte dem trommelnden Geräusch, das der Regen auf dem Autodach verursachte. Sein Begleiter saß derweil ruhig neben ihm und betrachtete ihn.

»Herr Lorenzen, wissen Sie, ob wir für den Einbruch bestraft werden?« Er sah müde zu ihm auf. »Ganz ehrlich, zumindest Lisa hatte damit kaum was zu tun. Die ist uns bloß nachgeklettert.«

»So, so.« Arne Lorenzen neigte den Kopf. »Pass auf. Zunächst einmal darfst du gern Arne zu mir sagen, wenn du willst.«

Jan zuckte gleichmütig mit den Schultern.

»Und was den Einbruch anbelangt, da mach dir mal nicht so viele Gedanken. So ziemlich jeder von uns hat in eurem Alter Mist gebaut. Das wird sich schon einrenken. Nur musst du deiner Mutter haarklein erzählen, was sich alles nach eurem Einstieg in das Gebäude zugetragen hat. Das ist schon deswegen wichtig, damit sie gegebenenfalls eure Spuren von jenen des Unbekannten unterscheiden kann.«

»Okay«, sagte Jan schwach. »Und falls wir doch bestraft werden, werden sie Lisa dann auch …«

»Mach dir mal keine Sorgen um deine Freundin.«

»Sie ist nicht meine Freundin. Also … nur *eine* Freundin.«

»Verstehe.« Arne lächelte. »Wie gesagt, auf die eine oder andere Weise renkt sich das schon ein. Ihr seid ja nicht in das Gebäude eingebrochen, um dort etwas zu stehlen. Und wenn man es genau nimmt, habt ihr der Polizei ja sogar dabei geholfen, einem Verbrechen auf die Spur zu kommen.«

Jan tastete nach seinem Handy, das er in seiner Tasche trug. Zu gern hätte er Lisa kurz angerufen, um zu erfahren, ob sie Ärger mit ihren Eltern bekommen hatte. Und wie es ihr ging. Ihr und natürlich auch Oliver.

»Jetzt bringe ich dich erst mal rein.« Arne strich sich das schulterlange Haar hinter sein Ohr. »Der Rest findet sich morgen.«

Jan öffnete die Beifahrertür, und sofort schlug ihm ein nasskalter Wind entgegen, der sich in seinem Haar verfing und die Decke der Feuerwehr anhob. Schlagartig wurde ihm eiskalt.

Sein Begleiter kämpfte sich gegen die heftigen Böen zu ihm vor, legte ihm die Hände auf die Schultern und schob sich mit ihm über die schmale Brücke. Jan wollte erst aufbegehren, doch wenn er ehrlich war, war er dem Fotografen dankbar. Ihm war hundeelend zumute.

Es dauerte, bis er seine Haustürschlüssel gefunden hatte, dann standen sie endlich im Eingangsflur ihres Hauses, und Arne schloss hinter ihnen die Tür.

»Ich denke, du solltest dir ein heißes Bad einlassen«, schlug der Fotograf vor, der kurz die unteren Räumlichkeiten überblickte und so die schmale Küche neben dem Wohnzimmer fand. »Ich mache dir in der Zwischenzeit einen heißen Tee, wenn du magst.«

»Ich weiß nicht«, antwortete Jan müde. »Am liebsten würde ich einfach ins Bett gehen.« Er deutete zu einer schmalen Treppe nach oben. »Sie müssen nicht hierbleiben.«

»Schon klar, Krieger. Im Übrigen waren wir beim Du.« Arne zwinkerte. »Außerdem habe ich mit deiner Mutter abgemacht, dass ich hier die Stellung halte, bis sie wiederkommt. Und ich bestehe darauf, dass du zumindest eine heiße Dusche nimmst. Nicht, dass du dich noch verkühlst.«

»Meinetwegen. Aber das schaffe ich auch allein.«

»Ich hab nichts anderes erwartet.« Arne schlüpfte aus seiner Lederjacke und setzte in der Küche den Wasserkocher auf.

Jan mühte sich nach oben in sein Zimmer. Bett und Schreibtisch waren ebenso unaufgeräumt wie vor einigen Stunden, als er es verlassen hatte. Auch die unter der Decke hängenden

Star-Wars-Modelle von X-Flüglern und *TIE*-Jägern hingen dort, als sei in der Zwischenzeit nichts geschehen. Jan schlüpfte frierend aus seinen nassen Kleidern und stellte sich anschließend so lange unter die heiße Dusche des benachbarten Bades, bis er glaubte, ihm würde die Haut abpellen. Jetzt war er dem Fotografen fast dankbar dafür, dass er so hartnäckig geblieben war, denn zumindest körperlich ging es ihm etwas besser. Nur die leichten Kopfschmerzen blieben.

Als er im Jogginganzug wieder unten eintraf, hatte Arne im Wohnzimmer ein kleines Mitternachtsmahl aus belegten Broten und heißem Tee zubereitet. Jan setzte sich an den Esstisch und trank ein paar Schlucke. Doch hatte er kaum Appetit.

Arne schien nett zu sein, aber das hatte er bereits am Nachmittag festgestellt.

»Ehrlich, Sie … du musst nicht bleiben.«

»Netter Versuch, aber zwecklos.« Arne ging im Raum herum und betrachtete die beiden aufeinandergestapelten Umzugskartons, die neben einer Kommode an der Wand standen. Sie waren vornehmlich mit Büchern gefüllt und hätten längst auf den Dachboden gebracht werden sollen. Aber weder Jan noch seine Mutter hatten sich dazu bislang aufraffen können. Misstrauisch beäugte er Arne dabei, wie dieser ein Bild aus glücklichen Tagen zur Hand nahm, auf dem er zusammen mit seiner Mutter und einem hochgewachsenen Mann mit Brille und ebenso roten Haaren wie den seinen zu sehen war: seinem Vater.

»Du siehst deinem Vater sehr ähnlich.« Arne stellte das Bild wieder an seinen Platz.

»Ja, sagen alle.« Jan ließ seinen Becher traurig sinken. »Nur würde ich jetzt vermutlich ganz schön was erleben, wenn er noch lebte.«

»Unsinn.« Arne setzte sich zu ihm. »Deine Tante hat mir erzählt, dass er auf der Insel Sylt groß geworden ist?«

»Hm.« Jan fragte sich, worauf Arne hinauswollte. »Er und Mama haben sich aber während ihrer Grundausbildung an der Landespolizeischule in Eutin kennengelernt. Papa arbeitete in Eutin als Buchhändler. Aber er war nicht nur ein Bücherwurm, in seiner Freizeit lief er auch viel. Er hat sogar an einigen Marathonläufen teilgenommen. Und er schraubte ständig an Motorrädern herum. Wenn ich alt genug bin, werde ich mir selbst eines zulegen.«

Arne lächelte. »Ja, davon hat mir deine Tante ebenfalls erzählt. Er schien überhaupt recht sportlich gewesen zu sein. Und er hat angeblich sogar in einer Band gespielt?«

»Ja, ganz früher war er Drummer.« Jan lächelte wehmütig – und auch ein wenig stolz. »Genau genommen haben er und Mama sich während seines letzten Konzertes kennengelernt. Also, kurz bevor sich seine Band aufgelöst hat. Ich habe ihn leider nie selbst gesehen. Es gibt aber noch ein Video von ihm und der Band. Und früher hat er seine Drumms auch noch einige Male in unserer alten Garage in Husum bearbeitet. Da haben wir bis letztes Jahr gewohnt. Aber er hat sie schließlich verkauft, weil sich die Nachbarn ständig wegen des Lärms beschwerten.«

Arne lachte. »Wetten, dass er Spaß daran hatte, eure Nachbarn ein klein wenig zu ärgern?«

»Weiß nicht. Keine Ahnung.«

»Ich komme darauf, weil ich unter anderem hier bin, um das hiesige Biikebrennen Ende der Woche abzulichten.«

»Ja, einige von uns Schülern dürfen diese Woche bei den Vorbereitungen helfen«, meinte Jan. »Ich war selbst aber noch bei keinem Biikebrennen dabei. Bloß bei den gewöhnlichen Osterfeuern.«

»Du vielleicht nicht, aber dein Vater schon.« Arne klang verschwörerisch, als er sich zu ihm setzte. »Deine Tante berichtete mir, dass es auf Sylt den Brauch gibt, sich zu den Nachbardörfern zu schleichen, um das Feuer zum Ärger der dort Wohnenden schon heimlich früher zu entzünden.«

»Echt?«

»Allerdings. Und dein Vater und seine damaligen Freunde waren angeblich immer ganz vorn mit dabei.«

Jan sah Arne verblüfft an. »Davon hat er nie etwas erzählt.«

»Frag deine Tante.« Arne lehnte sich zurück und griff nun selbst nach einem Brot. »Langweiler würden bei so einer Aktion ganz bestimmt nicht mitmachen. Und daraus schließe ich, dass auch dein Vater kein Langweiler war – und ganz sicher auch nicht wollte, dass aus seinem Sohn einer wird. Ich wette, er an deiner Stelle hätte seine Freunde ebenfalls mit in das Haus begleitet.«

Erstmals seit einigen Stunden schlich sich ein Lächeln auf Jans Lippen. »Hat dir Tante Inge noch mehr über ihn erzählt?«

»Nein.« Arne lachte. »Ich habe sie ja auch nicht aufgesucht, um sie über euch auszufragen.«

»Trotzdem.« Jans Züge trübten sich. »Wenn es nach mir gegangen wäre, wäre ich lieber in Husum bei meinen alten Freunden geblieben, als auf diese blöde Insel zu ziehen. Wir sind bloß deswegen hier, weil hier auch Inge auf mich aufpassen kann. Als ob es nötig wäre, auf einen Siebzehnjährigen aufzupassen.«

»Ich schätze, das wird nicht der einzige Grund gewesen sein.« Arne strich sich eine Haarsträhne aus der Stirn. »Ich denke, deiner Mutter ging es wohl auch um einen Neustart. Nicht bloß für sie – auch für dich. Du musst dem allen bloß etwas Zeit geben.« Er lächelte fein. »Wie heißt es so schön? Jedem Anfang wohnt ein Zauber inne. Das stammt von Hermann Hesse. Und mal ehrlich: Wärt ihr nicht hier, dann hättest du vermutlich auch nicht Oliver und Lisa kennengelernt.«

Jan sah nachdenklich drein, während Arne sein Smartphone und seine Kamera zur Hand nahm.

»Sag mal«, hob der Fotograf nachdenklich an, während er sich mit den Geräten auf die Wohnzimmercoach setzte. »Offenbar ist hier im Ort das Mobilnetz ausgefallen. Habt ihr zufällig einen Internetanschluss? Vielleicht sogar WLAN?«

»WLAN nicht. Aber einen Internetanschluss zum Anstöpseln.« Jan stellte seinen Becher ab. »Wofür?«

»Ach.« Arne winkte verlegen ab. »Bloß etwas Berufliches. Außerdem muss ich deiner Mutter noch etwas zuschicken. Besitzt du zufällig einen Computer, den ich mir mal ausleihen dürfte?«

»Ja, meinen Laptop. Liegt oben.« Jan stand auf, ging hinauf und brachte Arne das Gewünschte.

»Vielleicht isst du doch noch etwas?«, schlug der Fotograf vor, kaum, dass er zurückgekehrt war. Er fuhr den Laptop hoch und steckte ein Kabel an, das er mit der Kamera verband. Dann zückte er eine Polizei-Visitenkarte, die Jan kannte. Offenbar brauchte Arne die E-Mail-Adresse seiner Mutter.

Jan setzte sich wieder an den Tisch und biss lustlos in ein Käsebrot, während Arne mit dem Webbrowser ins Internet ging. Der Fotograf tippte etwas, hantierte mit seiner Kamera herum und irgendwann hörte Jan das Geräusch einer abgesendeten E-Mail. Hin und wieder blickte der Fotograf auf und lächelte, doch etwas war in seinem Blick, das Jan nicht so recht einzuordnen wusste. Fast so, als habe Arne ein schlechtes Gewissen.

Irgendwann klappte er das Gerät wieder zu und reichte es ihm. »Danke dir. Und jetzt schlage ich vor, dass du schlafen gehst. Du hast doch morgen Schule, oder?«

»Ja. Aber vielleicht kann ich Inge ja dazu überreden, dass sie mich krankschreibt?«

»Ich sehe, die wichtigste Lektion im Leben hast du bereits gelernt: Kontakte sind alles.« Arne grinste und griff nach einer herumliegenden Fernsehzeitung. »Also, wenn etwas ist, ich bin vermutlich noch einige Zeit hier unten.«

»Okay. Dann bis morgen oder … so.« Jan stand auf und mühte sich mitsamt dem Laptop zurück in sein Zimmer, wo er sich auf sein Bett fallen ließ. Ein wenig schwindelte ihn, der Kopfschmerz war noch immer da, dennoch musste er kurz an seinen Vater denken.

Egal, wie er früher drauf gewesen war, Jan glaubte kaum, dass er vom heutigen Abend begeistert gewesen wäre.

Schließlich triumphierten wieder die schaurigen Bilder aus der Zisterne. Sie überlagerten alles und wollten ihm einfach nicht aus dem Kopf gehen.

Ob es den anderen ebenso erging?

Rasch überprüfte er sein Handy, doch es war so, wie Arne gesagt hatte. Derzeit fand das Gerät kein Netz.

So fuhr auch er noch einmal den Computer hoch, um zu überprüfen, ob ihm einer der Geschwister vielleicht eine Mail hatte zukommen lassen. Leider nicht. Er wollte den Laptop schon zuklappen, als er sah, dass im Download-Ordner mehrere neue Dateien lagen.

Stammten die von Arne?

Neugierig öffnete er sie. Es handelte sich um eine Fotogalerie. Von dem verlassenen Haus. Von der Feuerwehr. Aber auch von dem dunklen Keller. Auf den letzten waren das Gewölbe mit der Zisterne zu erkennen und davor eine liegende Person mit bleichem, starrem Gesicht.

Jans Blick gefror. Es war die Tote.

Mittwoch, 17. Februar

Bleiches Gebein

»Mit anderen Worten: Du kennst diesen Patrick überhaupt nicht?« Gesa musterte ihren Sohn verärgert, während dieser wie ein Häufchen Elend am Frühstückstisch saß und seinen Toast anstarrte, ohne ihn anzurühren. »Hättest du auch mitgemacht, wenn er euch zum Sprung ins Meer aufgefordert hätte?«

»Oliver und Lisa kannten ihn doch«, meinte Jan kleinlaut.

»Nur frage ich mich, ob deren Eltern eigentlich wissen, welchen Umgang ihre Kinder pflegen?« Gesa, die längst ihre dunkelblaue Polizeiuniform trug, setzte sich ebenfalls an den Frühstückstisch und schenkte sich müde Kaffee aus einer bereitstehenden Thermoskanne ein. »Und dann setzt er sich auch noch ab und lässt euch zurück. Aber ich werde schon herausfinden, wo der wohnt.«

Missmutig blickte sie durch eines der Fenster nach draußen. Dort war es zu dieser frühen Uhrzeit noch stockdunkel. Der heftige Wind der letzten Nacht hatte zwar etwas nachgelassen, dafür grollte es gelegentlich, und ein Flackern in der Wolkendecke über der Insel kündete von einem Gewitter, das über Pellworm hinweg zum Festland zog.

Etwas Sonnenlicht hätte ihr jetzt gutgetan, denn die Bergung des Skeletts aus der Zisterne hatte sich bis drei Uhr in der Früh hingezogen. Hinzu kam die Überführung der Leiche von Wiebke Ehlers in den Hafen, wo sie nun gut gekühlt im Laderaum jenes Krabbenkutters lag, der dem Schwager von Wehrführer Knudsen gehörte. Selbst das hatte sich als Herausforderung erwiesen, denn Knudsens Schwager war daran gelegen gewesen, dass der prekäre Transport möglichst unauffällig geschah. Es war ein Spiel auf Zeit, spätestens heute würde sich der Leichenfund von der Alten Kirche bis zum Ükermartermitteldeich über alle Ortsteile der Insel wie ein Lauffeuer verbreiten. Und selbst wenn jeder der unmittelbar Beteiligten dichthielt, würden sich die Aufmerksameren unter den Bewohnern spätestens morgen fragen, warum nahe des Kutters ständig ein Mitglied der Feuerwehr präsent war. Auch vor dem einstigen Internat standen derzeit zwei Mitglieder der freiwilligen Feuerwehr Wache. Gesa wollte nicht riskieren, dass der Mörder noch einmal zum Anwesen zurückkehrte, um etwaige Spuren zu verwischen. Umso dankbarer war sie, dass Knudsen sie bei alledem tatkräftig unterstützte. Eigentlich konnte er bei der derzeitigen Wetterlage auf keinen seiner Leute verzichten.

Die einzige angenehme Überraschung der letzten Nacht war, dass Arne Lorenzen tatsächlich bis zu ihrer Heimkehr bei ihrem Sohn ausgeharrt hatte. Sie hatte ihn eingedöst auf der Coach vorgefunden, und sie war ihm noch immer dankbar dafür, dass er ihr so bereitwillig geholfen hatte. Umso mehr bedauerte sie es, dass sie anfangs so unfreundlich zu ihm gewesen war.

»Dir ist klar, dass wir da unten einen eurer Rucksäcke gefunden haben?«, sprach sie weiter, während sie den Toast gereizt mit Butter bestrich. »Darin befand sich eine Bong!«

»Die gehört ebenfalls Patrick«, antwortete Jan lahm. »Dass er dieses Ding dabeihatte, haben wir erst im Haus erfahren.«

»Ach ja? Meine Güte, Jan, ich verkörpere hier auf Pellworm Recht und Gesetz. Ist dir nicht klar, wie das auf die Leute wirkt, wenn die erfahren, dass mein eigener Sohn mit Drogen zu tun hat? Die glauben doch am Ende noch …«

Jan hob unvermittelt die Hand vor den Mund, neigte sich zur Seite und würgte leicht. Gesa trat sofort an seine Seite. »Was ist mit dir?«

Ihr Sohn beruhigte sich recht schnell wieder, doch er war blass. »Weiß nicht, mir war nur kurz etwas übel. Geht aber schon wieder.«

»Wir beide fahren sofort zu Inge.«

Gesa eilte in den Vorraum mit der Treppe zum Obergeschoss, griff sich ihre Jacken und half ihrem Sohn dabei, sich anzuziehen. Jetzt bereute sie es, ihn so hart angefasst zu haben. Und sie bereute es auch, ihn geweckt zu haben, weil er unbedingt in die Schule gehen wollte. Ihr hätte klar sein müssen, dass die Strapazen der letzten Nacht nicht spurlos an ihm vorübergegangen waren.

Gesa begleitete ihren Sohn ins Freie und verfrachtete ihn vorsichtig in ihren Dienstwagen, einen Ford Focus in der blau-silbernen Farbgebung der Polizei Schleswig Holsteins. Sie hatte das Fahrzeug nicht weit von der kleinen Brücke zu ihrem Grundstück abgestellt. Es regnete weiterhin, und der Himmel über den reetgedeckten Häusern der Nachbarschaft war bis zum Horizont mit dunklen Wolken zugezogen. Gesa setzte sich auf den Fahrersitz und überprüfte noch einmal rasch ihr Handy, das seit einer Stunde auch hier in Tammensiel wieder Empfang hatte. Seitdem waren drei Anrufe und vier SMS eingegangen. Knudsen, der offenbar noch gar nicht geschlafen hatte, hielt sie unermüdlich über die Einsätze seiner Leute auf der Insel auf dem Laufenden, außerdem hatte die Tagesschicht des Kriminaldauerdienstes in Husum den Kontakt zu ihr gesucht. Erstmals bedauerte sie es, hier auf der Insel ohne Kollegen dazustehen.

Um keine weitere Zeit zu verlieren, fuhr sie rasch an und lenkte den Wagen die kurze Strecke durch Tammensiel hindurch zur nahen Uthlandestraße, wo Inge ihre Praxis unterhielt. Ihre Patentante praktizierte in einem rot geklinkerten Haus mit angrenzendem Garten, durch den ein gepflegter Weg aus weißen Gehwegplatten führte.

Jan wirkte schlapp, dennoch lehnte er es ab, dass sie ihn stützte, als sie zum Eingang der Arztpraxis eilten und klingelten. Inge öffnete ihre Praxis zwar erst um acht Uhr, doch sollte sie eigentlich schon auf den Beinen sein. Gesa benötigte ihre Hilfe schließlich auch noch anderweitig.

Es öffnete niemand.

Über ihnen grollte es, und irgendwo über der Nordsee brachte ein Blitz die Wolkendecke zum Leuchten, als sie das Gebäude umrundeten, um bei Inges Privatwohnung ihr Glück zu versuchen. Diese befand sich in einem Anbau auf der rückwärtigen Seite des Hauses. Von hier aus konnte Gesa einen Teil des Gartens einsehen, in dem sie noch vor wenigen Jahren zusammen mit Peter gegrillt hatten.

Es dauerte nicht lange und die Tür öffnete sich.

»Na, hast du die Nacht über auch kein Auge zubekommen?« Inge wirkte leicht übermüdet und begrüßte sie in schlichter Cordhose und grauer Strickjacke. »Oder …«

»Jan geht es nicht gut«, unterbrach Gesa sie.

Erst jetzt bemerkte die Ärztin, dass ihre Patentochter nicht allein gekommen war. »Na, dann kommt mal herein.«

Gesa und ihr Sohn betraten eine gemütliche und mit Antiquitäten eingerichtete Essdiele, von der aus weitere Türen abzweigten. An den Wänden hingen farbenfrohe Aquarelle mit Motiven von Pellworm, unter denen eines mit dem bekannten Leuchtturm der Insel herausstach. Jan setzte sich mürrisch auf einen der alten Bauernstühle, die zum übrigen Interieur passten.

»Ich glaube, Jan hat sich gestern beim Sturz eine Gehirnerschütterung zugezogen«, sagte Gesa.

»Ich sehe mir das gleich mal an.« Inge half Jan behutsam wieder auf die Beine und führte ihn nach nebenan in ihr Wohnzimmer. Dort bat sie ihn, auf einem Divan Platz zu nehmen, der zwischen hohen Farnen und Bücherregalen stand. Sie holte aus einem Nebenzimmer ihre Arzttasche und untersuchte ihn.

»Ehrlich, Tante Inge«, murrte er. »Geht schon. Mir war vorhin bloß ein bisschen flau zumute.«

»Ah, spricht da der Herr Doktor, der mal meine Praxis übernehmen wird?« Inge betrachtete ernst die Beule an seinem Kopf. »Ich schätze mal, deine Mutter hat recht. Der Sturz gestern ist wohl doch nicht so glimpflich verlaufen. Kopfschmerzen?«

»Nur ein bisschen.«

»Hast du Erinnerungsaussetzer oder Sehstörungen?«

»Nein.«

»Ist dir schwindelig?«

»Nicht wirklich.«

Inge taxierte ihn. »Na gut. Ich gebe dir gleich etwas gegen die Übelkeit. Aber was du jetzt ganz besonders brauchst, ist Ruhe. Kein Fernsehen und auch kein Computer.«

Jan stöhnte.

»Du darfst gern etwas lesen, wenn du möchtest.« Sie wies zu ihren Bücherregalen. »Aber auch das nicht zu lange.«

Sie erhob sich und nickte Gesa zu. Die drückte kurz die Hand ihres Sohnes und folgte der Ärztin nach nebenan in die Diele.

»Und, ist es schlimm?«

»Nein, auch wenn die Beule an Jans Hinterkopf ganz beachtlich ist«, beruhigte Inge sie und kramte in einem bunt bemalten Bauernschrank nach Medikamenten. »Andererseits möchte ich auch nicht vorschnell Entwarnung geben. Manche Symptome einer schwereren Gehirnerschütterung können bis zu zwölf Stunden nach einem Unfall auftreten. Wenn du ganz sicher gehen willst, bringst du Jan bei der erstbesten Gelegenheit in ein Krankenhaus, um ihn dort von einem Spezialisten untersuchen zu lassen.«

»Was im Augenblick schwierig ist.«

»Ist mir klar.« Inge löste in der Küche eine Tablette in einem Glas Wasser auf und brachte es nach nebenan. »Ich wollte es auch nur erwähnt haben. Im Augenblick besteht jedenfalls kein Anlass für echte Beunruhigung.«

Jan stürzte den Inhalt des Glases verächtlich hinunter.

»So, und jetzt hinlegen und schlafen.« Inge reichte ihm eine Decke, die zusammengefaltet auf der Heizung lag. »Ich sehe nachher noch einmal nach dir.«

»Mach einfach, was sie sagt, okay?«, sagte Gesa mitfühlend.

»Okay.« Jans Antwort klang leicht genervt.

Gesa beugte sich über ihn und küsste ihn auf die Stirn, doch ihr Sohn kommentierte die zärtliche Geste mit einem unwilligen Grunzen.

Teenager. Gesa seufzte innerlich. Manchmal wünschte sie sich die Jahre zurück, als Jan kleiner war und nichts lieber getan hatte, als mit ihr zu kuscheln. Alles hatte eben seine Zeit.

Und alles war vergänglich.

Sie folgte Inge zurück in den Essraum, zog endlich ihre lederne Dienstjacke aus und setzte sich. Die großen Scheiben zum Garten waren mit Regentropfen benetzt, und man konnte undeutlich die Terasse ausmachen.

»Das alles hat mir gerade noch gefehlt«, sagte sie gerade so laut, dass nur Inge sie hören konnte. »Auf mich wartet heute so viel Arbeit. Ich will nur hoffen, dass der Besitzer des Anwesens aus dem Einbruch von Jan und seinen Freunden keine große Sache macht.«

»Du denkst an Freese?«

»Na ja.« Gesa schürzte abfällig die Lippen. »So, wie ich den Kerl gestern zurechtgewiesen habe, wäre das für ihn ein gefundenes Fressen.«

»Was soll der denn schon tun?« Inge schritt abermals in ihre Küche und kehrte mit zwei dampfenden Kaffeebechern zurück, von denen sie einen Gesa reichte. Auch sie setzte sich. »Sobald unser richtiger Bürgermeister wieder aus dem Krankenhaus zurück ist, ist Freese wieder so klein mit Hut.« Sie hob Zeigefinger und Daumen so weit, dass dazwischen keine Cent-Münze Platz hatte. »So ein Magengeschwür ist zwar eine ernste Sache, aber gestern erfuhr ich, dass seine Operation gut verlaufen ist. In spätestens zwei Wochen ist er wieder hier und übernimmt das Ruder. Mal sehen, was er sagt, wenn er hört, dass Freese seine Abwesenheit zum Vorwahlkampf genutzt hat. Die Leute hier sind ja nicht dumm. Die erkennen einen Wichtigtuer.«

»Hoffentlich. Denn auch ohne seine Einmischungen bleibe ich für viele hier sicher noch eine ganze Weile die Zugezogene.«

»Ach, dafür hast du ja mich.« Inge berührte ihre Hand. »Ich sorge bei meinen Patienten schon dafür, dass du stets im besten Licht dastehst.«

»So, wie bei Arne Lorenzen gestern?«

»Sag mir jetzt nicht, dass du ihn nicht ebenfalls nett findest.«

Gesa zog die Hand zurück. »Ich gebe zu, er war zumindest ganz hilfreich. Und das ist mehr, als ich erwartet durfte – gerade jetzt, da ich genau überlegen muss, was ich zuerst angehe.«

»Weil du glaubst, dass sich der Mörder noch immer auf der Insel befindet?«

»Sicher. Nicht nur die Fährverbindung ist unterbrochen, ich hab auch beim Flugplatz nachgehakt. Schon seit vorgestern ist kein Sportflugzeug mehr auf der Insel gelandet; geschweige denn, dass irgendjemand Pellworm auf diesem Wege hätte verlassen können.«

»Jan kann heute jedenfalls gerne hierbleiben«, erklärte Inge. »Ich habe sowieso beschlossen, erst nach der Mittagszeit zu öffnen. Wenn mich vorher irgendein Patient benötigt, dann weiß er schon, wie er mich erreicht. Und heute Nachmittag kommt eh Frau Federsen, meine Putzfrau.«

Gesa kannte Inges Putzfrau. »Ich hoffe, sie kommt mit einem Jungen in Jans Alter zurecht? Er ist im Augenblick etwas schwierig.«

»Gib ihm etwas Zeit.« Inge nahm einen Schluck Kaffee. »Und was Frau Federsen betrifft: Ihr Mann ist Schäfer. Die könnte vermutlich auch ein ganze Herde Teenager zusammenhalten. Mach dir da mal keine Gedanken.«

»Ich danke dir.« Gesa nahm ebenfalls einen Schluck Kaffee. Er tat gut. »Und jetzt sag mir mal, wie es dir geht? Die letzte Nacht war sicher auch für dich nicht einfach.«

Inge sah traurig ihren Becher an. »Wiebke so vorzufinden … war schon ein Schock. Ich hatte mich wirklich darauf gefreut, sie nach all den Jahren wiederzusehen. Nur eben nicht so.«

»Kannst du mir mehr über sie erzählen?«

Inge schnaubte wehmütig. »Wie schon gesagt, wir beiden haben uns während unserer Internatszeit gut verstanden. Ich glaube, ihr Vater saß damals in irgendeinem Firmenvorstand. Er und ihre Mutter waren ständig in der Weltgeschichte unterwegs. Deswegen haben sie Wiebke hier auf der Insel untergebracht.«

»Warum ausgerechnet auf Pellworm?«

»Vermutlich, weil die beiden hier damals gern Urlaub gemacht haben. Zum anderen wohl aus jenem Grund, der fast alle Eltern dazu bewogen hatte, ihre Töchter hierher zu bringen: Sie dachten, dass Pellworm abgeschieden genug liegt, damit wir nicht auf die falsche Bahn geraten.«

»Du sprichst von Jungs?«

»Sicher meine ich Jungs. Und das sage ich nicht bloß, weil das die Siebziger waren.« Inge lachte freudlos. »Der Hippie-Slogan *Make love, no war* hatte auch uns nicht unberührt gelassen. Und die Antibabypille gab es damals ja auch schon eine Weile. Deutschland war zwar immer noch recht spießig, aber wir konnten miterleben, wie sich die Gesellschaft veränderte. Auch hier auf den Inseln. Nie von der Sache mit der Hippiekommune damals auf Westerogg gehört?«

»Doch.«

»So oder so.« Ein leichtes Lächeln schlich sich auf Inges Lippen. »Kinder von Traurigkeit waren wir totzdem nicht. War ja nicht so, dass es hier keine gut aussehenden jungen Männer gab. Oder keinen Alkohol. Die Internatsleitung war zwar streng, aber du weißt ja: Wo ein Wille ist …«

Inge ließ den Satz in der Luft hängen und Gesa schmunzelte. Rasch wurde sie wieder ernst. »Nur scheint ihr euch später aus den Augen verloren zu haben?«

»Ja, irgendwie schon. Hier auf Pellworm blieben wir nur bis zum Realschulabschluss. Das war damals genau so wie heute noch. Wer sein Abi machen will, der muss ein Gymnasium auf dem Festland besuchen. Spätestens da trennten sich unsere Wege.« Inge nahm einen weiteren Schluck Kaffee. »Ich habe mir mit Wiebke und den anderen noch eine Weile geschrieben, aber der Kontakt versandete mit Beginn meines Studiums. Ich fand neue Freunde, und irgendwie entwickelten sich unsere Leben auch ganz unterschiedlich. Erst seit ich wieder auf der Insel bin, habe ich zu Einzelnen aus der alten Clique wieder Kontakt. Allen voran zu Renate, die du ja gestern schon kennengelernt hast. Und natürlich zu Elke, die jetzt drüben in Husum als Krankenschwester arbeitet.«

»Und Wiebke Ehlers?«

»Dass die in Kiel lebt, habe ich dir ja schon erzählt. Sie ist seit einigen Jahren geschieden, hat aber einen Sohn.«

Gesa nickte. »Der sollte bereits vom KDD verständigt worden sein.«

»Davon ab …« Inge grübelte eine Weile. »Wir haben uns in all den Jahren hin und wieder mal eine Weihnachtskarte geschickt. Und alle Jubeljahre auch mal miteinander telefoniert. Zuletzt wegen der Silberhochzeit. Gesehen habe ich Wiebke aber schon seit Jahren nicht mehr. Ich wüsste auch nicht, dass sie Pellworm zwischendurch wieder besucht hat. Deswegen habe ich mich ja auch so auf Renates und Nils' Feier gefreut.«

»Bleibt die Frage, was sie jetzt auf der Insel zu suchen hatte.«

»Keine Ahnung.« Inge sah auf und zuckte mit den Schultern. »Zumindest hat sie es nicht für nötig erachtet, mich zu kontaktieren.«

»Seltsam.«

»Ja.«

Gesa warf einen Blick auf ihre Armbanduhr. Die Arbeit wartete. Doch streng genommen war dies bereits eine Zeugenbefragung. »Entscheidend ist, was für ein Motiv ihr Mörder gehabt haben könnte.« Sie verengte die Augen. »Was hat Wiebke Ehlers eigentlich beruflich gemacht?«

Inge rieb sich die Schläfe. »Soweit ich weiß, hat sie bei der Landesfinanzbehörde in Kiel gearbeitet.«

»Sie war Finanzbeamtin?«

»Keine einfache Sachbearbeiterin. Ich glaube, sie war dort als Ermittlerin tätig.«

»Ach?« Gesa blickte ihre Patentante interessiert an.

»Ja, mit Zahlen hatte sie es immer schon. Hätte sie mir damals nicht immer wieder Nachhilfe gegeben, hätte ich mindestens einmal die Versetzung nicht geschafft.« Inge blickte in Richtung Terrasse, und ihre Augen schimmerten feucht.

»Du sagtest, du hast kürzlich noch mit ihr telefoniert?«

»Ja, wegen der Silberhochzeit. Wiebke wollte wissen, ob wir nicht gemeinsam etwas schenken wollen.«

»Und?«

»Tja, wir hatten ein paar Vorschläge erörtert, aber so richtig warm wurden wir damit nicht.« Inge blickte auf. »Mit Elke wollte sie deswegen auch noch telefonieren. Es ist wirklich traurig. Am liebsten würde ich heute ganz blaumachen.«

»Mach das doch«, schlug Gesa vor, die nur zu gut wusste,

wie es ihrer Patentante ging. »Allerdings wäre ich dir dankbar, wenn du nachher noch einmal einen Blick auf das Skelett werfen könntest.«

»Oh, das habe ich längst.« Inge sah auf. »Ich hatte eh vor, heute Vormittag mit der Untersuchung weiterzumachen.«

Gesa ließ überrascht den Kaffeebecher sinken. »Knudsen hat dir die Kochen schon vorbeigebracht? Er hatte mir das erst für heute Vormittag zugesagt.«

»Nein, das ist längst geschehen. Die beiden jungen Männer, die sie aus der Zisterne fischten, haben die Überreste letzte Nacht zu mir herumgefahren, während du und Knudsen im Hafen wart.« Inge atmete tief ein. »Am liebsten wären die zwei wohl gleich hiergeblieben, um mir bei der Untersuchung zu attestieren. Für die war der Fund offenbar ein aufregendes Abenteuer.«

»Dann kannst du mir bereits etwas zu dem Skelett sagen? Angaben zum Geschlecht vielleicht. Oder wenigstens zu dem Alter der Knochen? Ich hoffe, in den Akten der Dienststelle auf Vermisstenfälle und Ähnliches zu stoßen, um so die andere Leiche identifizieren zu können. Ich bin also dankbar für alles, was ich von dir bekomme.«

»Ich bin keine Gerichtsmedizinerin, aber vielleicht kann ich dir ein wenig helfen.« Inge stellte den Becher ab. »Zum Glück habe ich fast alle meine alten Studienbücher aufbewahrt. Denn glaub mir, die habe ich auch gebraucht.« Sie erhob sich mit knackenden Gliedern. »Vielleicht nimmst du das Skelett selbst mal in Augenschein. Ich habe die Knochen drüben in der Praxis auf einem Tapeziertisch zusammengesetzt. Eine ganz schön gruselige Arbeit, wenn ich das mal sagen darf.«

Gesa erhob sich und begleitete Inge über einen schmalen Korridor neben der Küche zu einer Tür, die die Privatwohnung von den Praxisräumlichkeiten trennte.

»Ich hoffe, du hast dir dafür nicht gerade das Behandlungszimmer ausgesucht«, meinte Gesa, während ihre Patentante die Tür aufschloss.

Inge lachte freudlos. »Hast du Angst, meine Patienten könnten bei dem Anblick der Knochen an meinen Fähigkeiten zweifeln? Nein, drüben ist noch ein Gymnastikraum, den ich nur selten nutze. Dort …« Sie öffnete die Tür und verstummte.

Auch Gesa spürte den kalten Luftzug, der durch die kleine Teeküche wehte, die sie eben betraten. Beunruhigt marschierte Inge in den benachbarten Empfangsraum der Praxis und stieß einen ungläubigen Laut aus. Lose Zettel lagen vor dem Tresen am Boden, und Gesa sah, dass eine Tür neben dem Wartezimmer aufstand. Der Luftzug kam eindeutig aus diesem Raum.

Sie hielt ihre Tante zurück und griff instinktiv nach ihrer Dienstwaffe. Doch die lag in einem Tresor der Polizeistation. Anders als auf dem Festland war es auf Pellworm nicht üblich, bei Einsätzen eine Waffe zu tragen.

Sie eilte hinüber zum Türsturz und spähte in den dahinterliegenden Raum. Nahe einer Sprossenwand, unweit eines Behälters mit blauen und grünen Bällen, sah sie wie angekündigt den Tapeziertisch. Doch dieser war leer.

Eines der Fenster nach draußen zum Garten stand offen, und Gesa konnte sehen, dass es mit Gewalt aufgebrochen worden war. Von dort zog es kalt herein. Auf dem Zimmerboden hatte sich eine Pfütze ausgebreitet, die klarstellte, dass der Einbruch schon einige Stunden her war.

»Verdammt, das gibt es doch nicht!«, entfuhr es Inge, die sich neben Gesa drängte. Fassungslos sah sie das offen stehende Fenster an.

Draußen grollte es.

Sie wollte vorstürmen, doch Gesa hielt sie zurück. »Nicht. Solange die Spurensicherung nicht hier war, darfst du den Raum nicht betreten.«

»Aber jemand ist hier eingebrochen. Bei mir. Ausgerechnet.« In Inges Augen funkelte Zorn. »Wer auch immer das war, wenn ich den erwische, dann …«

»Nein, das überlässt du schön mir«, ermahnte Gesa die Ärztin. »Dir sollte klar sein, wer dir heute einen nächtlichen Besuch abgestattet hat?«

Inge schluckte. »Wiebkes Mörder?«

Gesa nickte. »Sei bloß froh, dass der nicht noch einen Abstecher nach nebenan gemacht hat.«

Inge verstummte und erstmals las Gesa Furcht in ihrem Gesicht.

Sie nahm den übrigen Raum in Augenschein. Der oder die Unbekannte hatte nicht einen Knochen zurückgelassen. Die Schäden am Fensterrahmen hingegen wirkten so, als habe der Einbrecher einen Kuhfuß oder ein Brecheisen benutzt. Genaueres würden ihre Kollegen herausfinden, wenn diese denn irgendwann auf der Insel eintrafen.

»Fehlt sonst noch etwas?«, fragte Gesa.

»Nein … nicht, dass ich wüsste.« Inge wandte sich wieder dem Empfangsraum zu, und gemeinsam durchsuchten sie auch die übrigen Praxisräumlichkeiten. In einem der beiden Behandlungsräume stand eine Schublade offen, die den Eindruck erweckte, durchsucht worden zu sein.

»Mein altes Diktiergerät fehlt«, erklärte die Ärztin wütend.

Gesa atmete tief ein. Ihr erster richtiger Fall auf Pellworm – und dann ließ sie sich gleich eine ganze Leiche stehlen. Wäre sie nicht bereits hier, hätten ihre Vorgesetzten spätestens jetzt ihre Versetzung auf eine Insel beantragt.

»Na gut.« Gesa tastete nach ihrem Handy, als ihr einfiel, dass ihre Jacke noch drüben in Inges Wohnzimmer hing. »Ich muss gleich Knudsen Bescheid geben, damit er die Wachen beim Kutter und beim alten Internat verstärkt.«

»Wieso zum Teufel stiehlt jemand ein Skelett?«, überlegte Inge laut. »Es wurde doch schon gefunden.«

»Vermutlich, um zu verhindern, dass wir herausfinden, zu wem die Knochen gehören«, antwortete Gesa. »Leider können wir jetzt nicht einmal mehr einen Gebissabgleich vornehmen.« Sie sah verärgert drein. »Nicht nur Knudsen will informiert werden. Mir steht ein unangenehmer Anruf aufs Festland bevor. Die Kollegen werden nicht gerade begeistert sein.«

»Willst du nicht wissen, was ich herausgefunden habe?«, fragte Inge.

»Hast du denn was?«

Die Ärztin schnaubte. »Wenn dieser Mistkerl geglaubt hat, er könne mit dem Diebstahl der Knochen alle Beweise vernichten, dann ist er falsch gewickelt. Ich habe das Skelett natürlich mit meiner Kamera abgelichtet.« Sie kramte ihr Smartphone aus der Tasche, das ihr Gesa erst zwei Monate zuvor zu Weihnachten geschenkt hatte.

»Du besitzt Fotos?«

»Aber sicher. Ich dachte, du bräuchtest welche für deine Kollegen.« Inge rief ihre Fotodateien auf und präsentierte ihr eine Bildergalerie des auf dem Tapeziertisch liegenden Skeletts. Gesa nahm ihr das Handy ab und vergrößerte die Bilder jeweils mit einer aufziehenden Fingerbewegung. Inge hatte die Überreste aus mehreren unterschiedlichen Positionen abfotografiert. Die alten Knochen waren bräunlich verfärbt und die einzelnen Fundstücke waren so zusammengefügt, dass die Skelettstruktur gut zu erkennen war. Allein der Unterkiefer stand in einem scheußlichen Winkel vom übrigen Schädel ab. Gesa hatte ähnliche Funde schon früher gesehen, doch aus irgendeinem Grund berührten sie diese Überreste zutiefst.

»Also sag schon«, hub sie an. »Womit haben wir es hier deiner Meinung nach zu tun?«

Das Internat

»Nein, ich komme mir eher so vor, als wolle mich irgendeine missgünstige Schicksalsmacht vorführen«, sprach Gesa verärgert. »Die Kollegen der Mordkommission wollen jetzt natürlich haarklein über jeden meiner Schritte informiert werden. Außerdem darf ich mich noch dafür rechtfertigen, warum ich das Skelett letzte Nacht in Inges Praxis habe schaffen lassen.«

Gesa saß am Steuer ihres Dienstwagens, mit dem sie über eine asphaltierte Straße in Richtung Inselmitte fuhr, und telefonierte mittels Freisprecheinrichtung mit ihrer besten Freundin Katja, die als Polizeimeisterin in der Husumer Leitstelle arbeitete. Im Gegensatz zu Gesa, die all die Jahre über bei der Schutzpolizei gearbeitet hatte, war Katja einige Jahre bei der Wasserschutzpolizei gewesen, bevor sie sich nach Husum versetzen ließ. Seit Peters Tod war der Kontakt zwischen ihnen noch enger geworden.

»Aber ausgerechnet dir Fahrlässigkeit zu unterstellen«, vernahm sie Katjas empörte Stimme aus den Lautsprechern, »dafür sollten sie dich doch eigentlich gut genug kennen.«

»Ja, möchte man denken«, sagte Gesa. »Andererseits: Kennst du einen anderen Kollegen, der es fertiggebracht hat, sich vor der Nase ein ganzes Skelett stehlen zu lassen?«

Katja schwieg.

»Eben«, kommentierte Gesa die Stille. »Die ganze Sache ist überhaupt rätselhaft. Von dem Knochenfund wussten nicht viele. Und ich habe nicht an die große Glocke gehängt, dass ich ihn zu Inge schaffen lassen würde.«

»Offenbar hat einer der Feuerwehrleute nicht dichtgehalten«, mutmaßte Katja. »Oder einer der Schaulustigen hat etwas bemerkt.«

»Ja, an die habe ich ebenfalls schon gedacht.« Gesa lenkte ihren Wagen auf einen gepflasterten Weg, der an einem Feldgraben entlang auf eine reetgedeckte Bauernkate samt angrenzender Scheune zu führte. Beide Gebäude zeichneten sich mit ihren weiß gekalkten Außenwänden hell vor dem düsteren Sturmhimmel ab. Das Gehöft thronte auf einer mit Bäumen bepflanzten Warft, einem künstlich aufgeschichteten Erdhügel, der Haus und Hof vor Sturmfluten schützen sollte. Die Bauweise war typisch für die Insel. »Wäre ja nicht das erste Mal«, fuhr Gesa fort, »dass es den Täter zurück zum Schauplatz seines Verbrechens zieht.«

»Hat die Feuerwehr denn Fotos von den Leuten gemacht?«

»Hoffentlich«, meinte Gesa. »Ich habe jedenfalls nicht daran gedacht. Aber das werde ich herausfinden. Sag mal, du kennst doch wirklich Gott und die Welt. Kannst du dich nicht mal umhören, wer der Kollege ist, den sie heute auf die Insel schicken.«

»*Du* hast doch bei der Mordkommission hospitiert.«

»Wie du wissen solltest, haben wir in Schleswig Holstein vier Mordkommissionen. Und aus Itzehoe stammt der nicht. Nach dem unangenehmen Telefonat vorhin will ich auch nicht den Eindruck erwecken, dass ich mir jetzt irgendwie auf den Schlips getreten fühle. Ich will einfach nur wissen, mit wem ich es zu tun habe.«

»Dienstrang Kriminalhauptkommissar?«

»Ja. Und für uns auf Pellworm ist das K1 in Flensburg zuständig.«

»Okay. Wenn der tatsächlich heute noch mit der Tatortbereitschaft nach Pellworm übersetzt, wird das vermutlich mit dem Küstenwachschiff *Eider* geschehen. Der Fährverkehr ist ja noch immer ausgesetzt. Wer weiß, vielleicht haben meine alten Kollegen auf Nordstrand schon einmal mit ihm zu tun gehabt.«

»Gut. Ich muss jetzt Schluss machen«, sprach Gesa, während sie auf den Vorplatz des Gehöfts fuhr.

»Warte einen Augenblick«, tönte es Gesa aus der Freisprecheinrichtung entgegen. Am anderen Ende der Leitung waren gedämpfte Stimmen zu hören, dann meldete sich Katja wieder zu Wort. »Bist du noch da?«

»Sicher.«

»Ich habe hier noch etwas, das dich interessieren könnte: Ich halte gerade die aktuelle Ausgabe der *Husumer Rundschau* in Händen. Da sind eure Leichenfunde von letzter Nacht der große Aufmacher. Inklusive Bild dieses ehemaligen Internats.«

»Wie bitte?« Gesa trat brüsk auf die Bremse und sah ungläubig ihr Handy an. »Wie sind die denn so schnell …?« Sie brach ab und ihre Miene verfinsterte sich. »Such mal den Verfasser des Artikels.«

»Hier stehen zwei Namen. Ein V. Weber und ein A. Lorenzen.«

»Das ist doch bitte nicht wahr.« Gesa stieß einen wütenden Laut aus. »Ich hab den Fundort gestern von einem professionellen Fotografen ablichten lassen. Arne Lorenzen sein Name. Die Fotos, die ihr habt, stammen von ihm.«

»Tja«, stellte Katja trocken fest. »Da hat offenbar jemand seine Chance als Reporter wahrgenommen.«

»Ja, aber das ist doch … Dass der auch als Journalist arbeitet, wusste ich nicht. Obwohl …« Gesa erinnerte sich plötzlich daran, dass Inge das erwähnt hatte. Wütend nahm sie das Handy aus der Halterung und drückte es sich ans Ohr. »Macht erst auf freundlich und dann so was. Der Kerl hat letzte Nacht sogar auf Jan aufgepasst.«

»Auf Jan? Das heißt … der war bei euch zu Hause?« Gesa schwieg, was Katja offenbar amüsierte. »Hochinteressant. Seit wann lässt du dich denn wieder auf Männer ein? Also nicht, dass ich das nicht gutheißen würde. Zwei Jahre sind ja …«

»Mir ist wirklich nicht nach Scherzen zumute.«

»Das war auch kein Scherz. Aber wenn es dich tröstet, die Meldung von euren Leichenfunden wäre heute sowieso an die Presse gelangt.«

»Das sehe ich anders«, murrte Gesa. »Zumindest die Nachricht von dem Skelettfund hätte ich gern noch eine Weile zurückgehalten. Schließlich wissen wir nicht, ob wir es bloß mit einem Täter zu tun haben. Bitte sei so nett und lichte den Artikel kurz ab und schick ihn mir aufs Handy. Solange wir vom Festland abgeschnitten sind, bekommen wir hier keine Zeitungen.«

»In Ordnung, wird gleich erledigt.«

»Und wenn du sonst noch etwas Neues erfährst, sei so gut und halte mich bitte auf dem Laufenden.«

Sie verabschiedeten sich und Gesa beendete die Verbindung.

Drüben bei den Gebäuden öffnete sich die Tür der Scheune, und Inges Bekannter Nils Ott trat in Begleitung eines etwa gleichaltrigen dunkelhaarigen Mannes mit grüner Wollmütze auf den Vorplatz, der etwas drahtiger als er war. Nils Ott selbst trug heute keine Gore-Tex-Jacke, sondern einen Blaumann. Beide Männer blickten neugierig zu Gesas Streifenwagen hinüber, während sie sich unterhielten.

Die Polizistin grüßte die beiden durch die Windschutzscheibe hindurch, beäugte dann das Display ihres Handys. Es dauerte nicht lange und Katjas Nachricht samt dem Zeitungsartikel im Anhang traf ein. Sie vergrößerte die Aufnahme und las den Artikel aufmerksam durch. Die Zeitung hatte als Aufmacher ein Bild von dem alten Herrenhaus verwendet, vor dem medienwirksam die Fahrzeuge der Feuerwehr standen. Sie kannte das Original aus der Bildgalerie, die ihr Lorenzen in der Nacht noch via E-Mail hatte zukommen lassen. Wenigstens hatte er darauf verzichtet, eines der Fotos aus dem Gewölbe mit der Zisterne zu verwenden. Und zum Glück fiel in dem Artikel auch nicht der

Name von Inges ermordeter Schulfreundin. Dennoch, durch diesen Artikel kamen sie und ihre Kollegen unnötig in Zugzwang, denn von jetzt an würde auch die übrige Presse versuchen, mehr über den Mordfall herauszufinden.

Mit einem Seufzer steckte sie das Handy weg, setzte sich die Dienstmütze auf und verließ den Streifenwagen. Außerhalb des Fahrzeugs blies ihr ein unangenehmer kalter Wind entgegen, der die nahen Bäume der Warft zum Rauschen brachte.

»… aber ich kümmere mich drum«, hörte sie Nils Ott sagen. »Sollte wohl Ende der Woche fertig sein.«

»Ich hoffe es«, antwortete sein Gegenüber, der Gesa nun ebenfalls entgegenblickte. Freundlich grüßte er, und Gesa war sich sicher, den Mann schon einmal auf der Insel gesehen zu haben.

»Moin, Frau Harms.« Nils Ott wischte sich die Hände mit einem Lappen ab und öffnete einen Flügel der Scheune für sie. »Hätte nicht gedacht, dass Sie so schnell zu uns finden. Am besten, Sie kommen in die Werkstatt. Hier ist es wärmer.«

»Herr Ott.« Gesa reichte ihm die Hand.

Nils Otts Begleiter stand etwas unschlüssig daneben.

»Oh, darf ich vorstellen«, meinte Nils Ott. »Martin Jensen. Mein bester Kumpel. Ich habe gerade seinen Wagen am Wickel.«

Gesa schüttelte auch ihm die Hand.

»Gut, dann will ich mal nicht weiter stören«, meinte Jensen. »Bis später.« Er tippte sich gegen die Mütze, musterte Gesa noch einmal und schritt zu einem Fahrrad, das unweit des Tors stand.

Gesa folgte Nils Ott ins Innere der Scheune, in der es vergleichsweise warm war und in der es leicht nach Öl, Benzin und kaltem Eisen roch. Interessiert sah sie sich um. Der Schober war zu einer Kfz-Werkstatt mit langen Arbeitsbänken umgebaut worden, die sogar über eine Fahrzeuggrube und eine Hebebühne verfügte. Über der Grube stand ein dunkel lackierter Ford Mustang mit geöffneter Motorhaube, und weiter hinten erblickte Gesa einen grüner Traktor, der seine besten Zeiten vermutlich in den Sechzigern erlebt hatte.

»Interessant. Ich dachte, Sie und Ihre Frau machen in Hausmeisterei?«

Nils Ott lachte und fuhr sich durch sein strubbeliges, nussbrauner Haar. »Ehrlich gesagt muss man auf Pellworm erfinderisch sein, wenn man über die Runden kommen will. Gerade im Winter.« Er legte den ölverschmierten Lappen auf eine Werkbank. »Renate und ich machen den Hausmeisterjob nur nebenbei. Abgesehen von dem ehemaligen Internat noch bei einigen anderen Objekten auf der Insel. Wie Sie sehen, führen wir hier noch die Werkstatt, und drüben auf der Halbinsel Nordstrand unterhalten wir einen Bootsverleih, der aber leider nur im Sommer etwas abwirft. Renate ist für das Geschäftliche verantwortlich, ich für das Praktische. Jedenfalls offiziell.« Er warf einen gequälten Blick auf den Motorblock des Mustangs. »Zumindest was Motoren betrifft, versteht sie davon aber manchmal mehr als ich.«

»Sehr umtriebig«, meinte Gesa anerkennend.

»Ja, wirkt vermutlich so«, meinte Nils Ott. »Ich bin nur froh, dass ich inzwischen wieder arbeiten kann. Ich war die letzten Monate über ziemlich krank. Nur schätze ich, dass Sie deswegen nicht hier sind?«

»Nein, ich habe einige Fragen, die Sie und Ihre Frau mir vermutlich am besten beantworten können.«

»Dann warten Sie kurz.« Er zückte ein Handy und wählte eine Nummer. »Renate? Komm doch mal eben rüber in die Werkstatt. Frau Harms ist gerade gekommen. Vielleicht bringst du bei der Gelegenheit Kaffee mit?« Er beendete das Telefonat und steckte das Handy wieder weg. »Meine Frau kommt gleich.

Kann ich Ihnen denn schon irgendwie weiterhelfen? Die letzte Nacht dürfte für Sie sicher recht kurz gewesen sein.«

»Ja, kann man so sagen.« Gesa lehnte sich gegen eine Werkzeugbank. »Ich habe zwar auch schon mit Inge gesprochen, aber sie meinte, dass Sie beide mir meine Fragen über das alte Internat vermutlich am besten beantworten könnten. Sie kümmern sich um das Gebäude ja schon eine Weile, richtig?«

»So ist es.« Nils Ott setzte sich schwerfällig auf einen alten Schemel. »Wirklich schrecklich, das gestern. Und dann ausgerechnet Wiebke.« Ott schüttelte betrübt den Kopf. »Ich kenne Wiebke ja noch von früher aus ihrer Teenagerzeit, und ich hatte mich schon darauf gefreut, sie nach all der Zeit wiederzusehen. Von unserer Silberhochzeit in zwei Wochen hat Ihnen Inge vermutlich schon berichtet?«

Gesa bejahte das.

»Wiebke ist seit ihrer Schulzeit nicht mehr auf Pellworm gewesen. Wir haben sie aber vor fünf oder sechs Jahren mal in Kiel besucht. Damals war sie noch mit ihrem Mann zusammen. Aber der Kontakt war leider nicht mehr so eng. Umso mehr haben wir uns über ihre Zusage gefreut, zu unserer Feier zu erscheinen.«

»Das heißt, sie hat ihren jetzigen Besuch auf der Insel auch Ihnen beiden gegenüber nicht angekündigt?«

»Nein, nicht dass ich wüsste.« Nils Ott zuckte mit den Schultern. »Ich habe keine Ahnung, was sie hier wollte. Und irgendwie finde ich es auch seltsam, dass sie ihren Abstecher auf die Insel weder bei Renate noch bei Inge angemeldet hat.«

»Das heißt, auch Ihre Frau wusste nicht, dass Wiebke Ehlers auf Pellworm weilte?«

»Nein. Aber fragen Sie sie doch selbst.« Ott deutete zur Scheunentür, die sich jetzt öffnete. Herein kam Renate Ott. Das schulterlange braune Haar der Frau war vom Wind zerzaust, sie war lediglich mit Jeans und einer wärmenden Strickjacke über einem karierten Pullover bekleidet.

»Frau Harms.« Sie reichte Gesa die Hand und stellte eine Thermoskanne auf der Werkzeugbank ab. »Und, hast du den Anlasser schon hingekriegt?«

»Du bist ja wie Martin.« Nils Ott sah den Wagen hinter ihm zweifelnd an. »Nein. Den Magnetschalter habe ich schon geprüft. Hängt nicht. Vielleicht sind die Hauptkontakte kaputt?«

»Vielleicht überprüfst du mal den Elektromotor des Starters?«

»Ja, gute Idee.«

Sie wandte sich an Gesa. »Schon etwas Neues wegen Wiebke?«

»Tut mir leid. Dazu darf ich aus ermittlungstaktischen Gründen leider nichts sagen.« Gesa sah Inges alter Freundin an, dass sie in der Nacht ebenfalls kaum ein Auge zubekommen hatte.

»Verstehe.« Renate Ott wirkte deprimiert. »Sagen Sie uns einfach, wenn wir Ihnen irgendwie helfen können Wiebkes Mörder …« Ihre Stimme brach. »Die Schlüssel zum alten Internat haben wir Ihnen ja schon ausgehändigt. Ein weiterer sollte im Amt zu finden sein.«

»Deswegen bin ich nicht hier.« Gesa schüttelte den Kopf. »Ihr Mann und ich haben uns gerade gefragt, was Wiebke Ehlers zwei Wochen vor Ihrer beider Silberhochzeit auf Pellworm zu suchen hatte.«

Renate Ott hob hilflos die Hände. »Ich weiß es nicht. Keine Ahnung. Mir gegenüber hat sie ihr Kommen nicht angekündigt. Und Nils wusste offenbar auch von nichts.«

»Auch auf dem Anrufbeantworter des Festnetzanschlusses war nichts zu finden«, bestätigte ihr Mann. »Ich gebe zu, den überprüfen wir nur zwei- bis dreimal die Woche, die meisten Anrufe kommen heutzutage ja über Handy rein. Ich habe ihn letzte Nacht eigens noch mal gecheckt, aber es war nichts drauf.«

»Und Inge weiß ebenfalls nicht, was Wiebke hier zu suchen hatte?«, fragte Renate Ott, während sie einige Becher unter einem Regal an der Wand vom Haken nahm und sie mit dem Inhalt der Thermoskanne füllte.

»Nein.« Gesa nahm einen der dampfenden Kaffeebecher entgegen. »Aber wir werden herausfinden, warum Wiebke Ehlers hier war. Pellworm ist ja keine Großstadt.«

»Aber weitläufiger, als man denkt«, merkte Nils Ott an.

»Konzentrieren wir uns doch zunächst einmal auf das alte Internat«, schlug Gesa vor. »Vielleicht können Sie beide mir mehr über das Gebäude erzählen.«

Das Ehepaar wechselte einen kurzen Blick, dann antwortete Renate Ott. »Das war früher ein altes Gutshaus, das, ich glaube, um 1880 erbaut wurde. Soweit ich weiß, gehörte es damals einem reichen Kaufmann aus Nordstrand. Nur hatte der keine Erben, sodass Gebäude und Grundstück Anfang des zwanzigsten Jahrhunderts an die Inselgemeinde gefallen sind. Keine Ahnung, wer es danach genutzt hat. Obwohl … ich hab mal gehört, dass es dort in den Dreißigern eine Schenke gab, die sich aber nicht halten konnte. Das Marie-Böttner-Internat für Mädchen – benannt wurde es nach dieser Bremer Pädogogin und Frauenrechtlerin – wurde erst Mitte der Fünfziger gegründet. Also lange bevor wir Mädchen es besucht haben.«

»Und wann genau wurde das Internat geschlossen?«

»Das war 1994«, antwortete Renate Ott. »Mit Beginn der großen Ferien. Hat sich für die Betreiber offenbar nicht mehr rentiert.«

»Wissen Sie, wie viele Mädchen bis dahin dort untergebracht waren?«

»Sie meinen, in all der Zeit?« Sie blickte Gesa überrascht an. »Hunderte. In den Jahren lebten dort ja immer zwischen zwanzig und dreißig Mädchen.«

Gesa sah sehr viel Arbeit auf sich zukommen.

»Dauerhaft auf Pellworm geblieben sind nur wenige«, fügte Nils Ott hinzu. »Abgesehen von Renate vielleicht noch zwei oder drei andere, die hier ihr Glück gefunden haben.«

»Wann haben Sie beide sich eigentlich kennengelernt?«, wollte Gesa von dem Ehepaar wissen.

»1973«, antwortete Nils Ott wie aus der Pistole geschossen und zwinkerte seiner Frau zu. »Hier auf Pellworm. Da war Renate gerade süße siebzehn Jahre alt.«

»Sie stammen von der Insel?«

»Nein, ich bin in Neuenkirchen, in der Nähe von Wesselburen aufgewachsen«, antwortete er.

»Das ist drüben auf dem Festland, oder?«

»Genau.« Er nahm ebenfalls einen Schluck Kaffee. »Ich war zu dem Zeitpunkt einundzwanzig und hab mich damals mit Gelegenheitsjobs durchgeschlagen. Eine Ausbildung hatte ich noch nicht. 1973 hab ich dann durch Zufall ein Inserat für einen Job hier auf der Insel in die Hand bekommen. Nur wurden mein Arbeitgeber und ich nicht besonders warm miteinander. Ich habe dann als Barmixer in einer Touristenschenke hier auf der Insel gearbeitet. Da konnte ich quasi Hobby und Beruf verbinden.« Er grinste. »Die Kneipe gibt es leider nicht mehr. Was aber nicht daran liegt, dass ich Renate und ihren Freundinnen gern mal einen umsonst ausgeschenkt habe.«

Gesa musste unwillkürlich lächeln. »Das freut mich. Nicht jede Ehe hält so lange.«

»Verheiratet sind wir ja erst seit Anfang der Neunziger«, merkte Renate Ott verlegen an. »So lange musste ich nämlich warten, bis mir Nils endlich einen Antrag gemacht hat.«

»Ach komm.« Ihr Gatte zwinkerte. »In den vielen Jahre davor musste ich ja erst mal prüfen, was ich mir da eingebrockt habe.« Er wurde schnell wieder ernst. »Ganz ehrlich: Das mit uns, das war Liebe auf den ersten Blick. Passiert sicher nicht jedem. Von der einstigen Mädchenclique ist dann auch nur Renate auf der Insel geblieben. Meinetwegen. Ich wollte mich hier nämlich mit einem Laden selbstständig machen. Tourismusbedarf. War dann aber leider doch nicht so erfolgreich.«

»Und die Clique bestand aus wem?«

»Na, Ihre Patentante Inge natürlich«, antwortete Renate Ott, »außerdem Wiebke Ehlers und Elke Janssen. Letztere arbeitet heute als Krankenschwester in Husum. Auf unserer Silberhochzeit wollten wir uns alle das erste Mal nach der langen Zeit wiedersehen.«

»Eigentlich wart ihr damals ja sogar zu fünft«, brummte Nils Ott.

»Stimmt«, pflichtete ihm seine Frau bei. »Da ist auch noch Strübbel.«

»Wer bitte?«, hakte Gesa nach.

»Ihr richtiger Name lautet Astrid«, klärte Nils Ott sie auf. »Strübbel ist bloß ihr Spitzname, weil sie aus dem gleichnamigen Kaff unten in Dithmarschen stammt. Über sie habe ich Renate und die anderen überhaupt erst kennengelernt.«

»Nur hat Strübbel das Internat bereits kurz vor dem Schulabschluss verlassen und den Kontakt zu uns anderen dann abgebrochen. Was sie heute macht, weiß ich nicht.« Renate Ott zuckte gleichmütig mit den Schultern. »Am besten habe ich mich aber immer mit Wiebke verstanden. Vor ein paar Jahren haben Nils und ich sie noch mal in Kiel besucht.«

»Ja, davon berichtete mir Ihr Mann schon«, meinte Gesa.

»Und jetzt das.« Renate Otts Augen schimmerten feucht. Ihr Mann reichte ihr ein Taschentuch, in das sie sich schneuzte. »Entschuldigen Sie.«

Gesa schaute mitfühlend. »Inge hat der Mord an Frau Ehlers auch sehr mitgenommen. Was mich aber eigentlich interessiert ist, seit wann es in dem Internat diese Zisterne gibt. Die scheint doch schon eine Weile nicht mehr in Betrieb zu sein.«

»Sie fragen wegen der Knochen, die die Feuerwehr da unten gefunden hat?«, wollte Nils Ott wissen.

»Richtig.« Gesa betrachtete ihn aufmerksam. »Die Zisterne kann schon lange nicht mehr an die Wasserversorgung des Hauses angeschlossen sein. Andernfalls wäre die dort verwesende Leiche doch sicher aufgefallen?«

Die Otts warfen sich unbehagliche Blicke zu.

»Also, wir haben während unserer Schulzeit schon fließendes Wasser gehabt.« Renate Ott drehte nachdenklich die Thermoskanne in ihrer Hand. »Pellworm ist zwar erst recht spät an die Wasserversorgung vom Festland angeschlossen worden, ich glaube erst 1965, aber davon haben wir nichts mehr bemerkt. Bis zu unserer Hausmeistertätigkeit wusste ich nicht einmal, dass es im Keller überhaupt eine Zisterne gibt.«

»Wenn Sie mich fragen«, mutmaßte Nils Ott, »wurde der Tote, von dem die Knochen stammen, irgendwann nach 1994 dort unten entsorgt.«

»Sie sprechen von dem Jahr, als das Internat schloss?«, fragte Gesa.

»Richtig.« Er nickte. »Seitdem steht das Gebäude schließlich leer. Meine Frau und ich schauen dort ja nur ein- bis zweimal die Woche vorbei. Für jemanden, der clever vorgeht, wäre es ein Leichtes, dort eine Leiche hinzuschaffen und sie dann in dieses Bassin zu werfen.« Er räusperte sich. »Es gab zwar in den nachfolgenden Jahren noch den einen oder anderen Interessenten für Haus und Grundstück, aber letzten Endes wurde daraus nie etwas. Das Haus bietet sich als Versteck regelrecht an.«

»Und wem gehört das Gebäude heute?«

»Na, der hiesigen Gemeinde. Die hatte Gebäude und Grundstück damals auch an den Internatsbetreiber verpachtet.« Nils

Ott nahm einen Schluck Kaffee. »Renate und ich werden jedenfalls bis heute vom Ortsamt für unsere Dienste bezahlt.«

»Und Sie beide haben auf dem Grundstück nie etwas Verdächtiges bemerkt?«

»Nein.« Renate Ott schüttelte den Kopf. »Hin und wieder brechen da ein paar Jugendliche ein, um zu feiern« – sie sah Gesa kurz in die Augen, wandte den Blick jedoch rasch wieder ab –, »aber die sind harmlos. Etwas Seltsames ist uns dort in all den Jahren nie aufgefallen. Ich meine, wir leben hier ja nicht in einer Großstadt mit all diesen Vandalen und Hausbesetzern, sondern auf Pellworm. Da kommt so was praktisch nie vor. Sollen wir Sie denn heute noch einmal durch das Gebäude führen?«

»Nein«, wiegelte Gesa ab. »Was ich sonst darüber wissen wollte, haben Sie mir ja gestern schon mitgeteilt. Davon ab bleibt das Haus so lange versiegelt, bis die Spurensicherung da war. Die setzt übrigens heute noch mit einem Schiff des Küstenschutzes über. Es wäre also gut, wenn Sie sich bereithalten würden, denn die Kollegen werden Ihnen Fingerabdrücke zu Vergleichszwecken abnehmen müssen.«

»Selbstverständlich. Sie wissen jetzt ja, wo wir wohnen.«

»Haben Sie denn schon irgendeine Ahnung, zu wem die Knochen aus der Zisterne gehören?«, wollte Renate Ott nun wissen. »Mit Wiebke kann das doch unmöglich etwas zu tun haben. Oder doch?«

»Auch dazu darf ich einstweilen nichts sagen«, antwortete Gesa. »Aber verlassen Sie sich darauf: Niemand verschwindet spurlos. Wer auch immer dort eine Leiche entsorgt hat, er oder sie hat einen Fehler begangen.«

»Und welchen?«, wollte Nils Ott wissen.

»Er hat nicht mit meiner Hartnäckigkeit gerechnet.«

Spuren

Gesa legte nachdenklich das Fax der Husumer Mordkommission auf den Schreibtisch ihrer Dienststube. Das kleine Polizeirevier lag in unmittelbarer Nähe der Hafenverwaltung und bestand lediglich aus dem Empfangsraum mit dem Besuchertresen, ihrem Büro, einer Toilette und einer einzelnen Zelle, die für gewöhnlich leer stand. Wenn sie aus dem Fenster blickte, sah sie den Tammensieler Hafen, in dem mehrere Krabbenkutter vor einem rabenschwarzen Himmel vor Anker lagen. Vom Meer kommend wehte ein kräftiger Wind, und das Hochwasser war über die Kaimauern getreten. Dennoch hatte Gesa das Gefühl, dass sich der Sturm abgeschwächt hatte.

Nach ihrer Rückkehr von den Otts hatte sie als Erstes beim Kutter von Knudsens Schwager nach dem Rechten gesehen. Eine junge Fau der Pellwormer freiwilligen Feuerwehr hielt dort Wache, und angesichts der unheimlichen Fracht, die es abzuschirmen galt, war sie recht aufgeregt gewesen. Natürlich hatte sie Gesa versichert, niemandem etwas von der Leiche an Bord erzählt zu haben – nur würde die Geheimniskrämerei schon bald keine Rolle mehr spielen, denn das Fax der Mordkommission informierte Gesa in dürren Worten über die ungefähre Ankunftszeit ihrer Kollegen von der Tatortbereitschaft, die heute noch mit der *Eider* auf die Insel übersetzen würden.

Als voraussichtliche Ankunftszeit war 15 Uhr angegeben, und eigentich sollte sich Gesa über die Verstärkung freuen. Doch dieser Kriminalhauptkommissar Wilharm, der die Mordermittlungen leiten würde, befand es nicht für nötig, sie persönlich zu kontaktieren – und das ärgerte sie. Denn spätestens mit dem Diebstahl der Knochen war aus dem Mordfall eine persönliche Angelegenheit geworden. Niemand führte sie auf solch dreiste Weise vor. Was sie jetzt brauchte, waren rasche Ergebnisse, um die Scharte wenigstens einigermaßen wettzumachen. Doch hatte sie auf dem Festland offenbar so viel Vertrauen verspielt, dass es dort niemand für nötig hielt, sie mit dem grundlegendsten Rüstzeug für weitere Ermittlungen auszustatten. Weder war ein aktuelles Foto von Wiebke Ehlers eingegangen, mit dem sie sich in Tammensiel nach der Toten hätte umhören können, noch hielt man es für nötig, ihr mitzuteilen, ob es zwischenzeitlich Ermittlungsergebnisse im persönlichen Umfeld der Toten gegeben hatte. Auch diesbezüglich verließ sich das Dezernat jetzt wohl lieber auf diesen Kriminalhauptkommissar.

Nur, was konnte sie stattdessen tun? Das einstige Internat würde heute noch Besuch von der Spurensicherung erhalten. Ebenso wie die Praxis von Inge. Und auch die Leiche Wiebke Ehlers würde ganz sicher alsbald mit dem Küstenwachschiff zur weiteren Untersuchung aufs Festland gebracht werden. Blieb das verschwundene Skelett und die Frage, um wen es sich bei der unbekannten Toten handelte.

Gesa wandte sich der Regalwand mit den Akten des Reviers zu, die ihr einstiger Kollege auf Pellworm hinterlassen hatte. Der Bestand war selbst über die vielen Jahre hinweg betrachtet äußerst überschaubar. Dort standen fünf Leitz-Ordner, die Gesa schon nach ihrem Dienstantritt vor zwei Monaten studiert hatte.

Sie nahm die Ordner noch einmal zur Hand. Die meisten der dort abgehefteten Vorkommnisse hatten sich während der Touristensaison abgespielt. Gesa entdeckte Anzeigen wegen Taschendiebstahls, sexueller Belästigung, Trunkenheit am Steuer und Ruhestörungen. Die wenigen schwereren Delikte, die es auf Pellworm gegeben hatte, darunter Einbrüche und Brandstiftungen, konnte sie an einer Hand abzählen, und die meisten davon waren aufgeklärt worden. Keiner der abgehefteten Fälle betraf das einstige Internat.

Unvermittelt stieß sie auf eine Diebstahlsanzeige aus dem letzten Jahr, die ihr Interesse weckte. Genau genommen war es der Name des Beschuldigten, der sie innehalten ließ: ein gewisser Patrick Jacobs.

Der Junge lebte auf Pellworm und war zum Zeitpunkt der Anzeige gerade siebzehn Jahre alt gewesen. Gesa nahm das beiliegende Bild einer Überwachungskamera zur Hand, das den Jungen dabei zeigte, wie er in einem Tammensieler Lebensmittelgeschäft heimlich Bierdosen in eine Sporttasche steckte. Offenbar hatte der Besitzer des Ladens die Anzeige später wieder zurückgezogen, und Gesa fragte sich, ob es sich bei ihm um jenen Patrick handelte, den Jan erwähnt hatte.

Sie wollte die Akten gerade noch einmal durchgehen, als es an der Tür zum Empfangsraum des kleinen Reviers klopfte. Gesa, die eigentlich Wehrführer Knudsen erwartete, blickte angesichts des Ankömmlings überrascht auf. »Sie?«

Vor dem Empfangstresen stand freundlich lächelnd Arne Lorenzen. Der gut aussehende Fotograf trug eine dunkle Regenjacke und strich sich das halblange blonde Haar hinters Ohr. »Ja, ich. Komme ich ungelegen?«

Sein freundlicher Blick verriet, dass er sich keiner Schuld bewusst war.

»Ich hätte nicht gedacht, dass Sie die Chuszpe haben, mir so rasch wieder unter die Augen zu treten«, brauste Gesa auf.

Das Lächeln ihres Gegenübers erlosch.

Sie erhob sich und trat ihm gegenüber. »Der Leitartikel heute in der *Husumer Rundschau* stammt doch von Ihnen, oder?«

Der Fotograf sah sie überrumpelt an. »Ja. Zumindest habe ich der Redaktion die Stichworte geliefert.«

»Hätten Sie mir nicht sagen können, dass Sie Reporter sind?«

»Aber das hatte doch Frau Wilms erwähnt. Ich bin Journalist, Buchautor und Fotograf.« Lorenzen trat vorsichtshalber einen Schritt zurück. »Ich hatte keineswegs vor, Sie darüber in Unkenntnis zu lassen. Und Mord ist nun einmal Mord. Es gehört zu meiner beruflichen Verpflichtung, über solche Ereignisse zu berichten.«

»Dass Sie als einziger Journalist am Tatort waren, hatte damit natürlich nichts zu tun.«

»Doch, selbstverständlich hatte es das.« Lorenzen runzelte die Stirn. »Ohne pietätlos erscheinen zu wollen, aber als Journalist lebt man von solchen Fällen. Morgen werden alle Zeitungen hier im Norden von den Leichenfunden berichten. So aber war meine Redaktion die erste. Das wollen Sie mir doch jetzt bitte nicht vorhalten?«

»Die Aufnahmen, um die ich Sie gebeten hatte, waren allein für die Polizeiarbeit bestimmt.«

»Das habe ich berücksichtigt. Die Fotos unten aus dem Gewölbe sind alleine Ihnen zugegangen. Meine Redaktion habe ich nur mit den Aufnahmen versorgt, die ich unmittelbar nach meiner Ankunft mit Herrn Freese geschossen habe.«

»Trotzdem haben Sie in dem Artikel Informationen weitergegeben, die ich aus ermittlungstaktischen Gründen lieber noch eine Weile zurückgehalten hätte.«

»Welche?« Arne Lorenzen wirkte ehrlich betroffen. »Ich habe nicht einmal den Namen der einen Toten genannt – und das, obwohl ich ihn mitbekommen habe.«

»Das nicht. Aber Sie haben den Skelettfund erwähnt. Den hätte ich gern eine Weile verschwiegen. Schon um den Täter in Sicherheit zu wiegen.«

»Verstehe.« Lorenzen räusperte sich. »Das tut mir leid. Ehrlich. Ich hatte nicht die Absicht, Ihre Ermittlungen zu behindern.«

Gesa sah den Fotografen missbilligend an, als dieser plötzlich zwinkerte. »Was, wenn ich den Lapsus wiedergutmachen kann?«

»Und wie?«

»Na ja, ich vermute mal, Ihr Ärger auf mich hat auch mit dem Diebstahl der Knochen zu tun.«

»Woher wissen Sie das?«

»Frau Wilms hat mir davon erzählt.«

»Sie hat … was?« Gesa sah ihn perplex an.

Lorenzen legte den Kopf schief. »Warum glauben Sie mir nicht, dass ich auf Ihrer Seite stehe?«

»Weil ich mit Reportern schon häufig schlechte Erfahrungen gemacht habe. Außerdem mag ich es nicht, wenn Sie Inge an mir vorbei über den Fall ausquetschen.«

Arne Lorenzen seufzte leise. »Ich habe Ihre Tante aufgesucht, weil die Apotheke auf der Insel nicht das Medikament vorrätig hatte, das sie mir gestern verschrieb. Und bei der Gelegenheit hat sie mir von dem Einbruch erzählt. Aus freien Stücken, sozusagen. Ein starkes Stück, wenn ich das mal so sagen darf. Und Sie hat mir auch davon berichtet, dass Ihnen deswegen wohl Ärger seitens Ihrer Vorgesetzten ins Haus steht.«

Gesa betrachtete den Journalisten gereizt. »Und?«

Lorenzen beugte sich vor. »Was, wenn ich Ihnen sage, dass ich inzwischen weiß, wo diese Wiebke Ehlers auf Pellworm abgestiegen ist?«

»Sie haben … Das ist nicht Ihr Ernst?« Gesa forderte Lorenzen auf, hinter den Tresen zu kommen und bot ihm nun einen Stuhl an.

»Nur gebe ich zu, dass das reines Glück war.« Lorenzen setzte sich ihr gegenüber und stellte seine Kamera auf den Tisch. »Ich habe heute noch einmal die Fotos gesichtet, die ich in den letzten Tagen geschossen habe. Und da fiel mir eines auf, das ich vorgestern während meiner Anreise geschossen hatte.« Er drückte einige Knöpfe neben dem Display seiner Kamera, auf dem ein Foto des Autodecks der Fähre erschien, mit der er nach Pellworm gereist war. Bei dem Schiff handelte es sich um die *Pellworm I*, eine schnittige Autofähre mit schwarzem Rumpf und weißem Außenanstrich, die der Neuen Pellwormer Dampfschifffahrts GmbH gehörte. Sie verkehrte zwischen dem Festlandshafen Strucklahnungshörn auf der Halbinsel Nordstrand und Pellworm. Gesa benutzte sie selbst häufig, um zum Festland zu gelangen.

Auf dem überdachten, dreispurigen Frachtdeck standen nur ein halbes Dutzend Fahrzeuge, doch waren an der Steuerbordreling mehrere eingemummelte Reisende auszumachen, die fröstelnd auf das dunkel bewölkte Meer hinausblickten.

Arne Lorenzen vergrößerte den Personenausschnitt und jetzt entdeckte Gesa Wiebke Ehlers. Sie hielt ihre Hände in dem gleichen blauen Outdoor-Mantel vergraben, in dem sie aufgefunden worden war. Außerdem trug sie eine braune Reisetasche. Lorenzen hatte sie zufällig in jenem Moment abgelichtet, als sie sich vom Meer abwandte und ihm ihr Profil zudrehte.

»Das heißt, die Tote ist auf der gleichen Fähre nach Pellworm gereist, wie Sie?«

»So ist es«, antwortete der Fotograf. »Das war die Vierzehn-Uhr-vierzig-Fähre. Auf Pellworm angekommen sind wir etwa fünfundvierzig Minuten später.«

Gesa beäugte den Schnappschuss genauer und zoomte das Gesicht der Frau heran. Ihre Gemütsverfassung war schwer einzuschätzen. Sie wirkte besorgt. Vielleicht wütend. Nur mochte das auch mit dem aufkommenden Sturm zu tun haben.

Nachdenklich sah Gesa auf. »Sie trägt ihre Tasche bei sich. Also ist sie ohne fahrbaren Untersatz auf die Insel gelangt.«

»Das Gleiche habe ich mir auch gedacht«, sagte Arne Lorenzen. »Ich bin mit dem Foto zunächst nebenan beim Kur- und

Tourismusservice vorstellig gewesen. Dort hat man mir aber nicht weiterhelfen können. Anschließend habe ich beim Inselfahrdienst nachgefragt – und der Fahrer erinnerte sich an sie. Frau Ehlers hat sich vorgestern vom Fähranleger aus zu einem Ferienhaus fahren lassen, das sich östlich vom Waldhusener Tief befindet.«

Gesa kannte den kleinen See in der Inselmitte. Er war über den Bekstrom, der sich quer über die Insel schlängelte, mit dem Hafen verbunden und gehörte zu einem Prielsystem, das angeblich schon im siebzehnten Jahrhundert Bestand gehabt hatte. In seiner Nähe lagen einige Ferienwohnungen.

»Ich hoffe, Sie haben dem Fahrer nicht erzählt, dass es sich bei der Gesuchten um die Tote handelt?«

»Nein, natürlich nicht.« Der Journalist schüttelte den Kopf. »Ich hab ihm gesagt, dass sie auf der Fähre ihre Kamera liegen gelassen hat, die ich ihr zurückgeben wollte.« Er hob seinen eigenen Fotoapparat an und lächelte schmal. »Der Rest ergab sich dann von selbst.«

»Und Sie haben die genaue Adresse?«

Lorenzen reichte ihr einen beschrifteten Zettel.

»Interessant.« Gesa erhob sich nach einem Bick auf die Anschrift. »Das Ferienhaus liegt nur knappe drei Kilometer vom einstigen Internat entfernt. Nur geben Sie mir diesen Tipp doch sicher nicht aus reiner Nächstenliebe?«

»Doch, ich gehöre zu diesen Typen.« Arne Lorenzens Lippen zuckten amüsiert. »Ernsthaft: Ich arbeite zwar auch als Journalist, nur heißt das nicht, dass ich mir in dem Haus ohne Sie Zutritt verschaffen würde. Ich wäre Ihnen aber dankbar, wenn ich als Erster berichten darf, sollten Sie dort etwas Interessantes finden.«

Gesa atmete tief ein und musterte ihr Gegenüber. »Okay. Aber Sie sprechen mit mir ab, was Sie schreiben.«

»Einverstanden.« Arne Lorenzen reichte ihr die Hand.

Gesa schlug nach kurzem Zögern ein und bemerkte, dass sein Händedruck angenehm war. Hastig entzog sie sich ihm wieder, schlüpfte in ihre Dienstjacke und setzte sich die Mütze auf. Anschließend betrat sie nebenan ihr Büro und entriegelte den dortigen Tresor, um ihren Halfter mit der Dienstpistole und dem Pfefferspray an sich zu nehmen.

»Wow, Sie besitzen sogar eine Maschinenpistole?«, ertönte es hinter ihr.

Arne Lorenzen lehnte am Türrahmen und warf einen interessierten Blick über ihre Schulter auf die zweite Waffe, die sie im Tresor verwahrte.

Gesa setzte einen strafenden Blick auf. »Ich erinnere mich nicht, Sie zum Betreten dieses Raums eingeladen zu haben.«

Der Fotograf hob die Hände und trat einen Schritt zurück. »Sorry, reine Berufsneugier.«

Sie verriegelte den Tresor wieder und erhob sich, um das Halfter anzulegen. »Das ist eine MP5.«

»Haben Sie hier auf der Insel Angst vor Terroristen?«

»Nein, sicher nicht. Die Waffe gehört quasi zur Standardausrüstung vieler ländlicher Polizeireviere. Sie ist weniger zum Einsatz gegen Menschen gedacht als zum Beispiel gegen Rinder, die durchdrehen. Denen kommt man mit einer einfachen Pistole nur schwer bei.«

»Ich habe hier bislang bloß Schafe gesehen.«

»Ich weiß«, antwortete Gesa lakonisch. »Eines davon leitet gerade das Ortsamt.«

Arne Lorenzen lachte.

»Davon ab gibt es hier sehr wohl Rinder«, erklärte sie, während sie sich weiter anzog und ein Lederetui aus einer Schreibtischschublade einsteckte, in dem sie Equipment verwahrte, das sich in der Vergangenheit bei der Untersuchung von Tatorten als nützlich erwiesen hatte. »Pellworm hat seit Kurzem sogar wieder eine Molkerei. Haben Sie die *Pellwormer Inselmilch* schon mal probiert? Die ist weit über die Insel hinaus bekannt.«

»Nein, ich trinke meinen Kaffee schwarz.«

»Immerhin scheinen Sie nicht schwarzzusehen. Also, wollen wir?«

Arne Lorenzen folgte ihr grinsend nach draußen zu ihrem Streifenwagen und sie durchquerten die nahe Ortschaft in südliche Richtung, bis sie sich auf der L97 befanden, einer geteerten Landstraße, die wie ein großer Ring alle Köge der Insel miteinander verband, wie die eingedeichten Gemeindeteile Pellworms genannt wurden. Die Fahrt zum Waldhusener Tief würde nicht lange dauern, denn die Insel war nicht sehr groß.

Arne Lorenzen saß derweil entspannt neben Gesa und betrachtete den markanten Leuchtturm Pellworms, der sich südlich von ihnen gegen den grauen Himmel abzeichnete. Gesa nutzte die Zeit, um ihren Mitfahrer aus den Augenwinkeln zu betrachten.

Er schien tatsächlich nicht die Sorte Journalist zu sein, die sie bislang kennengelernt hatte. Im Gegenteil. Erst die Sache mit ihrem Sohn gestern, jetzt das hier. Wenn sie ehrlich zu sich selbst war, war sein Hinweis genau die Art von Ermittlungserfolg, den sie derzeit brauchte.

»Ich soll Ihnen übrigens von Ihrem Sohn bestellen, dass es ihm wieder gut geht«, meldete er sich plötzlich zu Wort.

»Ach? Mit ihm haben Sie ebenfalls geredet?«

»Nun, da ihn Frau Wilms gerade betreut, blieb ihm eine Begegnung mit mir nicht erspart.«

»Was seine Diagnose anbelangt, vertraue ich lieber auf das Urteil von Inge als auf seines.« Rechts und links tauchten die Häuser Ostertillis auf, und sie bog in Richtung Inselmitte ab, die sich flach vor ihnen erstreckte. Dort, unter einem dunklen, wolkenverhangenen Himmel, spannten sich bis zum Horizont brachliegende Felder auf. Zwischen ihnen lagen Gehöfte, die sich dank der dort gepflanzten Bäume wie kleine Eilande von der übrigen Insellandschaft abhoben.

Lorenzen schmunzelte. »Ich schätze mal, dass er es kaum abwarten kann, zur Schule zurückzukehren, um sich dort als Held feiern zu lassen.«

»Also, dass er sich auf die Schule freut, wäre mir neu«, gab Gesa zurück. »Seine Noten sind in den letzten zwei Jahren dramatisch in den Keller gegangen. Seit wir hier sind, deutet sich zwar eine leichte Besserung an, aber das vermutlich auch nur deshalb, weil ihm Inge seit unserem Umzug Nachhilfe in Naturwissenschaften gibt.«

Arne Lorenzen musterte sie neugierig. »Sie beide haben ein sehr enges Verhältnis zu Frau Wilms.«

»Wieso interessiert Sie das?«

»Weil mein eigener Patenonkel mehr oder minder unsichtbar war. Den habe ich nur einmal bei meiner Konfirmation persönlich getroffen, ein Jahr später brach der Kontakt zu ihm endgültig ab.«

»Dann hat Inge ihnen also nicht berichtet, in welchem Verhältnis wir zueinander stehen?«

»Nein.«

»Seltsam, sonst ist sie doch auch so redselig.« In der Ferne zeichnete sich der See als blaugrauer Streif ab, und Gesa sah, dass das Wasser des Tiefs das Umland überschwemmt hatte.

»Inge hat mich quasi aufgezogen«, erklärte sie. »Meine Mutter und sie haben sich in Köln während des Studiums kennengelernt, nur ist meine Mutter einige Jahre später an Schizophrenie erkrankt. Sie lebt heute in einem Sanatorium in Kassel.«

Arne Lorenzen hob interessiert eine Augenbraue. »Das tut mir leid. Und Ihr Vater?«

»Hat sich frühzeitig vom Acker gemacht. Und Sie? Auch Leichen im Keller?«

»Seltsam, bei Ihnen hat diese Frage irgendwie etwas Doppeldeutiges.« Er lächelte und strich sich das Haar zurück. »Nein, eher nicht. Ich stamme aus ziemlich langweiligen Familienverhältnissen. Meine Eltern sind beide Lehrer, glücklich verheiratet, und abgesehen von der Sache mit meinem Bruder ist bei uns nie etwas Schlimmes vorgefallen. Ich hab noch eine drei Jahre jüngere Schwester, die Sie vermutlich mögen würden. Sie war früher Sanitäterin bei der Bundeswehr. Heute ist sie verheiratet und hat zwei Kinder.«

»Und Sie?« Gesa schloss kurz die Augen, denn die Frage war ihr ohne große Überlegung rausgerutscht.

»Nein, ich war nie verheiratet«, erklärte der Journalist. »Ich bin Single, wie es so schön heißt. Zumindest seit einem halben Jahr. Vermutlich bin ich zu oft auf Achse, als dass es eine Frau länger mit mir aushält.«

»Entschuldigen Sie, ich wollte Sie nicht ausquetschen.«

»Nein, schon in Ordnung. Ist nur fair. Ich weiß ja inzwischen viel mehr über Sie als Sie über mich.«

»Ist mir schon aufgefallen. Inge ist eben manchmal …«

»Nein, Frau Wilms hat damit weniger zu tun«, er lachte. »Ich habe mich gestern mit Ihrem Sohn unterhalten. Und bei der Gelegenheit haben wir auch über Ihren verstorbenen Mann gesprochen. Er vermisst seinen Vater sehr.«

»Jan?« Irritiert schaute Gesa ihren Begleiter kurz an. »Wie haben Sie das denn geschafft? Wann immer ich mit ihm über Peter sprechen möchte, weicht er mir aus.«

»Ich schätze, das war so ein Männerding.«

»Die Unterhaltung setzen wir später fort«, erklärte Gesa forsch, die nicht glauben konnte, dass sich ihr Sohn jemandem gegenüber geöffnet hatte. »Dahinten ist es nämlich.«

Neben der Landstraße erstreckte sich die Auffahrt zu einem kleinen, von Hecken und niedrigen Bäumen umschlossenen Häuschen mit Blick auf das Gewässer. Der nächste Bauernhof lag gute zweihundert Meter entfernt. Ein Landwirt fuhr soeben mit seinem Trecker vom Hof und blickte neugierig zu ihrem Streifenwagen hinüber.

Gesa stoppte den Wagen auf der Auffahrt, und gemeinsam stiegen sie aus. Wie erwartet war es kalt, und der kräftige Wind brachte die Vegetation auf dem Grundstück zum Rauschen. Das Häuschen selbst wirkte gepflegt. Nichts kündete davon, dass es derzeit bewohnt war.

»Ich frage mich, wie man von hier ohne fahrbaren Untersatz wegkommt«, meinte Arne Lorenzen.

»Mit dem Bus.« Gesa deutete die Landstraße hinunter zu einer Bushaltestelle. Viel mehr interessierte sie sich für das kleine Schild neben dem Hauseingang, auf dem der Name des Vermieters samt Telefonnummer vermerkt war.

»Daran hätte ich vorher denken sollen.« Gesa zückte ihr Handy und tippte die Nummer ein. Am anderen Ende meldete sich bloß ein Anrufbeantworter. Missmutig legte sie wieder auf. »Hat Ihnen der Fahrer erzählt, ob Frau Ehlers zuvor irgendwo noch den Schlüssel für das Haus abgeholt hat?«

»Nein.«

»Dann hatte ihn der Vermieter hier vielleicht irgendwo deponiert. Wäre nicht ungewöhnlich.« Gesa marschierte zum Hauseingang, doch die Tür war abgeschlossen. Vorsichtshalber klingelte sie. Wie erwartet reagierte niemand. Auch die Fenster waren verriegelt. Sie drehte sich zu dem Journalisten um, doch der war verschwunden. »Herr Lorenzen?«

»Ich bin hier!«, tönte es von der anderen Hausseite. Gesa umrundet das Gebäude und entdeckte ihren Begleiter auf einer kleinen Terrasse zum Garten, auf der ein einbetonierter Grill stand. Er drückte sein Gesicht gegen die Scheibe der Terassentür, um so ins Innere des Hauses zu spähen.

»Und?«

»Nichts«, antwortete er. »Zu dunkel, um irgendetwas zu erkennen. Außerdem hängt hier eine Gardine.« Er löste sich von der Scheibe und sah sie an. »Ohne einen Schlüssel kommen wir hier wohl nicht rein.«

»Sie vielleicht nicht, ich schon.« Gesa stapfte wieder zurück zur Haustür und überprüfte das Schloss. Es handelte sich um eine schlichte Holztür mit einfachem Schloss. Weitere Sicherungsbolzen waren nicht zu erkennen. Natürlich, dachte Gesa, sie lebten hier auf Pellworm. Bei dem Versuch, die Tür ohne Schlüssel aufzubekommen, sollte dieser Umstand hilfreich sein.

Sie streifte sich Handschuhe über und zückte ihre Geldbörse. Was sie brauchte, war eine möglichst biegsame und laminierte Karte, die bei dem folgenden Versuch gern kaputtgehen durfte. Der Mitgliedsausweis ihres alten Fitnessclubs sollte ausreichen. Sie zückte die Karte, steckte sie in den Schlitz zwischen Türschloss und Rahmen und ruckelte an ihr, um den Schließer zu fassen zu bekommen.

»Ich glaube es nicht«, meinte Arne Lorenzen staunend. »Ich dachte, so was funktioniert bloß in Hollywood.«

»Da in jedem Fall. Nur in der Praxis eben nicht immer.« Sie mühte sich damit ab, den Schließer mit der Karte zu fassen zu bekommen – als sie bemerkte, wie die Karte unter das schräge Ende des Riegels glitt.

Die Tür sprang auf.

»Okay, jetzt bin ich beeindruckt.«

»Dürfen Sie auch. Nur bleiben Sie jetzt zurück.«

Ihr Begleiter nickte, und Gesa drückte die Tür auf. Vor ihr lag ein aufgeräumter Flur, von dem aus eine Treppe ins Obergeschoss und drei Türen im Erdgeschoss abzweigten. Nacheinander schritt sie die Räumlichkeiten ab. Toilette, Küche und Wohnzimmer. Alles war penibel aufgeräumt, was sie seltsam fand. Sie schritt die Treppe nach oben und fand im Obergeschoss des Häuschens ein Bad, ein Schlafzimmer sowie ein Kinderzimmer mit Stapelbett. Auch hier deutete nichts auf einen Bewohner hin. Alles wirkte so, als sei das Haus schon seit längerer Zeit nicht betreten worden.

»Der Fahrer war sich sicher, dass er Frau Ehlers hierhergebracht hat?«, rief sie nach unten.

»Ja«, tönte es von dort. »Er hat ihr angeblich sogar noch geholfen, ihre Tasche reinzubringen.«

Misstrauisch sah sich Gesa noch einmal genau in den oberen Räumlichkeiten um – und entdecke doch etwas. Im Spalt zwischen dem großen Doppelbett und einem der beiden Schlafzimmertischchen befand sich eine versteckt liegende Steckdose, aus der ein Kabel ragte. Gesa trat näher heran und identifizierte es als Ladekabel, wie man es für einen Laptop verwendete. Es war halb unter das Bett gerutscht, sodass man es leicht übersah. Sie machte mit ihrem Handy einige Aufnahmen von dem Fund und kehrte ins Erdgeschoss zurück.

»Und?«, wollte Arne Lorenzen wissen, der soeben vor den Hauseingang trat. Er hielt seine Kamera in der Hand, und Gesa vermutete, dass er die Zeit genutzt hatte, um einige Aufnahmen von dem Ferienhaus zu schießen.

»Wenn Wiebke Ehlers hier tatsächlich untergekommen ist, dann hat sich der Täter große Mühe gegeben, ihre Spuren zu verwischen. Aber etwas habe ich oben dennoch gefunden.«

»Mir ist auch etwas aufgefallen: Riechen Sie das?« Arne Lorenzen beugte sich in den Hausflur vor und schnüffelte. Gesa tat es ihm nach und bemerkte den leicht stechenden Geruch nun ebenfalls. »Hm. Sie haben recht, hier riecht es nach dem kürzlichen Gebrauch von Putzmitteln. Sie haben einen guten Riecher.«

»Danke.« Der Fotograf lächelte schmal. »Ich wünschte, so etwas würde mein Chefredakteur häufiger zu mir sagen.«

Plötzlich entdeckte Gesa noch etwas. »Bitte treten Sie mal von der Haustür zurück.«

Arne Lorenzen folgte ihrem Wunsch, und sie bückte sich. An einem kleinen Nagel, der aus der unteren Türleiste hervorragte, hingen blaue Fasern. Gesa fotografierte auch diesen Fund, zupfte die Fasern anschließend mit einer Pinzette aus ihrem Lederetui ab, verstaute sie in einem kleinen Plastiktütchen und beschriftete dieses.

»Sind die von dem Mantel, den die Tote trug?«, wollte der Journalist wissen.

»Ich vermute es.«

Arne Lorenzen fuhr sich durch das halblange Haar und betrachtete beklommen Flur und Außentreppe. »Dann wurde die Tote hier über die Schwelle geschleift?«

»Das wird sich noch zeigen.« Gesa blickte auf ihre Armbanduhr und dann in Richtung des benachbarten Gehöfts. Auch dort würde sie noch vorstellig werden müssen. Nur nicht jetzt, denn in Bälde traf das Küstenwachboot *Eider* mit ihren Kollegen ein.

»Unser Täter hält sich offenbar für clever«, sprach sie kalt. »Doch das ist er nicht. Völlig egal, welche Spuren er hier versucht hat zu verwischen, meine Kollegen werden sie finden.«

Verstärkung

Kalter Nordseewind zerzauste Gesas Haar, und am Himmel krächzten einige Möwen, die sich von den Böen tragen ließen und gelegentlich auf die überfluteten Salzwiesen vor dem Deich herabstießen. Die Polizistin stand mit verschränkten Armen da und blickte zum Tiefwasseranleger im Südwesten der Insel. Der ausladende Damm erstreckte sich gute eineinhalb Kilometer hinaus aufs Meer, und die Fahrbahn war noch immer zu Teilen vom Hochwasser überschwemmt. Bei alledem wirkte das klobige, ziegelrote Abfertigungsgebäude der Neuen Pellwormer Dampfschifffahrts GmbH samt den umlaufenden Panoramafenstern an der Spitze, das sich draußen auf der Mole erhob, einmal mehr wie ein gedrungener Leuchtturm.

Der markante Bau lag unmittelbar gegenüber dem gelb-blauen Fährzubringer, an dem derzeit jedoch nicht die Fähre, sondern das schnittige Küstenwachboot *Eider* angelegt hatte. Mit seinem blauen Rumpf und den strahlend weißen Aufbauten wirkte es vor dem düsteren grauen Meer fast erhaben. Das Schiff hob und senkte sich am Anleger leicht, während eine Gruppe von Leuten zu einem Mannschaftswagen der freiwilligen Feuerwehr übersetzte. Das Fahrzeug war mit seinen hohen Reifen für Einsätze wie diesen ausgelegt, und so dauerte es nicht lange, bis es über den halb überfluteten Damm auf Gesa zukam und dabei hohe Fontänen Spritzwasser hinter sich herzog.

Das Feuerwehrfahrzeug erreichte die Auffahrt zum Deich und stoppte neben ihrem Streifenwagen. Der Fahrer grüßte knapp, und sie erkannte in ihm den jungen Mann, der letzte Nacht die Knochen aus der Zisterne geborgen hatte.

Eine Seitentür öffnete sich, und heraus trat ein hagerer Kollege um die vierzig mit markantem Kinn und grauen Schläfen, der sie fast um Haupteslänge überragte. Der Zug seiner Lippen hatte etwas leicht Verkniffenes.

»Oberkommissarin Harms?« Er verzichtete darauf, ihr die Hand zu reichen, stattdessen tippte er sich geschäftig gegen die Dienstmütze.

Gesa wusste sofort, mit wem sie es zu tun hatte, dazu bedurfte es nicht einmal eines Blickes auf die Dienstgradabzeichen seiner Lederjacke.

»Kriminalhauptkommissar Wilharm, nehme ich an«, grüßte sie freundlich. »Es freut mich, dass Sie und Ihr Team hier sind.«

»War ja wohl auch nötig«, sagte er schroff und deutete auf den Mannschaftswagen, in dem Gesa vier weitere Kollegen erblickte. Drei Männer und eine Frau, die ihre krausen Haare nur notdürftig unter der Dienstmütze zu bändigen wusste.

»Da noch einiges an Arbeit auf uns wartet«, fuhr Wilharm sogleich fort, »möchte ich die Vorstellung kurz halten. Das sind die Polizeikommissare Becker, Jung und Koch von der Spurensicherung, außerdem Kriminaloberkommissar Schultze, der mir hier auf der Insel assistieren wird.«

»Tag!« Oberkommissar Schultze beugte sich vor und nickte ergeben.

Bei dem Mittdreißiger handelte es sich um ein dürres Männlein mit buschigem Schnurrbart, der angesichts seiner eingesunkenen Haltung den Eindruck erweckte, schon immer im Schatten eines Ranghöheren gestanden zu haben. Gesa bemühte sich um ein freundliches Lächeln.

»Nun«, sprach sie, »dann schlage ich vor, dass ich Sie erst mal nach Tammensiel bringe und Sie alle briefe. Auf Pellworm sind Sie vermutlich zum ersten Mal, oder?«

»Nicht nötig«, bügelte Wilharm ihren Vorschlag ab. »Ich kenne die Insel wie meine Westentasche. Und da ich nicht vorhabe, weiter Zeit zu verlieren, haben wir die Einsatzbesprechung bereits auf der Herfahrt durchgeführt. Wir können also gleich loslegen.«

»Ohne mich zu konsultieren?«, fragte Gesa verärgert.

»Na, Ihr knapper Bericht heute Vormittag wird doch wohl alles Wesentliche enthalten haben, oder?« Wilharm lächelte gönnerhaft und wandte sich der übrigen Mannschaft zu. »Becker, Jung, Sie lassen sich von dem jungen Mann hier zum ehemaligen Internat fahren und beginnen dort mit der Spurensicherung. Sie, Frau Koch« – er nickte der Kollegin im Fahrzeug zu – »kümmern sich um die Praxis dieser Frau Wilms. Lassen Sie sich dort am besten auf dem Weg zum Internat absetzen.« Kurz drehte er sich zu Gesa um. »Die Ärztin ist hoffentlich über unser Erscheinen informiert?«

»Selbstverständlich«, antwortete Gesa reserviert.

»Na, bei Ihnen dachte ich, ich frage lieber«, meinte er kühl, bevor er sich wieder an die Kollegin der Spurensicherung wandte. »Anschließend bringen Sie die Ärztin bitte zum Revier, damit wir ihre Aussagen aufnehmen können.«

»Wenn Sie möchten, erledige ich das«, schlug Wilharms schnurrbärtiger Kollege diensteifrig vor.

»Nein, Schultze, Sie kommen mit uns und greifen sich nachher ein paar Mitglieder der Feuerwehr, um den Leichnam vom Kutter aufs Küstenwachboot zu schaffen. Frau Harms wird sie dabei unterstützen, sobald sie mir mein Büro gezeigt hat.«

Sein Büro? Gesa spürte, wie allmählich Wut in ihr aufstieg. »Ich unterbreche Sie ja nur ungern«, mischte sie sich in die Unterhaltung ein, »aber ich befürchte, Sie müssen Ihr Team etwas umgruppieren. Ich habe in der Zwischenzeit die Unterkunft ausfindig gemacht, in der die Ermorderte nach ihrer Ankunft auf der Insel abgestiegen ist. Ich war schon vor Ort, nur hat der Täter große Anstrengungen unternommen, alle Spuren zu beseitigen. Ist ihm aber nicht gelungen.«

»Ach.« Wilharm musterte sie das erste Mal genauer. »Wie haben Sie das denn so schnell hingekriegt?«

»Durch schlichte Ermittlungsarbeit, Herr Kollege.« Gesa reichte ihm Lorenzens Zettel mit der Anschrift des Ferienhauses. »Vielleicht wäre ein weiteres Briefing also doch angebracht?«

Hinter ihm grinsten einige der Kollegen, doch ihre Züge glätteten sich rasch, als Wilharms prüfend über die Schulter blickte.

»Meinetwegen«, brummte der Hauptkommissar leicht verstimmt. »Nur können Sie mir Ihren Rapport auch unter vier Augen erstatten. Also kleine Planänderung: Frau Koch, wenn Sie mit der Praxis fertig sind, lassen Sie sich zu dieser Adresse bringen.« Er reichte der jungen Kollegin den Zettel. »Ich komme später selbst hinzu und unterstütze Sie. Das Gleiche gilt für Sie beide, sobald Sie am Fundort fertig sind.« Sein Blick wanderte zu den übrigen Spurenermittlern. »Ich will rasche Ergebnisse. Noch Fragen?«

Die Kollegen im Wagen schüttelten die Köpfe.

»Alles klar, dann Ausführung!« Wilharm schnappte sich eine braune Reisetasche vom Rücksitz des Mannschaftswagens, schlug die Tür zu und klopfte gegen die Karosserie des Fahrzeugs, das wieder anrollte und den Deich hinabfuhr. »Also, dann auf zum Revier.«

Gesa ließ Wilharm in den Streifenwagen einsteigen, blickte noch einmal nachdenklich zum Küstenwachboot hinüber und setzte sich ans Steuer.

Wilharms schnaubte abfällig, als sie die ersten Häuser der

Ortschaft erreichten. »Hier hat sich wirklich gar nichts verändert. Eine Insel der Seligen – im wahrsten Wortsinne.«

»Seit gestern nicht mehr«, antwortete Gesa in dem Versuch, das Eis zwischen ihnen doch noch zu brechen. Hier ging es schließlich um zwei Morde, und da musste sie mit ihrem Kollegen an einem Strang ziehen.

»Sie stammen vor hier?«, hakte sie nach.

»Nein, um Gottes willen«, entgegnete Wilharm. »Hier liegt doch der Hund begraben. Aber ich habe hier Verwandtschaft. Und Sie? Wie ich hörte, haben Sie Ihre hiesige Dienststelle erst vor knapp zwei Monaten angetreten?«

»Ja, aus privaten Gründen.«

»Berichtete man mir. Nur muss Ihnen der Wechsel nach Pellworm doch wie ein Kulturschock erscheinen?«

»Wie Sie schon sagten, ich bin erst seit Kurzem hier. Ich werde also noch Zeit haben, mir darüber ein Urteil zu bilden. Im Augenblick erscheint es mir nicht so, als sei es hier auf der Insel ruhiger.«

Wilharm schnaubte. »Na gut, dann sprechen wir mal Tacheles: Der Bock, den Sie gestern geschossen haben, ist bei uns alles andere als gut angekommen. Meine Güte, warum haben Sie die Knochen überhaupt zu dieser Ärztin geschafft, statt sie am Fundort zu belassen?«

»Weil zwei Leichen an einem Fundort kein Zufall sind«, antwortete Gesa. »Darin werden Sie mir doch wohl zustimmen?«

»Sicher. Beantwortet aber meine Frage nicht.«

»Wenn Sie meine Mails gelesen haben, wissen Sie, dass sich der Mörder angesichts des eingestellten Fährverkehrs noch hier auf der Insel befinden muss. Und da ich nicht voraussehen konnte, dass das Morddezernat trotz des derzeitigen Sturms so schnell Hilfe schicken würde, musste ich eben unkonventionelle Wege einschlagen, um an weitere Hinweise zu gelangen. Hinweise, die es mir ermöglichen sollten, den Täter zu stellen, bevor er die Insel wieder verlassen kann. Und ich bleibe dabei: Unser Unbekannter hat wahrscheinlich nicht bloß Wiebke Ehlers auf dem Gewissen, sondern auch die Tote, zu der die Knochen gehörten.«

»Moment: *die* Tote?« Wilharm runzelte die Stirn.

»Ja.« Gesa verdrehte innerlich die Augen. »Offenbar haben Sie meine letzte Nachricht doch noch nicht gelesen. Vermutlich handelt es sich bei der Unbekannten um eine Teenagerin zwischen siebzehn und neunzehn Jahren. Frau Wilms war in der Nacht nicht untätig. Bevor das Skelett aus ihrer Praxis gestohlen wurde, hat sie es untersucht.«

»Das wäre dann ja mal die erste gute Nachricht heute«, murrte Wilharm. »Ich hoffe, man kann sich auf die Einschätzung dieser Zivilistin verlassen? Nach allem, was ich weiß, ist sie bloß eine gewöhnliche Allgemeinmedizinerin.«

»Sie hat Fotos der Knochen gemacht, die ich Ihnen noch zukommen lassen werde. Ich bin mir sicher, unsere Experten werden ihre Angaben bestätigen.«

»Trotzdem« – Wilharm schniefte –, »Sie hätten die Knochen auf gar keinen Fall unbewacht lassen dürfen. Das war grob fahrlässig, so einen Fehler begehen bloß Anfänger. Sonst noch etwas?«

Gesa bog auf den Parkplatz des Ortsamtes ein und führte Wilharm hinüber zu ihrer kleinen Polizeidienststelle. Sie hatte nicht vor, sich von ihm provozieren zu lassen. Und so klärte sie ihn auf dem Weg ruhig über die Details Ihrer bisherigen Ermittlungsarbeit auf. Dass ihr zuletzt Arne Lorenzen geholfen hatte, verschwieg sie jedoch.

»Sie wissen, dass der Wetterdienst in Bälde vermutlich Entwarnung gibt?«, fragte Wilharm, als sie das Revier betraten.

»Nein.«

»Zumindest stehen die Prognosen günstig, dass die Fähre morgen wieder ihren Betrieb aufnimmt.«

Gesa verzog unglücklich das Gesicht. »Angesichts der Umstände ist das keine gute Nachricht.«

»Wir werden sehen.« Wilharm blickte sich in der kleinen Dienststelle um und verzog das Gesicht gequält. »Gut, noch etwas: Mir ist klar, dass Sie in den Fall stark involviert sind. Aber die Aufklärung wurde jetzt mir übertragen. Und wenn ich etwas nicht dulde, dann sind das Kompetenzstreitigkeiten. Ich hoffe, wir verstehen uns?«

»Sicher. Tun wir«, antwortete Gesa.

»Gut. Dann seien Sie so gut und räumen Sie mal Ihren Tisch da drüben.« Er deutete nach nebenan zu ihrem Büro. »Irgendwo muss ich ja arbeiten. Sie können ja so lange in diesen Raum umziehen.« Er deutete auf den Besprechungstisch, an dem sie vorhin noch mit Arne Lorenzen gesessen hatte.

Gesa lächelte säuerlich. »Kein Problem.«

»Als einfache Schutzpolizistin sind Sie zwar eigentlich nicht dazu qualifiziert, aber angesichts der dünnen Personaldecke hier dürfen Sie mir und meinem Kollegen weiter zuarbeiten«, erklärte Wilharm jovial, während er seine Tasche in den Büroraum trug. »Nur dulde ich keine Alleingänge. Bei allem, was den Fall betrifft, halten Sie bitte den kurzen Dienstweg ein. Wenn Sie eine Idee haben, zuerst zu mir damit. Und wenn Sie etwas herausfinden, dann kommen Sie damit ebenfalls als Erstes zu mir. Verstanden?«

»Natürlich. Wir sind ja ein Team.«

Man brauchte nicht viel Menschenkenntnis, um zu erahnen, dass Willharm einer von den Typen war, der jeden Fahndungserfolg als den seinen ausgab. Der Kerl wurde ihr zunehmend unsympathischer. Nur brauchte sie ihn noch.

»Eben, und Teamarbeit ist alles.« Wilharm nahm probeweise

an Gesas Schreibtisch Platz, lehnte sich mit hinter dem Kopf verschränkten Armen zurück und drehte sich zum Fenster. »Ich schätze mal, im Sommer ist der Blick von hier zum Hafen nicht ganz so trist.«

»Ich hatte bislang noch nicht das Vergnügen.« Gesa räumte ihre Sachen vom Schreibtisch und brachte sie nach nebenan in den Besucherraum.

»Wo haben Sie uns eigentlich einquartiert?«, kam es aus dem Büro.

Gesa sah überrumpelt auf. »Da ich weder darüber informiert wurde, mit wie vielen Kollegen Sie hier aufschlagen, noch wie lange Sie zu bleiben gedenken, habe ich noch nichts dergleichen veranlasst.«

»Ach Gott, Frau Harms. Ein bisschen mehr Initiative. Im Zweifel hätten Sie doch nachfragen können? War doch klar, dass wir bei alledem, was uns hier erwartet, nicht an einem Nachmittag fertig werden.« Hauptkommissar Wilharm erhob sich und hängte endlich seine Jacke an den Haken. »Nun, ich will mal wohlwollend annehmen, dass Sie heute genug zu tun hatten. Das mit den Unterkünften werde ich selbst in die Hand nehmen, nicht dass uns da auch noch unangenehme Überraschungen ins Haus stehen.«

»Danke, dass Sie das so sehen.«

Dieser selbstgefällige Laffe. Gesa lächelte unverbindlich, obwohl sie ihm am liebsten eine entsprechende Antwort gegeben hätte.

»Davon abgesehen haben wir noch unzählige potenzielle Zeugen zu befragen«, fuhr Wilharm fort. »Und als wäre das noch nicht genug, müssen wir uns jetzt auch noch mit der Frage herumschlagen, wo die Knochen geblieben sind. Eine Idee?«

»Wehrführer Knudsen will heute noch die Fotos vorbeibringen, die seine Leute gestern beim Internat geschossen haben«, antwortete Gesa. »Gut möglich, dass sich unser Täter unter den Schaulustigen befand. Außer den Einsatzkräften der Feuerwehr können nur sie mitbekommen haben, dass Leiche und Knochen nach Tammensiel gebracht wurden.«

»Ja, das wäre auch meine erste Vermutung gewesen«, versicherte Wilharm eilig. »Ich werde trotzdem nicht darauf verzichten, auch die Mitglieder der freiwilligen Feuerwehr noch einmal zu befragen, die gestern am Leichenfundort aktiv waren. Würde mich nicht wundern, wenn die Information so an falsche Ohren gelangt ist. Es liegt durchaus im Rahmen des Möglichen, dass der Täter dem familiären Umfeld der Einsatzkräfte entstammt. Auch aus diesem Grund ist es gut, dass die Mordermittlungen jetzt in den Händen von Außenstehenden liegen. Das erlaubt uns einen klaren, frischen Blick auf die Fakten.«

»Erzählten Sie mir eben nicht, dass Sie hier ebenfalls Verwandtschaft haben?«, fragte Gesa leutselig.

»Das ist ja wohl etwas anderes«, gab Wilharm leicht verschnupft zurück. »Auf jeden Fall steht uns ein Befragungsmarathon bevor. Und wer weiß, vielleicht haben ja auch die Nachbarn von dieser Frau Wilms etwas bemerkt.« Wilharm fuhr sich missmutig übers Kinn, und sein Blick fiel erstmals auf die alten Fallakten des Reviers, die Gesa noch nicht ins Regal zurückgestellt hatte. »Die haben Sie schon nach ungeklärten Vermisstenfällen durchgesehen?«

»Ich war gerade dabei, als die Sache mit der Ferienwohnung von Wiebke Ehlers dazwischenkam.« Gesa räusperte sich. »Sagen Sie mal, wie lange wird das Küstenwachboot hier eigentlich noch vor Anker liegen?«

»Nur so lange, bis wir die Tote überführt haben. Ihr Körper soll heute noch in die Gerichtsmedizin gebracht werden. Warum?«

»Es war mein Sohn, der gestern in die Zisterne gestürzt ist

und die ganze Sache so überhaupt ins Rollen brachte«, erklärte Gesa. »Er hat sich heute Morgen unwohl gefühlt. Vermutlich eine Gehirnerschütterung. Frau Wilms legte mir nahe, ihn möglichst rasch zur Untersuchung in ein Krankenhaus zu bringen.«

»Verstehe. Sie möchten ihn mit dem Schiff aufs Festland schaffen?«

»Ja. Ich mache mir Sorgen um ihn.«

Wilharm musterte sie prüfend. »Na, man ist ja Mensch. Jetzt, da wir hier übernommen haben, wüsste ich auch nicht, wie Sie uns im Augenblick weiterhelfen könnten. Nur müssen Sie Schultze zuvor helfen, den Leichnam von Frau Ehlers auf die *Eider* zu bringen. Danach können Sie sich Ihren Sohn schnappen und mit dem Schiff zum Krankenhaus übersetzen. Je eher Ihr Sohn wieder auf dem Damm ist, desto früher können wir auch ihn befragen. Ich hoffe, Ihr Sprössling und seine Freunde machen das nicht gewohnheitsmäßig?«

»Was bitte?«

»Na, in fremde Häuser einzusteigen.«

Gesa zählte in Gedanken langsam bis drei. »Nein, tut er nicht. Ein Dummerjungenstreich, wenn Sie mich fragen. Aber ich kümmere mich noch darum.«

»Hoffentlich.« Wilharm blätterte lustlos in den alten Fallakten. »Ich kläre das jedenfalls mit der Besatzung. In Husum müssen Sie dann aber selbst weitersehen.«

»Natürlich.«

»Bei der Gelegenheit …« Er klappte den Ordner zu, den er gerade durchgeblättert hatte, und betrachtete die Akten unwillig. »Wenn Sie eh schon dabei waren, die alten Fälle zu sichten, dann muss ich das ja nicht machen. Nehmen sie die Unterlagen am besten mit und sichten Sie sie dort zu Ende. Und bitte nicht stehlen lassen.« Seine Mimik ließ nicht den leisesten Anflug von Humor erkennen. »Dabei können Sie auch gleich einen ordentlichen Bericht mit allen Updates schreiben. Wie besprochen geht der natürlich zunächst an mich, bevor wir ihn ans Dezernat weiterleiten.«

»Selbstverständlich.« Gesa wunderte sich, woher sie die Kraft nahm, immer noch freundlich zu lächeln.

»Ich wusste gleich, dass Sie verständig sind.« Wilharm grinste, ohne dass dies seine Augen erreichte. »Und geben Sie sich Mühe. Denn Sie wissen ja, wie es so schön heißt: Wer schreibt, der bleibt!«

Die Ausreißerin

»Nein, derzeit besteht kein Grund zur Beunruhigung«, erklärte der Arzt. »Schwindel oder Übelkeit haben sich nach Aussage Ihres Sohnes nicht wiederholt, und so sehe ich derzeit keinen Anlass für eine Röntgenuntersuchung. Die belastet den Körper im Zweifel nur zusätzlich. Ihr Sohn hat sich vermutlich bloß eine leichte Schädelprellung zugezogen. Aber wir behalten ihn diese Nacht hier und beobachten ihn. Sollten sich seine Vitalparameter verändern und den Verdacht nähren, dass sich Ihr Sohn doch innere Verletzungen zugezogen hat, werden wir natürlich sofort reagieren.«

»Danke.« Gesa, die zusammen mit dem behandelnden Arzt vor dem Krankenzimmer stand, in dem Jan untergebracht war, atmete erleichtert ein. »Allmählich komme ich mir wie eine dieser Helikopter-Mütter vor. Aufschlagen. Lärm machen. Abfliegen.«

Der Arzt lachte. »Nein, nein. Im Zweifel ist bei so einem Unfall ja tatsächlich etwas Vorsicht angebracht. Und wir werden auch auf seine psychische Verfassung ein Auge werfen. Sein unangenehmes Erlebnis auf der Insel würde auch manchen Erwachsenen umhauen. Ich verspreche Ihnen jedenfalls, dass er hier in guten Händen ist. So, und jetzt muss ich leider zu einem anderen Patienten.« Der Arzt zog die Rechte aus seinem Kittel und reichte ihr diese. »Wenn wider Erwarten doch etwas sein sollte, dann haben wir ja Ihre Nummer. Aber gehen Sie mal davon aus, dass Sie Ihren Sohn morgen wieder mitnehmen können.«

Gesa schlug dankbar ein.

Der Arzt wandte sich an eine Schwester, die aus einem benachbarten Korridor auf ihn zukam, und so betrat Gesa noch einmal das Zimmer, in dem Jan lag. Es roch leicht nach Sanitärmitteln.

Die großen Fenster waren nach Süden ausgerichtet. Das Klinikum Nordfriesland lag ganz im Zentrum von Husum und bei Tag konnte man vor hier aus vermutlich sogar das Husumer Schloss erkennen. Doch im Augenblick zeichneten sich hinter dem abendlich verdunkelten Schlosspark lediglich einige Stadtlichter ab.

Gesas Sohn lag hier zusammen mit einem anderen Jugendlichen, der gelangweilt Comics durchblätterte und gelegentlich hustete. Sie hatte Jan bereits dabei geholfen, seine Tasche in einem der Schränke zu verstauen, und soeben zog er sich die Schuhe aus, um sich liegefertig zu machen.

»Im Augenblick deutet nichts darauf hin, dass du dir eine ernsthafte Verletzung zugezogen hast«, erklärte sie, während sie sich zu ihm ans Bett stellte.

»Sag ich doch«, murrte ihr Sohn. »Du hast voll den Alarm gemacht. Ich hätte schon was gesagt, wenn da mehr wäre.«

»Trotzdem. Ich bin froh, dass sie hier noch mal ein Auge auf dich haben. Und gib's zu, so eine Fahrt mit dem Küstenwachboot kann dir nicht jeder bieten.«

Jan grinste schief. »Ja, war schon cool.« Dann sah er sie ernst an. »Aber mal ehrlich, Mama« – er beäugte kurz seinen Zimmergenossen, der so tat, als höre er nicht hin –, »mach dir nicht immer so viel Sorgen. Das gestern war nicht so wie bei Papa. Ich verlass dich schon nicht.«

Gesa sah ihren Sohn betroffen an. »Ich weiß. Nur kann ich nicht anders. Dein Handy hast du?«

»Ja. Ich hab alles, und Lisa hat mir sogar die Hausaufgaben von heute zugeschickt.«

»Ach.« Sie hob überrascht eine Augenbraue. »Sie und ihr Bruder waren heute in der Schule?«

»Klar, warum nicht.« Jan zuckte gleichmütig mit den Achseln. »Die zwei sind ja nicht da runtergefallen.«

»Ich werde die beiden noch interviewen«, sagte sie. »Und du musst ebenfalls noch eine Aussage machen. Ebenso wie dieser Patrick.«

»Kriegen wir Ärger, weil wir in das Haus rein sind?«

»Streng genommen handelt es sich dabei um einen Einbruch. Aber ich werde mich für euch einsetzen. Hauptsache, du kommst jetzt wieder auf die Beine.« Sie beugte sich vor und küsste ihn auf die Stirn, was Jan mit skeptischem Blick zu seinem Zimmernachbarn über sich ergehen ließ. Dann erhob sie sich wieder. »Morgen Mittag bin ich wieder hier.«

»Ich weiß. Und jetzt lass Katja nicht länger warten.« Jan hob kurz die Hand und wandte sich demonstrativ dem anderen Jungen zu. »Kann ich mal sehen, was du da liest?«

Gesa verließ das Zimmer kopfschüttelnd in Richtung Fahrstuhl, um mit diesem in den Empfangsbereich des Klinikums zurückzukehren. In den Gängen roch es nach Essen. Ein älterer Patient mit Rolator schob sich zusammen mit einer Frau an ihr vorbei, bei der es sich vermutlich um seine Tochter handelte.

Auf den Ruhesitzen gegenüber des Empfangstresens der Klinik saßen einige wenige Patienten und deren Angehörige. Dazwischen lümmelte Katja in Jeans und halb offenem dunklen Wintermantel. Sie war etwas kleiner als Gesa, und mit ihren lockigen dunklen Haaren und der Stupsnase bot sie das komplette Kontrastprogramm zur Erscheinung ihrer Freundin. Ganz im Gegensatz zu ihrer eigenen empfindlich blassen Haut, die Gesa als Rothaarige gerade im Sommer verfluchte, erfreute sich Katja eines mediterranen Hauttyps, der selbst im Winter den Eindruck von Urlaubsbräune erweckte. Viele hielten sie im ersten

Augenblick für eine rassige Italienerin, und es sorgte regelmäßig für Aufsehen, wenn die Leute erfuhren, dass sie ausgerechnet bei der Polizei arbeitete. Ebenso, wenn Katja berichtete, dass sie einen schwarzen Gürtel in Taekwondo besaß. Sie war überhaupt viel sportlicher als Gesa – und nie auf den Mund gefallen.

Katja ließ ihr Smartphone sinken, als sie Gesa nahen sah. »Und?«

»So weit alles in Ordnung. Vermutlich kann ich ihn morgen wieder mit nach Hause nehmen.«

»Siehste, mein Reden.« Katja erhob sich und blickte auf ihre Armbanduhr. »So, und jetzt lass uns rasch los. Ich muss in einer halben Stunde bei dieser Tanzschule sein. Ralf will unbedingt, dass wir auf der Hochzeit seiner Schwester einen formvollendeten Walzer aufs Parkett legen. Dabei werden wir da eh wie Lolek und Bolek erscheinen.«

Gesa lächelte, denn Katjas Freund, der beim SEK arbeitete, war nicht nur deutlich größer als sie, er besaß überdies eine Schulterbreite, die es unmöglich machte, nicht zweimal hinzublicken. Ralf war einer dieser sanften Riesen, die bei vielen Frauen einen guten Schlag hatten. Aber das hatte Katja bei Männern ebenfalls. Es hatte fast ein halbes Jahr gedauert, bis sie seinem Werben nachgegeben hatte. Inzwischen waren die beiden vier Jahre zusammen.

»Dank dir.« Gesa folgte ihrer Freundin hinaus auf den Parkplatz, wo ihr gelber VW Käfer stand. Katja liebte dieses Automodell, und da Ralf in seiner Freizeit gern an Motoren rumschraubte, konnte sie sich einen solchen Oldtimer auch leisten.

»Während du mit Jan zur Untersuchung warst, habe ich übrigens etwas Interessantes über diesen Hauptkommissar Wilharm erfahren«, berichtete Katja, während sie den Wagen mit röhrendem Motor in den Husumer Abendverkehr einfädelte. »Das ist der Neffe des Zweiten Bürgermeisters von Pellworm.«

»Der ist mit Freese verwandt?« Ungläubig sah Gesa Katja an.

»So ist es. Ich wette, das ist einer der Gründe, warum er den Fall an sich gerissen hat. Wilharm arbeitet seit drei Jahren in Flensburg, vorher war er in Kiel. Nach allem, was ich hörte, scheint er ein unangenehmer Karrierist zu sein und kann wohl auf eine beeindruckende Aufklärungsquote zurückblicken. Wenn du mich fragst, dann will er euren Fall auf Pellworm als weitere Sprosse für seinen Aufstieg nutzen. Der hat sich in Kiel nämlich schon mal für den Chefermittlerposten der dortigen Mordkommission beworben – allerdings erfolglos. Das Gleiche wird er wohl auch in Flensburg versuchen, wenn sich ihm die Gelegenheit bietet. Ich weiß nicht, ob du den jetzigen Leiter kennst, aber Holtkamp steht kurz vor der Pension.«

Sie fuhren an der von Straßenlaternen beleuchteten Marktstraße mit ihren Abendbummlern vorbei, und Gesa nutzte die Zeit, um einen kurzen Blick auf die historischen Bauten zu werfen, die den Straßenzug säumten. Sie liebte die Husumer Altstadt. Gerade bei Nacht, wenn überall die Lichter leuchteten. Unwillkürlich dachte sie an die vielen Male zurück, da sie und Katja hier in einem Café gesessen und unbeschwert die Zeit vertrödelt hatten.

»Und das alles weißt du von deinen ehemaligen Kollegen von der Wasserschutzpolizei?«, wollte sie nun wissen.

Katja wartete bei einer Ampel ab, bis es grün wurde. »Nee, natürlich nicht.« Sie grinste. »Kannst du dich noch an Rüdiger erinnern?«

»Mit dem du damals nach diesem Lehrgang eine Affäre hattest?«

»Jo. Kraken-Rüdiger – jedenfalls nach seinen vielen flinken Händen zu urteilen.« Die Frauen lachten. »Ich stehe gelegentlich mit ihm in Kontakt. Er arbeitet mittlerweile ebenfalls in Flensburg, und da sind sie alle froh, dass sie Wilharm ein paar Tage los sind.«

»Na toll«, sagte Gesa. »Er scheint offenbar zu glauben, dass sich ein Inselmord leicht aufklären lässt.«

»Teilst du die Einschätzung?«

»Der Täter tut alles, um zu verhindern, dass wir ihm auf die Schliche kommen.«

»Warum bist du in dieser Sache eigentlich so involviert?«, wollte Katja wissen. »Ich meine, warum lässt du Wilharm nicht einfach alleine weitermachen? Du hast doch alles getan, was du tun konntest. Mehr noch.«

Gesa berührte nachdenklich ihre Schläfe. »Weil … ich mich für die Insel verantwortlich fühle. Außerdem kennt Inge eine der Toten persönlich. Sie war eine alte Freundin. Und ich bin selbst sauer darüber, dass ich mir die Knochen des toten Mädchens so einfach habe stehlen lassen.«

»Na, dann hoffe ich mal, dass du diesem Wilharm nicht allzu sehr ins Gehege kommst. Obwohl, es wäre schon klasse, wenn es dir gelingen würde, den Täter ausfindig zu machen.« Katja grinste. »Das würde dir ein paar ordentliche Pluspunkte einbringen. Ich hab ja immer noch die Hoffnung, dass du nach deinem kleinen Kuraufenthalt auf Pellworm wieder zu uns zurückkehrst.«

»Alles nicht so einfach«, antwortete Gesa lahm.

Inzwischen hatten sie den Straßenzug erreicht, in dem Katja lebte. Mit blubberndem Motorgeräusch bog ihre Freundin ein und hielt vor dem Haus, in dessen zweitem Stock ihre Wohnung lag. »So, da sind wir. Schlüssel hast du ja und das Gästebett habe ich schon fertig gemacht. Um den ollen Tanzkurs komme ich leider nicht drumherum, aber sobald der fertig ist, bin ich wieder hier.« Sie zwinkerte. »Ich hab schon mal eine Flasche Sekt kalt gestellt.«

»Lass dir ruhig Zeit«, wiegelte Gesa ab. »Ich habe eh noch einiges zu tun.« Sie deutete auf ihren kleinen Koffer im Heck des Käfers.

»Vergiss es.« Katja duldete keinen Widerspruch. »Wann bist du schon mal hier? Außerdem will ich alles über deinen Journalisten erfahren.«

»Das ist nicht *mein* Journalist. Und da gibt es auch nichts zu erzählen.« Gesa nahm ihren Koffer an sich und stieg aus dem Fahrzeug aus.

»Schon klar, bloß ein Schreiberling, der seine Arbeit tut. Der würde dir sicher ebenfalls so eifrig helfen, wenn du männlich und übergewichtig wärst.« Katja grinste schelmisch und sah auf ihre Uhr. »Mist, Ralf wartet. Wir sehen uns nach dem Tanzkurs.«

Gesa schlug die Tür zu und blickte Katja lächelnd hinterher, wie sie mit ihrem Käfer die Straße hinunterbrauste. Manchmal wünschte sie, sie hätte etwas mehr von ihrer Leichtigkeit.

Wenige Minuten später öffnete sie Katjas Wohnungstür. Ihre Freundin lebte in einer hübschen Altbauwohnung mit drei Zimmern, deren Wände ganz anders als bei ihr zu Hause dicht an dicht mit Fotografien behängt waren. Die meisten zeigten Katja bei Wettkämpfen und zusammen mit ehemaligen Kollegen von der Wasserschutzpolizei, andere zeigten sie an der Seite von Ralf, und auf manchen waren auch sie und Peter zu sehen. Gesa musterte sie traurig.

Er und Katja hatten sich immer gut verstanden.

Sie sah ebenfalls auf die Uhr. Dieser Tanzkurs würde sicher keine zwei Stunden dauern, daher musste sie sich beeilen, um heute noch etwas zu schaffen. Der elende Bericht wollte verfasst werden, außerdem stand noch der Blick in die alten Akten aus. Und das, obwohl sie nach den zurückliegenden Geschehnissen hundemüde war, und viel geschlafen hatte sie in der letzten Nacht nicht.

Sie verstaute den Koffer im Wohnzimmer neben dem Gästebett, nahm sich eine Cola aus dem Kühlschrank, in dem sogar zwei Sektflaschen bereitlagen, und setzte sich mit den Akten und ihrem Laptop an den Tisch in der Küche. Zunächst wollte sie den Bericht fertig machen, den Wilharm verlangt hatte, doch sie bemerkte rasch, dass ihr die Konzentration dafür fehlte. Lustlos tippte sie ein paar Schlagwörter ein und gab bald darauf auf. Sollte Wilharm eben warten. Um wenigstens irgendetwas zu erledigen, wandte sie sich den mitgebrachten Akten aus Pellworm zu.

Sicher, es war Wilharms Recht, das dröge Aktenstudium auf sie abzuwälzen. Doch noch immer empfand sie es als Unverschämtheit, wie offenkundig er demonstriert hatte, dass er kein Interesse hatte, sie an der Aufklärung der Fälle zu beteiligen. Außerdem kannte sie die hier abgelegten Fälle weitestgehend. Die einzige neue Erkenntnis war, dass sie zukünftig etwas mehr Augenmerk auf den Umgang ihres Sohnes werfen sollte.

Gesa blätterte die abgehefteten Vorgänge auf der Insel lustlos durch … und stutzte. Noch einmal betrachtete sie den ältesten der Ordner. Seltsam. Die hier abgehefteten Fälle reichten lediglich bis in das Jahr 1985 zurück. Wo hatte ihr Vorgänger all jene Fälle abgelegt, die sich in den Jahren zuvor ereignet hatten?

Sie blätterte die übrigen Ordner durch. Nichts.

Gesa strich eine Strähne ihres Haares zurück und dachte nach. Sie kannte ländliche Polizeireviere, die Fallakten besaßen, die bis ins neunzehnte Jahrhundert zurückreichten. Platzprobleme, die zur Vernichtung alter Akten führten, gab es dort üblicherweise nicht, und speziell die Kapitaldelikte ließen sich in solchen Regionen auch nach Jahrzehnten an zwei Händen abzählen.

Sie nahm ihr Smartphone zur Hand und suchte kurzerhand die Nummer ihres Vorgängers heraus, der bei seiner Tochter in Schleswig seinen verdienten Ruhestand genoß.

»Christiansen«, meldete sich eine sonore Bassstimme.

»Ah, Herr Christiansen«, meldete sich Gesa freundlich. »Hier Gesa Harms. Ihre Nachfolgerin auf Pellworm.«

»Moin. Und, schon gut eingelebt?«

»Ja, bestens«, flunkerte sie. »Entschuldigen Sie, dass ich Sie um diese Zeit anrufe, aber wir haben seit letzter Nacht einen Mordfall auf der Insel.«

»Jo. Hab davon schon in der Zeitung gelesen.« Ihr Vorgänger wirkte ehrlich interessiert. »Hoffentlich niemand, den ich kenne?«

»Nein, vermutlich nicht. Aber vielleicht können Sie mir dennoch helfen.« Gesa betrachtete die auf dem Küchentisch liegenden Leitz-Ordner. »Im Rahmen der Ermittlungen bin ich an allen älteren Fällen interessiert, mit denen Sie auf Pellworm zu tun hatten. Leider reicht die Ablage nur bis Mitte der Achtziger zurück.«

»Ach das. Ich hab die Akten vor einigen Jahren etwas entschlackt. Aber keine Bange, auf Pellworm geht nichts verloren.« Christiansen lachte gutmütig. »Die alten Fälle finden Sie drüben im Archiv des Ortsamts. Da wurde vor einigen Jahren der Brandschutz erneuert, deswegen war ich so frei und hab die Ordner mit den ganz alten Sachen dorthin ausgelagert. Alles, was sich seit 1887 angesammelt hat. Gibt Ihnen vermutlich ein ganz gutes Bild, was in den letzten hundertdreißig Jahren auf Pellworm so los war. In den Dreißigern hatten wir auf der Insel sogar mal einen Schafschlitzer.«

»Ach?«

»Ja, Verrückte gab es zu allen Zeiten.« Christiansen seufzte. »Egal. Am besten, Sie sprechen Frau Ehrken nebenan im Amt an. Die weiß, wo die Ordner stehen.«

»Die Sekretärin des Bürgermeisters?«

»Jo.«

»Da ich Sie schon am Apparat habe … wissen Sie, ob es einst

Fälle gab, die irgendwie mit dem ehemaligen Marie-Böttner-Internat in Zusammenhang standen?«

»Mit dem einstigen Internat? Ja, gab es«, sagte Christiansen prompt. »Am Anfang meiner Dienstzeit in den Siebzigern gab es eine Anzeige gegen die damalige Internatsleiterin. Die Dame hörte auf den Namen Frauke Momsen. Es ging um Körperverletzung gegen Schutzbefohlene – was man auf der Insel auch nicht so häufig erlebt.«

»Sieh an.«

»Aber mit dem Ruf des Internats stand es eh nicht zum Besten. Frau Momsen hat dort ein strenges Regiment geführt, was viele Eltern nicht davon abhielt, ihre Töchter dort unterzubringen. Im Gegenteil. Das Marie-Böttner-Internat war dafür berüchtigt, dass dort eine Reihe schwer erziehbarer Mädchen untergebracht waren.«

Gesa hob interessiert eine Augenbraue. »Lebt die Frau noch?«

»Da fragen Sie mich zu viel. Das Internat wurde ja schon vor einiger Zeit geschlossen, und soweit ich weiß, ist Frau Momsen dann zurück aufs Festland gezogen.«

»Und wie ging die Sache damals aus?«

»Tja, die Schülerin, die sie angezeigt hatte, konnte die Tat nicht beweisen. Warten Sie, gerade fällt mir ihr Name wieder ein. Er lautete Astrid Lührs. Siebzehn Jahre alt. Sie war eines von diesen schwierigen Mädchen.« Christiansen schnaubte. »Aber das waren die Siebziger. Heute würde so was vermutlich als völlig normal durchgehen. Und irgendwie ziehen sich solche Leute ja auch gern an.«

»Astrid … Lührs?« Gesa dachte unwillkürlich an das fünfte Mädchen aus der Clique ihrer Patentante, von der ihr die Otts berichtet hatten. Handelte es sich bei dem Mädchen um dieselbe Astrid? »Erstaunlich, dass Sie sich an all die Namen noch erinnern.«

»Na, das war immerhin mein erster richtiger Fall auf der Insel«, erklärte Christiansen. »Und Sie wissen ja, wie beschaulich es sonst auf Pellworm zugeht. Nur, dass ich die Vorwürfe gegen Frau Momsen nie bestätigen konnte. Hinzu kommt, dass das Mädchen einige Zeit später aus dem Internat ausgebüxt ist und mich dann eine Weile in Atem gehalten hat.«

»Wie das?«

»Nun, sie wurde von der Internatsleitung natürlich als vermisst gemeldet, und ich musste dem nachgehen und die Insel nach ihr absuchen.«

»Wann genau war das bitte?«

»Oje.« Ihr Vorgänger dachte nun doch kurz nach. »Das war Anfang 1974. Ich glaube, im Februar. Die ganze Sache liegt jetzt also etwas mehr als vierzig Jahre zurück.«

»Und? Wurde diese Astrid Lührs gefunden?«

»Ja, sie wurde auf dem Festland von einem Fährbeamten gesehen. Danach oblag der Fall den Kollegen in Husum. Alles Weitere finden Sie drüben im Archiv.«

»In jedem Fall schon mal vielen Dank für die Auskünfte.«

»Da nicht für! Melden Sie sich, wenn Sie sonst noch etwas wissen möchten.«

Gesa verabschiedete sich, beendete das Gespräch und starrte ihren Laptop an, der eine fast leere Seite mit blinkendem Cursor zeigte. Sie dachte an die Abmachung mit Wilharm zurück, ihn als Erstes über alle neuen Erkenntnisse auf dem Laufenden zu halten.

Sie beschloss, ihn zu ignorieren.

Donnerstag, 18. Februar

Vergessen

»Doch doch, ich kenne diesen Wilharm. Wenn auch nur telefonisch.« Gesas einstiger Kollege Harald grinste, während er auf dem mit Papieren überladenen Schreibtisch eine Tasse Tee vor ihr abstellte und sich zurück in den Sessel seines Büros lehnte. Die Einrichtung des Raums bestand vornehmlich aus Aktenregalen, zwischen denen neuere Plakate mit Vermisstenfällen hingen, die Harald bearbeitete. Im Gebäude der Polizeidirektion Husum war das Zimmer so gelegen, dass es einen Blick zum nahen Bahnhofsgelände gestattete, dessen triste Gleise gut zu dem grauen Himmel passten. Immerhin hatte sich der Februarsturm wie von den Wetterfröschen vorhergesagt abgeschwächt, und seit dem Vormittag fuhr auch die Fähre nach Pellworm wieder. »Ich musste ihm mal vor zwei Jahren in einer anderen Sache zuarbeiten. Der Kerl hat sich damals aufgespielt, als würde nur er arbeiten.«

»Dann weißt du ja, mit wem ich mich jetzt rumschlagen muss.« Gesa nahm dankbar einen Schluck und bediente sich aus dem Karton mit dem Schmalzgebäck, den Harald verlässlich seit Jahr und Tag jeden Morgen mit in die Direktion brachte. Sie sah ihm die Kalorienzufuhr nicht an, was vermutlich daran lag, dass die meisten der Leckereien über den Tag verteilt bei den übrigen Kollegen landeten. Gesa war froh über den kleinen Imbiss, denn der Abend mit Katja war wie erwartet länger ausgefallen, bis sie übernächtigt ins Gästebett gefallen war. Dennoch hatte sie ihre Freundin gleich zu Dienstbeginn zur Polizeidirektion begleitet – wobei das Frühstück auf der Strecke geblieben war.

»Na ja, man kann sich die Kollegen eben oft nicht aussuchen.« Harald hob bedauernd die Hände. »Also, nun sag schon: Was ist das für ein Vermisstenfall, bei dem ich dir helfen soll?«

»Es geht um eine gewisse Astrid Lührs«, antwortete Gesa und weihte ihn in die Zusammenhänge ein. »Sicher, wir müssen noch abwarten, ob sich die Annahmen der Ärztin bewahrheiten, aber wenn es stimmt, dass es sich bei den Überresten um ein Mädchen von siebzehn bis neunzehn Jahren handelte – und gesetzt den Fall, dass die Knochen aus der Zisterne überhaupt so alt sind –, sollten wir der Spur zumindest nachgehen, um sie gegebenenfalls ausschließen zu können.«

»Astrid Lührs? Hm.« Harald runzelte die Stirn. »Wenn die Vermisstenmeldung 1974 zur Anzeige gebracht wurde, wird das schwierig. Es gilt zwar, dass die Personenfahndung noch dreißig Jahre lang aufrechterhalten bleibt, wenn eine Vermisstensache nicht aufgeklärt wird, aber im vorliegenden Fall stehen wir gleich zwei Schwierigkeiten gegenüber. Erstens liegt die Sache schon über vierzig Jahre zurück, zweitens scheint das Mädchen später sogar noch gesehen worden zu sein. Damit dürfte sich die Anzeige schon damals erledigt haben.«

»Ich weiß. Aber ich dachte, ich frage trotzdem.«

»Warum? Ausreißerinnen gab es zu jeder Zeit.« Harald sah sie fragend an. »Und die meisten Fälle klären sich ruckzuck auf. Vermutlich hat sie in den letzten vier Jahrzehnten irgendwo anders ihr Glück gemacht. Und wenn sie zwischenzeitlich sogar geheiratet und einen anderen Namen angenommen hat, wird es richtig schwer, sie aufzuspüren.«

»Ich weiß«, sagte Gesa. »Trotzdem, irgendwie habe ich bei der Sache ein ungutes Gefühl. Zumindest frage ich mich, warum sie sich später nie wieder bei ihren alten Freundinnen gemeldet hat.«

»Na gut.« Ihr Kollege setzte sich eine Brille auf. »Heutzutage werden Vermisstenfälle in das INPOL eingegeben, womit solche Fälle sofort unter *Vermisste* und *Unbekannte Tote* landen.«

Gesa hatte in ihrer Laufbahn schon häufig von dem einheitlichen Informationssystem der Ladespolizeien profitiert.

»Aber damals?« Er verzog die Lippen. »Da lief alles noch recht umständlich.« Er rückte seinen Stuhl an den Computer heran und rief einige Seiten auf.

»Wie erwartet … nichts.« Er richtete sich wieder auf. »Eine Chance gibt es da aber vielleicht noch. Oben im Archiv liegen die alten Akten dieser Abteilung. Darunter vielleicht auch jene, die nie aufgeklärt wurden. Aber wenn das Mädchen später tatsächlich noch gesehen wurde …«

»Christiansen sprach von einem Fährbeamten«, unterbrach ihn Gesa. »Wenn der Fall hier gelandet ist, vermute ich also, dass es zu der Beobachtung auf Nordstrander Seite kam.«

»Also gut«, nahm Harald den Faden wieder auf. »Wenn die damals nach ihrem vermeintlichen Verschwinden noch gesehen wurde, dann ist es wahrscheinlich, dass die Vermisstenfahndung gänzlich aufgehoben wurde. Du weißt ja selbst: Erwachsene, die im Vollbesitz ihrer geistigen und körperlichen Kräfte sind, haben das Recht, ihren Aufenthaltsort frei zu wählen. Es ist nicht Aufgabe der Polizei, nach Personen zu fahnden, bei denen keine Gefährdung für Leib und Leben vorliegt.«

»Aber das Mädchen war damals erst siebzehn«, widersprach Gesa. »Selbst wenn sie einen Monat nach der Vermisstenanzeige Geburtstag gehabt hätte, war es 1974 meines Wissens nach noch so, dass man erst mit einundzwanzig Jahren volljährig wurde.«

»Durchaus richtig.« Harald lächelte schmal. »Allerdings nur bis Ende 1974, denn in dem Jahr wurde die Volljährigkeit via Gesetz offiziell auf achzehn Jahre abgesenkt – womit das Mädchen aus dem Raster fiel, sobald sie ihren achtzehnten Geburstag feierte. Aber warte mal eben.« Er griff zum Telefon auf seinem Schreibtisch und wählte eine eingespeicherte Nummer. Kurz darauf hatte er das Archiv am Apparat, dem er den Fall erläuterte.

Die Kollegin dort war sofort bereit nachzusehen, dennoch dauerte es fast eine Viertelstunde, bis sie sich wieder meldete. Gesa konnte dem Gesichtsausdruck Haralds ansehen, dass die Rückmeldung nicht wie erhofft ausfiel.

»Tut mir leid«, meinte er, als er auflegte. »Auch im Archiv keine Spur des Falls.«

Gesa erhob sich, schaute eine Weile aus dem Fenster und sah den Autos auf der breiten Fahrbahn vor der Polizeidirektion dabei zu, wie diese hin- und herfuhren.

»Und jetzt?«, wollte ihr Kollege wissen. »Wie ich dich kenne, wirst du nicht aufgeben, bis du Klarheit hast.«

»Nein, werde ich nicht.«

»Vielleicht gibt es ja noch alte Schulakten, die du nach der damaligen Familienadresse des Mädchens durchsehen kannst?«

»Möglich, aber ich glaube kaum, dass die nach all der Zeit noch existieren«, antwortete Gesa. »Zumindest nicht, wenn das Internat privat betrieben wurde. Aber vielleicht kann ich mir auf andere Weise Gewissheit verschaffen. Darf ich mal dein Telefon benutzen und ins Internet? Ich brauche das Telefonbuch von Dithmarschen.«

Es dauerte nur zehn Minuten, bis Gesa Erfolg hatte. Und noch einmal weitere zehn Minuten, um sich von Katja die Wagenschlüssel ihres VW Käfers zu borgen. Mit ihm verließ sie Husum in südlicher Richtung, bis sie sich auf der Bundesstraße 5 in Richtung Tönning befand. Ihr Ziel lag etwas weiter südlich davon, und so drückte sie aufs Gaspedal, da sie keine Zeit zu verlieren hatte. Mittags wollte sie schließlich wieder im Krankenhaus sein, um ihren Sohn abzuholen.

Mit dem Käfer dauerte es fast vierzig Minuten, bis sie das

Dorf inmitten der kargen Marschlandschaft erreicht hatte. Sie hatte sich an den Spitznamen der Vermissten erinnert, den ihr die Otts gestern genannt hatten – und auch daran, dass dieser sich angeblich von einer Ortschaft in Dithmarschen ableitete: Strübbel.

Das Dorf besaß nur knapp achtzig Einwohner, und bereits lange bevor Gesa das Ortsschild passierte, sah sie, dass es in der Gegend geschneit hatte. Die Hausdächer Strübbels, die sich längs einer lang gezogenen Landstraße erstreckten, waren von einer dünnen Schicht Schnees bedeckt. Wenn sie zwischen den Grundstücken auf die fahlweißen Felder und Wiesen der Ortschaft blickte, konnte sie vereinzelte Windräder vor dem bleigrauen Himmel ausmachen. Erstmals seit vielen Minuten kam ihr hier wieder ein Fahrzeug entgegen.

Tatsächlich gab es in Strübbel nur eine Familie Lührs, und gleich mit ihrem ersten Anruf hatte sie einen Volltreffer gelandet. Gesa blickte auf ihr Smartphone und bog mit blubberndem Motor auf den Vorplatz eines Bauernhofes, als das Navi ankündigte, dass sie ihr Ziel erreicht habe.

Sie parkte unmittelbar vor einer alten Scheune, deren Türen offen standen und so den Blick auf einen grünen Traktor samt Zugwagen erlaubte. Das Wohnhaus der Familie befand sich direkt dahinter. Es handelte sich um ein niedriges Reetdachhaus, das sich vermutlich schon lange in Familienbesitz befand. Rechter Hand erstreckte sich ein Obstgarten mit einigen Apfelbäumen, die zu dieser Jahreszeit kahl und öde wirkten.

Gesa musste nicht klingeln, da ihr sofort geöffnet wurde. Begrüßt wurde sie von einem kräftigen dunkelhaarigen Landwirt Mitte dreißig, der Norwegerpulli und Cordhosen trug. Seinen roten Wangen war die viele Arbeit im Freien anzusehen.

»Moin. Sie sind die Polizistin, die vorhin angerufen hat?« Er musterte ihre blaue Uniform.

»Ja, Oberkommissarin Harms.« Sie reichte dem Mann die Hand. »Und Sie sind?«

»'tschuldigung. Hanke Lührs.« Er schlug ein. »Meine Mutter erwartet Sie bereits.« Er trat beiseite und bat sie hereinzukommen.

Im Innern des Hauses war es warm, und es roch nach Kohlsuppe. Er führte sie durch einen großen und mit alten Bauernmöbeln eingerichteten Vorraum, der in früheren Zeiten vielleicht selbst als Stall gedient hatte, hinüber zu einem gemütlichen Wohnzimmer mit riesigem Fernseher an der Wand. Dort, auf einer ledernen Wohnzimmercoach, saß eine hagere, ältere Frau mit grauen Haaren. Gesa schätzte sie auf Anfang siebzig, aber vermutlich war sie einige Jahre jünger. Auch bei ihr hatte das Leben Spuren hinterlassen.

Die Frau erhob sich und zog ihre blaue Strickjacke fester um sich.

»Guten Tag. Ich bin Rieke Lührs, Astrids ältere Schwester«, sprach die Frau mit leicht gebrechlicher Stimme. »Dann habe ich vorhin mit Ihnen telefoniert?«

»Ja, haben Sie.« Gesa stellte sich noch einmal vor, reichte ihr die Hand und setzte sich ihr gegenüber. Ihr Sohn blieb ruhig am Fenster stehen und zündete sich eine Zigarette an. Ebenso wie seine Mutter machte er einen leicht aufgeregten Eindruck.

»Ich hätte nicht gedacht, dass sich die Polizei noch einmal bei uns melden würde«, klagte Rike Lührs. »Man hat Sie jetzt mit ihrem Fall betraut?«

»So halb und halb«, antwortete Gesa ehrlich. »Ich bin die neue Polizistin auf Pellworm, und wir haben Hinweise entdeckt, die eventuell in Zusammenhang mit dem Verschwinden Ihrer Schwester stehen.«

»Welche? Irgendetwas, das mit dem Leichenfund auf der Insel zu tun hat?« Rike Lührs beugte sich vor und griff zu der gestrigen Ausgabe der *Husumer Rundschau*. »Seit Astrids Verschwinden verfolge ich nämlich alle diesbezüglichen Meldungen. Und das schon seit vierzig Jahren.«

Gesa hatte geahnt, dass diese Frage kommen würde. Doch einstweilen wollte sie es vermeiden, die Pferde scheu zu machen. »Nein, bei der Toten, von der Sie gelesen haben, handelt es sich um eine ehemalige Mitschülerin Ihrer Schwester«, antwortete sie wahrheitsgemäß. »Daher prüfen wir jetzt auch alte Fälle, die sich in ihrem Umeld zugetragen haben.«

Auf dem Gesicht der Bäuerin zeichnete sich leichte Enttäuschung ab. »Sie haben keine Vorstellung, wie es ist, wenn man so viel Zeit in Ungewissheit lebt. Ich rechne schon lange mit dem Schlimmsten. Nur kann man so nicht abschließen.«

»Dann haben Sie Ihre Schwester Astrid also nie wieder gesehen?«

»Nein.« Rike Lührs schüttelte niedergeschlagen den Kopf. »Uns wurde Anfang 1975 mitgeteilt, dass es keinen Grund mehr gäbe, in Astrids Fall weiterzuermitteln. Durch diesen dummen Gesetzesvorstoß mit der Volljährigkeit ab achtzehn Jahren fiel Astrids Fall Ende 1974 aus dem Raster. Dabei wurde der doch bloß deswegen durchgepeitscht, um den Sozis neue Stimmen zu verschaffen.« Sie schnaubte empört. »Wäre es anders gewesen, hätten Ihre Kollegen doch sicher noch vier weitere Jahre ermittelt.«

»Nach allem, was ich weiß, wurde sie bereits kurz nach ihrem Verschwinden noch auf dem Festland gesehen? Damit ...«

»Ach das!«, unterbrach die Frau sie erbost. »Dieser Fährbeamte war ein auf ganz Nordstrand bekannter Trinker. Als die Polizei den Fall zu den Akten legte, haben meine Eltern selbst in Strucklahnungshörn nach ihm geforscht. Dort kommt die Fähre nämlich an. Der Kerl hat da ganz in der Nähe gelebt. Nur war das mit dem Suff noch nicht alles. Der war überhaupt als Wichtigtuer verschrien. Zu allem Unglück ist er zwei Monate nach seiner Aussage bei einem Treppensturz ums Leben gekommen, sodass meine Eltern ihn nicht mehr selbst befragen konnten. Sogar mit Anwalt sind wir da nicht weitergekommen.«

Gesa betrachtete die Frau aufmerksam. »Dieser Zeuge ist bereits zwei Monate nach seiner Aussage ums Leben gekommen?«

»Sag ich doch. Und der war alles andere als glaubwürdig.«

»Wie alt waren Sie damals?«

»Ich bin vier Jahre älter als Astrid. Ich war damals also einundzwanzig und ganz regulär volljährig.«

»Und meine Kollegen damals haben diesbezügich nie nachgeforscht?«

»Nein. Was aber auch …« Rike Lührs stockte, bevor sie weitersprach. »… was aber vermutlich auch an der Vorgeschichte meiner Schwester lag. Sie war eben ganz anders als ich, und meine Eltern sind an ihr regelrecht verzweifelt.«

Gesa blickte kurz zu Hanke Lührs, der rauchte und gespannt zuhörte. »Mich dürfen Sie nicht fragen.« Er hob abwehrend die Hände. »Das alles hat sich lange vor meiner Geburt ereignet. Ich kenne meine Tante bloß von Bildern, und natürlich von den Geschichten, die mir erzählt wurden. Schlimme Sache.«

»Und nach Astrids Verschwinden«, fuhr Gesa fort, »hat sich danach mal jemand nach ihr erkundigt?«

»Ja, doch«, sagte die Frau. »Eine ihrer Schulfreundinnen aus dem Internat. Eine gewisse Wiebke.«

»Wiebke Ehlers?«, hakte Gesa interessiert nach.

»Ja, ich glaube, das war ihr vollständiger Name.« Astrid Lührs' Schwester atmete tief ein. »Zum ersten Mal hat die hier irgendwann Anfang der Neunziger angerufen, weil sie wissen wollte, ob wir inzwischen wüssten, was aus Astrid wurde. Und dann, soweit ich mich erinnere, noch mal kurz vor der Fußballweltmeisterschaft 2006. Ich glaube, beim ersten Mal hat die uns nicht geglaubt, dass hinter Astrids Verschwinden mehr stecken könnte. Ich denke aber, nach dem zweiten Anruf schon. Es war jedenfalls schön zu wissen, dass da noch jemand anderes ist, der nach all der Zeit wenigstens hin und wieder an sie dachte.«

Gesa lächelte leicht. »Besitzen Sie eigentlich Fotos von Ihrer Schwester?«

»Sicher«, antwortete Rike Lührs. »Hanke, hol doch mal den Karton von oben. Da habe ich alles verwahrt, was von ihr geblieben ist.«

Ihr Sohn drückte seine Zigarette aus und verließ das Zimmer.

»Was hat es mit dieser Vorgeschichte auf sich, von der Sie eben gesprochen haben?«, fragte Gesa.

»Ach.« Rike Lührs winkte ab. »Astrid war für ihr Alter ganz schön frühreif. Sie traf sich schon mit vierzehn hier im Ort heimlich mit den Jungs, und mein Vater hat sie dreimal dabei erwischt, wie sie nachts sturzbetrunken zurück nach Haus kam. Glauben Sie mir, da hat es ganz schön Schläge gesetzt. Das waren damals noch andere Zeiten. Hat aber auch nicht geholfen, denn es hat sie nicht daran gehindert, weiterzumachen. Sogar gestohlen hat sie. Mehrfach. Hier im Ort. Und wie einer dieser Hippies hat sie sich gekleidet. Wollte Sängerin in einer Band werden. Sängerin!« Rike Lührs tippte sich gegen die Stirn. »Ich weiß wirklich nicht, was damals in sie gefahren ist. Für ehrliche Arbeit war sie sich jedenfalls immer zu schade. 1972 haben sich meine Eltern dann dazu entschlossen, sie aufs Internat zu schicken. Damals warf der Hof noch etwas mehr ab, und meine Eltern wollten ja nur das Beste für sie. Wenn sie gewusst hätten, dass sie so …« Rike Lührs verstummte und ihre Augen schimmerten feucht.

»Und wie haben Sie sich mit Ihrer Schwester verstanden?«

»Die ersten Jahre waren wir unzertrennlich. Bis bei ihr die Pubertät einsetzte. Danach … haben wir beide uns immer mehr voneinander entfremdet. Aber ich hab sie immer lieb gehabt. Ich weiß noch, wie traurig ich war, als der Vater uns mitteilte, dass Astrid künftig ins Internat muss.«

»Und warum Pellworm?«

»Unsere Mutter stammt von dort, ist dann aber bis zu ihrem Tod hier auf dem Hof geblieben. Sie starb mit dreiundfünfzig. An gebrochenem Herzen. Ist nie über Astrids Verschwinden hinweggekommen. Mein Vater auch nicht. Bis zuletzt hat er sich Vorwürfe gemacht, auch wenn er das nie offen eingestanden hat.«

»Und in der ganzen Zeit, während Ihre Schwester im Internat war, haben Sie beide sich nicht mehr gesehen?«

»Doch, natürlich. In den Ferien.« Niedergeschlagen zuckte Rike Lührs mit den Achseln. »Aber Astrid hatte sich da schon weiter verändert. Hatte immer Hummeln im Hintern, wie es so schön heißt. Und mit irgendeinem Jungen von der Insel hat sie wohl auch rumgemacht. Ich hab sie im Sommer '73 dabei erwischt, wie sie hier nachts mit jemandem am Telefon Süßholz geraspelt hat.«

»Den Namen wissen Sie aber nicht mehr?«

»Nein, viel zu lange her. Ich weiß auch gar nicht, ob der Name überhaupt fiel. Aber das war eines von solchen Gesprächen, die einem die Schamesröte ins Gesicht treiben.« Rike Lührs sah verständnisheischend auf. »Außerdem hatte sie mich bemerkt. Sie war verdammt wütend. Ich hab davon aber selbst unseren Eltern nichts erzählt.«

Gesa berührte Rike Lührs mitfühlend am Arm. »Ich verspreche Ihnen, wir klären das alles auf.«

»Ja, bitte.« Flehend sah die Frau sie an. »Das letzte Mal, als ich sie sah, gingen wir im Streit auseinander. Das bereue ich bis heute.«

Schritte ertönten aus dem Nachbarraum, und Hanke Lührs

kam wieder ins Wohnzimmer. Mit sich brachte er einen großen Umzugskarton, der offenbar recht schwer zu sein schien.

Mühevoll stellte er ihn am Boden ab. »Da drinnen ist alles, was meine Mutter von meiner Tante aufbewahrt hat. Auch die Korrespondenz mit der Polizei und dem damaligen Anwalt.«

Gesa erhob sich und öffnete den Karton neugierig. In ihm lagen alte Bücher, Wäschestücke, ein zusammengefaltetes BRAVO-Plakat von Abba, eine Dose mit Haarspangen, Bürsten und vieles mehr. Wie angekündigt lag obenauf ein alter Pappordner, der mehrere Schriftücke enthielt. Darunter sogar das Original der damaligen Vermisstenanzeige.

Gesa fischte eine der alten Haarbürsten aus dem Karton und beäugte sie genauer. Zwischen den Borsten klemmten einige blonde Haare. Sie hoffte, dass diese samt den Hautschuppen für einen späteren DNS-Abgleich ausreichten. »Fotos Ihrer Schwester haben Sie auch?«

Rike Lührs winkte ihrem Sohn stumm zu, der in eine Schublade des Wohnzimmerschranks griff, ein altes Fotoalbum hervorzog und ihr reichte.

Gesa blätterte es durch und fand zahllose, leicht vergilbte Schwarz-Weiß-Fotografien der Familie. Astrid Lührs erwies sich als auffallend hübsches Mädchen mit blonden Haaren, die auf den meisten Familienfotos eher danebenstand. Fast so, als fühle sie sich ihren Angehörigen nicht recht verbunden. Die meisten der Fotografien entstammten dem Kindesalter, einige reichten bis zu ihrem fünfzehnten oder sechzehnten Lebensjahr. Zu diesem Zeitpunkt hatte sie sich bereits stark verändert. Statt Kleider und Röcke trug sie Bluejeans mit großen Aufschlägen, und ihre langen Haare ähnelten in der Frisur jenen von Agnetha Fältskog in dieser Zeit. Astrid Lührs hatte überhaupt Ähnlichkeit mit der einstigen Abba-Sängerin.

Gesa nahm das Foto an sich, blätterte im Album noch einmal

zurück und hielt plötzlich inne. Zwischen einigen losen Fotos rutschte ihr eines entgegen, das das Mädchen in jüngeren Jahren mit Beingips und Krücken zeigte.

»Wann ist das aufgenommen worden?«, wollte sie aufgeregt wissen.

Rike Lührs blickte ihr über die Schulter. »Ich glaube, das war im Winter 1968. Da war sie zwölf. Sie ist damals beim Boßeln auf dem Eis ausgerutscht und hat sich das Bein gebrochen.«

Gesa sah auf. Sie kannte die typisch norddeutsche Sportart, bei der es galt, eine Kugel mit möglichst wenigen Würfen über eine festgelegte Strecke zu werfen. Hier auf dem Land führten die Touren gern auf winterlichen Feldwegen und anderen Straßen mitten durch die Marsch. Die Gruppen zogen stets einen Bollerwagen mit leckeren Dingen und ordentlich Hochprozentigem hinter sich her, bis die Tour für gewöhnlich in einem Lokal bei Grünkohl, Kassler und Kohlwürsten endete.

Völlig egal, ob das Skelett des Mädchens verschwunden war – Gesa war sich nun sicher, dass sie mit ihrer düsteren Vorahnung richtig lag. Denn nur zu gut erinnerte sie sich an den Knochenbruch, den Inge am rechten Schienbein des Skeletts ausgemacht hatte.

»Ich verspreche, Sie hören von uns«, erklärte Gesa mit trockener Stimme und hoffte sehr, dass nicht sie es sein musste, die der Familie die schlechte Nachricht zu überbringen hatte.

Der Dachbodenfund

»Und du fühlst dich wirklich gut?«, fragte Gesa ihren Sohn, während sie mit ihm den Krankenhausflur entlangging und vor dem Fahrstuhl hinunter zum Empfangsbereich stehen blieb.

»Ja, Mama.« Jan drückte auf den Fahrstuhlknopf. »Wenn etwas gewesen wäre, hätte ich es schon dem Arzt erzählt. Kannst dich drauf verlassen. Und heute Morgen bei der Visite haben mich sogar drei Leute untersucht. Alles in Ordnung.«

»Okay.«

Die Fahrstuhltür öffnete sich, als Jans Handy piepste. Kurz checkte er einen Nachrichtendienst, als sie die Kabine betraten, und lächelte knapp.

»Was Nettes?« Gesa drückte auf den Knopf nach unten.

Jan grinste, als sich der Fahrstuhl abwärts bewegte. »Oliver und Lisa meinen, dass sie in der Schule schon alle ganz heiß darauf sind, mich auszuquetschen.« Sein Lächeln zerfaserte. »Obwohl … das ist jetzt wohl nicht gerade das, was du hören willst?«

»Mir egal. Spiel dich da ruhig als Held auf, wenn das dazu führt, dass du dort auch ein bisschen aufpasst.«

»Dann darf ich morgen wieder zur Schule?«

»Ich werde Inge noch mal fragen. Aber wenn du kommende Nacht nicht irgendwelche Aussetzer hast, darfst du. Ja.«

Die Fahrstuhltür öffnete sich, und Jan tippte auf dem Weg in die Empfangshalle eine Nachricht in sein Handy ein. Gesa indes blickte auf die Uhr.

Sie hatte es nur knapp bis zum Mittag zurück nach Husum geschafft. Leider stand ihr Katjas VW für die Rückkehr nicht mehr zur Verfügung, und so mussten sie heute den Überlandbus von Husum nach Strucklahnungshörn nehmen, dem Fähranleger auf der Halbinsel Nordstrand. Gesa wollte die Vierzehn-Uhr-vierzig-Fähre zurück nach Pellworm nehmen. Zudem hoffte sie, dass sich einer der auf der Fähre arbeitenden Mitarbeiter an den Kollegen von damals erinnerte, der die Aussage gemacht hatte. Seinen Namen kannte sie dank der Papiere aus dem Umzugskarton, doch versprach sie sich nach der langen Zeit nicht viel davon.

Sie hatte den kompletten Karton mit Astrid Lührs einstigen Habseligkeiten zur Polizeidirektion gebracht und nur die Mappe mit den offiziellen Papieren mitgenommen. Rike Lührs hatte nichts dagegen einzuwenden gehabt, die Sachen ihrer Schwester wegzugeben. Die Frau wollte nach all den Jahren Klarheit bekommen.

Nun musste Gesa dringend mit Inge sprechen. Die Ärztin würde vermutlich aus allen Wolken fallen, wenn sie ihr von ihrem Verdacht berichtete. Zugleich beschlich Gesa ein mulmiges Gefühl bei dem Gedanken, dass sich beide Todesfälle im unmittelbaren persönlichen Umfeld ihrer Patentante ereignet hatten.

Jan tippte immer noch auf seinem Handy herum, als sich Gesa an die Information des Krankenhauses wandte, um dort ein Taxi zum Hauptbahnhof zu bestellen. Die junge Angestellte, die dort Dienst tat, erfüllte den Wunsch routiniert, als Gesa eine Idee kam.

»Sagen Sie mal, arbeitet in diesem Krankenhaus eine Elke Janssen?«

Die junge Frau sah Gesa misstrauisch an, und jetzt bereute sie es, dass sie sich wieder zivil gekleidet hatte. »Darf ich fragen, warum Sie das wissen möchten?«

Gesa zückte ihren Dienstausweis. »Tut mir leid, darüber möchte ich mit Frau Janssen selbst sprechen.«

»Verstehe. Einen Moment.« Sie gab den Namen in ihren

Computer ein. »Ja, bei uns arbeitet eine Elke Janssen. Sie ist Oberschwester in der Inneren.«

»Wären Sie so freundlich, Sie zu bitten, mal herunterzukommen?«

»Sicher. Bitte machen Sie es sich doch so lange dahinten bequem.« Sie deutete hinüber zu der Sitzgruppe, wo gestern noch Katja auf sie gewartet hatte.

Jan warf ihr zwar einen fragenden Blick zu, dennoch folgte er ihr bereitwillig. Er war bereits wieder in sein Smartphone versunken, während Gesa auf Krankenschweser und Taxi wartete.

Elke Janssen trat aus einem der Fahrstühle. Gesa erkannte sie, weil sie schnurstracks zur Information eilte und sich dann unsicher nach ihr umblickte. Bei ihr handelte es sich um eine gedrungene Endsechzigerin mit blondierten halblangen Haaren, die sie jünger aussehen ließen, als sie vermutlich war. Sie trug die typische weiße Kleidung des Krankenhauspersonals und hielt einen eleganten braunen Fellmantel in der Hand, so als habe sie in der Mittagspause noch etwas vor.

Gesa erhob sich und begrüßte sie freundlich. »Elke Janssen?«

»Ja, bin ich.« Misstrauisch blickte die Frau sie an. »Und Sie sind?«

»Oberkommissarin Harms von der Dienststelle in Pellworm.« Gesa präsentierte ihren Dienstausweis. »Ich bin eher zufällig hier, aber bei der Gelegenheit dachte ich mir, dass es vermutlich nicht verkehrt wäre, Sie kurz aufzusuchen.«

»Ach, lassen Sie mich raten: Dann sind Sie die Patentochter von Inge?«

»So ist es.«

»Und Sie sind … zufällig hier?« Die Krankenschwester blickte argwöhnend zur Glasfront nach draußen.

»Ja. Aber offenbar scheinen Sie zu ahnen, warum ich hier bin.«

»Ich kann es mir denken«, antwortete Elke Janssen zögernd. Ihr Gesicht nahm nun einen betroffenen Ausdruck an. »Inge hat mir bereits von Wiebkes Tod erzählt. Erst danach habe ich davon in der Zeitung gelesen. Nur wird da nicht ihr Name genannt. Das ist wirklich furchtbar. Sie wissen, dass Wiebke einen Sohn hat?«

»Ja, der dürfte auch schon informiert sein.« Gesa bat sie, einige Schritte von Jan entfernt auf einem der Sitze Platz zu nehmen, und setzte sich ihr gegenüber. »Aus all diesen Gründen würde ich mich auch gern mit Ihnen unterhalten.«

»Okay.« Elke Janssen wirkte aus irgendeinem Grund skeptisch. »Nur bin ich gleich zum Mittagessen verabredet. Aber bitte fragen Sie.«

»Wie lange ist es her, dass Sie Wiebke Ehlers zuletzt gesehen haben?«

»Oje.« Die Krankenschwester blickte zu Boden. »Etwa drei Jahre. Das war kurz nach der Scheidung von ihrem Mann. Ach so, und wir haben uns vor zwei Jahren noch einmal kurz auf der Kieler Woche gesehen. Wiebke hatte eine Leidenschaft für Schiffe. Die hat sie gern fotografiert. Große Segelschiffe im Besonderen. Darf ich fragen, wie sie ums Leben gekommen ist? Inge wollte mir dazu nichts sagen.«

»Durch äußere Gewalteinwirkung. Mehr darf auch ich Ihnen im Augenblick nicht erzählen.« Gesa lehnte sich zurück. »Und danach haben Sie sie nicht mehr gesehen?«

»Nein. Aber wir haben zwischenzeitlich immer mal wieder miteinander telefoniert.«

»Auch in letzter Zeit?«

»Ja, wegen Renates und Nils' Silberhochzeit. Wiebke rief erst vor einer Woche bei mir an. Es ging um ein Geschenk für die beiden.«

»Ja, bei Inge wohl ebenfalls.«

»Sagte sie mir auch.« Elke Janssen musterte sie aufmerksam. »Wir hatten uns schon so gefreut. Das wäre das erste Mal nach all der Zeit gewesen, dass wir alle wieder zusammengekommen wären.«

»Warum Frau Ehlers aber schon so viel früher auf der Insel war, wissen Sie nicht?«

»Nein. Keine Ahnung.« Sie schüttelte den Kopf. »Inge erzählte mir bereits, dass sich Wiebke weder bei ihr noch bei Renate angekündigt hatte.«

»Und bei diesem Telefonat«, hakte Gesa nach, »da hat sie ebenfalls keine Andeutungen gemacht? Das war doch nur wenige Tage vorher.«

»Na ja …« Elke Janssen wirkte nun seltsam ernst. »Sie meinte, dass ihr die Feier eh gelegen käme, weil sie auch beruflich gerade mit der Insel zu tun habe.«

»Beruflich?«

»Fragen Sie mich nicht.« Die Krankenschwester hob hilflos die Hände. »Irgendwas Finanzamtstechnisches. Sie wissen ja vermutlich, dass sie in Kiel als Fahnderin gearbeitet hat. Ich hab da aber nicht weiter nachgehakt, weil ich mit Steuersachen eh auf Kriegsfuß stehe.«

»Wer nicht.« Gesa schmunzelte. »Und sonst nichts? Keine weiteren Andeutungen? Irgendetwas?«

»Nein, wir kamen auch ziemlich rasch auf den Grund zurück, warum sie eigentlich angerufen hatte.« Die Krankenschwester betrachtete sie aufmerksam. »Inge dachte wohl daran, dass man den beiden so eine Bank für den Garten schenken könnte. Samt Jubiläumsgravur. Aber das erschien uns etwas … unpersönlich. Ich habe daher einen alten Film als Geschenk vorgeschlagen.«

»Einen Film?«, horchte Gesa auf.

»Ja. Ich besaß noch einen alten Super-8-Film, den wir damals während unserer Internatszeit aufgenommen hatten. Ich hab den zufällig vor ein paar Jahren auf dem Dachboden wiedergefunden.«

»Einen Film? Von damals?«

»Ja. Mit uns als jungen Mädchen drauf. Die Kamera hatte mir mein Vater geschenkt. Ein richtig teures Gerät, das sogar die Tonspur vernünftig aufnahm. Heute ist so was natürlich Standard. Aber Kodak hatte sie damals erst kurz zuvor auf den Markt gebracht. Das war eine richtige Revolution.« Elke Janssen lächelte unsicher. »Mein Vater hat mich gern mit so großzügigen Geschenken überrascht. Er war damals als Redakteur beim ZDF tätig und deswegen ständig im Ausland unterwegs. Das, und der Umstand, dass meine Mutter 1971 bei einem Verkehrsunfall ums Leben kam, war der Grund, warum er mich auf ein Internat geschickt hatte.«

Gesa sah, wie vor dem Krankenhausgebäude ein gelbes Taxi hielt. Sie winkte Jan zu und forderte ihn stumm auf, schon mal das Gepäck nach draußen zu bringen. Dass das Taxameter lief, war ihr im Augenblick egal.

»Haben Sie diesen Film noch?«, wollte sie wissen.

»Nein, leider nicht. Wiebke fand die Idee nämlich gut, und ich habe ihr die Filmkassette unmittelbar nach unserem Telefonat zugeschickt. Sie können sich ja vorstellen, dass die Filmspule nach all der Zeit etwas beschädigt war. Sie versprach, ihn digital aufzubereiten. Das wäre natürlich eine schöne Erinnerung für uns alle gewesen. Wir waren damals ja eine ganz schön wilde Truppe.«

»Und was war auf dem Film drauf?«

»Ich glaube, einige Aufnahmen von Anfang 1974. Irgendwie bin ich später nie dazu gekommen, ihn mir noch einmal anzusehen. Mir fehlte ein Projektor.«

»1974? Das ist doch das Jahr, in dem Astrid Lührs verschwand?«

»Strübbel?« Elke Janssen betrachtete sie aufmerksam. »Ja, stimmt. Darf ich fragen, wie Sie auf sie kommen?«

»Wir ermitteln derzeit in alle Richtungen«, wich Gesa aus.

»Ja, Astrid war auf den Aufnahmen auch drauf«, antwortete die Krankenschwester. »Ebenso wie wir anderen. Der Film ist damals während des Biikebrennens entstanden. Sie kennen die Tradition?«

»Blieb nicht aus. Bereits Ende der Woche brennen die Feuer ja wieder.«

»Na ja, egal.« Elke Janssen räusperte sich. »Wäre schon deswegen schön gewesen, weil das unsere letzten gemeinsamen Aufnahmen waren. Tags darauf ist Astrid abgehauen, und wir haben nie wieder etwas von ihr gehört.«

»Wie bitte?« Gesa blickte Elke Janssen alarmiert an. »Astrid Lührs ist unmittelbar nach dem Biikebrennen verschwunden?«

»Ja, wussten Sie das nicht?« Ihre Gesprächspartnerin lehnte sich zurück. »Als wir morgens wach wurden, hatte sie bereits ihre Sachen gepackt und war weg. Wir haben noch einen halben Tag lang dichtgehalten, weil wir hofften, sie würde zurückkommen – aber dann mussten wir das natürlich bei Frau Momsen melden.«

»Frauke Momsen? Die Direktorin Ihres Internats?«

Elke Janssen bejahte dies. »Aber wirklich erbost oder besorgt war die nicht. Ich hatte vielmehr den Eindruck, als würde die sich darüber freuen, dass sie Astrid endlich los war. Wir … die beiden hatten nicht gerade das beste Verhältnis.«

»Ich weiß. Astrid Lührs hatte sie damals wegen Körperverletzung angezeigt.«

»Zu Recht.« Die Gesichtszüge der Krankenschwester verfinsterten sich. »Wie ein solches Miststück Leiterin einer Erziehungsanstalt werden konnte, ist mir bis heute ein Rätsel.«

Gesa warf abermals einen Blick durch die Scheibe nach draußen auf den Vorplatz. Jan hatte sich bereits in das Taxi gesetzt und deutete auf die Uhr. »Und Sie beide, also Sie und Astrid, haben sich damals gut verstanden?«

Abermals blickte Elke sie misstrauisch an. »Ja, wir mochten uns. Aber warum fragen Sie? Hat Astrid irgendetwas mit dem Mord an Wiebke zu tun?«

»Nein, im Gegenteil«, versicherte Gesa. »Aber vielleicht steht ihr damaliges Verschwinden in einem engeren Zusammenhang mit dem Mord an Frau Ehlers.«

»Und wie?«

»Dazu darf ich im Augenblick nichts sagen. Und jetzt möchte ich Sie auch nicht länger aufhalten, denn ich muss selbst los.«

»Soll mir recht sein, ich kann meine Mittagspause auch nicht ewig ausdehnen.«

Gesa erhob sich, und auch Elke Janssen stand auf, denn neben dem Taxi stoppte ein rotes Cabriolet mit zugezogenem Verdeck, hinter dem eine Frau in Elke Janssens Alter saß und hupte. Die Krankenschwester winkte, zog sich ihren Krankenhauskittel aus, unter dem sie Bluse und modische Leinenbundhose trug, und schlüpfte in die Felljacke.

»Sie würden uns helfen, wenn Sie sich morgen freinehmen und nach Pellworm kommen könnten«, sagte Gesa, während sie gemeinsam auf den Ausgang der Klinik zuschritten.

Elke Janssen, die sich nach einem kurzem Blick in das Spiegelbild der gläsernen Eingangstür noch einmal durchs Haar fuhr, sah erschrocken auf. »Bin ich etwa verdächtig?«

»Nein, natürlich nicht. Aber es wäre vermutlich gut, wenn alle auf Pellworm, die Wiebke – und auch Astrid – kannten, einmal zusammenkommen würden.« Gesa wusste, dass sie ihre Kompetenzen überschritt, und fragte sich einen Lidschlag lang, wie Hauptkommissar Wilharm auf ihren Vorstoß reagieren würde.

»Gut … ich denke, das sollte sich einrichten lassen.« Elke

Janssen klang zögernd, und gemeinsam traten sie nach draußen in die Kälte. Jan sprach bereits mit dem Taxifahrer, während Elke Janssen ihrer Bekannten zuwinkte.

»Vielleicht noch eines«, hub Gesa erneut an. »Kam es bei dem Biikebrennen damals eigentlich zu irgendeinem Streit?«

»Fragen Sie jetzt wegen Wiebke oder Astrid?«

»Ehrlich gesagt eher wegen Astrid.«

Elke Janssen blieb kurz stehen, blickte zu dem Cabriolet. »Nein, nicht dass ich mich erinnern würde. Wir waren an dem Abend alle gut drauf, auch wenn wir uns dann rasch aus den Augen verloren. Party. Sie verstehen?« Sie seufzte. »Obwohl … nein, das war ein paar Tage zuvor.«

»Was?«

Elke Janssen winkte ab. »Ach, wie das bei hübschen Mädchen in dem Alter so ist. Astrid hatte damals auf Pellworm so einen aufdringlichen Verehrer, den sie zwei Tage vor dem Biikebrennen ziemlich grob abblitzen ließ.«

»Sieh an. Und wer war das?«

»So ein pickliger, dicker Junge von der Insel. Über den haben wir uns damals alle ziemlich lustig gemacht.«

»Und der Name?«

»Ich glaube, Gustav. Gustav Freese.«

Verborgen im Schlamm

Gesas Gedanken rotierten noch immer, als sie sich am frühen Abend neben Oberkommissar Schultze in ihren Streifenwagen setzte. Ihr schnurrbärtiger Kollege nahm wie selbstverständlich am Steuer Platz.

Sie und Jan hatten die erste Fähre nach Pellworm verpasst, sodass sie erst spät am Nachmittag nach Hause zurückgekehrt waren. Dort hatte ihr Sohn sie so lange bedrängt, noch kurz bei Oliver und Lisa vorbeischauen zu dürfen, bis sie nachgegeben hatte. Vermutlich war es gut für ihn, wenn er nach dem Vorfall vorgestern wieder unter seine Freunde kam. Gesa hatte zudem alle Hände voll zu tun, denn sie musste ihre Kollegen dringend über ihre Erkenntnisse auf dem Festland informieren.

Hauptkommissar Wilharm hatte ihr daher seinen Assistenten geschickt, der sie abholen und zu ihm bringen sollte. Und wie schon bei seiner Ankunft gestern am Fähranleger gab sich der dürre Kollege außerst servil.

»Gut, dass Sie zurück sind«, erklärte er eifrig. »Hauptkommissar Wilharm scheucht uns im Augenblick ganz schön herum, und wir können jede helfende Hand gebrauchen.«

»Gestern erweckte er nicht diesen Eindruck«, gab Gesa kühl zurück.

»Doch, doch. Da schätzen Sie ihn ganz falsch ein.« Ihr Kollege beugte sich über das Lenkrad und querte die Ortschaft unter strenger Einhaltung der Höchstgeschwindigkeit. Gesa grinste innerlich. »Nur fehlt noch immer Ihr ausführlicher Bericht«, fuhr er vorsichtig fort, »oder haben Sie uns den schon zugeschickt?«

»Nein, kommt noch. Hatte leider Wichtigeres zu tun.« Gesa sah dabei zu, wie ihr Kollege umständlich auf die Mitte der Straße auswich, um einen Radfahrer zu überholen.

»Und«, fragte sie, »haben Sie in der Zwischenzeit schon etwas Neues herausgefunden?«

»Na ja«, Schultze verzog das Gesicht auf eine Weise, dass sein Schnurrbart in Schieflage geriet. »Sie wissen doch, strenge Dienstwege und so. Ich denke mal, dass Hauptkommissar Wilharm Sie gleich über alles aufklären wird.«

»Sagen Sie mal, arbeiten wir hier zusammen oder fragen Sie Wilharm auch, ob Sie zwischendurch auf Toilette dürfen?«

Ihr Kollege sah sie verbüfft an.

»Schon vergessen, dass ich vorgestern den ersten Angriff in der Sache unternommen habe?« Gesa war verärgert. »Ich habe bis zu meinem Wechsel nach Pellworm fast ein Jahr beim Morddezernat hospitiert. Also los jetzt, bitte.«

»Äh.« Ihr Begleiter räusperte sich. »Das wusste ich nicht. Entschuldigen Sie. Ich möchte nur nicht, dass Hauptkommissar Wilharm denkt, dass ich … Aber ich schätze mal, das wird schon in Ordnung gehen.« Tief atmete er ein, während er Tammensiel in Schleichfahrt verließ und weiter in Richtung ehemaliges Internat fuhr. »Ich fange mal mit der Arztpraxis von Frau Wilms an. Das Fenster wurde wohl mit einem Brecheisen aufgehebelt, und der Täter hat sein Einbruchswerkzeug wieder mitgenommen. Kollegin Koch hat vor dem Haus Schuhabdrücke finden können. Von Gummistiefeln. Die waren auch am Boden in diesem Bewegungsraum zu finden. Aber leider gab es nirgendwo Fingerabdrücke. Vermutlich hat der Einbrecher Handschuhe getragen.«

»Das war zu erwarten«, sagte Gesa. »Und die Nachbarn von Frau Wilms? Hat von denen vielleicht einer was mitbekommen?«

»Dort war ich sogar persönlich vorstellig.« Schultze warf ihr einen Blick zu, als erwarte er dafür ein Kompliment. »Aber da hat niemand etwas mitbekommen. Kein Wunder bei der Uhrzeit und bei dem Sturm. Wir können nur vermuten, dass das Skelett irgendwann nach vier Uhr morgens gestohlen wurde. Also, nachdem Frau Wilms schlafen gegangen ist.«

»Die Fotos, die sie von den Knochen gemacht hat, wurden bereits weitergeleitet?«

»Selbstverständlich. Dafür habe ich gestern ebenfalls persönlich gesorgt. Die liegen jetzt zur Begutachtung in der Gerichtsmedizin – und es sieht so aus, als stimmen die Kollegen dort der Einschätzung von Frau Wilms zu. Also, dass es sich dabei um ein junges Mädchen im Teenageralter handelte. Hauptkommissar Wilharm fragt sich naheliegenderweise, ob es sich dabei um ein Schülerin dieses Internats gehandelt haben könnte.«

Gesa betrachtete ihren Begleiter abwartend.

»Ich war daher heute auch noch beim Ortsamt und habe dort versucht, an alte Akten aus der Internatsszeit heranzukommen. Gibt es leider nicht mehr.« Schultze zuckte bedauernd mit den Schultern. »Ich hab also eine Anfrage an die Schulträger drüben auf dem Festland gestellt. Gut möglich, dass die …«

»Ich weiß vermutlich, mit wem wir es bei der Toten zu tun haben«, unterbrach ihn Gesa.

»Wirklich?« Überrascht sah ihr Kollege kurz zu ihr herüber, bevor er sich wieder auf den Verkehr konzentrierte. »Haben Sie Hauptkommissar Wilharm schon von Ihrer …«

»Nein«, wiegelte Gesa ab. »Ich konnte ihn nicht erreichen. Aber über all das werde ich Sie eh alle gleich unterrichten. Was ist denn mit dem Ferienhaus?«

»Äh, das sitzt Polizeikommissar Jung noch dran«, antwortete der Oberkommissar. »Aber wir sind uns schon jetzt ziemlich sicher, dass der Mord an Frau Ehlers dort begangen wurde. Nur hat der Täter im Haus gut aufgeräumt.«

»Und auf welchen Spuren gründet die Vermutung?«

»Wir haben Blutspritzer im Wohnzimmer entdeckt, die der Täter versucht hat wegzuwischen. Unter UV-Licht kamen sie aber wieder zum Vorschein. Die Blutgruppenbestimmung steht zwar noch aus, aber die blauen Fasern, die Sie gestern gefunden haben, gehören tatsächlich zu der Jacke der Toten. Und wir haben ihre Fingerabdrücke auch auf diesem Ladekabel oben im Schlafzimmer gefunden. Außerdem in der Dusche im Bad. Das alles ist also recht eindeutig. Vermutlich wurde die Leiche vom Ferienhaus aus direkt zum Leichenfundort transportiert. So weit liegen die beiden Gebäude ja nicht voneinander entfernt.«

In der Ferne, inmitten einiger Bäume, zeichnete sich das alte Internatsgebäude mit seinen Anbauten ab. Ein roter Mannschaftswagen der Feuerwehr stand vor dem Haus und das Grundstück war großzügig mit Absperrband abgeriegelt. Es vermochte nicht zu verhindern, dass sich ganz in der Nähe acht Jugendliche und Erwachsene versammelt hatten, die versuchten, einen Blick auf die Polizeiarbeiten zu erhaschen. Darunter waren drei Männer und Frauen mit professionellen Kameras, die Gesa für Reporter hielt, die mit der ersten Fähre auf die Insel gelangt waren.

»Schon wieder diese Journalisten«, stöhnte Schultze, der die Fotografierenden ebenfalls bemerkte. »Die sind uns heute den ganzen Tag lang gefolgt. Die kleine Pressekonferenz, die wir heute Mittag gegeben haben, hat denen wohl nicht ausgereicht.«

»Welche Informationen haben Sie weitergegeben?«

»Na ja, inzwischen auch den Namen von Frau Ehlers. Dass das Skelett fort ist … haben wir einstweilen für uns behalten.« Schultze fuhr nahe an das Absperrband heran und Gesa entdeckte unter den Schaulustigen einige bekannte Gesichter, die sie neugierig ansahen. Einer der Feuerwehrleute, die vor dem Haus standen, kam zu ihnen und hob das Flatterband an, sodass sie darunter hindurchfahren konnten. Schultze parkte den Streifenwagen neben dem Einsatzwagen der freiwilligen Feuerwehr, und Gesa erblickte nicht weit entfernt einen protzigen BMW, den sie aus Tammensiel her kannte.

Gemeinsam stiegen sie aus, und ihr ungutes Gefühl bewahrheitete sich, da in diesem Augenblick Gustav Freese aus dem Internatsgebäude eilte. Der stellvertretende Bürgermeister Pellworms trug wie in der vorgestrigen Nacht seinen eleganten Trenchcoat und wirkte äußerst verärgert. Auch er bemerkte sie, und sein Gesicht nahm einen lauernden Zug an. Rasch hatte er sich wieder im Griff, und grußlos eilte er an ihnen vorbei, um in seinem Wagen Platz zu nehmen.

»Was macht der denn hier?«, fragte Gesa misstrauisch.

»Herr Freese?«, fragte Schultze unnötig. »Äh, der ist soweit ich weiß mit Hauptkommissar Wilharm verwandt.«

»Ich weiß, Wilharm ist sein Neffe.«

»Unser Team hat ihm einige sehr hübsche Unterkünfte hier auf Pellworm zu verdanken.« Der schnurrbärtige Kollege klang erfreut. »Was er allerdings hier am Tatort zu suchen hat, weiß ich auch nicht.«

Gesa und Schultze grüßten einen zweiten Feuerwehrmann und nahmen zwei weiße Einweganzüge entgegen, in die sie umständlich schlüpften, bevor sie die Vorhalle des alten Herrenhauses betraten.

Seit ihrem letzten Besuch hatte sich nicht viel verändert. Vor dem großen Kamin mit dem präparierten Heringshai standen ein halbes Dutzend Aluminiumkoffer der Spurensicherung, überdies war ein langer Tisch mit Funden aufgebaut worden, die vermutlich größtenteils aus dem Keller stammten. Hinzu kamen zwei kleinere Fähnchen weiter hinten im Raum und neben einer der Treppen. Soeben kam einer der Kollegen von der Spurensicherung die Kellertreppe nach oben. Gesas Erinnerung zufolge handelte es sich bei ihm um Polizeikommissar

Becker. Der Mittdreißiger trug ebenfalls weiße Schutzkleidung und nickte ihr zu, während er ein weiteres Fundstück auf dem langen Tisch drapierte.

Hauptkommissar Wilharm stand – ebenfalls in einen der Schutzanzüge gehüllt – nebenan im ehemaligen Speisezimmer mit dem aufgebrochenen Fenster und telefonierte leise, aber erregt.

Zu gern hätte Gesa gewusst, mit wem ihr Kollege da redete, denn Freeses Laune nach zu urteilen, hatten sich die beiden eben gestritten.

Wilharm entdeckte Gesa nun ebenfalls, drückte sein Gespräch weg und betrat die Eingangshalle. »Ah, Oberkommissarin Harms. Schön, dass Sie endlich zurückgefunden haben.«

»Danke der Nachfrage, meinem Sohn geht es den Umständen entsprechend gut«, antwortete Gesa kühl.

»Ach ja? Nun, dann kann ihn Schultze ja bald vernehmen«, antwortete Wilharm gereizt. »Seine Freunde haben bereits zugegeben, dass er und die anderen das Fenster nebenan aufgebrochen haben.«

»Ich glaube, den Jugendlichen ist klar, dass ihr Einbruch in dieses Haus noch Folgen hat. Nur steht das im Augenblick wohl auch nicht ganz oben auf unserer Agenda, oder?«

»Ich wollte Ihnen auch nur verdeutlichen, dass hier noch viel Arbeit auf uns wartet und Ausflüge wie der Ihre mittelfristig nicht so rasch wieder infrage kommen.«

»Dann wird es Sie freuen zu hören, dass ich drüben auf dem Festland nicht untätig geblieben bin. Inzwischen glaube ich sogar zu wissen, um wen es sich bei der Toten handelt, deren Knochen wir gefunden haben: ein Mädchen namens Astrid Lührs.«

Selbst Polizeikommissar Becker, der drüben am Tisch bei den Funden stand, sah auf. Und so weihte Gesa ihre drei Kollegen in ihre Nachforschungen ein, die sie bis in die Ortschaft Strübbel geführt hatten.

Becker und Schultze schauten anerkennend, als ihr Bericht endete. Allein Wilharm wirkte verärgert.

»Und wann hatten Sie vor, mich über Ihre selbstherrlichen Ermittlungen in Kenntnis zu setzen?«, blaffte er sie an. »Ich dachte, wir hätten darüber gesprochen, dass hier nichts an mir vorbeiläuft.«

»Oh, ich hatte heute Mittag versucht Sie zu erreichen«, meinte Gesa leutselig. »Da wir beide es versäumt haben, Mobilnummern auszutauschen, habe ich drüben im Revier angerufen. Leider war es nicht besetzt. Ich habe daher auf dem Herweg eine kurze Mail an das Revier geschickt.«

Wilharm sah Schultze an, der verlegen über seinen Schnurrbart strich. »Die, äh, habe ich noch nicht gecheckt.«

»Allerdings«, fuhr Gesa fort, »ist das meines Erachtens der bislang beste Hinweis auf die Identität der Toten, den wir haben. Frau Janssen habe ich übrigens gebeten, morgen nach Pellworm zu kommen, damit wir alle alten Freundinnen von Astrid Lührs zusammen befragen können.«

»Dann sind Sie weiterhin davon überzeugt, dass der Mörder des Mädchens und der Mörder von Wiebke Ehlers ein und dieselbe Person sind?«, fragte Schultze schüchtern.

»Liegt das nicht auf der Hand? Zwei Leichen, ein Fundort. Wenn auch vierzig Jahre voneinander getrennt.«

Schultze sah verunsichert zu Wilharm auf, der seinereits Gesa taxierte.

»So unwahrscheinlich ist das tatsächlich nicht«, knurrte er etwas versöhnlicher. »Zumindest ist es auffallend, dass beide Tote der gleichen Clique entstammen. Auch, wenn es im Augenblick wohl noch etwas früh ist, uns endgültig darauf festzulegen.«

»Hauptkommissar Wilharm?«, meldete sich der Spurensicherer zu Wort. Polizeikommissar Becker zeigte zum Tisch mit den Fundstücken. »Die Kleidungsreste, die wir im Schlamm der Zisterne gefunden haben, deuten auf eine winterliche Bekleidung der Skelettierten hin. Wenn das Mädchen damals zur gleichen Jahreszeit verschwand wie jetzt, könnte das ein weiteres Indiz dafür sein, dass Oberkommissarin Harms richtigliegt.«

Gemeinsam traten sie an die geborgenen Fundstücke aus der Zisterne heran, und erstmals konnte Gesa einen näheren Blick auf die Fundstücke werfen. Darunter befanden sich Reste von Schuhen, vermoderte Stofffetzen, die zu einem Mantel oder einem Schal gehört haben mochten, außerdem korrodierte Knöpfe.

Schweigend betrachteten sie die Funde.

»Der Verrottungszustand der Kleidungsstücke weist ebenfalls darauf hin, dass unsere Tote vermutlich schon vor einigen Jahrzehnten in der Zisterne versenkt wurde. Sabine ist noch dabei, den restlichen Schlamm durchzusieben«, fuhr der Mann fort und meinte vermutlich seine Kollegin. »Einige Knochenfragmente sind ebenfalls mit dabei. Zusammen mit den Haaren aus dieser Bürste, die Frau Harms bei der vermeintlichen Familie der Toten sichergestellt hat, sehe ich also eine gewisse Chance, uns hinsichtlich der Identität der Toten mit einem DNS-Abgleich Sicherheit zu verschaffen.«

»Meinetwegen«, brummte Wilharm. »Dennoch werden wir weiter in alle Richtungen ermitteln. Immerhin liegen womöglich vierzig Jahre zwischen den beiden Mordfällen.«

»Was hat die Spurensuche hier auf dem Grundstück eigentlich ergeben?«, fragte Gesa.

»Hat Schultze Sie noch nicht auf den neuesten Stand gebracht?« Wilharm warf seinem Assistenten einen ungnädigen Blick zu.

»Doch, doch«, versicherte dieser eilig. »Zumindest, was die Praxis und das Ferienhaus anbelangt.«

»Nun, hier oben haben wir bloß Spuren der Jugendlichen gefunden«, beantwortete Wilharm ihre Frage. »Allerdings gibt es unten einen Kellerzugang nach hinten hinaus zum Garten des Gebäudes. Der stand offen und wir müssen noch prüfen, ob der gewaltsam geöffnet wurde. Sicher ist bislang nur, dass der Täter über diesen Eingang nach unten zu der Zisterne gelangte. Hinten im Garten haben wir Spuren entdeckt, die diese Vermutung stützen. Der Sturm in der Fundnacht hat die Spurensuche zwar nicht gerade erleichtert, aber es sieht so aus, als habe der Täter die Leiche mit einem Fahrrad samt Anhänger hierher geschafft und dann durch den Garten in den Keller geschleift.«

»Irgendwelche Spuren, dass das die gleiche Person war, die auch in die Praxis eingebrochen ist?«, hakte Gesa nach.

»Ja«, antwortete diesmal der Spurenermittler. »Wir haben sowohl im Garten des ehemaligen Internats als auch unten in einem der Kellergänge Schuhabdrücke sichergestellt, die sich mit jenen vor der Praxis von Frau Wilms decken.«

»Und das Gewicht des Täters?«

»Schwierig zu sagen.« Der Mann schaute bedauernd. »Mindestens siebzig Kilo. Könnte also fast jeder sein.«

»Gummistiefel und ein Fahrrad mit Anhänger.« Gesa runzelte die Stirn. »Die besitzt hier vermutlich jeder dritte Pellwormer.«

»Mit der Plane und dem Seil, die wir unten neben der Zisterne gefunden haben, steht es leider nicht viel besser«, sagte Schultze. »Der Täter hatte sie ganz offenbar dafür verwendet, die Tote darin einzuwickeln und herzuschaffen. Nur bekommt man die in jedem Baumarkt auf dem Festland, und auch dort waren keine Fingerabdrücke drauf. Allein das Seil ist interessant. Es ist eines von der Sorte, wie sie auch Segler benutzen.«

»Was hier an der Küste ebenfalls nicht ungewöhnlich ist.« Gesa stöhnte. »Und die Schaulustigen vorgestern Nacht?«

»Lassen Sie Frau Harms ruhig mal sehen, was wir haben«, forderte Wilharm Schultze zum Rapport auf.

Der Assistent nickte eilfertig und eilte nach draußen auf den

Vorplatz, um kurz darauf mit einer Aktentasche zurückzukehren, die er umständlich öffnete. Heraus zog er die Farbausdrucke von etwa zwanzig Fotografien, die den Feuerwehreinsatz in der Nacht des Leichenfundes dokumentierten.

»Diese sechs Fotos hat uns Wehrführer Knudsen zukommen lassen.« Er tippte auf die ersten beiden Ausdrucke. »Die wurden gemacht, bevor deren Kamera den Dienst aufgab. Die anderen habe ich mir von dem Fotografen geholt, der vorgestern in Begleitung von Herrn Freese hier war. Diesem Arne Lorenzen.«

Er hob die Ausdrucke mit den übrigen Fotografien an. Auch auf ihnen waren einige der Schaulustigen zu erkennen, die Gesa vorgestern selbst angetroffen hatte.

»Von den meisten der Leute haben wir die Identität bereits festgestellt«, sprach der Kollege weiter. »Viele von ihnen sind Nachbarn, die vom Blaulicht angelockt wurden. Es waren auch einige Touristen dabei, die sich hier hauptsächlich wegen des Biikebrennens Ende der Woche aufhalten. Nur diese Person da ist bislang unbekannt.« Er deutete auf eine kaum zu erkennende Gestalt mit Winterjacke, die im Hintergrund neben einem Fahrrad stand. Es handelte sich nicht um ein Fahrrad der Jugendlichen. »Aber ich bin mir sicher, wir kriegen noch raus, wer das ist.«

»Ach so«, brummte Wilharm. »Inzwischen haben wir auch das Auto von Frau Ehlers ausfindig machen können. Es stand auf dem Parkplatz der Fähre drüben in Strucklahnungshörn. Leider fanden sich auch dort keine Hinweise darauf, was sie hier auf der Insel eigentlich wollte.«

»Und ihre Wohnung in Kiel?«

»Die wird derzeit von den dortigen Kollegen untersucht. Ich hoffe, dass die Ergebnisse morgen eintreffen.«

Nachdenklich sahen sich die Beamten an.

»Kann ich Sie mal kurz unter vier Augen sprechen?«, fragte

Gesa Wilharm. Der Kriminalhauptkommissar kniff misstrauisch die Augen zusammen, folgte ihr dann aber vor den Eingang des Gebäudes.

»Ja?«

»Darf ich fragen, was unser stellvertretender Bürgermeister vorhin hier zu suchen hatte?«

»Etwas Privates«, antwortete der Hauptkommissar gereizt. »Er ist mein Onkel.«

»Ich weiß«, erklärte Gesa. »Nur stört es mich, dass er jetzt schon zum zweiten Mal hier aufschlägt und den Tatort kontaminiert.«

»Nun übertreiben Sie mal nicht. Ich habe schon gehört, dass Sie beide sich offenbar nicht ganz grün sind.«

»Darum geht es nicht«, erwiderte Gesa ernst. »Es ist möglich, dass Ihr Onkel irgendwie mit alledem hier zu tun hat.«

»Wie bitte?«

»Elke Janssen«, fuhr sie leise aber bestimmt fort, »die Krankenschwester drüben in Husum, berichtete mir, dass Gustav Freese in jüngeren Jahren hinter Astrid Lührs her war. Sie meinte, dass das Mädchen ihn damals kurz vor ihrem Verschwinden auf unsanfte Weise hat abblitzen lassen.«

Wilharm sah sie überrumpelt an, leckte sich kurz über die Lippen und blickte kurz zurück ins Haus. »Sie glauben doch wohl nicht, dass er irgendetwas mit der Sache zu tun hat?«

»Können wir uns dessen sicher sein?«

»Hören Sie mal«, fuhr Wilharm verärgert fort. »Sie sind es doch, die auf einem Zusammenhang zwischen den beiden Mordfällen besteht. Und das, wie ich zugestehe, aus einleuchtenden Gründen. Mein … Gustav Freese war während der Zeit, als die Leiche von Frau Ehlers ins Haus geschafft wurde, auf einer offiziellen PR-Veranstaltung. Und zwar auf jener, auf der auch Sie gewesen sind, wenn ich richtig informiert wurde.«

»Ja, war er«, gab sie zu.

»Dann kann er nicht zeitgleich hier in diesem Gebäude mit Ihrem Sohn und seinen Freunden gewesen sein.«

»Richtig. Aber was, wenn ich falschliege und die beiden Fälle irgendwie anders in Zusammenhang stehen?«

»Ihre Anstrengungen in allen Ehren, Frau Harms. Aber allmählich habe ich den Eindruck, dass Sie Ihre Kompetenzen gewohnheitsmäßig überschreiten.« Seine Kiefer mahlten. »Nur weil Sie mal ein paar Monate beim Morddezernat ausgeholfen haben, heißt das nicht, dass Sie uns ständig in die Ermittlungen reinpfuschen dürfen.«

»Reinpfuschen?« Gesa sah ihn erstaunt an. »Mir ist ebenso daran gelegen, diese Fälle aufzuklären, wie Ihnen. Denn am Ende muss ich den Leuten gegenüber unsere Arbeit rechtfertigen. Und glauben Sie ja nicht, dass mir wohl dabei zumute ist, dass das Skelett von Astrid Lührs unter meiner Aufsicht verschwand. Sie würden an meiner Stelle ebenfalls versuchen, diese Scharte wieder wettzumachen. Ich versuche mich bloß nützlich zu machen. Mehr nicht.«

»Meinetwegen.« Seine Stimme klang nicht freundlicher. »Ich werde mich der Sache persönlich annehmen. Nur hoffe ich mal, dass es sich dabei nicht bloß um üble Nachrede handelt.«

»Sie können Elke Janssen ja gern morgen selbst dazu befragen.«

»Verlassen Sie sich darauf, das werde ich.«

»Hauptkommissar Wilharm!« Schultze winkte ihn aufgeregt zu sich. »Frau Koch hat etwas gefunden, das Sie sich unbedingt ansehen sollten.«

Gesa eilte hinter Wilharm zurück ins ehemalige Internatsgebäude und folgte Schultze die Kellertreppe nach unten, bis sie im Vorraum in dem Kellergewölbe mit der Zisterne stand.

Hier unten roch es unangenehm nach Moder, und der Grund

dafür war offensichtlich. Die Kollegen hatten die letzten Stunden dafür genutzt, die Zisterne abzupumpen und den Schlamm, der sich auf seinem Grund gesammelt hatte, mit Eimern hochzuschaffen.

Sabine Koch, wie ihre rothaarige Kollegin von der Spurensicherung offenbar mit vollem Namen hieß, stand vor einem Holzgerüst, über das die Kollegen ein engmaschiges Gitter aus Metall gespannt hatten. Seine Struktur erlaubte es den Ermittlern, den geborgenen Schlamm vorsichtig mittels einiger bereitliegender Borstenpinsel hindurchzudrücken und die festen Gegenstände so vom Erdreich zu trennen. Hinter ihr, in einer der Raumecken, lag ihr aufgeklappter Spurensicherungskoffer. Auch hier unten befand sich ein kleiner Tisch, auf dem kleinere Objekte lagen, darunter mindestens zwei weitere Knochenfragmente. Becker stand neben seiner Kollegin und blickte ihr ernst über die Schulter.

»Und? Was haben Sie gefunden?«, fragte Wilharm ungestüm.

»Tja, wenn man es so nimmt, einen dritten Toten.« Polizeikommissarin Koch sah niedergeschlagen auf. »Sehen Sie mal.«

Ebenso wie Wilharm beugte sich auch Gesa über das Gitter und musste genau hinsehen, bis sie begriff, was ihre Kollegin im Schlamm zutage gefördert hatte. Vor ihr, eingebettet in übel riechenden Morast, lagen einige wenige, winzige Knochen, die kaum zu erkennen waren – wäre da nicht diese winzige, zerbrechlich wirkende Hirnschale gewesen.

»Ich bin keine Medizinerin«, erklärte ihre Kollegin traurig. »Aber ich tippe mal auf vierten Monat.«

»Ein Fötus?«, fragte Wilharm ungläubig.

»Ja. Unsere Tote war schwanger.«

Freunde

»Ich hoffe, es geht dir wieder gut?«, fragte Olivers Mutter.

Sie betrat das Zimmer ihres Sohns mit drei Colagläsern und stellte die Erfrischungen auf dem Tisch neben der Spielekonsole ab, mit der auch Jan gern zockte. Die Mutter seiner Schulfreunde war eine gut aussehende blonde Frau Ende dreißig, und Lisa sah ihr verblüffend ähnlich. Nicht nur die schlanke Figur, auch die Grübchen an den Wangen hatte sie von ihr.

»Ja, alles wieder in Ordnung«, wiegelte Jan ab. Kurz warf er Lisa, die neben ihrem Bruder schräg gegenüber auf einer Couch saß, einen Blick zu. »Ich hab mir bei dem Sturz bloß ein bisschen den Kopf angeschlagen. In die Schule gehe ich morgen auch wieder.«

»Macht so etwas nie wieder, hört ihr?« Die Frau sah die drei Jugendlichen mahnend an. »Das alles hätte noch viel schlimmer ausgehen können. Ihr wisst, wovon ich spreche. Ganz unabhängig von dieser grausigen Sache, die dir widerfahren ist, Jan. Kannst du denn überhaupt noch schlafen?«

»Mama!« Oliver sah leicht genervt zu seiner Mutter auf. »Das hatten wir doch alles schon gestern.«

»Ja, nur wiederhole ich mich da gern.« Sie sah wieder Jan an. »Ist die Polizei denn in der Sache schon weitergekommen?«

»Keine Ahnung.« Er zuckte bedauernd mit den Schultern. »Meine Mutter sagt mir nichts. Darf sie wohl nicht.«

»Na gut. Wenn ihr Glück habt, verfolgen sie euren Einbruch in das Haus nicht weiter, weil sie gerade Wichtigeres zu tun haben. Trotzdem könnt ihr alle froh darüber sein, dass ihr noch nicht volljährig seid. Und wir nebenbei bemerkt auch.« Sie warf einen ernsten Blick in die Runde. »Mit Patricks Eltern werde ich auch noch ein Wörtchen reden. Der Junge hat viel zu viele Flausen im Kopf. Kein Wunder, so oft, wie die den allein lassen.« Sie schaute mahnend in die Runde. »Gebt Bescheid, wenn ihr noch was wollt.«

Sie lächelte leicht gezwungen und verließ das Zimmer.

»Sorry, unsere Eltern sind noch immer ziemlich sauer«, meinte Oliver, der sich vorbeugte und eines der Colagläser nahm.

»Tröste dich: meine Mutter auch«, meinte Jan und warf Lisa wieder einen verstohlenen Blick zu.

Sie saß da, den Kopf mit ihren langen blonden Haaren nachdenklich auf eine Hand gestützt und die Beine schräg auf der Couch überschlagen. Jan hätte sie dauernd ansehen können und ihm wäre nie langweilig dabei geworden.

»Aber inzwischen hat sie sich wieder beruhigt«, fuhr Jan fort. »Sie hat ja auch genug anderes zu tun.«

»Und, kannst du denn schlafen?«, wollte Lisa wissen.

Er nahm einen Schluck Cola, da ihm jäh der Mund trocken wurde. Wenn er ehrlich war, dann verfolgte ihn das blasse tote Gesicht der Frau in der Zisterne noch immer. Dabei waren die Momente nach dem Sturz viel schlimmer gewesen – jene Zeit, die verstrichen war, bis seine Begleiter endlich das Seil heruntergelassen hatten. Die Minuten, in denen Oliver und Lisa da oben mit Patrick gestritten hatten, waren für ihn eine gefühlte Ewigkeit gewesen, denn da unten in der Zisterne war es stockdunkel gewesen, und immer wieder war er gegen diesen kalten leblosen Körper gestoßen, der neben ihm im Wasser trieb.

»Ja, geht schon.« Er räusperte sich.

»Und du willst morgen wirklich schon wieder in die Schule?« Oliver schüttelte ungläubig den Kopf. »Mal ehrlich, du könntest doch jetzt locker die ganze Woche über zu Hause bleiben. Du müsstest bloß einen auf Trauma machen.«

»Mann, du Idiot!« Lisa warf ein Kissen nach ihrem Bruder. »Guck ihn dir doch mal an. Jan hat sogar ganz sicher ein Trauma. Hast du auch nur einmal darüber nachgedacht, wie lange er da unten neben dieser Toten ausharren musste?« Mitfühlend sah sie Jan an. »Echt, mir musst du nichts vormachen. Ich würde wahrscheinlich jede Nacht schreiend aufwachen.«

»Nee, so schlimm ist es nicht. Ehrlich.« Jan lächelte zögernd, da er sich über ihr Mitgefühl freute. »Aber ich habe auch keinen Bock darauf, zu Hause zu versauern und dann erst recht an die Zeit da unten im Wasser zu denken. Da ist mir sogar Schule lieber.«

Oliver nickte verstehend – und legte dann aufgeregt los: »Gaub mir, die anderen sind schon ganz wild drauf, dich auszuquetschen. Ich meine, Lisa und ich haben die Tote ja gar nicht richtig gesehen. Gerade mal so als Schatten neben dir im Wasser. Aber mehr nicht. Verstehst du?« Er grinste schamlos. »Echt, ich würde mit der Leichenstory voll bei Anna aufschlagen. So leicht hast du nie wieder die Gelegenheit, bei der heißesten Braut an der ganzen Schule zu landen.«

»Anna?« Seine Schwester verdrehte die Augen. »Wenn sich die schminkt, denkt man doch, die habe sich ein Stück Wurst auf die Wange gelegt. Stell dir mal vor, ich würde so rumlaufen.«

»Du giltst nicht. Du bist meine Schwester.«

»Also, ich finde die jetzt auch nicht so toll«, versicherte Jan eilig und spürte, wie er rot wurde. Lisa musterte ihn prüfend, und so wechselte er rasch das Thema. »Seid ihr denn schon von der Polizei vernommen worden?«

»Ja, so ein Oberkommissar Schultze war hier«, antwortete Oliver. »Wir haben ihm wahrheitsgemäß berichtet, was wir da im Haus zu suchen hatten. Dass wir zu viert waren, wussten sie schon. Sie wollten auch alles über Patrick wissen. Die haben den Rucksack mit der Bong gefunden.«

»Sorry, hätte ich euch gleich sagen können«, meinte Jan. »Meiner Mutter sind die vier Fahrräder vor dem Haus aufgefallen.«

»Wann kriegen wir die eigentlich wieder zurück?«, fragte Lisa.

»Keine Ahnung, nervt mich auch«, sagte Jan. »Bei dem Wetter da draußen zu Fuß herumzulaufen war jetzt auch nicht so der Praller. Ich frag mal meine …«

Unvermittelt klopfte jemand von draußen gegen das Fenster des Zimmers.

Oliver und Lisa sahen überrascht auf, und Oliver erhob sich, um es zu öffnen. Kalte Luft strömte in den Raum. Jan beugte sich neugierig vor.

»Hi. Ich wollte euren Eltern nicht wieder über den Weg laufen«, war im Vorgarten Patricks Stimme zu hören. Draußen war es bereits dunkel, dennoch konnte Jan sehen, dass dort ein leichter Graupelschauer niederging. »Ist die Luft rein?«

»Hättest auch zur Vordertür reinkommen können«, meinte Oliver. »Meine Mutter hat dich doch schon gestern ins Kreuzverhör genommen.«

»Trotzdem.« Patrick zog sich ins Zimmer, klopfte seine Lederjacke ab und zwinkerte Lisa zu. Dann blieb sein Blick an Jan hängen. »Ach, du auch hier?«

»Ja«, knurrte Jan, während Oliver das Fenster schloss. Kurz spähte er zur Zimmertür, dann fixierte er Olivers alten Freund frostig. »Noch mal danke für die ätzende Show, die du vorletzte Nacht abgezogen hast. Ich hab noch nicht vergessen, dass du mich da unten in der Zisterne fast hast verrotten lassen. Wären Oliver und Lisa nicht gewesen, würde ich da unten vermutlich noch immer rumschwimmen.«

»Hey, tut mir leid.« Patrick vergrub die Hände in seiner Lederjacke, und Jan sah ihm an, dass es dem Älteren peinlich war, auf den Schnitzer angesprochen zu werden. »Ich stand in dem Moment halt auch irgendwie unter Schock«, versuchte er sich rauszureden. »Ich mache es wieder gut, okay?«

»Warum hast du nicht angerufen?«, fragte Oliver. »Dann hätte ich dir früher sagen können, dass du vor meinen Eltern keinen Schiss haben musst.«

»Ich hab doch keinen Schiss vor denen«, meinte Patrick. Er strich sich sein schwarz gefärbtes Haar hinter die Ohren und setzte sich auf die Kante von Olivers Scheibtisch. »Ich hatte bloß keinen Bock auf weitere Predigten. So von wegen, dass ich als Ältester auf euch achtzugeben habe und so. Außerdem konnte ich nicht anrufen. Mein Handy ist weg.«

»Echt?« Lisa klang empört. »Seit wann denn?«

»Weiß nicht so genau. Das ist auch einer der Gründe, warum ich hier bin.« Patrick sah Lisa fragend an. »Hab ich es vielleicht gestern bei dir im Zimmer liegen gelassen?«

Dass Patrick gestern bereits hier gewesen war, hatte Jan mitbekommen. Nicht aber, dass er Lisa besucht hatte. Misstrauisch sah er die beiden an.

»Da muss ich mal nachschauen. Warte.« Lisa erhob sich, und Jan erschien es, als würde sie anmutig wie eine Elfe aus dem Zimmer schweben. Nur schmerzte ihn der Anblick im Augenblick mehr, als dass er ihn erfreute.

»Schon Scheiße«, meinte Oliver mitfühlend. »Mal sehen, ich glaube, mein Vater hat noch ein älteres Modell. Vielleicht rückt der das raus, wenn deins weg ist.«

»Ja, kannst ihn gern mal fragen. Denn wenn mein Handy nicht hier ist, dann muss das heute Mittag passiert sein. Du weißt doch, ich jobbe zweimal die Woche bei Edeka. Heute war besonders viel zu tun, weil die Fähre wieder den Betrieb aufgenommen hat und die neuen Waren kamen. Da hatte ich meine

Jacke in der Nähe des Lagers aufgehängt. Ansonsten weiß ich nicht, wo das sonst passiert sein könnte.«

»Gestern Abend hast du es nicht mehr benutzt?«

»Nein.«

Lisa kam wieder zurück und hob bedauernd die Schultern. »Tut mir leid, bei mir drüben ist es nicht.«

»Mist, dann ist das Handy wirklich weg.«

»Aber hier.« Sie reichte ihm eine CD. »Da das mit dem Musik überspielen gestern nicht geklappt hat, hab ich dir das neue Album von Deichkind gestern noch gebrannt.«

»Super. Dank dir.« Ungewohnt charmant lächelte Olivers Kumpel sie an, und Jan spürte einen weiteren Stich. »Bevor ich es vergesse«, wandte sich Patrick an Oliver, »das am Wochenende geht klar. Mein Stiefvater schießt mir Geld zu.«

»Was geht klar?«, wollte Jan wissen.

»Na, ich werde achtzehn.« Patrick grinste, während er die CD einsteckte. »Und das bedeutet Party. Ursprünglich wollte ich ja kleiner feiern, aber mal ehrlich: Man wird nur einmal volljährig. Ich lasse es daher am Sonntag krachen. Und ich schwör euch, das wird die Party des Jahres.«

»Cool!« Oliver grinste vorfreudig.

»Du darfst dich ebenfalls eingeladen fühlen«, sprach Patrick Jan an. »Vielleicht kann ich damit die Sache von vorgestern wiedergutmachen.«

»Okay«, sagte Jan lustlos. »Aber das ist immerhin Sonntag. Ich weiß noch nicht, ob ich da kann.«

»He, das hier ist Pellworm.« Patrick musterte ihn leicht überheblich. »Da ist eh Biikebrennen. Alle sind auf den Beinen. Bislang haben schon zwanzig Leute zugesagt. Und eines sag ich euch: Ich plane da noch ein, zwei echte Überaschungen. Wartet es nur ab …«

Windräder

»Ganz einfach: Weil ich das niemals für möglich gehalten hätte«, tönte Inges Stimme aus dem Handy. »Warum auch? Es gab doch überhaupt keine Hinweise darauf, dass Astrid etwas passiert sein könnte.«

»Hat dich die Polizei damals nicht ebenfalls befragt?«, fragte Gesa und stellte nebenbei zwei Teller auf den Abendbrottisch, legte missmutig zwei Messer aus dem Besteckkasten daneben und begann, Wurst und Käse aus dem Kühlschrank zu räumen, während sie umständlich mit ihrem Smartphone hantierte. Sie konnte kaum glauben, dass ihrer Patentante angesichts des Knochenfundes nicht wenigstens ein Verdacht gekommen war.

»Sicher wurden wir befragt«, schallte es ihr aus dem Handy entgegen. »Fast jeder aus dem Internat wurde das. Aber als dann die Meldung eintraf, dass Strübbel auf dem Festland gesehen wurde, war das für uns lediglich die Bestätigung dafür, dass sie ihre Androhung, irgendwann abzuhauen, wahr gemacht hatte. Es gab schlicht keinen Grund dafür, anzunehmen, dass das … Astrids Knochen waren. Mein Gott.«

Gesa hielt in ihrem Tun inne, und eine Weile schwiegen die Frauen. »Trotzdem wirst du dich darauf gefasst machen müssen, dass du von uns dazu noch einmal befragt wirst. Und ganz ehrlich: Ist es dir denn nicht seltsam vorgekommen, dass sich eine deiner engsten Freundinnen über vierzig lange Jahre nicht mehr gemeldet hat?«

»Das sagt sich so leicht«, gab Inge zurück. »Wann hast du das letzte Mal etwas von deinen einstigen Schulkameraden gehört?«

»Auf unserem letzten Jahrgangstreffen«, antwortete Gesa. »Ist erst wenige Jahre her.«

»Und? Waren auch alle da?«

Gesa dachte nach. »Nein. Aber von uns wurde auch keiner vermisst.«

»Jetzt wiederholst du dich«, sprach Inge.

Gesa setzte sich müde an den gedeckten Esstisch und sah auf die Armbanduhr. Es war schon zwanzig Uhr durch. Jan sollte längst wieder hier sein. Wo blieb er?

»Aber wenn eure Freundin damals tatsächlich schwanger war«, hakte sie weiter nach, »dann muss sie in üblen Problemen gesteckt haben. Sie war minderjährig, fühlte sich von ihrer Familie offenbar nicht verstanden und steckte in diesem Internat fest, in dem sie von den Erwachsenen keine Hilfe zu erwarten hatte. Zumindest muss sie das geglaubt haben.« Gesa zog die Fenstergardine beiseite. Draußen war es schon lange dunkel, und der Graupelschauer war in Regen übergegangen. Plötzlich fiel ihr ein, dass Jan im Augenblick kein Fahrrad besaß. Bei dem Mistwetter da draußen musste er zu Fuß nach Hause zurücklaufen.

»Von alledem«, sprach sie weiter, »muss doch irgendeiner von euch etwas mitbekommen haben?«

»Glaube mir, Strüb- … also Astrid, war eine Meisterin darin, andere zu täuschen.« Am anderen Ende der Leitung hörte Gesa das Rauschen von Wasser. Offenbar stand Inge gerade in der Küche. »Und ich war auch nicht gerade das, was man ihre Busenfreundin nennt. Die Frage solltest du lieber Elke stellen. Die beiden waren viel enger miteinander.«

»Ja, werden wir«, sagte Gesa nachdenklich. »Sie kommt übrigens morgen mit der Zehn-Uhr-vierzig-Fähre nach Pellworm, und wir werden uns zur Mittagszeit bei den Otts treffen. Es wäre nett, wenn du dich dort ebenfalls einfinden könntest. Hauptkommissar Wilharm und ich werden euch dann alle zusammen befragen.«

»In Ordnung«, erklärte Inge mit trauriger Stimme. »Ich werde die Praxis morgen schließen.«

»Sag mal, hatte Astrid Lührs damals eigentlich einen Freund?«, wollte Gesa wissen.

»Wieso?«

»Wäre nett, wenn du mir die Frage einfach beantworten könntest.«

»Astrid war ein kokettes junges Ding«, antwortete Inge ausweichend. »Die kam bei den Jungs gut an und hat das auch weidlich ausgenutzt. Aber einen festen Freund? Nein, nicht dass ich wüsste.«

»Na gut. Wir werden euch zu alledem eh noch befragen. Also, bis morgen dann.«

Sie und Inge verabschiedeten sich, und Gesa legte ihr Smartphone auf den Tisch, wo sie es nachdenklich betrachtete.

Probleme? Das traf es nicht. Astrid Lührs musste damals völlig verzweifelt gewesen sein.

Gesa fragte sich nicht zum ersten Mal, was sie als Teenagerin in einer solchen Situation gemacht hätte. Hinzu kam, dass das die Siebziger gewesen waren, in denen andere Moralvorstellungen als heute herrschten. Doch Kinder entstanden auch damals nicht durch Jungfernzeugung. Sie mussten unbedingt herausfinden, wer der Vater ihres Kindes gewesen war. Sollte es ein Junge in Astrids Alter gewesen sein, dann hatte er vermutlich in der gleichen vertracken Lage wie das Mädchen selbst gesteckt.

Hatte er sie deshalb umgebracht?

Oder war das gar kein Gleichaltriger?

Gesa erhob sich müde und trat in den Flur zu ihrer Jacke, in der sie noch immer das Foto der Toten aufbewahrte. Es zeigte Astrid Lührs als Siebzehnjährige. Sie hatte das Bild bereits in

Husum einscannen lassen, das Original jedoch behalten. Abermals stellte sie fest, dass die Tote ein ausnehmend hübsches Mädchen gewesen war. Sie fühlte sich damals sicher ebenso zerrissen und unverstanden, wie es vielen ihrer Altersgenossen heute erging. Es gab genug erwachsene Männer, die Mädchen wie sie zu manipulieren verstanden, um sie ins Bett zu bekommen. Sogar eine Vergewaltigung kam infrage. Besser also, sie legte sich gedanklich nicht fest. Der Vater des Kindes musste kein Gleichaltriger gewesen sein.

Doch worin bestand die Verbindung zu Wiebke Ehlers Ermordung?

Hatte sie von Astrids Schwangerschaft gewusst? Hatte sie vielleicht nach all den Jahren herausgefunden, mit wem sie sich damals eingelassen hatte? Aber warum erst jetzt? Vierzig Jahre später.

Unwillkürlich dachte Gesa an den alten Super-8-Film, den Elke Janssen erwähnt hatte und den ihre Kollegen auf dem Festland jetzt hoffentlich suchten. Würde er ihnen mehr Aufschluss geben?

Gesa steckte das Foto gerade wieder weg, als sie vor der Haustür Schritte vernahm. Jan. Er war über zwanzig Minuten zu spät.

Gereizt öffnete sie die Haustür und sah zu ihrer Verblüffung, dass er nicht allein gekommen war. Hinter ihm, im Regen, stand Arne Lorenzen.

»Guten Abend«, begrüßte sie der Journalist freundlich. »Ich habe Ihren Sohn unterwegs mit dem Auto aufgegabelt und dachte mir, ich bringe ihn mal eben rum.«

Jenseits der kleinen Brücke zu ihrem Grundstück parkte Lorenzens VW Polo.

»Sorry für die Verspätung.« Jan putze sich den Schmutz von den Stiefelsohlen ab. »Aber kaum, dass ich von Oliver und Lisa los bin, hat es so geschüttet, dass ich mich erst mal unterstellen musste.«

»Danke, dass Sie meinen Sohn nach Haus gebracht haben.« Gesa ging leicht überrumpelt zur Seite, während ihr Sohn die Wohnung betrat. Lorenzen blieb draußen im Regen stehen.

»Haben Sie morgen vielleicht kurz Zeit?«, fragte er. »Ich hab da vielleicht etwas für Sie.«

»Ja, natürlich.«

»Kann Arne nicht einfach mit uns Abendbrot essen?«, schlug Jan vor.

Arne? Die beiden duzten sich?

Gesa blickte ihren unerwarteten Besucher überrascht an. »Entschuldigung, ja. Gern. Bitte kommen Sie rein und verzeihen Sie mir meine Unhöflichkeit. Aber ich war gedanklich gerade völlig woanders. Der Tag heute war ziemlich anstrengend.«

»Klar, verstehe. Aber nur, wenn ich Ihnen wirklich nicht zur Last falle?«

»Na, jetzt kommen Sie schon.« Gesa lächelte und winkte ihn herein.

Während Jan und er sich aus ihren durchfeuchteten Mänteln schälten, deckte sie den Tisch für drei Personen und schnitt in der Küche mehr Brot auf. Mit dem Brotkorb und einer Kanne mit Tee in der Hand kehrte sie zu den beiden zurück, die sich angeregt miteinander unterhielten.

»Nö, Fußball ist nicht so mein Ding«, sagte Jan gerade. »Ich verfolge das bloß so ein bisschen, um in der Schule mitreden zu können.«

»Da geht es dir so wie mir«, meinte Arne Lorenzen. »Im Volontariat bin ich mal für einen erkrankten Kollegen der Sportredaktion eingesprungen und habe für ihn die Berichterstattung bei einem Pokalspiel übernommen. Ich dachte damals, ich könne alles. Aber was soll ich sagen: Der Artikel ist voll nach hinten losgegangen. Da stimmte abgesehen von den Ergebnissen so gut wie gar nichts. Zum Glück hatte die Schlussredaktion etwas Ahnung, aber danach durfte ich nicht mal mehr über Minigolf berichten.«

Jan lachte und Gesa sah überrascht auf. Es war schon länger her, seit sie ihren Sohn so gelöst erlebt hatte.

Während des Essens unterhielten sich die beiden über das Segeln, und es stellte sich heraus, dass Arne begeisterter Sportsegler war. Zu ihrer Überraschung zeigte auch Jan an dem Sport Interesse.

Gesa musterte den Fotografen verstohlen. Sie wusste nicht, wie er es angestellt hatte, aber irgendwie hatte er einen Draht zu Jan gefunden, den sie nicht besaß.

Es freute sie und machte sie zugleich traurig.

Erneut musste sie sich eingestehen, dass ihr Gast sympathisch war. Mehr als das. Kurz dachte sie an ihre gemeinsame Autofahrt zum Ferienhaus, bei der sie die gleiche Empfindung verspürt hatte. Und zum ersten Mal ertappte sie sich bei dem Gedanken, ob ihn vielleicht mehr als nur berufliches Interesse hergeführt hatte.

Katja hätte das natürlich sofort bejaht. Aber sie war eh der Überzeugung, dass es zwischen Frauen und Männern keine ehrlichen Freundschaften gab, solange *das Eine* zwischen ihnen lag, wie sie es gern nannte. Gesa selbst hatte mit derlei zu wenig Erfahrung.

»Waren Sie auch schon mal Segeln?«, wandte sich Arne Lorenzen nun an sie. Gesa blickte ihn überrascht an und stellte fest, dass er grüne Augen hatte.

»Ich? Nein.« Überrumpelt räusperte sie sich. »Katja, eine Freundin von mir, wollte mich mal vor ein paar Jahren mit raus aufs Wasser nehmen, aber dazu kam es dann nicht. Ich mache derzeit bloß Yoga und gehe hin und wieder joggen. Früher auch noch Fitness und der Polizeisport nicht zu vergessen.«

»Probieren Sie es mal aus. Hier auf Pellworm sollten Sie ja durchaus Gelegenheit dazu haben, wenn es wieder Sommer wird.«

»Mal sehen, vielleicht mache ich das.« Gesa lächelte.

Jan erhob sich. »Ich gehe dann mal hoch. Lisa hat mir die Hausaufgaben von heute mitgegeben. Außerdem will ich in Papas alten Büchern noch mal schauen, ob ich was über das Biikebrennen finde. Wir sollen dazu einen Aufsatz schreiben.«

Gesa sah ihren Sohn erfreut an, verkniff sich aber einen Kommentar. »Mach das. Und falls du morgen doch noch nicht so weit bist, dann bleibst du zu Hause, okay?«

»Nee, wird schon.« Jan sah erst den Journalisten, dann seine Mutter an. »Du, da ist noch was. Am Sonntag steigt hier auf der Insel eine Party. Kann ich da hin?«

»Ist am nächsten Tag nicht Schule?«

»Ja, aber da sind quasi alle. Da ist auf der Insel eh Ausnahmezustand. Oliver und Lisa gehen auch hin.«

»Und wer feiert?«

»Na ja … Patrick.« Jan klang nun etwas kleinlaut.

»Etwa dieser Patrick, der euch zu dem Einbruch in das alte Internat verleitet hat?«

»Ach komm, der hat seine Lektion doch gelernt«, versuchte Jan sie zu beschwichtigen. »Und wir anderen auch.«

Gesa musste an die Anzeige denken, die sie in den Akten gefunden hatte, und musterte ihren Sohn streng. »Ehrlich gesagt sehe ich es gar nicht gerne, dass du dich weiter mit diesem Jungen abgibst. Der ist nicht zum ersten Mal auffällig geworden.«

»Mama, echt jetzt. Da sind wirklich alle. Wie sieht das denn aus, wenn ausgerechnet ich nicht hingehe?«

Gesa atmete tief ein und warf Arne Lorenzen einen hilflosen Blick zu. Doch der ließ sich nicht anmerken, wie er zu der Sache stand.

»Okay, ich überlege es mir«, antwortete sie versöhnlicher.

»Super.« Jan strahlte sie an.

»Moment, Freundchen, das war noch keine Zusage«, ermahnte sie ihn. »Überlegen heißt überlegen.«

»Ja, schon klar.« Jan versuchte, seinen Triumph zu verstecken, und nickte Arne Lorenzen zum Abschied zu. »Okay, ich geh dann mal hoch. Bis später.«

»Yup. Bis später!« Arne Lorenzen sah ihrem Sohn kurz nach, wie er auf sein Zimmer eilte, und lächelte.

»Sie scheinen das offenbar auch als Zusage verstanden zu haben?«, sprach Gesa ihn an.

»Ich? Mitnichten.« Abwehrend hob er die Hände. »Aber ich gebe zu, wenn meine Mutter sagte, sie überlege es sich, dann war das schon der halbe Weg zum Erfolg.«

»Ist es aber nicht. Dieser Patrick ist nämlich genau die Art von Einfluss, die ich bei Jan eigentlich vermeiden wollte. Offenbar ist der auch schon beim Ladendiebstahl ertappt worden.«

»Aber Jan ist Ihr Sohn. Ich glaube kaum, dass der noch einmal bei so etwas mitmachen würde, nachdem er beim letzten Mal sofort erwischt wurde.«

Gesa und er blickten sich kurz an, und sie spürte, dass sie seine Anwesenheit verlegen machte. Auch er schien dies zu bemerken.

»Oh, vermutlich wird es Zeit, dass auch ich gehe«, meinte er. »Aber wie vorhin schon gesagt, habe ich da vielleicht noch etwas für Sie.« Ohne dass sie ihn dazu aufgefordert hätte, stand er auf und half ihr dabei, den Abendbrottisch abzuräumen. »Da ich vorgestern den Namen Ihrer Toten erfahren habe, habe ich in der Zwischenzeit etwas telefoniert. Dass diese Frau Ehlers in Kiel bei der Finanzbehörde als Steuerfahnderin gearbeitet hat, wissen Sie vermutlich, oder?«

»Ja, sicher.« Gesa trug Sachen vom Tisch in die Küche und

sah ihn neugierig an. »Die Kollegen dort arbeiten gerade daran, mehr über ihr privates und berufliches Umfeld herauszufinden.«

»Was, wenn ich Ihnen sage, dass an dieser Arbeitsstelle, sagen wir mal, ein alter Freund arbeitet, der mir noch einen Gefallen schuldig war?«

»Und das heißt?«

Arne Lorenzen senkte die Stimme. »Das heißt, dass ich in Erfahrung bringen konnte, an was Wiebke Ehlers zuletzt gearbeitet hat.«

»Sie wissen, dass es etwas heikel ist, wenn Sie mir das so unverblümt erzählen? Das sind Dienstgeheimnisse der dortigen Behörde.«

»Schon klar. Aber so funktioniert Journalismus nun einmal.« Er lächelte lausbübisch. »Also, wollen Sie wissen, woran sie zuletzt gearbeitet hat? Oder wollen Sie es demnächst aus der Zeitung erfahren?«

»Jetzt sagen Sie es schon.«

»Sie recherchierte offenbar seit einiger Zeit in Sachen eines auch Ihnen bekannten Windenergieunternehmens.«

»Doch nicht etwa NorthElectric?«

»Bingo.« Arne Lorenzen schnalzte leicht mit der Zunge. »Das Unternehmen steht schon seit einiger Zeit im Verdacht, Steuern zu verschleiern.« Er strich sich das halblange Haar hinters Ohr. »Dass das Unternehmem hier auf Pellworm investieren will, wissen Sie ja durch diese Veranstaltung neulich. Nur haben die offenbar schon recht konkret einige Standorte hier auf der Insel ins Auge gefasst. Das Pikante daran ist, das dazu auch das Gelände dieses einstigen Internats gehört.«

»Dazu hat die Gemeinde vermutlich jedes Recht. Ihr gehören Gebäude und Grundstück.«

»Dachte ich auch. Tatsächlich scheinen Gebäude und Grundstück zwischenzeitlich aber an eine private Immobilienfirma verkauft worden zu sein, und Wiebke Ehlers hat wohl bis kurz vor ihrer Ermordung an dem Fall gearbeitet. Zumindest erwähnte mein Kontakt, dass er sie am letzten Samstag zufällig in der Behörde gesehen habe, wie sie aus den Räumen der Technik dort kam. Am Wochenende arbeiten da aber nicht viele.«

»Sieh an. Und wie heißt diese Immobilienfirma?«

»Keine Ahnung. Als ich Herrn Freese deswegen heute aufsuchte, hat er mich abgewimmelt. Seine Sekretärin steckte mir dann, dass er verärgert sei, weil Pellworm wegen meines gestrigen Berichts angeblich in einem schlechten Licht dastehen würde.«

»Was für ein Unsinn. Das wäre doch sowieso an die Presse gelangt.«

»Mein Reden. Vorgestern jedenfalls waren wir noch beste Freunde.«

»Tja«, antwortete Gesa. »Vermutlich reichte es schon, dass Sie mir geholfen haben. Wie Sie ja wissen, haben Herr Freese und ich nicht gerade das entspannteste Verhältnis. Außerdem ist er …«

Gesa hielt mitten im Satz inne.

»Ist er was?«

Gesa lehnte sich gegen die Spüle und sah den Journalisten prüfend an. »Eigentlich darf ich dazu nichts sagen.«

»Ach, kommen Sie. Heiliges Indianerehrenwort – ich halte schon meinen Mund.«

»Sagen wir mal so«, meinte Gesa zögernd, »es könnte sein, dass er die Tote gekannt hat, von der wir die Knochen gefunden haben.«

»Diese Astrid Lührs?«

»Wo bitte haben Sie den Namen her?« Entgeistert sah Gesa den Fotografen an. »Das habe ich doch heute erst ermittelt.«

»Das haben *Sie* herausgefunden? Kompliment.« Arne Lorenzen schürzte anerkennend die Lippen. »Nun, den Namen hat

Kriminalhauptkommissar Wilharm vor etwas über einer Stunde bei einer eilig einberufenen Pressekonferenz im Ortsamt fallen lassen. Das war auch der Grund, warum ich anschließend über ihren Sohn gestolpert bin. Nur, dass Ihr Vorgesetzter den Eindruck erweckte, dass das *seiner* tatkräftigen Ermittlungsarbeit zu verdanken sei.«

Gesa schüttelte ungehalten den Kopf. »Prinzipiell gibt es keinen Grund, warum er den Namen nicht ins Spiel bringen sollte. Aber dass er es nicht für nötig erachtet hat, mich über diesen Schritt zu informieren, ist zumindest unhöflich.«

»Er hofft wohl, dass sich gegebenenfalls Zeugen melden, die mehr über das Mädchen wissen«, merkte Lorenzen an und schmunzelte nun.

»Wieso grinsen Sie so?«

»Na ja, ich frage mich inzwischen, ob es hier auf der Insel eigentlich auch ein paar Herren gibt, die Sie mögen?«

Gesa sah Lorenzen scheel an. »Freese und Wilharm sind Onkel und Neffe. Das liegt bei denen wohl in der Familie.«

»Ach?« Arne Lorenzen rieb sich die Nase. »Nun ja, Sie haben ja mich. Ich werde morgen in Husum das Grundbuchamt aufsuchen, um herauszufinden, wem das Grundstück jetzt gehört. Ich gehe jede Wette ein, dass diese Wiebke Ehlers aus beruflichen Gründen hier war – und vielleicht auch deswegen ermordet wurde.«

»Vielleicht. Vielleicht aber auch nicht. Denn beide Tote entstammen überdies der gleichen Jugendclique diese Internats.«

»Oha. Aber … dazu gehört dann auch Frau Wilms, oder?«

»Tut mir leid.« Entschuldigend sah Gesa ihren Besucher an. »Ich hab schon jetzt mehr gesagt, als ich eigentlich durfte.«

Arne Lorenzen betrachtete sie eine Weile. »Ist sie der Grund, warum Sie sich so in den Fall reinknien? Ich meine, eigentlich ist das doch nicht die Arbeit der Schutzpolizei, oder?«

»Nein, das hat mit Inge nichts zu tun«, versicherte Gesa eilig. »Auch wenn es jetzt so aussieht, als gerate sie in den Kreis möglicher Verdächtiger. Vermutlich liegt mein Interesse an dem Fall eher daran, dass ich selbst noch vor einigen Jahren mit dem Gedanken gespielt habe, zur Kriminalpolizei zu wechseln. Ich habe mich deswegen fast ein Jahr lang zur K1 nach Itzehoe versetzen lassen. Um zu schauen, ob mir die Arbeit liegt.«

»Zur Mordkommission? Freiwillig?«

»Sicher. Niemand bei der Polizei wird dazu gezwungen, in einem Morddezernat zu arbeiten. Die psychische Belastung liegt nicht jedem, und es gibt immer wieder Kollegen, die sich deswegen irgendwann wieder auf einen anderen Posten versetzen lassen.«

»Und?«

Sie grinste schief. »Die Arbeit an den Tat- oder Fundorten ist natürlich nicht einfach, aber ich fand sie immer interessant. Man hat mir damals sogar ein gewisses Händchen für derartige Ermittlungen attestiert.«

»Aber Sie sind dann doch bei der Schutzpolizei geblieben?«

»Ja. Als mein Mann starb, wurden andere Dinge wichtiger. Jan ist nicht gut mit seinem Tod klargekommen und ich … ehrlich gesagt auch nicht.« Sie schluckte. »Als sich mir die Möglichkeit zum Wechsel auf eine ruhigere Dienststelle bot, die es uns beiden ermöglichen würde, unseren Frieden zu finden, habe ich sie sofort ergriffen. Ich hatte einfach das Gefühl, dass uns beiden ein Tapetenwechsel guttun würde.«

»Und, sind Sie es denn? Also, zur Ruhe gekommen?«

»Wir sind ja erst kurze Zeit hier.«

Lorenzen betrachtete sie mitfühlend. »Und Ihr Mann? Was hat er von Ihren damaligen Ambitionen gehalten?«

Sie lächelte. »Peter hat mich darin immer unterstützt. Er war ja Buchhändler, und er liebte Krimis. Er fand, dass meine Talente bei der Kriminalpolizei eh besser aufgehoben seien. Aber er hatte da wohl auch etwas andere Vorstellungen, wie es bei Mordermittlungen tatsächlich zugeht.«

»Also ich finde, Sie sollten das nicht gänzlich aus den Augen verlieren.« Arne Lorenzen sah sie prüfend an. »Dass Sie ein gewisses Talent für solche Ermittlungen haben, zeigen Sie doch gerade wieder. Zumindest kommt es mir so vor, als seien Sie mehr auf Zack als Ihr Kollege aus Flensburg.«

Gesa winkte geschmeichelt ab. »Sie vergessen, dass ich es war, die die Sache mit den Knochen vermasselt hat.«

»Ich schätze, das hätte jedem passieren können.«

»*Mir* hätte so etwas aber nicht passieren dürfen.«

Lorenzen blies eine Backe auf und verkniff sich einen weiteren Kommentar. »Okay. Ich werde dann mal wieder. Meine Redaktion wartet noch auf meinen Artikel.« Er schritt in den Windfang des Hauses, zog seine Jacke an und blickte noch einmal kurz die Treppe zu Jans Zimmer nach oben.

»Wenn ich zu der Sache mit der Party am Sonntag vielleicht doch eine Empfehlung aussprechen dürfte«, meinte er leise. »Ich glaube, Sie würden sich mit einer Erlaubnis bei Ihrem Sohn sehr beliebt machen.«

»Sie kennen diesen Patrick nicht.«

»Ach, um den geht es Ihrem Sohn doch gar nicht. Ich glaube, Jan möchte da hin, weil er verliebt ist.«

»Was? In wen denn?«

»In diese Lisa.«

Gesa sah Lorenzen verblüfft an und blickte dann ebenfalls die Treppe nach oben. »Ich dachte, er sei vor allem mit ihrem Bruder befreundet?«

»Ja, wenn man eine hübsche Schwester hat, ist man als Bruder um Freunde nicht verlegen.« Der Journalist schmunzelte. »Musste ich damals selbst erfahren.«

»Auch das noch«, sagte Gesa. »Dann hat er diesen Einbruch vorgestern ihretwegen mitgemacht?«

»Ach, kommen Sie.« Arne Lorenzen winkte ab. »Von der Sache mit dem Haus spricht in einem Jahr niemand mehr. Wir alle machen Fehler, um daraus zu lernen.«

»Und was schlagen Sie vor, was ich jetzt tun soll?«

»Gar nichts. Unterstützen Sie ihn. Oder erinnern Sie sich nicht mehr daran, wie es war, als Sie zum ersten Mal verliebt waren? Wie heißt es so schön: Die Liebe bringt das Beste in uns hervor.«

Gesa fasste sich in den Nacken. »Sie Optimist. Man merkt gleich, dass Sie nicht bei der Polizei arbeiten. Denn wenn wir ehrlich sind, dann liefert die Liebe leider auch das Motiv für unzählige Straftaten.«

Freitag, 19. Februar

Der Anrufer

»Also gut, Schultze, dann legen Sie mal los.« Kriminalhauptkommissar Wilharm lehnte sich mit hinter dem Kopf verschränkten Armen zurück und streckte seine Füße unter Gesas Schreibtisch aus, während ihm Gesa und ihr schnurrbärtiger Kollege auf einfachen Stühlen aus dem Nachbarraum des kleinen Reviers gegenübersaßen.

Wilharm schien diese Zurschaustellung von Macht zu genießen. Oberkommissar Schultze unterstützte diesen Eindruck, denn er saß wie ein Pennäler mit Schreibblock auf den Knien neben ihr und schien sich darauf zu freuen, loslegen zu dürfen. Es fehlte bloß noch, dass er die Hand vor seine Notizen legte, um sie am Abschreiben zu hindern.

»Zunächst einmal möchte ich hervorheben, dass die Kollegen Becker, Jung und Koch in der kurzen Zeit und angesichts der Vielzahl an Orten, die wir zu untersuchen hatten, wirklich hervorragende Arbeit geleistet haben«, holte Schultze weit aus. Er spielte darauf an, dass sie inzwischen auf Pellworm allein waren. Die Arbeit der Spurensicherung war getan, und so hatten die drei Kollegen Pellworm mit der ersten Fähre am Vormittag wieder verlassen. »Jetzt gilt es, die Erkenntnisse der Kollegen vom Festland in die Bewertungen miteinzubeziehen.«

Wilharm setzte sich aufrecht. »Sagen Sie mal, Schultze, wollen Sie uns einen Vortrag halten? Ich will einfach bloß wissen, was die in Kiel herausgefunden haben.«

»Äh, na ja.« Oberkommissar Schultze warf Gesa einen verlegenen Seitenblick zu. »Ich wollte damit auch bloß sagen, dass die

Untersuchung der Wohnung von Wiebke Ehlers mittlerweile ebenfalls abgeschlossen ist. Leider haben wir da nur wenige aufschlussreiche Spuren gefunden. Insbesondere fehlt der Computer der Ermordeten. Das Ladekabel, das wir im Ferienhaus gefunden haben, war ja ein Hinweis darauf, dass sie einen Laptop besaß. Den hat ihr ihr Sohn offenbar vor drei Jahren geschenkt. Aber … wie gesagt, der ist weg. Ebenso die anderen Sachen, die sie vermutlich mit auf die Insel brachte.«

»Das weiß ich alles«, kommentierte Wilharm die Ausführungen gereizt. »Erzählen Sie mir etwas Neues.«

»Wir konnten in der Wohnung Rechnungen für einen Internet- und Telefonbetreiber finden, und sind so an die letzten Verbindungsdaten von Frau Ehlers gelangt. Die Auswertung der E-Mails steht noch aus, aber wir können schon jetzt sagen, dass sie in der Woche vor ihrem Ableben zweimal im hiesigen Ortsamt angerufen hat.«

Gesa, die Lorenzens Ausführungen noch im Ohr hatte, merkte auf.

»Außerdem hat sie in den letzten zehn Tagen offenbar mit allen ihren einstigen Freundinnen von hier telefoniert. Letzte Woche Dienstag zwölf Minuten mit Frau Wilms« – Schultze warf Gesa einen kurzen Seitenblick zu – »und letzte Woche Mittwoch zwanzig Minuten mit der Krankenschwester drüben in Husum, dieser Elke Janssen. Letzten Freitag dann sechs Minuten mit den Otts und tags darauf, also am Samstag, noch einmal sieben Minuten mit Elke Janssen.«

Gesa sah interessiert auf. »Da müssen wir bitte noch einmal nachfassen. Mir gegenüber behaupteten die Otts, dass sich Frau Ehlers bei ihnen nicht gemeldet hätte. Und Frau Janssen hat mir auch nichts davon erzäht, dass sie später noch einmal mit Frau Ehlers telefoniert hat.«

»Interessant.« Wilharm machte sich eine Notiz.

»Das Auto von Frau Ehlers drüben auf Nordstrand ist von der Spurensicherung gründlich untersucht worden«, fuhr Schultze fort. »Aber das war leider nicht sehr ergiebig. Immerhin bestätigen die Daten im Navi, dass die Tote letzten Montag von Kiel aus Richtung Fähranleger nach Nordstrand gefahren ist. Ohne Umwege. Ach so, inzwischen haben wir auch mit den Besitzern des Ferienhauses gesprochen. Die sagten uns, dass Frau Ehlers wegen des Häuschens erst am Sonntag angefragt hat. Die Miete wurde von ihr gleich online im Voraus überwiesen.«

»Was auf einen recht spontanen Entschluss hindeutet, die Insel aufzusuchen«, grübelte Wilharm. »Denn offenbar ist sie tags darauf nach Pellworm gereist. Kannte sie die Vermieter?«

»Nein, offenbar ist Frau Ehlers via Internet auf das Angebot aufmerksam geworden«, erklärte sein schnauzbärtiger Kollege. »So jedenfalls die Aussage des Vermieters. Da gab es einen preislichen Nachlass, um Gäste für die Pellwormer Biiketage anzulocken, die heute beginnen.«

»Und wie lange wollte sie hierbleiben?«, fragte Gesa.

»Sie hat sich im Ferienhaus für zwei Nächte eingemietet.«

»Also von Montag bis Mittwoch«, dachte Gesa laut nach. »Und bereits am Dienstag wurde sie ermordet.«

»Ja, das sieht die Gerichtsmedizin ebenso«, antwortete der Oberkommissar.

»Da wir gerade dabei sind«, brummte Wilharm, »was hat deren Untersuchung an der Leiche ergeben?«

Oberkommissar Schultze blätterte eine Seite in seinem Block um. »Zunächst einmal, dass Frau Ehlers wie gesagt am Dienstag zu Tode kam. Wohl irgendwann am Nachmittag. Gestorben ist sie aber nicht durch den Schlag auf den Hinterkopf, der mit einem noch nicht näher identifizierten, schweren Gegenstand ausgeführt wurde, sondern durch anschließendes Ersticken. Man hat nämlich Faserreste in ihrem Mund gefunden, ähnlich wie die von den Sofakissen unten im Wohnraum der Ferienwohnung. Tatsächlich fehlt dort eines dieser Kissen. Wir haben das natürlich sofort überprüft.«

»Sie war also nicht sofort tot?«, hakte Gesa nach.

»Nein.« Schultze schüttelte niedergeschlagen den Kopf. »Der Gerichtsmediziner glaubt, dass der Hieb ziemlich überraschend ausgeführt wurde. Von hinten. Das Opfer hat ihn nicht kommen sehen. Trotz der erheblichen Verletzung hat sie aber wohl nur das Bewusstsein verloren. Der Tod trat dann wie gesagt durch Ersticken ein – oder anders ausgedrückt: Unser Täter hat ihr anschließend ein Kissen auf das Gesicht gedrückt. Offenbar gab es da wohl auch Druckspuren. Aber keine Zeichen für eine Abwehr.«

Gesa und Wilharm blickten sich kurz an.

»Leider war es nicht sehr hilfreich, dass die Tote da unten in dieser Brühe lag«, fuhr Schultze fort. »Die Kleidung wies aber Risse auf, von denen auch die Faserreste stammen, die Frau Harms gefunden hatte. Alles zusammengenommen lässt sich daraus also folgendes Szenario rekonstruieren: Wiebke Ehlers ist ihrem Mörder in der Ferienwohnung begegnet. Da es keine Indizien gibt, die darauf hindeuten, dass sich dort jemand gewaltsam Eintritt verschaffte, wird sie ihren Mörder vermutlich gekannt haben. Was daraufhin passierte, können wir nicht sagen, aber wir wissen, dass der Täter sie schließlich mit einem schweren Gegenstand zu Boden streckte und anschließend erstickte. Da die Geräusche, die die Jugendlichen später am Abend im Keller hörten, darauf hindeuten, dass der Täter dort ebenfalls anwesend war, wird er die Wohnung vermutlich direkt nach der Tat gereinigt haben. Sonst hätte er die Leiche nicht so spät dorthin gebracht.«

»Na ja, er konnte es vermutlich ganz allgemein nicht riskieren, sie vor Sonnenuntergang wegzuschaffen«, meinte Gesa.

»Richtig. Nur ist die Sonne bereits zwanzig Minuten vor sechs Uhr am Abend untergegangen«, grübelte Schultze. »Bei dem Sturm vielleicht sogar etwas früher. Dennnoch war der Täter erst so gegen 19.30 Uhr in diesem Keller. Das sind ganze zwei Stunden. Ich halte es daher für wahrscheinlich, dass der Täter die Wohnung direkt nach dem Mord an Frau Ehlers gereinigt hat – und die Leiche erst danach wegschaffte. Für den eigentlichen Transport bis zum Beseitigen der Leiche in der Zisterne hat er nach Einschätzung der Experten höchstens eine Dreiviertelstunde benötigt. Und das geschah, indem er die Leiche der Frau über die Vordertür nach draußen zu einem Fahrrad samt Anhänger schaffte, und sie so bis zum einstigen Internat transportierte. Darauf deuten jedenfalls die Spuren im Garten hin.«

»Offenbar nicht nur die Leiche, sondern auch die Besitztümer der Toten«, grollte Wilharm. »Die wird der Täter doch ebenfalls mitgenommen haben?«

»So sieht es aus.«

»Vielleicht hat jemand am Dienstag Abend auf der Strecke zwischen Ferienhaus und Internatsgebäude einen Fahrradfahrer mit Anhänger bemerkt?«, sann Gesa laut nach und dachte unwillkürlich an die unidentifizierte Person unter den Schaulustigen.

»Nein, jedenfalls nicht nach derzeitigem Ermittlungsstand.« Schultze schüttelte bedauernd den Kopf. »Ich habe bei allen Anwohnern auf der Strecke nachgefragt, aber von denen waren die meisten drinnen. Kein Wunder bei dem Wetter.«

Gesa fuhr sich nachdenklich durchs Haar. »Die Frage bleibt, wann genau es zu dem Mord kam. Die Sonne geht, wie Kollege Schultze soeben sagte, zu dieser Jahreszeit etwa gegen Viertel vor sechs am Abend unter. Und wir können wohl davon ausgehen, dass der Täter seine Fracht erst im Schutze der Dunkelheit transportiert hat.«

»Ja. Und?«

»Mein Sohn ist gegen 19.30 Uhr in diese Zisterne gestürzt. Zu dem Zeitpunkt war der Täter offenbar gerade fertig damit, die Tote zu verstecken. Für die Strecke vom Ferienhaus zum Internat rechne ich bei der Last und den widrigen Wetterverhältnissen mal zwanzig Minuten ein. Eine weitere Viertelstunde, um die Leiche ungesehen aus dem Haus und auf den Anhänger zu schaffen, und noch mal zwanzig Minuten, um diese in den Keller zu transportieren, die Abdeckung von der Zisterne zu lösen und diese wieder zuzudecken.«

»Womit Sie in etwa auf die eine Stunde kommen, die unsere Experten ermittelt haben.«

»Ja, nur war ich erst gegen 20.40 Uhr am Fundort«, wandte Gesa ein. »Inge, also Frau Wilms, hat allerdings schon eine einsetzende Totenstarre am Kopf festgestellt. Sie tippte daher darauf, dass der Mord mindestens drei Stunden zurücklag. Folgt man der Vermutung, muss Frau Ehlers – eingerechnet die Zeit, die der Täter zur Reinigung der Wohnung brauchte – gegen siebzehn Uhr umgebracht worden sein.«

»So in etwa hat das ja auch die Gerichtsmedizin festgestellt.«

»Ein *in etwa* ist aber nicht genau genug«, meinte Gesa. »Wenn sich der Täter bereits vor siebzehn Uhr Einlass in die Ferienwohnung verschaffte, dann ist er vielleicht auf dem Hinweg zu dem Haus gesehen worden. Da hatten wir immerhin noch Tageslicht.«

Wilharm sah Schultze an. »Haben Sie das ebenfalls überprüft?«

»Äh, nein«, gestand Schultze ein. »Ich hatte mich auf die Strecke zwischen Ferienhaus und Internat konzentriert.«

»Na, dann wissen Sie ja, was Sie zu tun haben, wenn Frau Harms und ich nachher bei den Otts sind.«

»Ja, gut. Den Streifenwagen brauchen aber vermutlich Sie, oder?«

»Ja«, antwortete Wilharm mitleidlos.

Schultze seufzte.

»Und noch etwas«, merkte Gesa an. »Die Ausrüstung, die der Täter mit sich führte, also diese Plastikfolie und das Seil, das alles hat er sicher nicht erst im Ferienhaus vorgefunden. Die Gegenstände muss er mitgebracht haben. Ebenso wohl auch die Reinigungsmittel. Das war also keine Tat im Affekt, das war ein eiskalt ausgeführter und geplanter Mord. Unser Täter wusste, was er zu tun beabsichtigte.«

»Das Gleiche hat Hauptkommissar Wilharm gestern auch schon vermutet.« Schultze deutete auf ihren Vorgesetzten.

»Trotzdem, gar nicht schlecht.« Zu Gesas Überraschung nickte Wilharm ihr anerkennend zu, bevor er sich wieder seinem Assistenten zuwandte. »Und bevor ich das vergesse: Bitte fragen Sie alle identifizierten Schaulustigen vom Abend des Leichenfundes, ob die ebenfalls Aufnahmen gemacht haben. Heute besitzt nahezu jeder ein Smartphone, und so einen Einsatz halten die Leute natürlich gern fest. Ich halte es durchaus für möglich, dass wir so an weitere Fotos herankommen, mit denen wir vielleicht unserem mysteriösen Unbekannten mit dem Fahrrad vor dem ehemaligen Internat auf die Spur kommen.«

Diesmal war es Gesa, die anerkennend nickte. Zugleich fragte sie sich, warum sie nicht selbst auf diese Idee gekommen war.

»Sicher, erledige ich ebenfalls«, ereiferte sich Schultze neben ihr.

»Gut.« Wilharm streckte sich wieder aus und sah aus dem Fenster. »Leider hat uns die kleine Bestandsaufnahme nicht wirklich weitergebracht. Aber mal sehen, wohin uns das alles noch führt. Vielleicht hat der Täter ja doch irgendwo einen Fehler begangen, und vielleicht führen uns die Mails der Toten zu neuen Erkenntnissen.«

»Die sollten spätestens morgen vorliegen«, versprach Schultze.

»Hoffentlich.« Wilharm wippte ein wenig hin und her. »Trotzdem möchte ich, dass Sie mal bei den Kollegen auf dem Festland nachfragen, ob irgendeine der Personen aus dem Bekanntenkreis von Frau Ehlers irgendwie polizeibekannt ist.«

»Wird ebenfalls erledigt«, versicherte der Oberkommissar.

Wilharm wandte sich an Gesa. »Dann sehen wir beide uns in einer Stunde, wenn wir zu den Otts aufzubrechen. Und Sie und ich« – er deutete auf Schultze – »gehen bis dahin die bislang vorliegenden Vernehmungsprotokolle noch einmal durch. Mir sind da nämlich ein, zwei Unregelmäßigkeiten aufgefallen.«

»Ja, natürlich«, beeilte sich Schultze zu versichern.

Gesa erhob sich, während Oberkommissar Schultze einen Stapel Papiere aus seiner Aktentasche kramte.

»Ach so, Frau Harms.« Der Hauptkommissar sprach sie noch einmal an. »Ich habe mit meinem Onkel gesprochen. Er streitet nicht ab, dass er diese Astrid Lührs kannte und damals ein wenig in sie verliebt war. Nur scheint das tote Mädchen einige Verehrer auf der Insel gehabt zu haben.«

Irritiert sah Schultze zwischen ihnen beiden hin und her.

»Verstehe.« Gesa hatte nichts anderes erwartet. »Bei der Gelegenheit: Was ist eigentlich mit diesem Super-8-Film, den Frau Janssen Wiebke Ehlers zugeschickt hat? Ich hoffe, die Kollegen in Kiel wurden gestern noch darüber informiert, dass sie auch nach einer Filmkassette Ausschau halten sollen.«

»Doch, das habe ich natürlich sofort weitergeleitet«, antwortete Schultze leicht verschnupft. »Hätten die einen solchen Film gefunden, hätte ich das eben erwähnt. Haben sie aber nicht. Wenn Wiebke Ehlers die Filmkassette tatsächlich besaß, dann hat sie die vielleicht mit nach Pellworm genommen? Nur wird die dann mit ihren anderen Sachen weggekommen sein.«

»Überaus bedauerlich.«

Gesa begab sich in den Besucherraum des Reviers, während

Schultze und Wilharm hinter ihr die Tür schlossen. Immerhin, heute war Wilharm etwas zugänglicher gewesen. Und zu der Befragung von Inge und den anderen würde er sie ebenfalls mitnehmen. Durfte sie das als versöhnliche Geste verstehen? Oder verfolgte er damit andere Ziele? Sie blieb misstrauisch.

Die Einzelheiten des Gehörten abwägend, widmete sie sich den liegen gebliebenen Eingängen des gestrigen Tages. Schultze hatte sie dankenswerterweise entgegengenommen: eine Diebstahlsanzeige und einen Anruf wegen Ruhestörung. Für Pellworm war das zu dieser Jahreszeit viel. Sie wollte sich endlich an ihren ausstehenden Bericht setzen, als das Telefon klingelte.

Sie nahm ab. »Polizeidienststelle Pellworm.«

Am andere Ende der Leitung räusperte sich jemand und Gesa sah, dass der Anrufer seine Rufnummer unterdrückte.

»Hallo?«

»Ähm, bin ich da mit jemandem verbunden, der für die Leichenfunde auf Ihrer Insel verantwortlich ist?«, meldete sich eine kratzige Männerstimme. Gesa tippte vom Klang her auf einen älteren Mann.

»Ja, sind Sie.« Gespannt richtete sie sich auf, denn die Formulierung deutete darauf hin, dass er vom Festland aus anrief.

»Ich … hätte da vielleicht eine Aussage zu machen«, fuhr der Unbekannte fort. »Wegen dieses Mädchens von damals, nach der Sie suchen. Diese Astrid Lührs. Der Name in der Zeitung heute war doch korrekt?«

»Ja, ist er. Darf ich fragen, worum es sich handelt?«

»Das möchte ich ehrlich gesagt nicht am Telefon besprechen«, antwortete der Fremde. »Insbesondere möchte ich die Versicherung, dass man mich für ein etwaiges Fehlverhalten unbehelligt lässt.«

»Wann soll sich dieses Fehlverhalten, wie Sie es nennen, denn zugetragen haben?«

Der Unbekannte räusperte sich. »Seit den Sechzigern …«

»*Seit* den Sechzigern?« Gesa hob erstaunt eine Augenbraue. »Es kommt darauf an, was genau sie meinen. Ein Kapitaldelikt wie Mord verjährt nicht.«

»Ja, das weiß ich. Und genau da wird es etwas brenzlig … Ach, wissen Sie was? Vergessen Sie einfach, dass ich …«

»Nein, nein, nein, warten Sie.« Gesa stand alarmiert auf und blickte zur Bürotür. Sie wusste nicht, wie Wilharm so etwas handhaben würde, befüchtete aber nichts Gutes. »Wir sind wirklich für jeden Hinweis dankbar.«

»Ja, kann ich mir denken. Nur werde ich darüber nicht am Telefon sprechen. Das Gespräch wird ja garantiert aufgezeichnet.«

»Gut, dann treffen wir uns persönlich.«

»Gegen Sie habe ich nichts, schon weil Sie eine Frau sind, aber«, fuhr der Anrufer fort, »wer sagt mir, dass Sie mich dann nicht doch irgendwie belangen?«

»Wir könnten da einen Deal mit der Staatsanwaltschaft …«

»Vergessen Sie es. So weit lehne ich mich nicht aus dem Fenster. Und selbst in meinem Alter bin ich auf den Knast nicht sehr erpicht.«

»Wie alt sind Sie denn?«

»Netter Versuch. Älter, aber nicht senil.«

Gesa dachte nach. Sie befand sich in einer Zwickmühle, und das obwohl sie nicht wusste, ob der Anrufer überhaupt glaubwürdig war. Doch um das zu beurteilen, musste sie ihn erst einmal sehen.

»Okay«, sprach sie schließlich. »Ich habe da vielleicht eine Lösung …«

Die Clique

Der Himmel über Pellworm besaß die Farbe grauen Asphalts. Damit unterschied er sich nur wenig von der Straße, über die Gesa und Wilharm auf das Anwesen der Otts zufuhren.

Gesa, die am Steuer des Streifenwagens saß, dachte noch immer an den anonymen Anrufer und war daher froh, dass die Fahrt weitgehend schweigend verlief. Jederzeit rechnete sie damit, dass Wilharm sie nach dem Anlass des Telefonats befragen würde, doch ihr Begleiter war in seine Notizen vertieft.

Erst als die weiß gekalkten Reetdachbauten auf der Warft ins Blickfeld rückten, richtete Wilharm das Wort an sie.

»Nur, damit wir uns nicht missverstehen, Frau Harms, aber ich möchte, dass Sie sich gleich etwas zurückhalten und mich die Gesprächsführung übernehmen lassen.«

»Haben Sie Angst, dass ich etwas Falsches sage?«

Wilharm musterte sie abschätzend. »Ich denke, wir stimmen darin überein, dass Ihre bisherige Ausbildung Sie nicht gerade für derartige Interviews qualifiziert. Außerdem bin ich noch immer verärgert darüber, dass sie die Mitglieder dieser Clique selbstherrlich alle zusammengerufen haben. Ich hätte sie ehrlich gesagt lieber einzeln vernommen.«

»Das tut mir leid«, sagte Gesa. »Ich dachte, so schaffen wir am ehesten eine Vertrauensbasis, bei der wir vielleicht Details erfahren, an die wir durch Einzelbefragungen nur mühsam herankommen.«

»Ja, haben Sie gedacht. In Wahrheit erleichtern Sie es dem Einzelnen, sich auf unsere Fragen einzustellen.«

»Wird das nicht dadurch aufgewogen, dass die anderen jenen korrigieren, der gegebenenfalls lügt?«

»Ich hoffe das. Aus diesem Grund trage ich ihren Vorstoß auch mit. Zukünftig jedoch überlassen Sie mir die operativen Entscheidungen. Und ich hoffe sehr, wir haben uns diesmal verstanden?«

Gesa lag eine patzige Erwiderung auf der Zunge. »Zwischenfragen sind aber hoffentlich erlaubt?«

»Wenn diese zielführend sind, selbstverständlich.« Wilharm steckte seine Notizen weg. »Darüber hinaus hoffe ich, dass wir beide darin übereinstimmen, dass der komplette Personenkreis, mit dem wir es gleich zu tun bekommen, angesichts ihrer einzigartigen Beziehungen zu beiden Toten ganz oben auf unserer Liste der Verdächtigen steht?«

»Ja, das ist mir bewusst. Das ist ja auch der Grund, warum ich Frau Janssen heute hergebeten habe.«

Sie fuhren auf die Auffahrt des einstigen Gehöfts, wo bereits Inges grüner Toyota parkte. Der klapprige Wagen war überall auf der Insel bekannt, da Gesas Patentante mit ihm Patientenbesuche zu Hause durchführte.

Der Zugang zur Scheune mit der Kfz-Werkstatt war heute geschlossen. Dafür öffnete sich die Haustür zum Wohnhaus der Otts, kaum dass sie den Streifenwagen abgestellt hatten. Renate Ott wartete im Eingang auf sie. Sie hatte sich für den offiziellen Polizeibesuch etwas zurechtgemacht und trug heute ein hübsches lindgrünes Kleid, das ihre fraulichen Rundungen akzentuierte.

»Hauptkommmissar Wilharm. Frau Harms.« Etwas aufgeregt reichte sie ihnen die Hand. »Inge, also Frau Wilms ist schon da. Wir warten noch auf Elke. Sie hat sich telefonisch gemeldet und sollte gleich vom Inselfahrdienst hergebracht werden.«

»Sehr schön.« Wilharm erwiderte die Begrüßung reserviert,

und gemeinsam mit Gesa betrat er den großen Eingangsraum des Hauses, in der mittig ein alter Anker aus Eisen stand. Er fügte sich harmonisch in die anderen maritimen Schaustücke ein, die die Otts hier sammelten. Darunter Gemälde alter Windjammer, ein unter die Decke gespanntes Fischernetz, Buddelschiffe in verschiedenen Größen sowie alte Fernstecher und Sextanten unter Glas. Beeindruckt blieb Gesa vor einer großen Uhr an der Wand stehen, die in einem Messingrahmen steckte, der einstmals zu einem Schiffskompass gehört haben mochte.

»Hübsche Sammlung«, kommentierte sie die Sammlung von Schauobjekten.

»Nils sammelt all diese Sachen.« Renate Ott lächelte. »Er liebt überhaupt alles, was mit dem Meer zu tun hat. Nächstes Jahr wollen wir erstmals eine Kreuzfahrt machen.«

»Wäre nicht mein Ding, wochenlang in so einem Stahlsarg auf dem Meer auszuharren«, sagte Wilharm. »Andererseits gehöre ich auch zu jenen Leuten, denen schon bei einer kurzen Fährfahrt übel wird. Aber gut, wo möchten Sie, dass wir uns zusammensetzen?«

»Am besten, wir machen das dahinten.« Renate Ott deutete zu einem breiten Gang, der in ein großes Wohnzimmer mit heller Fensterfront führte. Dort konnte Gesa Inge ausmachen, die ihnen entgegenblickte.

Gemeinsam mit Wilharm trat sie zu ihr und Gesa begrüßte ihre Patentante mit kurzer Umarmung.

»Trauriger Anlass«, murmelte Inge.

»Ja, ist es.«

Auch das Wohnzimmer war geschmackvoll eingerichtet. Eine große Ledercouchgarnitur samt niedrigem Tisch bot nicht nur Platz für mehrere Gäste, sondern auch einen Blick auf den mit Obstbäumen bepflanzten Garten. An den Zimmerecken standen hohe Farne, die bis unter die Decke reichten, und links neben dem Gang zur Eingangshalle erhob sich ein großes Meerwasseraquarium mit Korallen und farbenfrohen Fischen. Das blaugrüne Licht, das von ihm ausging, gab dem Raum eine heimelige Note.

»Donnerwetter.« Der Hauptkommissar zeigte sich beeindruckt. »Ein Meerwasserbecken findet man nicht überall. Ich war selbst mal Aquarianer, aber wie die meisten habe ich nur in Süßwasser gemacht. Ist ja vermutlich auch nicht ganz billig, so mit Filtersystem, Eiweißabschäumer und künstlicher Strömung?«

»Nein, leider nicht«, antwortete Nils Ott, der nebenan in der Küche stand und dort ein Tablett mit dampfenden Kaffeebechern bestückte. »Aber wenn man die Ausrüstung erst mal hat und auch ein bisschen Erfahrung, dann ist so ein Meerwasseraquarium einfach nicht zu übertreffen.«

»Ja, hübsch. Wenngleich mir ein bisschen der üppige Pflanzenbewuchs fehlt. Die Korallen hier sind aber auch nett.«

Nils Ott zuckte mit den Schultern. »Renate und ich sind gleichermaßen farbenblind. Da stört uns das eh nicht.«

»Richtig farbenblind oder bloß fehlsichtig?«, wollte Gesa wissen.

»Rot-Grün-Sehschwäche. Die aber recht ausgeprägt.«

»Na ja, mir war die Arbeit daran letzten Endes zu viel«, fuhr Hauptkommissar Wilharm fort. »Allein die Fütterung. Wenn ich vorsorglich zu viel gegeben hatte, dann blühten die Algen. Und dann gab es Tage, da kam ich gar nicht dazu.«

»Ging uns ebenso«, erklärte Nils Ott, der das Tablett mit den Bechern hereintrug. »Renate und ich sind auch oft nicht hier. Wir benutzen daher einen Futterautomaten.« Er deutete auf einen Kasten an der Seite des Beckens, der in diesem Moment wie zur Demonstration klickte und Futter abgab. Kurz darauf sausten die bunten Fische in die linke Aquarienecke. »Fütterung nur einmal am Tag, so jedenfalls mein Credo«, fuhr Ott fachmännisch fort. »Dann hält sich das mit der Algenblüte auch in Grenzen.«

Gesa musterte Wilharm leicht amüsiert. Es war das erste Mal, dass er sich zu privaten Dingen ausließ. War er wirklich Aquarianer? Oder wollte er bloß etwas Vertrauen schaffen? In diesem Fall wäre das ein durchaus geschickter Schachzug.

Jeder nahm sich einen Kaffebecher, und Inge und Renate setzten sich auf die Couch. Beide sahen sich traurig an, schienen aber darauf zu warten, dass Gesa und ihr Kollege den Anfang machten.

Der Hauptkommissar blickte etwas ungehalten auf die Armbanduhr. »Ich hoffe, dieser Fahrdienst …«

In diesem Moment klingelte es an der Haustür, und Nils Ott stiefelte in den Vorraum mit den maritimen Einrichtungsgegenständen, um Elke Janssen zu öffnen.

»Hallo.« Die Krankenschwester trug ebenso wie am vorigen Tag ihren eleganten braunen Fellmantel, als sie hereinkam, womit sie von allen ihren alten Freundinnen am schicksten gekleidet war.

Nils nahm ihr den Mantel galant ab, um ihn zur Garderobe zu bringen.

»Das kann ich doch auch selbst machen«, sträubte sie sich kurz.

»Nee, fühl dich ganz als Gast«, wiegelte Nils Ott ab. »Auch wenn der Grund für unser heutiges Zusammentreffen wirklich alles andere als schön ist. Im Übrigen war ich lange genug krank. Ich bin im Augenblick also froh über jede Form von Bewegung.«

»Wie du willst.« Elke Janssen reichte Gesa und Wilharm die Hand und begrüßte dann ihre beiden Freundinnen mit einer festen Umarmung. »Schön, euch zu sehen. Dabei ist das alles so schlimm«, sagte sie niedergeschlagen. »Ich kann euch gar nicht sagen, wie schlimm.«

»Ja, geht mir genauso«, erwiderte Renate Ott traurig.

Inge nickte bloß, während sie Elke im Arm hielt.

Wilharm warf Gesa einen knappen Blick zu und räusperte sich, als sich endlich alle gesetzt hatten.

»Gut, die Herrschaften.« Er fixierte nacheinander jeden Einzelnen der Anwesenden. »Der traurige Anlass, warum wir Sie heute zusammengetrommelt haben, ist Ihnen ja bekannt: Am Dienstag Abend ist Ihre gemeinsame Freundin Wiebke Ehlers tot im Keller des ehemaligen Internats hier auf Pellworm gefunden worden. Der Täter hatte versucht, die Leiche in einer alten Zisterne zu verstecken. Nur wurde sein Plan durch einige im Haus anwesende Jugendliche vereitelt.«

Nils Ott und die Frauen sahen sich beklommen an.

»Im Zuge weiterer Untersuchungen – und wie sie heute alle der Zeitung entnehmen konnten – stellte sich dann heraus, dass der Ort noch einen weiteren schrecklichen Fund barg: Menschenknochen. Mit an Sicherheit grenzender Wahrscheinlichkeit handelt es sich dabei um die Überreste einer weiteren Freundin aus Ihrer einstigen Clique: die 1974 verschwundene Astrid Lührs. Frau Lührs wurde damals offenbar ebenfalls ermordet und ebenso in der Zisterne versteckt, wie jetzt – mehr als vierzig Jahre später – Wiebke Ehlers.«

Am Wohnzimmertisch kam leises Gemurmel auf, das sich einstellte, als Wilharm die Hand hob.

»Sie sitzen hier nicht als Beschuldigte, sondern weil wir uns nähere Aufschlüsse über die Lebensumstände der beiden Frauen erhoffen, speziell über Astrid Lührs. Das hier ist Teil der offiziellen Ermittlung, und als mögliche Zeit- und womöglich auch Tatzeugen müssen Sie keine Fragen beantworten, die Sie selbst belasten könnten. Dennoch sind Sie im Folgenden dazu verpflichtet, die Wahrheit zu sagen. Andernfalls könnten Sie sich gegebenenfalls strafbar machen. Haben Sie das alle so weit verstanden?«

Alle Anwesenden antworteten mit Ja.

»Spricht irgendetwas dagegen, dass wir unser gemeinsames Gespräch aufzeichnen?«, wollte der Kriminalhauptkommissar wissen. »Sie bekommen später natürlich alle noch ein schriftliches Protokoll, das Sie gegenlesen dürfen und unterschreiben müssen.«

Da niemand Einwände erhob, legte Wilharm ein Diktafon auf den Tisch und schaltete es an. Er sprach ein paar einleitende Sätze, dann wandte er sich wieder der versammelten Gruppe zu.

»Gut, zunächst möchte ich Sie mit einem neuen Untersuchungsergebnis vertraut machen, das Sie noch nicht aus der Presse kennen. Seit gestern wissen wir, dass Astrid Lührs zum Zeitpunkt ihrer Ermordung schwanger war.«

Inge, Elke Janssen und die Otts rissen entgeistert die Augen auf.

»Strübbel war … schwanger?«, entfuhr es Inge. »Gott, in welchem Monat denn?«

»Das steht noch nicht ganz fest, aber wir tippen auf den vierten Monat«, antwortete Gesa.

»Und niemand von Ihnen hat davon gewusst?« Wilharm verengte misstrauisch die Augen.

Alle schüttelten den Kopf.

»Ihre damalige Freundin muss angesichts ihrer Schwangerschaft in ernsten Schwierigkeiten gesteckt haben«, stellte Wilharm fest. »Es fällt uns ehrlich gesagt schwer zu glauben, dass sie sich in ihrer Lage niemandem von Ihnen anvertraut hat. Sie waren doch ihre engsten Freundinnen, oder?«

Inge, Elke Janssen und Renate Ott sahen einander an, und alle drei zuckten hilflos mit den Schultern.

»Mir hat sie damals nichts erzählt«, erklärte Renate Ott. »Und vierter Monat … wirklich zu sehen ist da doch noch nichts. Oder doch?« Sie sah Elke an.

»Wieso schaust du mich so an?«, gab die Krankenschwester leicht ungehalten zurück. »Willst du wissen, wie gewölbt der Bauch einer Schwangeren im vierten Monat ist?«

»Ich denke mal, Renate hat dich angesehen, weil du lange Zeit Strübbels Zimmergenossin warst«, stand Inge Renate Ott bei. »Wenn das stimmt, dann … Hast du denn nie etwas beim Umziehen oder so bemerkt?«

»Nein, habe ich nicht.« Elke Janssen schüttelte entschieden den Kopf. »Wie ihr euch vielleicht erinnern könnt, hat uns die Momsen zum Jahreswechsel in unterschiedliche Zimmer umgelegt.«

Gesa sah nun Nils Ott auffordernd an, der sich überrascht an die Brust fasste. »Bitte, Sie glauben doch nicht, dass sich Astrid mit einem solchen Thema ausgerechnet an mich gewandt hat? Ich bin schließlich ein Mann.«

»Da wir schon bei Astrid Lührs sind«, brummte Wilharm, »dann erzählen Sie uns doch bitte etwas mehr über sie, damit wir uns ein besseres Bild von ihr machen können.«

Die vier tauschten betroffene Blicke, und diesmal war es Nils Ott, der als Erster antwortete. »Na gut, mache ich einfach mal den Anfang. Strübbel war hübsch, kokett und immer für jeden Spaß zu haben. Und sie wusste, wie sie auf andere wirkte. Sie hat hier auf der Insel sicher einigen den Kopf verdreht. Heute würde man wohl sagen, sie war eine richtige Partymaus. Und sie erschien mir immer auch etwas oberflächlich.«

»Das war leider nicht alles«, fügte Inge hinzu. »Strübbel stand mehrfach im Verdacht, Geld aus den Zimmern unserer Mitbewohnerinnen gestohlen zu haben.«

»Was nie bewiesen werden konnte«, wandte Elke Janssen ein.

»Ja, aber ich glaube, die anderen haben sie nicht ganz ohne

Grund verdächtigt«, meinte Inge ernst. »Und ganz ehrlich: Mindestens einmal hat sie auch bei mir zugelangt. Ich hatte deswegen mal ein ernstes Gespräch mit ihr. Sie hat natürlich alles abgestritten, aber ich wusste, dass sie die Einzige war, die dafür die Gelegenheit gehabt hatte. Und übrigens nicht nur bei mir. Auch bei Wiebke. Nur wird sie das jetzt nicht mehr bestätigen können. Ihre neuen Klamotten, die sie dauernd anhatte, wuchsen ja auch nicht gerade auf den Bäumen.«

Renate Ott stimmte dem zu. »Ja, Astrid hat geklaut. Es hat aber eher die anderen Mädchen getroffen, nicht so oft uns. Und das waren auch meist nur kleine Beträge, vielleicht ein oder zwei Mark. Hin und wieder auch mal ein Fünfer, sodass es anfangs nicht auffiel.«

»Mich hat sie nie bestohlen«, empörte sich Elke Janssen. »Und ich muss es ja wohl wissen, denn ich habe mit ihr ein Zimmer geteilt. Ich finde es auch ziemlich mies, dass ihr Strübbel so in den Dreck zieht.«

»Das hat doch damit nichts zu tun«, meinte Renate Ott beschwichtigend. »Aber sollen wir jetzt lügen?«

»Ich will damit auch bloß sagen«, meinte Inge ruhig, »dass sie es mit Regeln nie so ganz gehabt hat. Wer von uns hat denn damals am meisten die Schule geschwänzt? Wer von uns hat damals am meisten krankgefeiert? Und dass sie mehrfach in Tammensiel Ladendiebstähle begangen hat, wirst du ja wohl nicht abstreiten wollen, Elke. Ich erinnere nur an unsere kleine Mitternachtsparty im Sommer '73 in der Vogelkoje.«

Gesa hatte von der einstigen Inseleinrichtung zum Fang von wilden Enten und Gänsen gehört, sie aber noch nicht besucht. Sie war bereits kurz nach dem Zweiten Weltkrieg geschlossen worden, und seit geraumer Zeit befand sich dort ein lauschiger kleiner Wald um einen See.

»Strübbel hatte damals keinen Hehl daraus gemacht, dass sie

die Sektflaschen alle in Tammensiel *organisiert* hatte«, sprach Inge weiter. »Und ihr Praktikum damals beim Jugendamt in Husum musste sie ebenfalls abbrechen, weil sie gestohlen hatte. War doch so.«

Die Lippen Elke Janssens zuckten. »Ich finde trotzdem, dass wir so nicht über sie sprechen sollten. Gerade jetzt, da wir erfahren, mit welchen Sorgen sie sich am Ende rumschlug. Statt so zu tun, als sei sie charakterlich selbst schuld an ihrem Tod gewesen …«

»Aber das habe ich doch gar nicht behauptet«, unterbrach sie Inge bestürzt.

»Doch, genau so klingt es«, widersprach die Krankenschwester. »In Wahrheit hätten wir alle besser hinsehen müssen. Haben wir aber nicht. Ihr wisst doch gar nicht, wie es ihr in Wahrheit ging.« In ihren Augen schimmerten plötzlich Tränen. »Strübbel ging es nämlich total mies. Ihr ganzes Verhalten war aufgesetzt. Sie fühlte sich missverstanden und war kein Stück so selbstbewusst, wie sie immer tat. Aber ihr habt sie ja auch nicht erlebt, wie sie sich manchmal in den Schlaf geweint hat. Sie hat immer geglaubt, dass ihre Familie sie deswegen ins Internat abgeschoben hat, weil sie ihnen nicht gut genug war.«

Gesa und Wilharm warfen sich Blicke zu.

»Hat sie ähnliche Reaktionen auch in der Zeit unmittelbar vor ihrem Verschwinden gezeigt?«, wollte der Hauptkommissar wissen.

»Ja, ich glaube schon«, sagte Elke Janssen betrübt. »Ich erinnere mich noch an einen Tag kurz vor den Weihnachtsferien 1973. Also, kurz bevor wir alle zu den Festtagen nach Hause geschickt wurden. Strübbel hatte sich damals heulend auf einer Toilette eingeschlossen. Ich dachte, dass das wieder wegen ihrer Eltern war. Nur« – sie schluckte – »nur muss sie da wohl schon von ihrer Schwangerschaft gewusst haben.«

»Sie wissen aber nicht, wer der Vater des Kindes war?«

»Nein.« Elke Janssen schüttelte den Kopf. »Sie hat zwar immer mal wieder Andeutungen gemacht, dass sie von uns allen wohl die Erfahrenste sei, aber sie ist immer sehr diskret gewesen, wenn man sie auf Einzelheiten ansprach. Nils hat schon recht: Sie hatte sicher viele Verehrer. Aber das habe ich ja Frau Harms schon erzählt.«

»Ja, haben Sie«, meinte Gesa, »und wir gehen dem Hinweis auch weiter nach.«

Wilharm lächelte unverbindlich. »Besitzen Sie denn vielleicht noch Sachen aus der damaligen Zeit? Also Briefe und Ähnliches von ihr, die uns einen Hinweis darauf geben könnten, von wem das Kind stammte?«

Elke Janssen und die Otts schüttelten den Kopf.

Inge hingegen dachte länger nach und nickte dann. »Ja, ich besitze noch ein oder zwei Postkarten aus unserer damaligen Zeit. Aber ehrlich gesagt, glaube ich kaum, dass Sie darin etwas Interessantes finden werden.«

»Es wäre dennoch nett, wenn Sie alle noch einmal nachsehen könnten. Und dieser letzte Abend, bei dem Sie sie alle noch gesehen haben, erinnern Sie sich da im Nachhinein an irgendein Vorkommnis, das Ihnen heute seltsam oder befremdlich erscheint?«

»Das war doch beim Biikebrennen 1974?«, meinte Nils Ott. »Für meinen Teil kann ich da nur sagen: Nein. Wir waren aber auch alle ziemlich schnell blau und haben uns dann irgendwie aus den Augen verloren. Ich könnte Ihnen heute nicht mal mehr sagen, wann ich Astrid zuletzt gesehen habe.«

»Geht mir ebenso«, meinte seine Frau. »Wir sind, glaube ich, noch zusammen vom Internat aufgebrochen, da habe ich sie auch schon aus den Augen verloren und danach nicht mehr gesehen. Wir haben uns alle schnell unters Volk gemischt.«

»Ja, so war es«, bestätigte auch Inge. »Wobei ich auch nicht mehr so genau weiß, was wir damals alles gemacht haben, nur dass wir mit einem ganzen Haufen Leute unterwegs waren. Ich erinnere mich vielmehr an den denkwürdigen Morgen am Morgen nach dem Biikebrennen, als uns Elke mitteilte, dass Astrid in der Nacht offenbar abgehauen sei.«

»Und davon hat niemand etwas mitbekommen?«, hakte diesmal Gesa nach.

»Nein, wie auch?« Renate zuckte mit den Schultern. »Wir sind damals alle erst ziemlich spät in der Nacht wieder zurückgekehrt. Und wie Nils schon sagte: So richtig nüchtern waren wir da nicht mehr.«

»Finden Sie einfach den Super-8-Film, den ich Wiebke zugeschickt hatte«, murrte Elke Janssen. »Auf dem sollten wir zu sehen sein, als das Biikebrennen losging.«

»Ein Film?« Nils Ott hob erstaunt die Augenbrauen.

Auch seine Frau sah verblüfft auf.

»Erinnert ihr euch denn nicht mehr?«, fragte Elke Janssen. »Den habe ich mit der Kamera gemacht, die mir mein Vater damals zum Geburtstag geschenkt hatte.«

»Wir wollten euch den Film zur Silberhochzeit schenken«, fügte Inge betrübt hinzu. »Wiebke und Elke haben das letzte Woche ausgeheckt. Ich konnte selbst kaum glauben, dass noch Aufnahmen von uns aus der Zeit existieren. Und dann auch noch bewegte.«

»Allerdings habe ich die Kamera auf dem Biikebrennen einer anderen Mitschülerin mitgegeben, die früher ins Internat zurückgekehrt ist als wir«, sagte Elke Janssen. »Vom späteren Partytreiben ist da also nicht mehr viel drauf.«

»Nun, wir versuchen, den Film zu finden«, sagte Gesa ernst. »Nur ist der im Augenblick leider verschwunden. Ebenso wie alle anderen Besitztümer, die Frau Ehlers bei sich hatte.«

Wilharm strich sich nachdenklich über das Kinn. »Gut, da wir eh bei Frau Ehlers sind, machen wir doch gleich bei ihr weiter. Sie alle haben Frau Harms gegenüber erklärt, dass Sie nicht wissen, was ihre Freundin am Beginn der Woche auf Pellworm zu suchen hatte. Die Silberhochzeit ist ja erst für übernächstes Wochenende angesetzt, richtig?«

Renate Ott nickte traurig. »Wir wollen im *Deichblick* feiern. Obwohl, angesichts der Umstände sagen wir die Feier wohl besser wieder ab.«

»Und Sie bleiben dabei, dass sich Frau Ehlers Ihnen gegenüber nicht über ihre Beweggründe geäußert hat?«

Die Otts und die beiden anderen Frauen warfen sich irritierte Blicke zu. »Nein, hat sie nicht«, erklärte Nils Ott. »Warum fragen Sie?«

»Weil die Verbindungsdaten von Frau Ehlers eine andere Sprache sprechen.« Wilharms hob seine Notizen. »Letzten Freitag hat sie noch einmal bei Ihnen angerufen« – er sah zu den Otts – »und am Sonntag sogar bei Ihnen.« Er musterte Elke Janssen. »Und das waren beides längere Gespräche.«

»Moment!« Renate Ott hob eine Hand. »Wir haben Frau Harms gegenüber erklärt, dass Wiebke uns nicht mitgeteilt hat, dass sie hier schon gute zwei Wochen früher aufschlagen wollte. Beziehungsweise, dass wir nicht wissen, was sie hier wollte. Dass sie bei uns am Freitag noch einmal angerufen hat, war nicht die Frage. Das hat sie tatsächlich, aber da ging es bloß um Fragen des Ablaufs unserer Silberhochzeit. Sie wollte wissen, ob wir irgendwas bezüglich der Übernachtung geplant hätten und ob sie zusammen mit Elke oder Inge einquartiert sei. Ich hatte überhaupt den Eindruck, dass sie noch ein paar Tage länger bleiben wollte.«

»Und?«

»Nein, wir haben die Übernachtungsfrage jedem selbst überlassen.«

»Und bei Ihnen?« Wilharm wandte sich an Elke Janssen, die unruhig an ihrer Bluse nestelte. »Bei mir war das ganz ähnlich. Sie rief an, weil sie wissen wollte, ob wir nächste Woche nicht zusammen anreisen wollen. Sie schlug vor, mich in Husum aufzugabeln. Außerdem wollte sie wissen, wie eng ich noch mit Inge bin und ob es nicht möglich sei, eventuell bei ihr zu nächtigen, statt sich auf der Insel etwas Passendes zu suchen.«

Gesa blickte die Krankenschwester interessiert an. »Dann war sie knapp bei Kasse?«

»Nein, das glaube ich nicht. Ich denke, es ging ihr eher darum, mehr gemeinsame Zeit mit uns zu verbringen.«

»Gut, dann kommen wir vielleicht zum Wichtigsten.« Hauptkommissar Wilharm atmete tief ein. »Wo waren Sie alle am Dienstagnachmittag und -abend? Und zwar grob in der Zeit zwischen sechzehn und zweiundzwanzig Uhr?« Auffordernd sah er Inge an.

»Zu Hause«, antwortete Gesas Patentante ruhig. »Die Praxis war nachmittags geschlossen, da mache ich üblicherweise Krankenbesuche auf der Insel. Nur war am Dienstag nicht viel los – oder meine Patienten wollten mich wegen des Sturms da draußen nicht behelligen.« Sie lächelte knapp. »Ich hab in der Zeit ein bisschen Büroarbeit gemacht. Danach Abendbrot und schließlich habe ich mich für diesen NorthElectric-Infoabend fertig gemacht, wofür es reichlich Zeugen gibt.«

»Das ist nicht ganz korrekt, denn Sie sind dort erst eine halbe Stunde nach dem Zwischenfall mit der Zisterne eingetroffen.«

Inge sah Wilharm verblüfft an. »Und?«

Auch Gesa warf ihrem Kollegen einen befremdeten Blick zu.

»Ich halte das nur fest, Frau Wilms«, antwortete Wilharm trocken. »Und während des Nachmittags? Gab es da irgendjemanden, der bezeugen kann, dass Sie zu Hause waren?«

Inge sah Hilfe suchend zu Gesa, schließlich verfinsterte sich ihr Blick. »Nein. Ich lebe allein. Wollen Sie mir das jetzt zum Vorwurf machen? Oder fragen Sie, weil Astrids Überreste später aus meinem Haus verschwunden sind? Wenn ich irgendetwas zu verbergen hätte, hätte ich meine Patentochter ja wohl kaum so detailliert über meine Befunde informiert.«

»Warum so aufgeregt, Frau Wilms?« Wilharm sah die Ärztin leicht überheblich an. »Ich muss Sie das fragen. Auch wenn Sie für den betreffenden Zeitraum offenbar kein Alibi besitzen, heißt das noch nicht, dass ich Sie für den Mord an Wiebke Ehlers verantwortlich mache. Noch nicht.«

Inge lehnte sich zurück und warf Gesa einen wütenden Blick zu.

»Und Sie beide?«, wandte sich der Kriminalhauptkomissar an die Otts.

»Ich war am Nachmittag erst bei der Schule«, antwortete Nils Ott. »Also die Hermann-Neuton-Paulsen-Schule hier auf der Insel. Für die sind wir nämlich ebenfalls als Hausmeister tätig. Da gab es ein Problem mit der Heizung, und ich denke mal, dass sich da sicher jemand findet, der mich gesehen hat. Anschließend bin ich zu meinem Freund Martin Jensen gefahren. Ursprünglich wollten wir dort Skat kloppen, aber unser dritter Mann hat wegen des Sturms abgesagt. Wir haben dann Billard gespielt.«

»Wann genau?«

»Puh. Etwa von sechzehn Uhr bis zu dem Zeitpunkt, als mich Renate anrief, dass Wehrführer Knudsen uns sehen wollte. Da ich den Wagen hatte, bin ich sofort nach Hause gefahren, habe Renate abgeholt und wir sind dann weiter zum Internat.«

»Okay. Und Sie, Frau Ott?«

»Tja, mir geht es da ehrlich gesagt so ein bisschen wie Inge«, sagte Renate Ott und sah die Ärztin an. »Ich habe den Nachmittag über dazu genutzt, hier zu putzen, bin noch einmal die

Speisefolge für die Silberhochzeit durchgegangen und habe ein bisschen die Facebook-Seite unseres Bootsverleihs drüben auf Nordstrand bearbeitet. Anschließend habe ich etwas gegessen und bin dann vor den Fernseher gefallen. Bis Wehrführer Knudsen anrief. Den Rest wissen Sie bereits von Nils.«

»Und was lief im Fernsehen?«

Irritiert sah Renate Ott den Hauptkommissar an. »Da lief eine Kochsendung.«

»Der Rest lässt sich ebenfalls nachprüfen?«

»Tut mir leid. Wie gesagt, ich war hier allein und …«

»Ich meine die Bearbeitung Ihrer Social-Media-Seite.«

»Ach so.« Renate Ott zuckte unsicher mit den Schultern. »Ja, vermutlich schon. *Bootsverleih Ott*. Ganz einfach.«

Wilharm rief die Fanseite des sozialen Netzwerks auf, und Gesa blickte ihm über die Schulter. Die Seite existierte tatsächlich und begrüßte den User mit einem sommerlichen Bild der Nordsee und einem Foto der Otts, die auf einem Motorboot standen und dem Betrachter gut gelaunt zuwinkten.

Wilharm musste nicht lange scrollen, um ein Selfie von Renate Ott zu finden. Im Hintergrund sah man einen deckenhohen Farn und das Aquarium mit den bunten Fischen in der Ecke, das Foto war hier im Wohnzimmer gemacht worden. Renate hielt das Modell eines roten Segelbootes in Händen und kündigte in dem Eintrag ein neues Boot an, das ab Mai gemietet werden konnte. Gesa und Wilharm sahen sich den Zeitpunkt der Eintragserstellung an: 19.02 Uhr.

Der Eintrag konnte auch mittels Planungsfunktion eingespeist worden sein. Wilharm schien Ähnliches zu denken, denn er verschob das Bild und vergrößerte darauf den Korridor rüber zum Eingangsraum mit den maritimen Fundstücken, in dem schwach die große Messinguhr zu erkennen war. Sie zeigte neunzehn Uhr an.

»Okay«, sprach er gedehnt. »Aber es hat Sie in der Zwischenzeit niemand hier besucht?«

»Nein, tut mir leid.« Renate Ott schüttelte bedauernd den Kopf. »Wir wohnen ja auch etwas abgelegen.«

»Und Sie?« Wilharm steckte sein Handy weg und betrachtete Elke Janssen, die sich unruhig über die Lippen leckte.

»Wieso fragen Sie überhaupt?«, antwortete die Krankenschwester ungehalten. »Ich lebe drüben in Husum.«

»Das ist richtig, aber ich war bereits so frei, in Ihrem Krankenhaus anzurufen, um mich dort zu erkundigen, ob Sie Dienst hatten. Mir wurde jedoch mitgeteilt, dass Sie an dem betreffenden Tag Urlaub hatten.«

»Ja. Den freien Tag habe ich mit einer Freundin verbracht.« Sie blickte ihn kämpferisch an.

»Und diese Freundin wird das bestätigen?«, fragte Wilharm stoisch weiter.

»Fragen Sie sie«, meinte Elke Janssen mit festem Blick. »Ihr Name ist Ingrid Beckmann. Sie besitzt in Husum eine kleine Spedition.«

»Gut, werden wir.« Hauptkomissar Wilharm notierte sich den Namen und nickte dann Gesa zu. »Haben Sie noch Fragen, Frau Harms?«

»Mich würde interessieren, wer von Ihnen alles ein Fahrrad samt Anhänger besitzt.« sagte Gesa.

»Ich nicht.« Inge schüttelte den Kopf.

»Ich fahre lieber Auto«, erklärte Elke Janssen.

»Wir haben natürlich Räder«, meinte Nils Ott, »doch seit letztem Sommer keinen Anhänger mehr. Aber beides kann man sich leicht auf der Insel ausleihen.« Er ließ sich von Wilharm Zettel und Stift reichen und notierte die Adressen.

Gesa hob interessiert eine Augenbraue, denn einen der Namen kannte sie: Martin Jensen. »Ist das ihr Freund, bei dem

Sie am Dienstag waren? Der, dessen Auto Sie gerade reparieren?«

»Ja, richtig.« Nils Ott sah sie aufmerksam an. »Den Fahrradverleih betreibt seine Familie jetzt schon seit zwei Generationen. Wir reparieren die hin und wieder auch.«

»Nun, wir werden die Verleiher abklappern«, meinte Hauptkommissar Wilharm. »Ebenso werden wir Ihre Angaben allesamt überprüfen. Und stellen Sie sich bitte darauf ein, dass wir Sie gegebenenfalls noch einmal einzeln vorladen.« Der Ermittler erhob sich. »Bis dahin möchte ich, dass Sie sich alle einstweilen zur Verfügung halten.«

»Sie wünschen jetzt aber nicht, dass ich auch die nächsten Tage hier auf Pellworm bleibe?«, fragte Elke Janssen. »Ich habe morgen wieder Dienst.«

»Nein, das ist nicht notwendig. Aber rufen Sie uns bitte an, sollten Sie in nächster Zeit irgendwelche Reisen oder Ausflüge planen.«

»Na gut«, sagte Nils Ott, »dann kündige ich vorsorglich schon mal an, dass ich morgen wegen einer Nachuntersuchung nach Husum ins Krankenhaus muss.«

»Tun Sie das.« Wilharm nickte zum Abschied in die Runde, und Gesa folgte seinem Beispiel. Sie warf Inge einen stummen Blick zu, die jedoch kaum aufsah.

»Warten Sie, ich bringe Sie hinaus.« Renate Ott erhob sich ebenfalls und führte sie durch den Eingangsraum mit den maritimen Schaustücken ins Freie.

Mit vor der Brust verschränkten Armen blieb sie stehen, als Gesa und Wilharm auf den Streifenwagen zugingen.

»Kriminalhauptkomissar Wilharm, Oberkommissarin Harms?« Renate Ott drehte sich argwöhnend zum Haus um, und Gesa spürte, dass sie mit sich haderte.

»Ja?«, fragte Wilharm.

»Da … ist vielleicht doch noch etwas, das Sie wissen sollten«, meinte sie verlegen. »Ehrlich gesagt wundere ich mich, dass Inge das nicht selbst zur Sprache gebracht hat, aber … Inge hatte damals, während unserer Internatszeit, einen Freund hier auf der Insel. Und der wohnt noch immer hier.«

»Einen Freund?« Gesa hob gespannt eine Augenbraue.

»Ja, sein Name ist Sönke Jacobs. Er lebt in der Nähe des Leuchtturms. Die Beziehung der beiden währte aber nur ein halbes Jahr. Der Grund für die Trennung war Strübbel. Also Astrid. Sönke hatte Ende 1973 eine heimliche Affäre mit ihr. Inge war ziemlich sauer auf die beiden – und das ist noch freundlich ausgedrückt.«

»Sind Sie sich dessen sicher?« Alarmiert sah Gesa Renate Ott an, und auch Wilharm verengte die Augen.

»Ja, absolut«, fuhr die Frau fort. »Ich wollte das eben bloß nicht vor allen ansprechen. Sie wissen vermutlich schon, warum.«

»Nein, warum?«, fragte Gesa.

»Na, weil das irgendwie blöde ausgesehen hätte. Elke hätte sich dann bloß noch mehr aufgeregt und Inge vielleicht auch. Wiebke hat von der Affäre Astrids mit Sönke jedenfalls auch gewusst. Als sie aufflog, war das Verhältnis zwischen Inge und Astrid ziemlich gespannt. Man könnte auch sagen, Inge hat danach kaum noch ein Wort mit Strübbel gewechselt. Und das blieb auch so, bis sie dann … verschwand.« Unsicher sah sie Gesa an. »Ich erwähne das auch nur deswegen, weil Sie sich doch fragen, von wem sie vielleicht schwanger war. Ich schlage vor, Sie haken mal bei Sönke nach. Vielleicht war er der Vater.«

Alte Liebe

»Ich finde es ziemlich befremdlich, dass Ihre Patentante diesen Sönke Jacobs nicht von selbst zur Sprache gebracht hat«, sagte Hauptkommissar Wilharm, während Gesa auf das Gaspedal trat. Zügig näherten sie sich von der kleinen Ortschaft Ostertilli aus dem Südteil der Insel, während am Horizont, inmitten der grünen Insellandschaft, der rot-weiße Leuchtturm Pellworms näherrückte.

Er war auch heute noch von großer Bedeutung für die Schifffahrt, doch bei den Auswärtigen vor allem für das höchste Leuchtturm-Standesamt im Norden bekannt. Inge liebte das markante Wahrzeichen der Insel. Mehrfach hatte Gesa mit ihr einen Spaziergang dorthin unternommen. Doch so sehr sie ihre Patentante auch liebte, musste sie sich eingestehen, dass sie Inges Schweigen ebenfalls nicht verstand.

»Wenn Sie möchten, werde ich sie später noch einmal fragen«, schlug Gesa pflichtschuldig vor. »Ich denke, dafür wird sich rasch eine Erklärung finden.«

»Hoffen wir mal«, brummte Wilharm. »Aber zunächst nehmen wir uns diesen Sönke Jacobs zur Brust. Wäre nicht das erste Mal, dass jemand ein Tötungsdelikt begeht, um den Folgen einer Schwangerschaft zuvorzukommen.«

Gesa bremste den Streifenwagen ab, lange bevor sie den Leuchtturm erreichten, und fuhr über einen kurzen Feldweg auf einen kleinen Bauernhof zu, der von brachliegenden Feldern umgeben war.

Schon beim Näherkommen sahen sie, dass das Anwesen bei

Weitem nicht so gut gepflegt war wie die Warft der Otts. Das Haupthaus war ebenfalls reetgedeckt, doch die Außenfassade wirkte schmutzig und heruntergekommen. Auf dem Vorplatz gaben sich eine ausgeschlachtete Autokarosserie, ein rostiger landwirtschaftlicher Anhänger und ein Schutthügel samt Unrat ein Stelldichein.

Gesa parkte den Streifenwagen vor dem Anhänger, und gemeinsam mit Wilharm schritt sie auf die Haustür zu. Davor, auf einem vertrockneten Blumenbeet, lag ein umgekipptes Fahrrad, das sie von irgendwoher zu kennen glaubte. Wilharm klingelte, doch im Haus rührte sich niemand.

»Sehen wir mal hinten nach«, schlug sie vor.

Gemeinsam umrundeten sie die alte Bauernkate und erreichten so eine von hohen Hecken wind- und sichtgeschützte Terrasse, auf der ein großer Haufen ausgerissenes Gestrüpp und alte Traktorreifen aufgetürmt waren. Dahinter erstreckte sich ein verwildertes Gartenareal, das den Blick auf ein modernes, gläsernes Gewächshaus erlaubte. Gesa kniff die Augen zusammen und begriff, was sich dort hinter den Scheiben erhob: Rosenstöcke.

Damit also verdiente Sönke Jacobs seinen Lebensunterhalt.

Gesa erinnerte sich daran, dass die *Pellwormer Rosentage* im Juni zu den großen Attraktionen der Insel zählten. Sie hatte die Festtage mit ihren Trachtentänzerinnen noch nicht selbst erlebt, aber sie wusste, dass Rosen auf der Insel optimale Bodenbedingungen vorfanden und die hübschen Pflanzen dann allerorten und in allen Farben und Sorten erblühten.

Wilharm klopfte vergeblich gegen die Terrassentür, als Gesa im gläsernen Treibhaus eine Bewegung auszumachen glaubte. Gemeinsam durchquerten sie den Garten bis zum Gewächshaus.

Darin fanden sie sogar zwei Personen vor. Ein Erwachsener mit Halbglatze und halblangen, leicht ergrauten Haaren, die ihm hinten über den Kragen eines karierten Hemdes reichten, sowie einen Jugendlichen mit schwarzen Haaren und Lederjacke, den Gesa von der Polizeiakte her kannte.

Natürlich! Das war dieser Patrick, der ihren Sohn dazu verleitet hatte, in das ehemalige Internat einzusteigen. Warum war sie beim Nachnamen nicht gleich auf die Verbindung gekommen?

Wilharm, der von alledem nichts ahnte, öffnete die Haupttür des Gewächshauses, und sofort schlug ihnen warme Luft entgegen, die einen aromatischen Geruch nach Blumenerde mit sich brachte.

Patrick und sein Gesprächspartner drehten sich überrascht zu ihnen um, und Gesa sah, wie der Junge verschreckt etwas unter seiner Lederjacke verschwinden ließ.

»Moin!«, begrüßte Hauptkommissar Wilharm die beiden auf nordische Weise. »Dürfen wir kurz eintreten?«

Bei dem Mann handelte es sich um einen groß gewachsenen Mittsechziger, der in seiner Jugend vermutlich recht sportlich gewesen war. Er besaß eine markante Nase und ausdrucksstarke Augen, deren Blick zwischen Argwohn und Verärgerung schwankte.

»Was wollen Sie denn schon wieder hier?« Sein Blick heftete sich misstrauisch auf Gesas Polizeiuniform. »Mein Stiefsohn hat die Fragen Ihres Kollegen doch schon beantwortet.«

Wilharm und Gesa warfen sich einen überraschten Blick zu.

»Oberkommissar Schultze war schon hier?«, fragte Wilharm interessiert nach. »Sie sind Sönke Jacobs?«

»Ja, bin ich«, antwortete Jacobs argwöhnisch. »Oberkommissarin Harms kenne ich natürlich. Aber wer sind Sie?«

»Kriminalhauptkommissar Wilharm«, antwortete der Angesprochene ruhig und zückte seinen Dienstausweis. »Und nein, wegen Ihres Sohns sind wir nicht hier. Wir hatten gehofft, Sie selbst hier anzutreffen.«

»Mich?« Jacobs Brauen hoben sich. »Na gut, dann gehen wir doch am besten rüber ins Haus.«

Er tippte Patrick unsanft gegen die Schulter, und die beiden kamen ihnen entgegen. Auf Gesa wirkte der Abgang irgendwie überhastet, weshalb sie einen Blick an ihnen vorbei in den hinteren Teil des Gewächshauses warf. Dort befand sich ein separater Anbau, der mit milchigen Planen abgehängt war. Sie fragte sich, wozu dieser diente, als sie plötzlich einen markanten, ihr bekannten Geruch bemerkte: Marihuana!

Auch Wilharm schien den unverwechselbaren Cannabisgeruch bemerkt zu haben, denn er schnüffelte und schürzte spöttisch die Lippen. »Sieh einmal an. Offenbar sind Rosen nicht ganz so profitabel wie gewisse andere Gewächse?«

Jacobs und Patrick zögerten, und der Junge sah ängstlich zu seinem Stiefvater auf. Der schaute die Polizisten leicht gehetzt an, schien aber schnell zu begreifen, dass er mit Ausreden nicht weiterkam. »Ach kommen, Sie. Alles nur zum Eigenbedarf.«

Gesa marschierte an den beiden vorbei und zog die Plane im hinteren Teil des Treibhauses beiseite. Staunend riss sie die Augen auf, denn in dem abgedunkelten Raum gediehen in zahllosen Töpfen Hanfsetzlinge, die mit künstlichen Lichtquellen, eigener Bewässerung und Ventilationssystem aufgepäppelt wurden. Der Menge der Pflanzen nach zu urteilen, würde Jacobs eine erstaunliche Ernte einfahren.

»Eigenbedarf?« Sie ließ die Plane wieder fallen und sah sich zu den beiden um.

»Ja, für mich … und vielleicht noch zwei, drei Bekannte«, antwortete Jacobs frech.

Patrick spähte unruhig in Richtung Ausgang. Gesa sah dem Jungen an, dass er irgendwelche Fluchtpläne ausheckte. Wilharm jedoch hatte sich so zwischen den Rosenbeeten und dem Ausgang positioniert, dass er sowohl ihn als auch Jacobs leicht abfangen konnte.

»Denk nicht einmal daran, Patrick«, ermahnte ihn Gesa. »Das

hier ist eine Insel. Du kämest nie von hier weg. Würde den Aufwand auch nicht lohnen.« Sie deutete auf seine Jacke. »Darf ich mal sehen, was du da drunter hast?«

»Das geht Sie gar nichts an«, fuhr der Junge sie trotzig an. »Und Sie dürfen mich auch nicht anrühren.«

»Doch, darf ich.« Gesa warf Jacobs einen eindringlichen Blick zu.

Der schnaubte ungehalten und sah dann seinen Sohn an. »Lass gut sein, Junge.«

Patrick ergab sich seinem Schicksal und knüpfte die Jacke auf. Gesa förderte ein Päckchen mit abgewogenen Marihuanaportionen zutage.

Hauptkommissar Wilharm sah ihr ruhig bei ihrer Arbeit zu und fragte Jacobs: »Sie bleiben bei Ihrer Eigenbedarfsgeschichte?«

Jacobs antwortete nicht, sondern musterte ihn finster.

»Wissen Sie«, meinte Gesa, während sie das Päckchen sicherstellte, »es ist eine Sache, Marihuana anzubauen. Eine andere Sache ist es, seinen Sohn dazu zu verleiten, damit zu handeln.«

»Wer sagt denn, dass er das sollte?« Jacobs musterte sie abfällig, während er fortfuhr. »Und mal ehrlich, Frau Harms. Inzwischen sollten Sie es doch ebenfalls mitbekommen haben: Wir leben hier auf einer Insel. Auf Pellworm ticken die Uhren eben ein bisschen anders. Hier sieht man das eine oder andere nicht so streng.«

»Ach, tut man nicht?« Wilharm trat ebenfalls vor die Plane, um einen Blick auf die Hanfplantage zu werfen. »Ich glaube, damit machen Sie es sich etwas zu einfach.«

Jacobs musterte ihn und grinste plötzlich. »Gerade ist mir wieder eingefallen, woher ich Sie kenne: Sie sind doch der Neffe von unserem stellvertretenden Bürgermeister?«

»Bin ich. Und?«

»Was, wenn ich Ihnen sage, dass sich Ihr Onkel früher auch gern mal einen Joint reingezogen hat? Und Ihre Tante« – er wandte sich hochmütig Gesa zu – »schlägt gelegentlich auch heute noch hier auf.«

Wilharms Gesicht verdunkelte sich vor Zorn. »Besser, Sie treiben es nicht zu weit, Herr Jacobs. Das alles hier ist nämlich nicht der Grund, warum wir Sie aufgesucht haben. Auch wenn wir Ihren botanischen Feldversuchen dahinten natürlich nachgehen werden. Wir sind hier wegen zweier Mordfälle.«

»Sie meinen die Sache mit Wiebke Ehlers und Astrid Lührs?« Misstrauisch verengte Jacobs die Augen, und erstmals hatte Gesa das Gefühl, dass er etwas von seiner Contenance verlor.

»Sie wissen davon?«, hakte Gesa nach.

»Sicher. Das ist ja hier auf der Insel gerade das Gesprächsthema Nummer eins.«.

»Dann geben Sie zu, dass sie beide Frauen kannten?«

»Ja, verdammt. Ich kannte sie. Von früher.« Sönke Jacobs leckte sich über die Lippen. »Ist aber schon ziemlich lange her. Wollen Sie mir daraus jetzt einen Strick drehen?«

»Sehen Sie, genau darüber würden wir gerne mit Ihnen reden«, meinte der Hauptkommissar.

Jacobs' Blick irrlichterte zwischen Wilharm und Gesa hin und her, dann sah er zu Patrick. »Ich beantworte Ihnen gern alle Fragen. Aber ich denke, das muss wohl nicht in Anwesenheit des Jungen geschehen.«

»Nein, muss es nicht«, antwortete Gesa und reichte Patrick dessen Jacke. »Hier. Du kannst verschwinden. Aber du bleibst auf der Insel, und ich möchte dich morgen auf dem Revier sehen.«

Patrick streifte sich böse dreinblickend die Lederjacke über, warf seinem Stiefvater einen letzten Blick zu und eilte dann zum

Ausgang des Gewächshauses. Sie konnten sehen, wie er draußen rasch das Wohnhaus umrundete und verschwand.

»Und nun zu Ihnen.« Wilharm wies durch die Scheiben des Gewächshauses. »Wollen wir unser Gespräch nach drüben verlagern?«

»Warum nicht. Hier gibt es ja nichts mehr, mit dem ich Sie überraschen könnte.« Jacobs marschierte verärgert an ihm vorbei.

»Und Sie, Frau Harms« – Wilharm deutete über die langen Reihen an Rosenstöcken hinweg nach hinten zur Hanfplantage – »seien doch bitte so gut, machen ein paar Fotos und dann versiegeln Sie hier alles. Ich schicke später Schultze vorbei.«

Gesa nickte und eilte zurück zum Streifenwagen, um eine Kamera zu holen, während Wilharm Jacobs zur Terrasse begleitete. Es dauerte gute zehn Minuten, bis sie die Aufnahmen von der Hanfplantage gemacht und beide Eingänge zum Gewächshaus mit Polizeisiegeln versehen hatte. Sie beeilte sich, um so wenig wie möglich von der Befragung zu verpassen.

»… und ja, ich hab die Kleine gebumst! Und?«, tönte ihr Jacobs' Stimme entgegen, als sie das Haus durch die nunmehr angelehnte Terrassentür betrat. Der Hausherr saß mit übergeschlagenen Beinen und lauerndem Gesichtsausdruck in einem Sessel, während Wilharm vor ihm im Raum stand und sich Notizen machte. Im Zimmer stank es leicht nach Zigaretten, und Gesa überblickte die Einrichtung. Vom Wohnzimmerschrank bis zur Couchgarnitur handelte es sich um billige Möbel vom Dicounter. Doch anders, als sie erwartet hatte, wirkte der Raum leidlich aufgeräumt.

»Die Weiber waren damals eben verrückt nach mir«, fuhr Jacobs fort, »und ich hab das natürlich ausgekostet. Ist das jetzt ein Verbrechen?«

»Nein, ist es nicht«, antwortete Wilharm ungerührt. Er sah

kurz auf, als Gesa das Zimmer betrat. »Unseren Informationen nach waren Sie damals mit Inge Wilms zusammen, als Sie die Affäre mit Astrid Lührs unterhielten.«

»Ach Scheiße, dann war es Inge, die mich angeschwärzt hat?« Jacobs beugte sich gereizt vor. »Will sie mir jetzt nach all den Jahren eins auswischen? So, wie die sich damals aufgeführt hat, traue ich ihr das durchaus zu. Dabei dachte ich, sie und ich hätten den Mist von damals lange hinter uns gelassen.«

»Welchen Mist?«, hakte Wilharm leutselig nach.

»Okay, wenn Sie es unbedingt wissen wollen.« Jacobs schnaubte abfällig. »Astrid war ein echt heißer Feger. Vermutlich die hübscheste Braut auf der ganzen Insel. Die hätte jeder gern ins Bett gekriegt, glauben Sie mir. Vor allem war die nicht so prüde wie Inge. Die Kleine hatte es echt drauf.«

Er grinste schmierig, und Gesa sah ihn angewidert an. Unwillkürlich fragte sie sich, ob Inge immer schon so einen schlechten Männergeschmack gehabt hatte, oder ob Sönke Jacobs erst in den letzten Jahrzehnten zu dem Widerling geworden war, als der er sich jetzt präsentierte.

»Aber wir beide haben das nie als etwas Ernstes betrachtet«, lamentierte Jacobs weiter. »Astrid und ich wollten damals einfach nur ein bisschen Spaß haben. Und ich schätze auch mal, dass es sie angetörnt hat, mit dem Freund einer ihrer Freundinnen ins Bett zu steigen. Die war da eh nicht zimperlich. Und ganz ehrlich: Die Kleine hatte damals mehr Erfahrung als ich. Sogar mit Mädchen. Hat sie mir selbst erzählt. Aber die Sache endete irgendwann Ende 1973. Auf jeden Fall ein paar Wochen, bevor sie abgehau… also bevor sie verschwand.« Zum ersten Mal blickte Sönke Jacobs nachdenklich drein und schwieg eine Weile.

»Scheiße«, murmelte er schließlich. »Dass sie in Wahrheit ermordet wurde, damit hat echt keiner von uns gerechnet. Auch nicht damit, dass ihre Leiche all die Jahre über so nah versteckt lag.«

»Astrid Lührs war schwanger, als sie zu Tode kam«, sagte Gesa.

»Was?« Überrumpelt sah Inges Exfreund auf. »Sie verarschen mich?«

»Nein, Scherze auf Kosten einer Toten zu machen, liegt uns fern«, antwortete Wilharm ernst. »Bei alledem fragen wir uns natürlich, ob Sie als Vater des Kindes infrage kommen.«

»Ich?« Sönke Jacobs dachte nach und schluckte. Abermals verfinsterte sich sein Gesichtsausdruck. »Deswegen diese ganze Scheiße? Sie glauben, *ich* hätte sie damals um die Ecke gebracht? Wegen des Bratens in ihrer Röhre? Mann, ich hatte davon bis jetzt keine Ahnung. Nach dem Terror, den Inge veranstaltet hat, als sie uns beiden auf die Schliche kam, haben Astrid und ich uns kaum noch gesehen. Ich hätte ihr auch was gehustet, wenn Sie mir damit gekommen wäre. Da gab es schließlich auch noch andere, die mit ihr was gehabt haben. Fragen Sie doch mal Nils Ott! So vertraut, wie die beiden damals miteinander umgegangen sind, bin ich mir sicher, dass die beiden auch mal was miteinander hatten. Oder Sie halten sich an Ihren eigenen Onkel. Freese war damals nämlich hinter ihr her. Nur hat die Kleine auf unser Inseldickerchen nicht gestanden.«

»Ja, das ist mir bekannt«, kommentierte Wilharm die Äußerung ungerührt.

»Auch, dass ich ihm damals im Auftrag von Astrid eine verpasst habe?« Jacobs sah ihn provozierend an. »Er ging ihr mit seinen ewigen Nachstellungen nämlich auf den Wecker.«

»Verlassen Sie sich darauf, auch das werden wir überprüfen.«.

»Ja, tun Sie das. Denn vielleicht war er es, der sich damals wegen der Abfuhr an ihr gerächt hat?«

Gesa warf Wilharm einen kurzen Seitenblick zu, doch ihr Kollege stand gelassen da und machte sich weitere Notizen.

»Und wenn Sie mich schon fragen« – Jacobs berührte seine Nase mit dem Daumen und schniefte – »dann kommen Inge und Renate als mögliche Täter natürlich ebenfalls infrage. Inge, weil sie Astrid die Sache mit mir nicht verzeihen konnte, und Renate, sollte sich damals etwas zwischen Astrid und Nils abgespielt haben. Und wo wir gerade dabei sind: Wenn Sie mich schon wegen so einem Scheiß verdächtigen, dann gilt das gefälligst auch für Nils Ott.«

»Wo waren Sie am Dienstagnachmittag und -abend?«, fragte Gesa.

»Gott, das habe ich Ihrem Kollegen doch eben schon erzählt.« Sönke Jacobs rollte mit den Augen. »Hier. Meine Frau kann das bezeugen. Und bevor Sie auch das fragen: Sie ist Kosmetikerin und gerade zu einem Lehrgang in Hamburg. Eigentlich wollte sie Dienstag aufbrechen, nur ging das wegen der Fähre nicht. Also ist sie gestern gefahren. Sie kommt Montag wieder, und ihre Nummer habe ich Ihrem Kollegen auch schon gegeben. Sonst noch was?«

»Nein, im Augenblick nicht. Aber seien Sie sich sicher, dass wir noch einmal auf Sie zurückkommen werden.« Wilharm steckte das Notizbuch weg und zückte ein Fläschchen, in dessen Deckel ein Wattestäbchen eingelassen war. »Wären Sie so freundlich und würden uns eine Speichelprobe überlassen?«

»Wofür das denn?«

»Ihre Mundschleimhaut enthält DNS, die uns dabei helfen wird, Sie in allen Belangen zweifelsfrei zu entlasten.«

»Entlasten?« Argwöhnisch musterte der Mann sie. »Wäre wohl besser, wenn ich mich langsam um einen Anwalt kümmere, was?«

»Das sollten Sie in jedem Fall. Schon wegen Ihrer kleinen Hanftplantage da draußen.« Gesa deutete in den Garten. »Doch wir werden uns eine richterliche Anordnung besorgen, falls Sie sich weigern. Wenn Sie uns die Probe hingegen freiwillig überlassen, wird sich das positiv für Sie auswirken.«

Jacobs fuhr sich über die Halbglatze, sah sie und Wilharm grimmig an und zuckte schließlich mit den Schultern. »Meinetwegen.«

Wilharm nahm einen Abstrich aus seiner Mundhöhle und schraubte das Gefäß zu. »Verlassen Sie bitte bis auf Weiteres nicht die Insel. Wir melden uns bei Ihnen.«

Gesa und er verabschiedeten sich, traten aus dem Haus und setzten sich in den Streifenwagen.

»Die Sache wird immer verworrener«, sagte Gesa, als sie anfuhr. »Wenn an alledem, was uns der Kerl gesagt hat, etwas dran ist, haben wir allein im Falle von Astrid Lührs gleich fünf Verdächtige.«

»Nein, vier«, widersprach Wilharm. »Mein Onkel war damals beim Biikebrennen 1974 nicht auf der Insel, sondern mitsamt der ganzen Familie auf dem fünfzigsten Geburtstag einer Großcousine in Leck, drüben auf dem Festland.«

»Tatsächlich?«

»Ja, tatsächlich.« Wilharm warf ihr einen ungnädigen Blick zu. »Ich habe in der Zwischenzeit ein bisschen bei meiner Familie recherchiert. Es gibt alte Fotos dieser Feier, auf denen er und meine Mutter zu sehen sind. Mein Onkel scheidet damit als möglicher Täter aus.«

Gesa schwieg.

»Sie haben doch nicht geglaubt«, fuhr er fort, »dass mich die verwandtschaftliche Nähe zu ihm in meiner Urteilsfindung beeinflusst?«

»Nein, dazu bestand kein Anlass.« Gesa räusperte sich.

»Sehr gut. Dann hoffe ich sehr, dass Selbiges auch für Sie und Ihre Patentante gilt. Denn mal abgesehen von Herrn Jacobs steht derzeit auch Ihre Frau Wilms in keinem guten Licht da.«

Smartphone

Es rumpelte, als Jan und Oliver einen schweren Ast zu dem übrigen Buschwerk auf dem Anhänger warfen. Drei ihrer Klassenkameraden schleppten weiteres Astwerk heran, doch Herr Schmidt, ihr Klassenlehrer, winkte ab.

»Genug, Leute. Der Karren ist fast voll, und den Rest laden wir morgen auf.«

Murrend transportieren die anderen ihre Last zurück auf den Vorplatz der Hermann-Neuton-Paulsen-Schule, wo noch mehr abgeschnittenes Buschwerk aus der Umgebung lag. Herr Adolphsen, dem Traktor und Anhänger gehörten, setzte sich auf die Zugmaschine, und Herr Schmidt trat noch einmal an seine Seite, um sich mit ihm zu unterhalten.

»Und wo geht all das Holz jetzt hin?«, wollte Jan von Oliver wissen.

»Na, auf die Wiese beim Leuchtturm«, antwortete dieser. »Pünktlich um achtzehn Uhr findet dort übermorgen die Feuerrede statt, und dann wird die Biike entzündet. Und glaub mir, das hier ist bei Weitem nicht alles an Holz, was wir da abfackeln.«

»Cool.«

»Vorher ist noch Lämmergucken für die Kleinen und die Touristen angesagt, aber wenn die Biike erst mal brennt, geht es richtig los. So mit Grünkohl, Erbsensuppe und ordentlich Alkohol.«

Jan dachte an den Aufsatz, den er letzte Nacht noch schnell runtergeschrieben hatte. »Und ihr hattet hier früher echt Walfänger, die ihr mit dem Feuer verabschiedet habt?«

»Klar.« Oliver grinste. »Aber es heißt, das Feuer sei auch das Signal der Frauen hier an die Männer drüben auf dem Festland gewesen, dass sie jetzt wieder allein sind.«

Jan grinste ebenfalls. »Ihr seid also nicht alle inzuchtgeschädigt?«

Oliver lachte und versetzte ihm einen kumpelhaften Stoß. »Pass auf, was du sagst. Du bist jetzt einer von uns.«

Jan sah, wie sich ihr Klassenlehrer vom Traktor entfernte und Adolphsen diesen anwarf. Rasch kramte er sein Smartphone hervor. »Komm, lass uns schnell noch ein paar Pics machen. Die stellen wir nachher online.«

Oliver trat vor den Anhänger mit dem großen Holzstoß und machte eine Geste wie ein Orang Utan, auch wenn er vermutlich eher einen Bodybuilder imitieren wollte. Jan schoss rasch zwei Fotos, reichte seinem Freund das Handy und stellte sich ebenfalls vor dem Anhänger in Position. Oliver drückte gerade auf den Auslöser der Handykamera, als sich Traktor und Wagen unter röhrendem Motorlärm in Bewegung setzten.

Jan sah Bauer Adolphsen hinterher, doch Oliver beachtete das Gefährt kaum. Stattdessen hielt er Jans Smartphone in der Hand, und die Bewegung seines Daumens verriet, dass er sich die Bildergalerie auf dem Gerät ansah.

»Was machst du da?«, meinte Jan leicht panisch.

Er wollte sich sein Handy wieder zurückholen, doch Oliver wich vor ihm zurück und sah sich die Fotos weiter an. Und je länger er das tat, desto breiter wurde sein Grinsen. »Alter, das sind ja fast alles Aufnahmen von Lisa! Selbst die vom Internat am Dienstag Abend.«

»Komm, gib wieder her.« Jan spürte, wie er rot wurde.

Oliver lachte und seine Wischbewegungen auf dem Display wurden immer schneller.

»Ehrlich jetzt.« Jan wurde trotz des unangenehmen Wetters

heiß und kalt zugleich. »Das … die … ich hatte mir gedacht, ich schenke ihr zum Geburtstag nächsten Monat so eine Bildercollage.«

»Eine Collage?«, feixte Oliver. »Schon klar. Sieht für mich eher so aus wie die Bildersammlung von einem verliebten Gockel.«

Jan blickte beklommen an ihm vorbei zu ihren übrigen Klassenkameraden, die sich für den Arbeitsdienst gemeldet hatten, und fragte sich, ob diese etwas von Olivers Feststellung mitbekommen hatten. Doch die meisten waren bereits im Schulhaus verschwunden, Herr Schmidt stand im Eingang und winkte ihnen zu.

»Wir sind für heute fertig«, rief er. »Ihr könnt jetzt nach Hause.«

»Ja, wir kommen gleich«, rief Jan zurück und riss Oliver das Smartphone aus der Hand.

Peinlich berührt steckte er es weg.

»Du also auch, oh Mann.« Oliver schüttelte den Kopf. »Okay, ich gebe zu, Lisa sieht ganz annehmbar aus. Jetzt mal brudertechnisch betrachtet. Aber das liegt halt in der Familie. Nur warne ich dich: Die kann ganz schön zickig sein.«

Jan überlegte, ob sich der Versuch lohnte, sich weiter rauszureden, aber es wäre wohl zwecklos. Verlegen musterte er seinen Freund. »Dann bist du jetzt nicht irgendwie … sauer?«

»Sauer?« Oliver grinste breit. »Mann, das ist meine Schwester. Mein Rat ist eher, dir das noch mal gut zu überlegen.«

»Also, ich finde sie echt nett«, gestand Jan.

»Ja, nur wäre das ziemlich scheiße, wenn das was mit euch würde. Mit wem soll ich denn dann zocken?« Oliver schlug ihm gegen den Oberarm, und sie setzten sich in Richtung Schulgebäude in Marsch.

»Hat sie denn vielleicht mal was gesagt? Also … mich betreffend?«

»Du meinst, ob du dir Hoffnungen machen kannst? Keine Ahnung. Über so was reden wir nicht«, sagte sein Kumpel. »Aber wenn du mich fragst: So leicht wird das eh nicht. Ich habe hier nämlich noch einige andere in Verdacht, dass die was von Lisa wollen.«

»Patrick auch?«

»Patrick? Meinst du?« Oliver zuckte mit den Schultern, als Jan die Eingangstür zum Gebäude aufzog. »Der sollte es eigentlich besser wissen.«

»Okay, aber kein Wort zu ihr oder den anderen, ja?«

»Mach dir nicht in die Hose.« Oliver lachte schadenfroh. »Aber du weißt ja: Alles hat seinen Preis. Wenn mir da nichts rausrutschen soll, dann wirst du dich von jetzt an darauf einstellen müssen, dass du viele, viele Hausarbeiten für mich schreiben darfst.«

»Arsch!« Jan grinste erleichtert, während sie den Korridor hinuntergingen.

»Kommt sie denn am Sonntag zu Patricks Party mit?«, wollte er wissen.

»Lisa? Sicher, sollte die Party überhaupt noch stattfinden.«

»Wieso?« Jan blieb stehen. »Ich dachte, Patrick wollte übermorgen die Party des Jahrhunderts schmeißen?«

»Ja, wollte er wohl auch. Gestern Abend textete er mir noch, dass sogar die alte Schulband zugesagt hat. Die sind echt gut. Von der habe ich dir schon erzählt, oder?«

»Ja, hast du. Und?«

»Offenbar waren deine Mutter und einer ihrer Kollegen vorhin bei seinem Vater vorstellig. Die haben bei denen im Gewächshaus eine kleine Hanfplantage gefunden, und jetzt winkt denen wohl ganz schön Ärger.«

»Das Dope, das Patrick Dienstag mitgebracht hat, war selbst angebaut?« Entgeistert sah Jan seinen Freund an. »Wusstest du das?«

»Na ja«, druckste Oliver. »War schon ein offenes Geheimnis, wo er das Zeug herhat. Was ich aber nicht wusste, war, dass sein Vater das offenbar im größeren Stil aufgezogen hat.«

»Und jetzt?«

»Sucht er nach einer Ersatzlocation für die Party. Nur bezweifle ich, dass er so schnell einen Ort dafür findet.«

»Scheiße!«, fluchte Jan. »Wenn das wahr ist, wird mir meine Mutter niemals die Erlaubnis geben, mitzukommen.«

»He, sollte die Party noch stattfinden, kriegen wir das schon irgendwie hin«, beruhigte ihn Oliver. »Und da ich jetzt weiß, dass es dir eigentlich um jemanden ganz anderen geht, habe ich noch einen unschlagbaren Tipp für dich. Frag Lisa doch mal, ob sie morgen Abend mit dir zum *Kirchspielkrug* geht. Der Freesenvereen führt da traditionell zu den Biiketagen ein Theaterstück auf. Ich finde es ja grottenlangweilig, aber sie ist da jedes Jahr mit ein paar Freundinnen. Schätze mal, mit so ein bisschen Kultur punktest du bei ihr.«

»Theater? Ernsthaft?« Jan sah seinen Freund skeptisch an, während sie an den Klassenräumen vorbei in den Gang mit den Spinden einbogen, wo nun erregte Stimmen zu hören waren.

»So eine Kacke!«

»Was für ein Wichser!«

»Mir ist klar, dass du verärgert bist, Manuel. Aber an deiner Ausdrucksweise könntest du dennoch arbeiten.«

Jan und Oliver sahen, dass vor den Spinden ihre Schulkameraden versammelt waren und aufgeregt diskutierten.

»Ah, da seid ihr ja!«, rief ihr Klassenlehrer, als er sie entdeckte. Schmidts Gesichtsausdruck verhieß nichts Gutes.

»Was ist denn?«, fragte Jan.

»Während wir draußen gearbeitet haben, hat hier jemand ein paar der Spinde aufgebrochen«, erklärte Schmidt verärgert. »Auch eure.«

»Was?«

Überrascht liefen die beiden auf die kleine Gruppe zu und sahen, dass ihr Klassenlehrer recht hatte. Gleich ein halbes Dutzend Spinde standen offen. Die Schlösser waren anscheinend mit einem Bolzenschneider zerstört worden.

»Scheiße!«, fluchte Oliver, während er seinen Schrank durchsuchte. Zuunterst lag seine geöffnete und ausgekippte Sporttasche und sofort untersuchte er die Sachen darin.

»Der Spind von deiner Schwester ist leider auch betroffen«, sagte Herr Schmidt.

Jan trat an seinen eigenen Spind heran, doch hatte er darin nicht viel verwahrt. Lediglich einige Schulbücher und eine halbe Flasche Cola. Die Sachen lagen durcheinander, waren aber alle noch da.

Oliver hingegen fluchte. »Verdammt. Mein MP3-Player ist weg. Und mein Handy auch.«

Jan war froh, dass er seine Wertsachen bei sich behalten hatte.

»Ist so was schon mal in dieser Schule vorgekommen?«, fragte er in die Runde.

»Nein«, antwortete der Lehrer. »Wir sind hier ja nicht in einer Großstadt.«

Jan blickte den Gang zurück, und aus irgendeinem Grund beschlich ihn ein ungutes Gefühl. Nur konnte er dieses nicht in Worte fassen.

»Okay«, meinte er, »dann rufe ich mal meine Mutter an. Die wird sich bestimmt nicht freuen.«

Corpus Delicti

»Wieso hast du nichts von Jacobs erzählt?«, herrschte Gesa Inge an. »Ist dir nicht klar, wie es auf Außenstehende wirkt, wenn du solche Details zurückhältst?«

Ihre Laune war verhagelt, denn nach der Befragung der alten Clique und dem denkwürdigen Besuch bei dem Rosenzüchter war Wilharm spürbar auf Distanz zu ihr gegangen. Später hatte er sich mit Schultze beraten. Ohne sie.

In der Zwischenzeit hatte er Gesa losgeschickt, um die Nachbarn des Ferienhauses zu befragen, von denen am Tatnachmittag niemand etwas Verdächtiges bemerkt haben wollte. Anschließend hatte sie die Nachricht mit dem Spindaufbruch an Jans Schule erreicht. Ein durchaus ernster Vorfall, der aber bei Weitem nicht die Tragweite wie die Mordfälle hatte. Eine langwierige Ermittlung wegen Diebstahls fehlte Gesa gerade noch. Doch konnte sie sich des Eindrucks nicht erwehren, dass es Wilharm sehr recht war, dass sie sich um andere, unwichtigere Dinge kümmern musste. Wie erwartet hatte sie keine näheren Hinweise auf den Einbrecher gefunden. Es war schon siebzehn Uhr durch gewesen, als sie endlich dazu kam, ihre Patentante unter vier Augen aufzusuchen.

Nun standen sie im Empfangsbereich der Arztpraxis, die Inge wegen der Vernehmung am frühen Nachmittag außerplanmäßig geschlossen hatte. Gesa hatte sie bei Büroarbeiten angetroffen, und soeben versuchte die Ärztin eine verklemmte Schublade mit Patientenkarteien hinter dem Empfangstresen zu reparieren.

»Ja, ich habe einen Fehler gemacht«, antwortete Inge, während sie an dem Kasten rüttelte. »Aber bis vorhin habe ich doch überhaupt nicht gewusst, dass Strübbel schwanger war. Als du mich gestern fragtest, ob sie einen festen Freund hatte, konnte ich doch nicht ahnen, was du damit meinst.«

»Nein, aber dir hätte klar sein müssen, dass wir in alle Richtungen ermitteln. Und dein feiner Freund von damals hat dich in keinem guten Licht dastehen lassen. Er hat dich als eifersüchtige Furie beschrieben, der man einen Mord durchaus zutrauen könne.«

»Glaubst du das etwa?«, meinte Inge bestürzt, erhob sich und sah Gesa fragend an.

»Nein, natürlich nicht. Ich verstehe dich dennoch nicht.«

Inge blickte betreten zu Boden. »Wenn du es unbedingt wissen willst: Natürlich musste ich bei der Schwangerschaft an Sönke denken. Nur wusste ich nicht, wie ich das unverfänglich zur Sprache bringen sollte.«

»Wieso das denn?«

»Na, dein Kollege hat uns doch darüber in Kenntnis gesetzt, dass wir nichts sagen müssten, was uns gegebenenfalls selbst belastet. Also habe ich gar nichts gesagt.« Inge sah sie unglücklich an. »Ich hab mich damals wirklich wie eine eifersüchtige Furie verhalten, als das mit Sönke und ihr herauskam. Ich war stocksauer. Und zwar nicht nur wegen der beiden, sondern auch, weil meine sauberen Freundinnen fast alle von der Affäre wussten, mir aber nichts gesagt hatten. Es war Wiebke, die mich schließlich zur Seite nahm und mir die Sache steckte.«

»Das ist alles? Meine Güte, du warst damals ein Teenager.«

»Ja, und Sönke meine erste große Liebe. Ich habe mich mit Astrid sogar geprügelt, so verletzt war ich. Und da sind dann auch ein paar unbedachte Worte gefallen, die ich aus heutiger Sicht bereue – die man mir nachträglich aber sehr nachteilig ausgelegen könnte.« Inge sah sie fragend an. »Überhaupt, wie hätte das in der Runde vorhin denn gewirkt? Da wäre doch der Eindruck entstanden, dass ich noch einmal nachtreten wollte. Dabei hatte ich sehr wohl vor, dir von ihm und Astrid zu erzählen. Nur wollte ich vermeiden, dass Sönke erfährt, dass ausgerechnet ich euch das gesteckt habe.«

»Wieso? Hast du Angst vor ihm?«

»Nein. Das nicht, aber …« Sie atmete langsam aus. »Leider ist auch an dem anderen Vorwurf etwas dran: Alle Jubeljahre fahre ich nämlich tatsächlich bei ihm vorbei, um ein bisschen Gras zu kaufen.«

»Du wusstest von dem illegalen Marihuanaanbau bei ihm im Gewächshaus?«

»Ja, wusste ich«, sagte Inge trotzig. »Viele hier wissen davon. Oder ahnen es. Nur werde ich das offiziell garantiert nicht zugeben. Ich konsumiere das Zeug auch nicht selbst. Die Zeiten liegen lange zurück. Ich war gewissermaßen aus medizinischen Gründen bei ihm.«

Gesa wollte etwas einwenden, doch Inge schnitt ihr das Wort ab.

»Und ja, ich weiß, dass das illegal ist«, sagte sie. »Aber ich habe hier auf der Insel eine Patientin mit multipler Sklerose und noch drei andere Schmerzpatienten, bei denen andere Mittel versagt haben. Cannabis hat bei ihnen allen aber wunderbar angeschlagen.«

»Gott, Inge!« Erschrocken sah Gesa ihre Patentante an. »Willst du mir damit sagen, dass du ihnen das Zeug weiterverkauft hast?«

»Ja, aber ausschließlich zu dem Preis, den ich Sönke dafür entrichtet habe. Also ohne irgendeinen Gewinn. Sönke wollte schon aus Vorsichtsgründen nicht, dass ich meine Patienten direkt zu ihm schicke. Ich wollte aber auch nicht so feige sein, ihnen Cannabis als Therapeutikum vorzuschlagen, sie dann aber mit dem Vorschlag in der Luft hängen zu lassen.«

»Ja, und?«

»Ich habe auch deswegen nichts über ihn und Astrid gesagt. Was, wenn bei etwaigen Ermittlungen gegen Sönke die Sache mit seinem Hanfanbau auffliegen würde? Und genau das ist jetzt ja auch passiert.« Inge hieb auf die Schublade ein. »Mir war klar, dass Sönke unsere Verbindung sofort hochgehen lassen würde, wenn er irgendwie den Verdacht hegt, dass ich ihn verpfiffen habe. Du weißt doch inzwischen, zu was für einem unangenehmen Typen er sich entwickelt hat. Vermutlich war er das schon damals, nur war ich in den Siebzigern zu dumm, es zu begreifen. Verstehst du mich jetzt?«

»Ja, verstehen schon. Aber als Polizistin kann ich ein solches Verhalten nicht tolerieren.« Gesa schaute sich um. »Hast du von den Drogen noch irgendetwas hier?«

»Nein.« Inge schüttelte resigniert den Kopf. »Ich gebe aber zu, dass ich mich Anfang nächsten Monats wieder mit ihm treffen wollte, um meine Bestände aufzufrischen. Außerdem bleibe ich dabei: Die schädliche Wikung von Cannabis wird in der öffentlichen Diskussion völlig falsch dargestellt. Allein schon dieser Unsinn mit der *Einstiegsdroge*. Wenn der Staat wirklich wollte, dass …«

»Glaubst du jetzt ernsthaft, ich diskutiere hier mit dir über die Legalisierung von Drogen?«, fuhr Gesa die Ärztin an. »Es gibt gute Gründe, warum Marihuana verboten ist. Und nur Letzteres zählt. Verrate mir lieber mal, wann du mir das mit Sönke stecken wolltest?«

»Bald natürlich«, antwortete Inge schuldbewusst. »Irgendwie hatte ich wohl gehofft, dass sich der richtige Moment noch ergäbe. Oder dass die anderen seinen Namen ins Spiel bringen, sodass Sönke mich nicht in Verdacht hätte. Wie gesagt, inzwischen ist mir klar, dass das großer Mist war. Aber ich wollte es dir wirklich sagen.«

»Ganz toll.« Gesa biss sich verärgert auf die Unterlippe und blickte hinüber zu dem Gymnastikraum, aus dem die Knochen Astrid Lührs entwendet worden waren. Die Tür zu dem Zimmer war leicht angelehnt, und alles wirkte wieder aufgeräumt.

»Und nur, dass du es weißt«, sagte Inge mit fester Stimme. »Sönke mag zwar ein ziemlich durchtriebener Hund sein. Meinethalben auch ein Dealer. Aber für einen Mörder halte ich ihn deswegen nicht. Weder heute noch damals.«

»Er könnte immerhin der Vater des Kindes sein.«

»Wenn ihr Material von dem Fötus gefunden habt, wird diese Frage hoffentlich ein genetischer Abgleich beantworten«, meinte Inge. Sie blickte niedergeschlagen zu Boden. »Weißt du, das Schlimmste an allem ist, dass ich zum Schluss kaum noch ein Wort mit Astrid gewechselt habe. Ich hab mich nur deswegen noch mit ihr abgegeben, weil die anderen nicht wollten, dass ich mit unserem Streit unser letztes Schuljahr versaue. Zuletzt habe ich sie ein Flittchen genannt. Da muss sie von ihrer Schwangerschaft schon gewusst haben.« Inge rieb sich die Stirn. »Ich war richtig froh, als sie dann weg war. Und jetzt … tut mir das so unendlich leid.«

Gesa blickte ihre Patentante mit gemischten Gefühlen an, als es an der Praxistür klingelte. Inge sah kurz auf, denn dem Klingeln folgte ein energisches Klopfen.

»Oje, offenbar ein Notfall.« Sie eilte nach vorn.

Gesa vernahm die Stimme von Hauptkommissar Wilharm.

»Frau Wilms, wir haben hier einen Durchsuchungsbefehl für ihre Wohnung und Ihre Praxis.«

»Sie haben … was?«

»Wenn Sie uns bitte hereinlassen würden.«

Mit großen Augen sah Gesa mit an, wie Hauptkommissar Wilharm und Oberkommissar Schultze an Inges Seite den Empfangsraum der Praxis betraten. Wilharm beäugte Gesa misstrauisch.

»Ich dachte mir schon, dass wir Sie hier antreffen. Ich hoffe, Sie sind hier, um von Ihrer Patentante weitere sachdienliche Hinweise in Erfahrung zu bringen?«

»Ja, bin ich tatsächlich.« Gesa warf einen Blick auf das offizielle Schreiben in Inges Hand, das diese empört studierte. »Sie haben einen Durchsuchungsbefehl erwirkt?«

»Habe ich, werte Kollegin. Und angesichts der Umstände, wurde er auch sofort bewilligt.« Wilharm lächelte, ohne dass dieses Lächeln seine Augen erreichte. »Es wird Zeit, dass wir nicht bloß ziellos von Pontius zu Pilatus laufen, sondern endlich handeln. Sie dürfen uns jetzt gern dabei helfen, die Räumlichkeiten hier zu durchsuchen. Gründlich, bitte!«

Oberkommissar Schultze fuhr sich verlegen über den Schnurrbart, während er an Gesa vorbei ins Büro der Praxis eilte und sich dort Einweghandschuhe überstreifte.

Inge ließ sich bestürzt auf einen Stuhl fallen. »Wieso dürfen die hier so einfach …?«

»Lass gut sein, Inge.« Gesa berührte sie sanft an der Schulter. »Bleib hier sitzen und lass uns unsere Arbeit machen. Du hast ja nichts zu befürchten.«

»Werden wir sehen«, brummte Wilharm, der die Szene skeptisch beäugte. »Sie und Schultze übernehmen die Praxisräumlichkeiten, ich werde mich drüben in der Wohnung umsehen. Da entlang?« Er deutete mit fragendem Gesichtsausdruck hinüber zur Teeküche.

Inge nickte und Wilharm verschwand.

»Musste das sein?«, zischte Gesa Schultze zu, der damit begann, die Schubladen des Büros zu durchsuchen.

»Frau Wilms besitzt für Dienstag kein glaubwürdiges Alibi«,

sprach ihr Kollege leise. »Und sie hat auch ein mögliches Motiv für den Mord an dem jungen Mädchen damals: Eifersucht. Hinzu kommt, dass wir Fahrrad und Anhänger inzwischen gefunden haben. Beides lag versenkt im Bekstrom unweit des Waldhusener Tiefs, diesem See hier auf der Insel. Inzwischen hat sich rausgestellt, dass das Gefährt einem dieser Fahrradverleiher auf der Insel entwendet wurde.«

»Heißt der zufällig Martin Jensen?«, wollte Gesa wissen.

»Ja, wieso?«

»Das ist der beste Freund von Nils Ott.«

»Ach?« Schultze richtete sich überrascht auf. »Sein Verleih befindet sich bloß zwei Straßen von hier entfernt. Wegen des flauen Geschäfts derzeit hat der den Diebstahl erst heute bemerkt, als ich ihn bat, gewissermaßen seinen Fuhrhof zu sichten. Fahrrad und Anhänger werden heute noch aufs Festland zur Spurensicherung gebracht.«

»Wussten Sie davon schon, als ich mit Wilharm vorhin zurückkam?«

Schultze sah sie mit schlechtem Gewissen an. »Ach kommen Sie. Sie wissen doch, dass ich den Dienstweg einhalten muss. Lassen Sie uns das hier einfach hinter uns bringen.«

Gesa schaffte es nur mühsam, ihren Ärger zu unterdrücken.

Professionell, doch ohne Inge dabei aus den Augen zu lassen, half sie ihrem Kollegen bei der Durchsuchung der Praxis. Wie erwartet fanden sie nichts, was Inge hätte belasten können. Sie, Schultze und Inge wechselten daher ebenfalls nach drüben in deren Privatwohnung, wo bereits zahllose Schubladen und Schränke offen standen. Wilharm warf Gesa einen misstrauischen Seitenblick zu, und unter Inges entsetzten Blicken führten sie die Durchsuchung ihrer Wohung gemeinsam fort.

Anschließend ging Schultze hinaus in den Garten, während Wilharm vor Inge trat.

»Haben Sie hier einen Dachboden?«

»Ja, die Klappe finden Sie da vorn.« Inge deutete resigniert in den Gang zur Teeküche der Praxis, und Wilharm griff nach dem Stock, um die Deckenluke aufzuziehen. Gesa wollte ihm gerade zur Hand gehen, als draußen im Garten der aufgeregte Ruf Schultzes zu hören war.

»Kriminalhauptkommissar Wilharm, kommen Sie mal schnell.«

Inge runzelte die Stirn und wollte sich erheben, doch Gesa bedeutete ihr, auf ihrem Platz zu bleiben, während sie ihrem Vorgesetzten nach draußen folgte.

Dort war es längst dunkel, und ein nasskalter Wind verfing sich in ihrem Haar. Wilharm schritt zielstrebig auf eine geöffnete Tür im Schuppen zu, in der Oberkommissar Schultze mit einer Taschenlampe stand. Sie trat hinter ihre Kollegen und sah, was er dort auf einem alten Gartentisch gefunden hatte. Der Lichtkegel fiel auf eine ausgebreitete Damenbluse mit Blutflecken, in der ein fast unterarmgroßer Hammer mit schwerem Metallkopf eingewickelt gewesen war. Auch an diesem klebten Blutreste.

»Ich glaube, wir haben unseren Täter«, meinte Schultze triumphierend. Sein Lächeln erlosch, als er Gesa bemerkte.

»Einpacken und aufs Festland damit«, brummte Wilharm. »Schuppen und Garten sperren wir ab. Hier müssen die Kollegen von der Spurensicherung noch einmal ran.« Er wandte sich Gesa zu. »Ich hoffe, Sie haben kein Problem damit, Frau Harms?«

Gesa, die entsetzt den Hammer anstarrte, war einen Moment lang nicht zur Antwort fähig. Das alles konnte doch unmöglich wahr sein? Sie blickte hinüber zur Terrassentür, in der Inge frierend und mit vor der Brust überkreuzten Armen stand.

Die Ärztin runzelte angesichts ihres Gebarens die Stirn und kam zu ihnen herüber. »Verraten Sie mir bitte, was Sie da haben?«

»Bitte bleiben Sie im Haus, Frau Wilms«, mahnte Hauptkommissar Wilharm streng. »Es sieht nämlich so aus, als hätten wir bei Ihnen soeben die Tatwaffe für den Mord an Wiebke Ehlers gefunden.«

»Was?« Irritiert sah die Ärztin ihn an. »Das ist unmöglich. Ich habe mit der Sache nichts zu tun.«

Schultze eilte zu ihr und schob sie zurück. »Bitte verhalten Sie sich kooperativ. Wenn Sie unschuldig sind, dann werden wir auch das herausfinden. Bis dahin ...«

»Gesa, du glaubst ihnen doch nicht!« Inge schüttelte wütend den Griff des Oberkommissars ab. »Was wird das hier? Wollen Sie mir etwas unterschieben? Glauben Sie allen Ernstes, ich wäre so dämlich, eine Mordwaffe auf meinem eigenen Grund und Boden zu verstecken?«

»Letzte Warnung!«, zischte Hauptkommissar Wilharm.

In Inges Augen standen Tränen. Widerstrebend begleitete sie Schultze zurück ins Haus, nicht ohne Gesa verzweifelte Blicke zuzuwerfen.

Wilharm zückte sein Handy. »Ich werde jetzt einen Haftbefehl beantragen.«

Gesa schüttelte ihre Lähmung ab. »Haupkommissar Wilharm, muss das sein?«

Wilharm legte verärgert die Stirn in Falten. »Sie sehen doch selbst, was wir hier gefunden haben.«

»Ist Ihnen nicht klar, was Sie anrichten, wenn Sie Frau Wilms in Polizeigewahrsam nehmen?« Gesa sah ihren Kollegen beschwörend an. »Wenn Sie sie jetzt mitnehmen, dann wird sich das wie ein Lauffeuer auf der Insel herumsprechen. Damit zerstören Sie unwiderruflich ihren Ruf, völlig egal, ob sich am Ende zeigt, dass sie vielleicht unschuldig ist«

»Was wird das, Frau Harms?« Wilharm baute sich verärgert vor ihr auf. »Ein hinreichender Tatverdacht liegt vor. Ihre Patentante besitzt kein Alibi, hat für beide Morde ein Motiv – und jetzt auch noch dieses Beweismittel hier.«

»Wundern Sie sich denn nicht, wie rasch sich das alles plötzlich zusammenfügt?«, erwiderte Gesa erregt. »Und bis die Spurensicherung zweifelsfrei feststellt, dass Wiebke Ehlers wirklich mit diesem Hammer umgebracht wurde, ist das hier lediglich ein Indizienbeweis. Was, wenn ihr der untergeschoben wurde? Der Garten hier ist doch für jeden offen zugänglich.«

»Was, wenn Ihre Patentante einfach nur zu dumm war?«

»Und warum hat sie uns dann so bereitwillig bei der Identifizierung des Skeletts geholfen?«

»Ach, hat sie das?«, höhnte Wilharm. »Seltsamerweise sind die Knochen in ihrer Obhut verschwunden. Und erklären Sie mir doch mal, warum sie uns von sich aus nichts von ihrer Beziehung zu Sönke Jacobs erzählt hat.«

»Fragen Sie sie selbst!«

Wilharm sah sie missbilligend an. »Wissen Sie was, Frau Harms. Ich bin es langsam leid, dass Sie unsere Ermittlungen offenbar für Ihre Privatangelegenheit halten. Ich habe Ihnen bereits bei meiner Ankunft erklärt, wie ich Ermittlungen führe. Doch ständig unterlaufen Sie diese mit Ihrem Aktionismus, und das zum Teil in grob fahrlässiger Weise. Und jetzt stellt sich heraus, dass Sie offenbar auch noch auf einem Auge blind sind.«

»Aktionismus? Wer war es denn, der uns so rasch auf die Spur von Astrid Lührs gebracht hat?« Gesa funkelte ihren Kollegen aufgebracht an. »Ist es nicht eher so, dass Ihnen an einem raschen Erfolg gelegen ist, um in die Zeitung zu kommen?« Gesa bereute den Vorwurf, kaum dass sie ihn ausgesprochen hatte. Sie atmete tief ein, doch es war zu spät. »Tut mir leid, das war … anmaßend.«

Wilharm schwieg und betrachtete sie kalt. »Glauben Sie das allen Ernstes?«

Gesa senkte den Blick nicht. »Auf jeden Fall glaube ich nicht dran, dass Frau Wilms für den Mord an Wiebke Ehlers verantwortlich ist.«

»Und Ihnen kommt bei alledem nicht selbst der Gedanke, dass das reine Gefühlsduselei ist?«

»Nicht angesichts der derzeitigen unsicheren Beweislage. Ich bitte Sie lediglich, nicht voreilig zu handeln oder zumindest noch etwas abzuwarten. Alles, worum es mir geht, ist, so lange wie möglich die Reputation von Frau Wilms zu wahren.«

»Sie arbeiten nach dem Prinzip Hoffnung, Frau Harms.« Der Hauptkommissar musterte sie. »Aber gut. Meinetwegen. Zu unserem Glück befinden wir uns hier auf einer Insel, und so kann ich Fluchtgefahr vonseiten Frau Wilms wohl ausschließen. Ich schlage Ihnen daher einen Deal vor, der hoffentlich zu unserer beider Zufriedenheit ausfällt. Ich verzichte vorläufig auf eine Festnahme – bis die Ergebnisse der Spurensicherung eintreffen. Im Gegenzug werden Sie sich von nun an aus dem Fall zurückziehen. Lassen Sie sich krankschreiben oder ein paar Tage beurlauben. Ist mir egal. Hauptsache, ich muss mich mit Ihnen nicht weiter herumärgern.«

»Wie bitte?«

»Muss ich noch deutlicher werden? Einzelne Aspekte Ihrer Arbeit weiß ich durchaus zu schätzen, aber ich halte Sie für überambitioniert. Und für befangen. Ihnen scheint es inzwischen weniger darum zu gehen, den Fall aufzuklären, als Ihre Tante zu schützen. Und noch etwas: Sollte sich der Verdacht bewahrheiten, dass Frau Wilms für die Morde verantwortlich ist, dann müssen Sie damit rechnen, dass auch im Fall der verschwundenen Knochen neu ermittelt wird. Dann geraten Sie selbst in den Kreis der Verdächtigen.«

»Sie glauben, ich hätte dabei geholfen, sie beiseitezuschaffen?«

»Es ist völlig egal, was ich glaube«, erwiderte Wilharm verärgert. »Aber genau darauf wird es hinauslaufen. Angesichts Ihrer verwandtschaftlichen Nähe zu Frau Wilms muss sich bloß diese eine Sache für sie ungünstig entwickeln, dann haben Sie ein Disziplinarverfahren am Hals, das sich gewaschen hat. Selbst, wenn dabei nichts rumkommt, wird Ihnen das einen Vermerk in Ihrer Akte einbringen, der sich bis an Ihr Dienstende auswirkt. Und Sie wissen ja: Mit solchen Vermerken ist es wie mit Fettflecken: Man bekommt sie nur noch schwer wieder raus.«

Gesa sah ihren Kollegen entrüstet an und schluckte die Bemerkung herunter, die ihr auf der Zunge lag. Sie konnte es drehen und wenden, wie sie wollte. Wilharm hatte recht.

»Ich habe eh noch Überstunden aus dem Dezember abzubummeln«, presste Gesa hervor.

»Sehr schön, ich unterschreibe Ihnen alles.«

»Ja. Aber glauben Sie nicht, dass ich meine Patentante in dieser Angelegenheit im Stich lasse.«

»Was Sie in Ihrer Freizeit tun, ist allein Ihre Sache.« Wilharm schnaubte. »Nur rate ich Ihnen dringend dazu, sich zurückzuhalten und unsere Ermittlungen abzuwarten. Und wenn ich Ihnen noch einen Rat geben darf: Besorgen Sie Ihrer Tante einen Anwalt. Den wird Sie benötigen. Und wenn Sie so weitermachen wollen, dann am besten auch einen für sich selbst.«

Auf sich gestellt

»Und was bedeutet das?«, fragte Arne Lorenzen mit ruhiger Stimme.

»Dass ich mehr oder minder raus aus dem Spiel bin«, antwortete Gesa. »Von Wilharm kann ich keine weitere Unterstützung erwarten. Und über die weiteren Ermittlungsergebnisse wird er mich auch nicht mehr unterrichten.«

»Kann er Sie denn so einfach rauswerfen?«

»Nein, meine Beurlaubung muss natürlich noch von meinen Vorgesetzten auf dem Festland abgesegnet werden, aber das wird vermutlich nicht lange dauern. Es steht zu befürchten, dass meine persönliche Beziehung zu Inge dort ebenfalls mit Argwohn betrachtet wird.«

Die Polizistin und der Journalist saßen im gemütlichen Pellwormer *Hafen Pub*, und dank der Dunkelheit waren durch die Scheiben des Pubs die Kutter im Hafenbecken nur zu erahnen. Auf dem Fernseher der Kneipe lief ein Fußballspiel, und eine Gruppe Einheimischer pfiff begeistert, als eine der Mannschaften auf das Tor zustürmte, während zwei Tische weiter drei andere ungerührt Skat spielten.

Wirt Arno stellte zwei Bierkrüge auf den Tisch und strich die Bierdeckel an. »Auch etwas zu essen?«

»Vielleicht später.« Gesa lächelte niedergeschlagen, und dem Wirt war anzusehen, dass er bemerkte, wie mies es ihr ging.

Auch der Journalist schüttelte den Kopf, und so zog sich der Besitzer des Lokals wieder in Richtung Tresen zurück, wo er von einem anderen Gast angesprochen wurde.

Wie Gesa gleich nach ihrem Dienstantritt auf der Insel erfahren hatte, waren Wirt Arno und der *Hafen Pub* seit dem November 2014 so etwas wie eine lokale Berühmtheit, denn im Rahmen der Sendung *TV total* hatte Moderator Stefan Raab hier persönlich angerufen, um sich wegen eines Netzausfalls auf der Insel zu erkundigen. Eigentlich hatte Raab den Bürgermeister erwischen wollen, ihn aber nicht erreicht und stattdessen während der Sendung hier im Pub angerufen und mit dem sympathischen Wirt über das Inselleben gesprochen. Daraufhin hatte es einen Ansturm auf die Facebook-Seite des Lokals gegeben und der *Hafen Pub* konnte sich eine Zeit lang rühmen, das meist gelikte Restaurant der Welt zu sein.

Ob Arne Lorenzen die Geschichte kannte, wusste Gesa nicht, und im Augenblick war ihr nicht nach Anekdoten zumute. Niedergeschlagen starrte sie auf das Bier in ihren Händen.

»Wie ich Sie einschätze, werden Sie in der Sache dennoch keine Ruhe geben, oder?« Der Journalist prostete ihr zu und trank einen Schluck.

»Nein, das kann ich nicht. Nur bewege ich mich da auf verdammt dünnem Eis«, gestand Gesa ein und setzte ihren Krug ebenfalls an den Mund. Das kühle Bier tat gut. »Noch bin ich schließlich nicht beurlaubt, und solange das so ist, muss ich das ausnutzen.«

»Ich möchte Ihnen nicht zu nahe treten.« Der Journalist musterte sie ernst. »Aber können Sie sich denn wirklich sicher sein, dass Frau Wilms mit alledem nichts zu tun hat? Ehrlich, ich mag Ihre Tante, aber faktisch kann man Wilharm im Augenblick keinen Vorwurf machen.«

»Nein, Inge ist Ärztin und keine Mörderin«, widersprach Gesa entschieden. »Und mir ist absolut klar, dass ich an Wilharms Stelle vielleicht sogar ähnlich handeln würde. Aber ich kann das nicht glauben. Sie haben Inge am Dienstag Abend auf der Veranstaltung doch erlebt. Wirkt so ein Mensch auf Sie, der nur wenige Minuten zuvor jemanden umbrachte?«

Der Journalist dachte nach und schüttelte den Kopf. »Nein.«

Gesa spürte, dass er es ehrlich meinte. Und zugleich fühlte sie, wie eine gewisse Erleichterung in ihr aufstieg. Obwohl sie sich nach der Hausdurchsuchung Inge noch einmal zur Brust genommen und nicht den Eindruck gehabt hatte, dass deren Verzweiflung und Ratlosigkeit ob der gefundenen Tatwaffe gespielt waren, hatte sie dennoch selbst kurz Zweifel gehabt.

Jetzt war sie froh, dass sie die Einladung von Arne Lorenzen angenommen hatte. Sie wusste zwar immer noch nicht, was der eigentliche Anlass seines Anrufes gewesen war, aber als sie durchblicken ließ, was am Nachmittag geschehen war, hatte er so lange darauf beharrt, zusammen ein Bier trinken zu gehen, dass sie irgendwann nachgegeben hatte.

Zu Hause wäre ihr vermutlich die Decke auf den Kopf gefallen.

Katja war nicht zu erreichen gewesen, und abgesehen von Inge hatte sie hier auf der Insel keine Vertrauten. Arne Lorenzen war, so seltsam das auch anmutete, derzeit das, was einem Freund – oder zumindest Verbündeten – am nächsten kam. Und irgendwie tat es gut, mit ihm zu sprechen.

»Also.« Der Journalist beugte sich vor und senkte die Stimme. »Wenn Frau Wilms unschuldig ist, bedeutet das doch, das jemand gerade ein sehr unschönes Spiel mit ihr treibt. Denn dann hat jemand die Waffe bewusst in ihrer Scheune platziert.«

»Ja, es muss so sein«, meinte Gesa. »Nur wird es schwer sein, das zu beweisen.«

»Und Frau Wilms hat in den letzten Tagen niemand auf ihrem Grundstück bemerkt?«

»Nein, hat sie nicht. Das war auch die erste Frage, die ich ihr gestellt habe.« Gesa trank und wischte sich den Bierschaum von der Lippe. »Mich beschleicht immer mehr das Gefühl, dass das jemand war, der Inge gut genug kennt, um zu wissen, dass ihr Alibi für letzten Dienstag auf tönernen Füßen steht. Und der auch weiß, dass man ihr ein Motiv für den Mord an Astrid Lührs andichten kann.«

Lorenzen verengte die Augen. »Irgendwie finde ich, dass Sie und Ihre Kollegen sich viel zu sehr auf das Mädchen von damals konzentrieren. Was ist mit der Ermordung von Frau Ehlers?«

»Oh, den Mord an ihr haben wir keineswegs aus den Augen verloren«, sagte Gesa, die den Wirt dabei beobachtete, wie er einem der anderen Gäste ein lecker duftendes Fischgericht servierte. Sie bekam nun doch Hunger. »Nur gibt es da im Augenblick keine neuen Erkenntnisse.«

»Sagen Sie!« Arne Lorenzen zwinkerte und kramte aus seiner Gesäßtasche einen Zettel. »Schon vergessen, dass ich Sie angerufen habe?«

»Wieder was zu NorthElectric?«

»Vergessen Sie nicht, dass Wiebke Ehlers auch beruflich hier gewesen sein könnte«, meinte der Journalist. »Ich hatte Ihnen doch gesagt, dass ich mich nach dieser Immobilienfirma umhöre, der die Gemeinde das Internatsgrundstück überlassen hat.«

»Und?«

»Es handelt sich dabei um eine Firma namens Hanse Real, die vor allem hier im Norden aktiv ist. Ich habe auch die Besitzer des Unternehmens ausfindig gemacht: ein Doktor Joachim Krüger und zwei Partner mit Namen Andreas Leiner und Tammo Jakowski.«

»Sagt mir nichts.«

»Ist vermutlich auch nicht so wichtig. Viel interessanter ist, dass die nicht nur dieses Grundstück von der Gemeinde gekauft haben, sondern noch zwei weitere brachliegende Flächen auf der Insel.«

»Und?«

»Das alles bereits vor über einem Jahr.«

»Ich verstehe immer noch nicht, worauf Sie hinauswollen.«

Der Journalist rückte näher. »Wie ich inzwischen erfahren habe, sind alle diese Grundstücke von dem Immobilienunternehmen inzwischen an NorthElectric verpachtet worden. Und zwar zu saftigen Preisen, die die Grundstücksinvestitionen mehr als nur rentieren werden.«

Gesa blickte Arne Lorenzen erstaunt an.

»Offiziell Interesse an Pacht und Bauflächen hat NorthElectric erst vor einem halben Jahr bekundet«, erläuterte der Journalist. »Ich weiß aber, dass die verpachteten Grundstücke bereits ein Jahr zuvor auf einem internen Firmenpapier als potenzielle Standorte vermerkt wurden.«

»Moment, Sie meinen, jemand aus der Gemeinde hat vom Interesse NorthElectrics an unserer Insel gewusst und dafür gesorgt, dass die Filetstücke zuvor an eine Privatfirma verkauft wurden?«

»Nicht irgendjemand, sondern Gustav Freese!« Arne Lorenzen lehnte sich vielsagend zurück. »Die Gemeinde hier hätte selbst viel Geld mit der Verpachtung der Grundstücke an NorthElectric verdienen können. Stattdessen hat Freese dafür gesorgt, dass die Grundstücke zuvor an diese Immobilienfirma verkauft wurden. Nämlich an besagte Hanse Real. Und zwar zu einem vergleichsweise lausigen Quadratmeterpreis, der klarstellt, dass die übrigen Entscheider hier nichts von dem Interesse NorthElectrics gewusst haben. Der Grundstückskauf wird sich aber schon bald durch die zu erwartenden Pachteinnahmen amortisieren und Hanse Real in wenigen Jahren prächtige Gewinne bescheren. Gewinne, die Pellworm jetzt natürlich entgehen.«

»Dann glauben Sie, dass Freese die Hand aufgehalten hat?«

»Nun ja, wenn es stimmt, dass er den Verkaufsdeal eingefädelt hat, sieht das doch ganz so aus.«

Gesa schnaubte abfällig. »Das wird wahrscheinlich nicht leicht zu beweisen sein.«

»Nein, vermutlich nicht. Aber wenn wir es könnten, dann wäre Ihr stellvertretender Bürgermeister wegen Veruntreuung dran.« Der Fotograf griff zu einer Speisekarte und blickte hinein. »Ich glaube, jetzt bekomme ich doch Hunger. Sie auch?«

»Ja. Mögen Sie Krabben?«, fragte Gesa. »Die stammen von einheimischen Fischern und sind selbst gepult. Das ist hier eine Spezialität.«

»Sehr gut. Ich nehme, was Sie nehmen.« Arne Lorenzen lächelte, während er nach dem Wirt Ausschau hielt. »Übrigens habe ich vor, morgen noch einmal nach Kiel zu fahren und meinen Kontakt betreffend Wiebke Ehlers anzuzapfen. Wer weiß, vielleicht schließt sich damit der Kreis zu den Vorgängen hier auf Pellworm.«

Jetzt war es Gesa, die die Stimme senkte. »Dann glauben Sie ernsthaft, Freese hat Wiebke Ehlers ermordert?«

»Können wir das ausschließen? Sollte er damals auch für den Tod von Astrid Lührs verantwortlich gewesen sein, und Grund hatte er dafür ja, dann …«

»Bitte, diese Informationen behalten Sie aber einstweilen für sich!«

»Natürlich.« Der Journalist berührte beruhigend ihre Hand. »Alles, was Sie mir erzählt haben, behandle ich absolut vertraulich. Aber … wenn Freese damals doch etwas mit dem Tod des Mädchens zu tun hatte, dann wusste er auch um ein probates Versteck für die Leiche von Frau Ehlers.«

Gesa entzog ihm die Hand und schüttelte den Kopf. »Freese war damals gar nicht auf der Insel.«

»Sagt wer?«

»Hauptkommissar Wilharm. Angeblich gibt es Fotos, die Freeses Abwesenheit beweisen.«

Wirt Arno kam und nahm ihre Bestellung auf. Sie warteten, bis er sich wieder entfernt hatte, bevor sie ihr Gespräch fortsetzten.

»Und? Haben Sie diese Fotos gesehen?« Lorenzen schaute sie eindringlich an. »Überhaupt, was gibt Ihnen die Gewissheit, dass dieser Hauptkommissar selbst vor Befangenheit gefeit ist?«

»Nichts.« Gesa nahm einen weiteren Schluck Bier. »Das alles wird von Tag zu Tag verworrener. Und doch … irgendwie habe ich das Gefühl, dass uns bei alledem noch ein wichtiges Puzzlestück fehlt. Wenn ich nur diesen verdammten Film in die Hände bekommen würde.«

»Was für einen Film?« Der Journalist sah sie fragend an.

»Richtig, von dem alten Super-8-Film habe ich Ihnen ja noch gar nichts erzählt.« Gesa haderte kurz mit sich, dann weihte sie ihr Gegenüber in die Umstände der alten Aufnahme ein. »Aber das behalten Sie bitte ebenfalls für sich.«

»Selbstverständlich«, sagte Arne Lorenzen. »Ein alter Film vom Biikebrennen 1974 also? Mit Aufnahmen von Astrid Lührs und den anderen? Hochinteressant. Vielleicht ist da ja auch Freese drauf zu sehen?«

»Dann hätte Wilharm gelogen. Nur ist der Film leider verschwunden, seit ihn die Janssen Frau Ehlers zur Digitalisierung geschickt hat«, sagte Gesa. »Und ich werde den Verdacht nicht los, dass Wiebke Ehlers' vorgezogener Besuch auf Pellworm irgendwie mit diesem Film in Verbindung steht.«

»Okay. Ich gebe zu, das ist wirklich etwas Neues.« Der Journalist wischte sich mit einer Kopfbewegung das schulterlange Haar zurück und bickte nachdenklich aus dem Fenster. »Vielleicht … gibt es ja doch eine Möglichkeit, an diesen Film heranzukommen.«

»Wie das denn bitte?«

»Nur eine fixe Idee. Vermutlich absolut unsinnig, aber geben Sie mir einfach etwas Zeit. Ich muss erst mal sehen, ob ich nicht komplett danebenliege.« Der Journalist lächelte unverbindlich. »Sagen Sie mir lieber mal, was Sie jetzt planen.«

Gesa drehte grübelnd den Bierkrug auf dem Tisch. »Es gibt nur noch wenige Spuren, denen ich nachgehen kann. Und … eventuell haben wir den wahren Täter sogar auf einem Foto des Tatorts. Nur ist das zu schlecht, als dass wir daraus schlau würden.«

»Ein Foto?« Arne Lorenzen blickte sie überrascht an. »Etwa eines von denen, die ich Ihren Kollegen habe zukommen lassen?«

»Ja, tatsächlich.«

Der Journalist zückte sein Smartphone und wischte einige Male über das Display. »Darf ich erfahren, welches? Ich hab die natürlich alle in der Cloud.«

Gesa haderte kurz mit sich, gab sich dann aber einen Ruck. »Darf ich?« Sie nahm ihm das Smartphone ab und suchte die entsprechende Aufnahme in der Bildgalerie heraus. »Das hier.«

Sie hielt ihm jene Aufnahme des Feuerwehreinsatzes hin, in dessen Hintergrund einige Schaulustige zu sehen waren. Sie wies auf eine dunkle Gestalt im Hintergrund, die den Lenker eines Fahrrads umfasst hielt. »Diese Person ist die einzige unter den Schaulustigen, die wir bislang nicht identifizieren konnten.«

Konzentriert betrachtete Arne Lorenzen das Bild. »Sie haben recht, die ist wirklich kaum zu erkennen.«

»Ja, leider. Unsere Experten haben das Foto inzwischen vergrößert und aufgehellt. Trotzdem sieht man kaum Hinweise, die uns dabei helfen, sie zu identifizieren.«

»Wissen Sie was?«, meinte ihr Gegenüber plötzlich. »Ich glaube, das ist eine Frau.«

»Eine Frau?« Der Journalist reichte ihr das Handy, und Gesa sah sich die Aufnahme selbst noch einmal an. »Wie kommen Sie darauf?«

»Ich gebe zu, die Person selbst ist zwar nicht zu erkennen. Aber was sie da an der Hand hält, ist ein Damenrad.« Er trank einen Schluck Bier. »Ich weiß, das ist bloß ein vager Hinweis. Aber wenn ich mir als Mann ein Fahrrad aussuche, dann auf gar keinen Fall so eines.«

»Das schließt nicht aus, dass ihr oder ihm an dem Abend kein anderes Rad zur Verfügung stand«, meinte Gesa nachdenklich. »Trotzdem … nicht schlecht.«

»Gern geschehen.« Arne Lorenzen lächelte. »Und Sie haben noch andere Spuren?«

»Spuren ist zu viel gesagt, aber einige Möglichkeiten und Ideen.« Sie legte die Finger um den Bierkrug. »Unter anderem habe ich vorhin noch einmal bei der Fährgesellschaft angerufen, um in Erfahrung zu bringen, ob auf der Autofähre oder den beiden Anlegern Überwachungskameras geschaltet sind.«

»Wieso von der Fähre?«

»Weil ich nicht davon überzeugt bin, dass der Täter überhaupt von hier stammt. Wenn ich das beweisen könnte, wäre Inge aus dem Schneider.«

»Haben Sie da einen Verdacht?«

»Ja, habe ich«, erklärte Gesa zögernd. »Auch wenn das bislang bloß so ein Gefühl ist.«

»Und, existieren solche Aufnahmen?«

»Ja, tun sie«, sagte Gesa. »Schon aus Versicherungsgründen. Nur werden die offenbar alle relativ schnell wieder überspielt. Aber ich bin vor allem an den Aufnahmen von gestern interessiert.«

»Wieso von gestern?« Arne Lorenzen runzelte die Stirn.

»Ganz einfach: Wenn der Täter vom Festland kam, dann wird

er vermutlich die erste Möglichkeit zur Rückkehr genutzt haben. Und die erste Fähren fuhren dank des Sturms erst gestern wieder. Ich erhalte hoffentlich morgen Rückmeldung. Außerdem habe ich da noch zwei weitere Sachen auf meinem Zettel. Auch denen kann ich hier auf der Insel nicht nachgehen.«

»Sie wollen also selbst noch einmal rüber?«

»Ja, ich habe vor, Husum morgen noch einmal einen Besuch abzustatten. Ich glaube kaum, das Wilharm Einwände hat. Der ist froh, wenn er mich los ist.«

»Wissen Sie schon, wie Sie dorthin kommen? Ihren Streifenwagen nimmt jetzt vermutlich Ihr geschätzter Kollege in Beschlag.«

»Mal sehen.« Gesas Fingerspitzen tippten gegen den Bierkrug. »Ich dachte daran, mir den Toyota von Inge …«

»Müssen Sie nicht«, unterbrach sie der Journalist. »Die Autofähre ist überdies nicht ganz billig. Wenn Ihnen das recht ist, dann hole ich Sie morgen Vormittag zu Hause ab und wir fahren zusammen rüber. Ich setze Sie dann gern in Husum ab, bevor ich rauf nach Kiel fahre. Und morgen Nachmittag sammle ich Sie wieder ein und wir tauschen uns auf der Rückfahrt aus. Wäre das was?«

»Sie meinen: Getrennt ermitteln, gemeinsam zuschlagen?«

»Wenn Sie das so sehen wollen, ja.« Lorenzen lächelte.

Gesa hob den Bierkrug und prostete sich selbst zu. »Ich hoffe wirklich, ich weiß, auf was ich mich da einlasse.«

Samstag, 20. Februar

Konspiratives Treffen

Gesa stand hinter dem hohen Zaun eines Baugeländes in der Husumer Innenstadt und blickte auf die Armbanduhr. Es war bereits nach dreizehn Uhr. Ein kühler Wind blies ihr ins Gesicht, der leicht nach Auspuffabgasen und Zement roch.

Ganz so, wie von Hauptkommissar Wilharm verlangt, hatte sie am Vormittag ihr Urlaubsgesuch eingereicht, noch einmal Inge besucht, die niedergeschlagen in ihrer Praxis dem weiteren Verlauf der Ermittlungen entgegenblickte, und dann Katja über die derzeitigen Entwicklungen informiert. Ihre Freundin hatte wie erwartet bestürzt reagiert und ihr versprochen, sie auf dem Laufenden zu halten, sollte sie etwas erfahren.

Zusammen mit Arne Lorenzen hatten sie anschließend die Elf-Uhr-fünfundvierzig-Fähre von Pellworm aus genommen, und der Journalist hatte von Nordstrand bis Husum mindestens zwei Geschwindigkeitsübertretungen begangen, um sie rechtzeitig in der Stadt absetzen zu können. Zu gern hätte er sie von einem versteckten Platz aus beobachtet, nur musste er noch in seinem hiesigen Verlagshaus vorbeischauen, bevor es für ihn weiter nach Kiel ging.

Gesa lächelte unwillkürlich, als sie an ihren neuen Bekannten dachte. Der Abend mit ihm im Pub war – trotz des weniger schönen Anlasses – angenehm gewesen. Und irgendwie hatte er es geschafft, dass ihre Zuversicht stieg, Inge vom Mordvorwurf zu befreien.

Spätestens morgen würden die Ergebnisse der Spurensicherung vorliegen.

Gesa wandte sich um und musterte skeptisch die Bagger, hohen Erdaufwürfe und Stapel mit Baumaterialien. Ein neuer Supermarkt würde hier in einem Vierteljahr eröffnen, und wie sie vermutet hatte, ruhten die Bauarbeiten am Wochenende. Auf dem Straßenzug jenseits des Bauzauns rauschten gelegentlich Autos vorbei. Doch ließen sich dort kaum Passanten blicken, deren Erscheinungsbild zu der Stimme des anonymen Anrufers gestern passten.

Gesa vergrub ihre Hände in den Taschen ihrer braunen Wildlederjacke und lief fröstelnd auf und ab. Sie konnte nur hoffen, dass der Unbekannte sie an ihren roten Haaren erkannte.

Wenn sie ehrlich war, ähnelte das konspirative Treffen, das sie mit ihm hier ausgehandelt hatte, dem eines schlechten Films. Durch den hohen Zaun vor ihr konnten sie und der Unbekannte sich unterhalten, und ihrem Gesprächspartner blieb die Möglichkeit, unbemerkt zu verschwinden, wenn ihm danach war. Wilharm würde ihr einen Strick aus alledem drehen, sollte er von dem Treffen je erfahren.

Falls der Unbekannte überhaupt kam.

Gesa sah auf, denn bereits zum zweiten Mal brauste ein Motorrad mit blauem Tank die Straße vor dem Bauzaun entlang, auf dem zwei Fahrer mit ebenfalls blauen Helmen saßen. Eine ältere Kawasaki, wenn sich Gesa nicht irrte. Unvermittelt wechselte die Maschine auf der Fahrbahn die Spur, beschrieb einen Halbkreis und röhrte auf den Bauzaun zu. Gesa versuchte, einen Blick auf das Kennzeichen zu erhaschen, aber der Fahrer hatte es derart mit Schmutz beschmiert, dass es kaum kenntlich war. Die Maschine hielt zwei Meter weiter, und der Beifahrer mühte sich umständlich vom Bock.

Gesa beäugte den Fahrer. Angesichts der langen Haare, die unter dem Helm hervorlugten, schloss sie auf eine junge Frau. Sie half ihrem Begleiter dabei, abzusitzen. Misstrauisch sah sich dieser auf der Straße um und fixierte dann Gesa durch das heruntergelassene Visier seines Helms. Gesa nickte auffordernd, und er stiefelte zu ihr herüber, während seine Begleiterin mit laufendem Motor wartete.

»Sie sind diese Polizistin aus Pellworm?« Die Stimme des Mannes klang gedämpft, aber Gesa erkannte sie wieder.

»Ja, bin ich«, antwortete Gesa und trat näher an den Bauzaun heran, um den Unbekannten in Augenschein zu nehmen. Ebenso wie seine Begleiterin trug der Mann eine schwarze Motorradjacke, nur die Leinenhose und die polierten dunkelbraunen Lackschuhe wollten nicht so recht zu dem Outfit passen.

»Sie veranstalten hier einen ganz schönen Aufriss«, meinte sie. »Waren Sie früher bei der Mafia?«

»So ein Unsinn«, tönte es hinter dem Visier. »Also, zunächst möchte ich die Versicherung, dass Sie mich unbehelligt lassen. Egal, was ich zu erzählen habe.«

Gesa bemühte sich um einen friedlichen Tonfall. »Da Sie mir bislang nicht erzählt haben, welche Straftaten Sie angeblich *seit den Sechzigern* begangen haben, wird das natürlich schwierig. Aber wie Sie sehen, bin ich alleine gekommen.«

Sie breitete ihre Arme aus und wandte sich um.

Ihr Gegenüber spähte abermals zu beiden Seiten der Straße, schließlich setzte er den Helm ab und sie blickte überrascht auf die Züge eines hageren Mannes von Ende siebzig mit dünnem, schlohweißem Haar. Der Mann wirkte für sein Alter erstaunlich agil, was auch an dem wachen Blick lag, mit dem er sie musterte.

»Also, verraten Sie mir jetzt, warum wir uns an diesem ungastlichen Ort treffen müssen?«, fragte Gesa.

»Das heißt, ich habe Ihre Versicherung?«

»Ja, meine schon. Aber der offizielle Weg für so etwas sieht anders aus.«

Ihr Gegenüber sah sich kurz zu der jungen Frau auf dem Motorrad um, die sichtlich nervös auf ihn wartete. »Ich bin damals Arzt gewesen.«

»Und in welcher Hinsicht, haben Sie sich damals als Arzt strafbar gemacht?«

»Ich war Frauenarzt«, ergänzte der Alte. »Zu mir sind damals auch einige der Mädchen und Frauen aus Pellworm gekommen. Sie wissen schon.«

Gesa sah ihn an, und erstmals kam ihr ein Verdacht. »Nein. Sagen Sie es mir«, antwortete sie leutselig.

»Na, ich war damals meiner Zeit ein wenig voraus«, erklärte der Mann mit brüchiger Stimme. »Zu mir kamen die Frauen auch wegen bestimmter Frauenleiden, wie das so hieß.«

»Sie meinen zwecks Schwangerschaftsabbrüchen?«, sprach Gesa ihren Verdacht direkt an.

»Ja. Genau.« Der Alte räusperte sich. »Wussten Sie, dass dieses Mädchen, also diese Astrid Lührs, schwanger war?«

»Ja, das haben wir inzwischen herausgefunden.«

»Oh, tatsächlich?« Der Alte sah sie überrascht an. »In diesem Fall … Nun, dann ahnen Sie vermutlich, warum ich mich gemeldet habe. Abbrüche vorzunehmen, war damals fast komplett verboten. Wären die Eingriffe rausgekommen, wären damals nicht bloß die Frauen, sondern auch ich bestraft worden. Sogar meine Approbation hätte ich verlieren können. Die heutigen Regelungen galten damals ja noch nicht. Da war das alles illegal.«

»Okay, aber ich verstehe nicht, worauf Sie hinauswollen. Das alles liegt schon lange zurück.«

»Lange?« Unruhig leckte sich der ehemalige Frauenarzt über die Lippen. »Sie haben mir doch selbst gesagt, dass Mord nicht verjährt. Und ich habe in meiner damaligen Zeit mindestens achtzig Frauen zu einer Abtreibung verholfen.«

»Das also ist es.« Gesa atmete tief ein und blickte dem Mann ruhig in die Augen. »Ich gebe zu, dabei handelt es sich um einen

Spezialfall. Aber Sie können beruhigt sein, denn Sie haben sich deswegen heute nur noch Ihrem eigenen Gewissen gegenüber zu verantworten.«

»Sicher?«

»Ich bin kein Jurist, aber angesichts einer anderen Ermittlung vor drei Jahren weiß ich das sogar mit ziemlicher Sicherheit. Abtreibung ist nach dem geltenden Gesetz kein Mord, auch wenn das sicher nicht jeder so sieht. Ihre damaligen Eingriffe waren also bereits nach fünf Jahren verjährt.«

Der ehemalige Frauenarzt sah erleichtert aus.

»Astrid Lührs war also damals bei Ihnen, um einen Abbruch vornehmen zu lassen?«

»Ja. Ich erinnere mich deswegen noch so gut an sie, weil sie eine der wenigen war, die ich wieder weggeschickt habe. Und natürlich auch, weil ihr Verschwinden aus dem Internat dann einige Wochen später kurz Thema in der Zeitung war.«

»Was genau ist damals vorgefallen? Und warum haben Sie das Mädchen weggeschickt?«

»Na, als sie zu mir kam, war sie bereits im vierten Monat. Das ist einfach zu spät. Die meisten Frauen hatten ja gute Gründe für einen Abbruch. Das haben sie auch heute noch. Aber … obwohl ich damit prinzipiell keine Probleme hatte, gab es für mich doch Grenzen. Und die war bei mir ab einem bestimmten Wachstum des Fötus erreicht.«

»Okay.« Gesa sah den Mann aufmerksam an.

»Die Mädchen wurden von der damaligen Internatsleitung zur Vorsorge zu mir geschickt. Daher kannten sie mich als Arzt. Aber ich gebe zu, dass ich unter den Frauen der Insel wohl auch einen gewissen Ruf genoss.«

»Als Engelmacher?«

»Ja, wenn Sie so wollen. Allein aus dem Internat wurden in all den Jahren insgesamt vier Mädchen vorstellig.«

»Wusste die Internatsleitung davon?«

»Vermag ich nicht zu sagen. Die Direktorin, diese Frau Mommsen, war eine seltsame Person. Der Ruf des Internats hätte sicher gelitten, wäre herausgekommen, dass es dort zu einer unvorhergesehenen Schwangerschaft gekommen war. Ich nehme mal an, dass sie es stillschweigend billigte, wenn die Mädchen mich wegen so etwas aufgesucht haben. Unterstützt hat sie ihre Schützlinge aber nicht.«

»Das wissen Sie sicher?«

»Ja, denn so ein Abbruch war nicht ganz billig. Die meisten Betroffenen mussten sich etwas einfallen lassen, woher sie das Geld dafür nahmen. In fast allen Fällen gab es da den Vater, der lieber gezahlt hat, als die Verantwortung zu übernehmen.«

»Und im Falle von Astrid Lührs?«

»Keine Ahnung, wer dafür verantwortlich war. Sie hat sich dazu ausgeschwiegen.« Der Arzt schüttelte den Kopf. »Eine Vergewaltigung war es aber wohl nicht. Das war immer eine der ersten Fragen, die ich den Frauen und Mädchen gestellt habe, denn dann hätte es auch legale Möglichkeiten gegeben.«

»Ja, und? Wie ist die Sache ausgegangen?«

»Frau Lührs war ziemlich verzweifelt. Wäre sie etwas früher gekommen, hätte ich noch etwas machen können, aber so … Weil sie mir leidtat, habe ich ihr dann aber die Adresse von einem Kollegen in den Niederlanden gegeben, der weniger Skrupel kannte. Nur habe ich ihr auch klargemacht, dass sie ein solcher Abbruch noch teurer zu stehen kommen würde. Nicht bloß, dass der Kollege Geld sehen wollte, auch die Hinreise, die Unterkunft und so weiter wollten ja bezahlt werden. Ich spreche hier von einigen tausend Mark. Das war nach damaligen Verhältnissen viel Schotter. Vor allem für eine Schülerin.«

»Und wie hat Astrid Lührs darauf reagiert?«

»Hm.« Ihr Gegenüber fuhr sich unentschlossen über den

Mund. »Bestürzt, aber gefasst, würde ich mal sagen. Sie hat die Adresse entgegengenommen und ist gegangen. Das war das letzte Mal, dass ich sie gesehen habe. Ich ging davon aus, dass sie das Geld besaß oder zumindest wusste, wie sie es beschaffen konnte.« Der Alte atmete tief ein. »Als ich dann zufällig über die Vermisstenmeldung in der Zeitung stolperte, glaubte ich natürlich zu wissen, warum sie aus dem Internat ausgebüxt ist, und habe die Sache nicht weiterverfolgt.« Er seufzte. »Tja, und dann musste ich gestern lesen, dass man auf der Insel ihre sterblichen Übereste gefunden hat und sie Pellworm offenbar nie verließ. Das nimmt einen schon mit.«

»Der Name dieses Kollegen in den Niederlanden: Können Sie mir den nennen?«

»Das wird Ihnen nichts bringen. Der Arzt ist schon seit fast fünfzehn Jahren tot.«

»Und sonst? Noch irgendetwas, an das Sie sich erinnern können?«

»Nein, das ist alles. Tut mir leid.« Er hob bedauernd die Schultern. »Ich dachte wirklich, ich könne Ihnen etwas mitteilen, was sie noch nicht wissen. Hätte ich geahnt, dass Sie von der Schwangerschaft des Mädchens schon Kenntnis haben, dann hätte ich Ihnen Ihre Zeit gar nicht erst gestohlen.«

»Nein, nein, das ist schon in Ordnung«, versicherte Gesa, obwohl sie sich tatsächlich mehr von der Begegnung mit ihm erhofft hatte.

»Wie dem auch sei: Wo ein Kind, da auch ein Vater«, ergänzte der ehemalige Frauenarzt. »Sie verstehen schon, wie ich das meine.«

»Ja, tue ich. Und wir ermitteln auch in diese Richtung.« Gesa fuhr sich nachdenklich durch ihr rotes Haar. »Geben Sie mir Ihre Telefonnummer, falls wir noch Fragen haben?«

Der Frauenarzt musterte sie nachdenklich. »Meinetwegen.

Nur hoffe ich, Sie binden mir mit dieser Verjährungsgeschichte keinen Bären auf?«

»Nein, tue ich nicht.«

Er nannte ihr die Nummer, und Gesa speiste sie in ihr Handy ein. So erfuhr sie, dass sein Name Ernst Schmidt lautete. Anschließend ging er zu dem Zweirad zurück, setzte sich den Motorradhelm auf, und kurz darauf brausten er und die junge Frau, bei der es sich vermutlich um seine Enkelin handelte, wieder davon.

Gesa sah den beiden ratlos nach. Viel hatte ihr das Gespräch mit dem Frauenarzt nicht eingebracht. Es bestätigte sie lediglich in ihrer Vermutung, dass Astrid Lührs ihre damalige Schwangerschaft nicht so einfach hingenommen hatte.

Doch was war nach ihrem Besuch bei Doktor Schmidt geschehen?

Mit einer leisen Enttäuschung im Bauch verließ Gesa das Baugelände und suchte die nächste Busstation auf. Eine letzte Person gab es noch, von der sie sich Antworten erhoffte. Das Gespräch mit dem Arzt hatte sie nur darin bestätigt, dass es wichtig war, auch sie aufzusuchen. Doch ob ausgerechnet sie ihr dabei helfen konnte, Inge zu entlasten, stand in den Sternen.

Auf der schiefen Bahn

Gesa verließ den Bus, dessen Türen sich zischend schlossen, und schaute auf den kleinen Park, der sich vor dem Altersheim erstreckte. Ihr Blick fiel auf entlaubte Pappeln, Rasenflächen und gepflegt wirkende Beete, die zu dieser Jahreszeit nicht bepflanzt waren. Auch das große beigefarbene Gebäude mit den stattlichen Seitenflügeln erweckte einen ordentlichen und sauberen Eindruck. Große beleuchtete Fenster gestatteten einen Blick auf die verschiedenen Etagen des Stifts, und Gesa machte in einer von ihnen einen in Weiß gekleideten Altenpfleger aus, der eine Person im Rollstuhl vor sich herschob. Im Erdgeschoss einer der Seitenflügel erkannte sie mehrere ältere Menschen, die sich dort unterhielten oder gemeinsam fernsahen.

Gesa wartete, bis der Bus abfuhr, und machte sich durch den verwaisten Park auf den Weg zur Empfangshalle des Altersheims. Dass sie mit ihrer Suche überhaupt Erfolg gehabt hatte, schrieb sie eher dem Glück als akribischer Ermittlungsarbeit zu.

Es war nicht einfach gewesen, Frauke Momsen auf die Spur zu kommen. Weder hatte ihr jemand sagen können, wohin die einstige Direktorin nach Schließung des Marie-Böttner-Internats für Mädchen gezogen war, noch, ob sie überhaupt noch lebte. Dank den Angaben ihres Vorgängers wusste Gesa lediglich, dass die Dame inzwischen Ende achtzig sein musste. Da es zu viele Momsens auf dem Festland gab, die als Familienangehörige infrage kamen, war ihr gestern Abend die Idee gekommen, nachzuprüfen, wie viele Altersheime im Husumer Raum lagen. Deren Anzahl war überschaubar, und so hatte Gesa die Zeit vor ihrem neuerlichen Zusammentreffen mit Hauptkommissar Wilharm am Vormittag dazu genutzt, sie der Reihe nach anzurufen. Viel Hoffnung hatte sie nicht gehabt, denn es gab nicht einmal die Gewähr, dass die einstige Direktorin aus dem norddeutschen Raum stammte, und so war Gesa erstaunt, als sie von einem privaten Altersheim am Rande der Stadt erfuhr, das Frauke Momsen zu den betreuten Senioren zählte. Sogar, dass diese früher im leitenden Schuldienst gearbeitet hatte, konnte man ihr dort bestätigen.

Gesa hielt ihren Polizeiausweis bereit, als sie den großzügig mit hohen Fensterfronten gestalteten Empfangsraum des Stifts betrat. Automatische Türen öffneten sich, vor den Scheiben zum Park standen hohe Farne und Topfpalmen. Gesa mochte den Geruch in Altersheimen nicht und gewann allmählich den Eindruck, dass alle derartigen Einrichtungen mit ihrer Mischung aus Reinigungsmitteln und verbrauchter Luft gleich rochen. Nicht zum ersten Mal fragte sie sich, ob auch sie ihren Lebensabend dereinst an einem solchen Ort verbringen würde.

»Guten Tag. Oberkommissarin Harms«, stellte sie sich bei der Rezeption vor und präsentierte ihren Ausweis. »Ich habe heute Vormittag bei Ihnen angerufen.«

Die in Weiß gekleidete Dame hinter dem Tresen hob den Kopf und musterte sie. »Ach, Sie sind das.« Sie beäugte den Ausweis. »Sie baten um ein Gespräch mit unserer Frau Momsen?«

Gesa nickte und so griff die Frau zum Telefon und telefonierte kurz.

»Man wird Sie gleich abholen und zu ihr bringen.«

»Danke.«

Gesa sah sich um und entdeckte nicht weit von der Rezeption vier ältere Herrschaften, die zusammengesunken in einer Sitzgruppe saßen. Die beiden Männer unter ihnen ähnelten verblüffend Statler und Waldorf aus der Muppet-Show. Nur lachte keiner von ihnen, sondern alle fixierten sie durch mehr und weniger dicke Brillengläser.

Gesa grüßte sie freundlich, was der Gruppe keine Reaktionen entlockte. Sie war daher froh, als aus einem der Korridore ein junger Altenpfleger trat, der ihr zielstrebig entgegenkam.

»Sie sind die Polizistin?«, begrüßte er sie freundlich. »Ohne Uniform hätte ich Sie nicht erkannt.«

Gesa lächelte unverbindlich. »Ich bin bloß hier, weil ich mir von Frau Momsen Auskünfte zu einer Sache erhoffe, die sich vor vielen Jahren in Pellworm zugetragen hat.«

»Polizei?«, krächzte jetzt eine der Seniorinnen aus der Vierergruppe und hielt sich dabei die Hand hinter die Ohrmuschel.

»Ja, Frau Müller, Polizei«, bestätigte der Pfleger etwas lauter. »Die ist aber nicht Ihretwegen hier.«

Der junge Mann zwinkerte und führte Gesa unter den stoischen Blicken der Alten nach hinten ins Gebäude und dann mit einem Aufzug ins zweite Obergeschoss.

»Ich hoffe, Frau Momsen ist noch einigermaßen fit?«, wandte sich Gesa an ihren Begleiter.

»Ich sag mal so: Ihre Fitness reicht aus, um regelmäßig mit einer der anderen Damen hier in Streit zu geraten«, antwortete der Pfleger. »Gesundheitlich hat sie zwar schon einige Rückschläge hinnehmen müsen, aber sie ist zäh wie ein alter Ackergaul. Wenn sie mal gut gelaunt ist, dann erklärt sie uns auch gerne, dass die Schulerziehung früher besser als heute war.«

Gesa schmunzelte. »Na, ich bin gespannt.«

Die Fahrstuhltür öffnete sich, und der junge Mann führte sie über ein kurzes Gangstück hinüber in eine hübsche Cafeteria mit Blick auf den Park. In dem Raum roch es nach Kaffee, und an den Tischen saßen mehrere Bewohner des Altersheims zusammen mit Familienangehörigen bei Kuchen und Gebäck.

»Da hinten ist sie.« Der junge Mann deutete auf eine kleine

Frau mit schlohweißen Haaren, die mit einer Häkeldecke auf den Beinen nahe einem der Fenster saß und die nachmittägliche Silhouette Husums betrachtete. »Wir haben Ihren Besuch bereits angekündigt, und sie hat sich extra für Sie etwas herausgeputzt. Wenn Sie nett sein wollen, erwähnen Sie doch, dass Ihnen das aufgefallen ist.«

Der Altenpfleger verließ sie, und Gesa trat an die ehemalige Direktorin heran. »Frau Momsen?«

Die weißhaarige Greisin hob den Kopf und betrachtete sie mit leicht herabgezogenen Mundwinkeln. Die vielen Lebensjahre hatten in ihrem Gesicht Spuren hinterlassen. Eines ihrer Augenlider hing leicht herab wie nach einem überstandenen Schlaganfall.

»Sie sind die von der Polizei?«

»Ja, ich bin die neue Polizistin auf Pellworm. Oberkommissarin Gesa Harms.«

»Sieh an. Dann habe ich also Ihren Kollegen Herrn Christiansen überlebt?« Sie lachte hämisch. »Na, kein Wunder, so fett wie der immer gegessen hat.«

»Mitnichten.« Gesa zog sich einen Stuhl heran und setzte sich. »Herr Christiansen ist im Ruhestand und lebt jetzt bei seiner Familie hier auf dem Festland.«

»Schön für ihn«, murrte die Alte. »Da ist das Essen vermutlich auch besser als hier.«

»Wer weiß?« Gesa lächelte gewinnend und musterte ihre gebügelte weiße Bluse. »Hübsch sehen Sie heute aus.«

»Lassen Sie den Unsinn und kommen Sie zur Sache«, blaffte Frauke Momsen sie an. »Ich habe gleich noch eine Verabredung mit unserer Frisöse, und Sie sind doch sicher wegen der beiden toten Mädchen hier, richtig? Habe mich schon gefragt, wann Sie hier aufkreuzen würden.«

»Sie wissen davon?«

»Meinen Sie, ich lese keine Zeitung mehr, nur weil ich schon siebenundachzig bin? Los, fragen Sie mich was.«

»Was denn?«

»Na, zum Beispiel, wer unsere Ministerin für Umwelt, Naturschutz, Bau und Reaktorsicherheit ist.«

Gesa sah sie erstaunt an.

»Wusste ich es doch. Sie wissen vermutlich nicht mal, dass es diesen Ministerposten gibt? Ganz schön peinlich für jemand, der Beamtenstatus genießt.«

Gesa dämmerte, warum die Leute Frau Momsen durch die Bank weg als schwierig beschrieben hatten.

»Wie sie schon gemutmaßt haben«, sagte sie ruhig, »bin ich eher wegen Ihrer einstigen Schützlinge hier.«

»Schützlinge?« Frauke Momsen schnaubte. »Wenn man es genau nimmt, stand ich jahrelang einem Heim für Schwererziehbare vor. War doch kein Geheimnis, dass die meisten Familien mit ihren Töchtern überfordert waren. Deswegen wurden die ja bei uns untergebracht.«

»Und das war bei Astrid Lührs und Wiebke Ehlers ebenso?«

»Nein, Wiebke war ein nettes Mädchen. Strebsam und fleißig. Ihre Eltern haben sich damals scheiden lassen. Ihr kann man höchstens vorhalten, dass sie sich damals die falschen Freundinnen ausgesucht hat. Allen voran Astrid Lührs.« Die Miene der einstigen Direktorin verzog sich, als habe sie in eine Zitrone gebissen. »Und Inge, Renate und Elke waren ehrlich gesagt auch nicht viel besser. Aber wie ich der Zeitung entnehmen konnte, ist zumindest aus Wiebke was geworden. Habe ich auch nicht anders erwartet. Finanzamt. Schön solide.«

»Ich muss zugeben, jetzt erstaunen Sie mich. Sie können sich an die fünf noch erinnern?«

»Ich mag Ihnen zwar wie ein Fossil erscheinen« – die einstige Direktorin tippte sich missbilligend gegen die faltige Stirn –

»trotzdem kenne ich noch immer jedes meiner einstigen Mädchen. Speziell natürlich jene, die zeit ihres Aufenthalts Ärger gemacht haben.« Sie zog sich die Decke auf ihren Beinen glatt. »Leider gab es immer einige Sonderfälle, bei denen auch ein gewisses Maß an Strenge nicht für die gewünschte Lebenstauglichkeit sorgte. Auch ein Internat kann eben nicht alles korrigieren, was vorher in den Familien falsch gelaufen ist.«

»Nun gut«, meinte Gesa. »Insbesondere möchte ich von Ihnen gern mehr über Astrid Lührs erfahren. Mir ist bekannt, dass das Mädchen Sie damals angezeigt hat.«

»Dieses Luder.« Frauke Momsens Gesicht verdüsterte sich. »In all der Zeit war die Lührs die Einzige, die sich zu so etwas verstiegen hat. Und das nur, weil mir bei ihr vielleicht ein- oder zweimal die Hand ausgerutscht ist. Wohlgemerkt nur zu ihrem Besten.«

»Mit anderen Worten: Sie haben sie gezüchtigt?«

»Wenn Sie das Mädchen gekannt hätten, dann würden Sie mich verstehen«, sagte die ehemalige Direktorin schnippisch. »Das undankbare Miststück hat ständig versucht, meine Autorität zu untergraben. Die verleumderische Anzeige gegen mich hatte natürlich keinen Erfolg. Die Sache wurde rasch niedergelegt.«

»Und Astrid Lührs mangelnde Anpassungsfähigkeit ist alles, was Sie ihr vorwerfen?«, fragte Gesa zweifelnd.

»Sie haben ja keine Ahnung.« Die einstige Internatsdirektorin winkte ab. »Das Mädchen war eine kleine Kriminelle. Die hat gestohlen und betrogen, wo sie nur konnte. Allein die Fälle bei uns im Internat! Selbst im Tammensiel wurde sie zweimal beim Klauen erwischt. Wissen Sie, ich habe es trotzdem im Guten mit ihr versucht. Trotz der Anzeige, die sie gegen mich erwirkt hat, habe ich ihr Ende 1973 sogar höchstpersönlich ein Praktikum auf dem Festland besorgt. So richtig seriös bei einer Behörde.«

»Ja, ich hab schon gehört, dass Ihre Mädchen Praktika gemacht haben.«

»Natürlich, das war Bestandteil unseres Erziehungskonzepts«, erklärte Frau Momsen stolz. »Das letzte Schuljahr rückte näher, und die Mädchen sollten ein gewisses Maß an Lebenstüchtigkeit erlernen, bevor es für sie in Lehre oder Ehe ging. Einige haben später sogar studiert. Die meisten der Mädchen nutzten ihre Chancen, und ihre späteren Lebensläufe waren geradezu vorbildlich. Astrid Lührs aber flog selbst dort wegen Diebstahls raus. Das muss man sich mal vorstellen.«

»Sie hat Kollegen bestohlen?«

»Nein, Unterlagen entwendet.«

»Unterlagen?«

»Sie hat offizielle Dokumente verschwinden lassen, die sie eigentlich hätte abheften sollen. Das faule Miststück hat wohl gedacht, wenn sie die wegwirft, käme sie so um die Arbeit herum.« Die alte Frau schüttelte den Kopf. »Na ja, gibt ja auch noch andere, um deren Arbeitsdisziplin es ähnlich bestellt ist. Haben Sie neulich von diesem Briefträger gelesen, der in seiner Wohnung ganze Säcke mit Post gehortet hat, um diese nicht austragen zu müssen?«

»Ja, habe ich.«

»Sehen Sie, so eine war die Lührs. Dass die sich dann ein Balg hat andrehen lassen, wundert mich gar nicht.«

»Sie wussten von ihrer Schwangerschaft?«, hakte Gesa nach.

»Ja, jetzt schon.« Frauke Momsen deutete auf einen Nachbartisch, auf dem einige Tageszeitungen lagen. »Stand ja heute in der Zeitung.«

Überrascht blickte Gesa auf einen Stoß Zeitschriften, der auf einem Nachbartisch lag

»Aber damals wussten Sie das nicht?«

»Nein, damals nicht«, murrte die Alte. »Zu mir wäre sie damit wohl auch als Letzte gekommen. Wissen Sie, das Mädchen war eh durch und durch verdorben. Ihre Eltern erzählten mir, dass sie ihre Unschuld schon mit fünfzehn Jahren verloren habe. Mit Fünfzehn! Heute mag so was ja als normal durchgehen, nur hat sie es nicht nur mit Jungs, sondern auch mit Mädchen getrieben.«

»Mit Mädchen?« Gesa erinnerte sich daran, dass Sönke Jacobs Ähnliches behauptet hatte.

»Ja, da schauen Sie!« Frauke Momsen wirkte empört. »Auf so etwas muss man ja erst mal kommen. Einer unserer Lehrkörper hat Sie 1973 in flagranti mit ihrer Zimmerkameradin erwischt. Namen nenne ich hier mal nicht, aber ...«

»Sie meinen Elke Janssen?«

Überrascht hob Frauke Momsen eine Augenbraue. »Na, wenn Sie den Namen dieser Lesbe eh schon wissen ... Ja, sie war es. Als ich von dieser Perversion erfuhr, habe ich die beiden sofort getrennt und auf Zimmer in unterschiedliche Stockwerke verlegt. Mehr war leider nicht möglich, ohne Aufsehen zu erregen. Bedenken Sie bloß, wenn diese schmutzige Sache herausgekommen wäre. Das hätte den Ruf des Internats doch für alle Zeiten beschädigt. Und eines sage ich Ihnen: Mir ist es jetzt noch unangenehm, darüber zu sprechen.«

Elke Janssen war lesbisch? Gesa erinnerte sich, dass die Krankenschwester selbst davon gesprochen hatte, dass sie und Astrid Lührs zum Jahresanfang 1974 auf unterschiedliche Zimmer verlegt worden waren. Das also war der Grund dafür. Bei Elke Janssens Husumer Freundin, die sie vorgestern kurz kennengelernt hatte, handelte es sich also um deren heutige Lebenspartnerin.

»Ich sehe schon, Ihnen hat es die Sprache verschlagen«, meldete sich Frauke Momsen wieder zu Wort. »Verstehe, mir ging es damals ganz ähnlich. Auch so etwas gilt heute ja als normal.

Aber wissen Sie, da hatten sich damals eh die Richtigen gefunden. Man musste diese ganze Clique unentwegt im Auge behalten, die haben nur für Unruhe gesorgt. Abgesehen vielleicht von Wiebke.«

»Und Sie meinen damit was genau?«

»Na, Alkohol, Drogen und natürlich die Jungs, mit denen sie anbändelten. Von Astrid und Elke wissen Sie ja schon. Diese Inge Wilms hingegen, die ließ sich damals mit so einem Halbstarken von der Insel ein, den Ihr Vorgänger Herr Christiansen mal mit einem LSD-Trip auf dem Deich einsammeln musste. Und Renate Engler, von der Sie sicher ebenfalls wissen, wenn Sie und Ihre Kollegen Ihre Hausaufgaben gemacht haben, die hatte zuletzt was mit einem vorbestraften Kerl vom Festland.«

»Vorbestraft?« Überrascht sah Gesa die einstige Direktorin an. »Lautete sein Name Nils Ott?«

»Keine Ahnung, wie der hieß. Ich weiß nur, dass das einer dieser Halbstarken war, wie sie im Sommer gern mal auf der Insel eingefallen sind, um dort zu arbeiten. Nur kam dann wohl raus, dass der zuvor wegen eines Gewaltdelikts verurteilt worden war.«

Auf Wilharms Anweisung hin hatten sie natürlich alle Verdächtigen beim Bundeszentralregister überprüfen lassen, doch über Nils Ott hatte dort kein Eintrag vorgelegen. Jedoch wurden Vorstrafen nach Ablauf einer gewissen Frist getilgt. »Und das mit der Vorstrafe damals, das wissen Sie genau?«

»Ja, sicher. Deswegen hat der Kerl ja seinen Job verloren, denn so etwas spricht sich auf einer Insel schnell herum. Er hatte damals wohl bei einem der Inselbauern gearbeitet, ihm das aber verheimlicht. Später hat er dann im Hafen gearbeitet. In so einer Pinte, die keinen guten Ruf genoss.«

Gesa war sich nun ziemlich sicher, dass es sich bei der Person um Nils Ott handelte. »Sie werden überrascht sein«, meinte sie.

»Renate und ihr damaliger Freund sind noch immer zusammen und bis heute glücklich verheiratet.«

»Ach? Na, ein blindes Huhn findet auch mal ein Korn.« Frauke Momsen zuckte gleichgültig mit den Schultern. »Ich hoffe jetzt bloß, dass Sie nicht glauben, alle meine Mädchen wären von diesem Schlag gewesen. Eine von ihnen, Simone Schäfer, hat es später als Sekretärin bis ins Landwirtschaftsministerium geschafft. Und eine andere, das hübsche Sabinchen, die hat später sogar einen Adligen geheiratet.«

»Das freut mich«, sagte Gesa unverbindlich. »Und wie war das dann, als Astrid Lührs verschwand?«

»Ganz ehrlich?« Frauke Lührs lehnte sich zurück und blickte aus dem Fenster. »Ich war froh, als sie endlich weg war. Und gedacht habe ich mir dabei auch nichts. Ich hatte ihr und Elke schließlich ein Ultimatum gestellt.«

»Ein Ultimatum?« Gesa sah die Frau stirnrunzelnd an.

»Ja. Ich habe sie vor die Wahl gestellt: Entweder eine von ihnen wäre bis zum Ende des Schuljahres weg, oder ich würde ihre sexuellen Perversionen ihren Eltern melden. Ich hatte ja schließlich einen Erziehungsauftrag und konnte nicht riskieren, dass die beiden die anderen Mädchen mit ihrem krankhaften Verhalten ansteckten. Es hat mich daher nicht gewundert, als es dann hieß, dass Astrid das Internat verlassen habe. Sie war eh die Aufmüpfigere von beiden.« Frauke Momsens Gesichtsausdruck nahm einen bitteren Zug an. »Dass sie in Wahrheit … ermordet wurde, konnte ich ja nicht ahnen. Doch nur damit Sie es wissen: Ich würde heute keinen Deut anders handeln. Keinen Deut. Wer auch immer für ihren Tod verantwortlich war – dem Mädchen war sowieso nicht zu helfen. Sie war von Anfang an auf der schiefen Bahn.«

»Und Sie meinen nicht, dass Sie damit vielleicht etwas hart urteilen?«

»Nein. Das sage ich als Pädagogin.« Frauke Momsen nestelte gereizt an ihrer Armbanduhr. »Die Lührs wäre entweder den Drogen anheimgefallen oder irgendwann auf dem Strich gelandet. Vermutlich beides.« Ein harter Zug umspielte ihre Lippen, als sie wieder durch die Scheiben blickte. »Ihr war nicht zu helfen. Es musste irgendwann so enden. Und wissen Sie was: Vielleicht war der Tod ja sogar eine Erlösung für sie.«

Unerwartete Wendungen

Gesa fühlte sich innerlich beschmutzt, als sie das Altersheim verließ. Sie hatte sich recht hastig von Frauke Momsen verabschiedet, da sie es nicht länger ertrug, sich mit der einstigen Direktorin des Internats zu unterhalten. Sie begriff nicht, wie sich die Frau selbst heute, vierzig Jahre nach den damaligen Ereignissen und trotz besseren Wissens, so herzlos zeigen konnte. Völlig egal, wie sich Astrid Lührs damals verhalten hatte, zeichneten die Informationen, die sie über das Mädchen zusammentrug, zunehmend das Bild eines innerlich zerrissenen und ziemlich verzweifelten Menschen.

Gesa setzte sich niedergeschlagen auf eine Parkbank, kramte die alte Fotografie hervor und betrachtete Astrid Lührs traurig. Das Lächeln erschien ihr jetzt aufgesetzt. Fast so, als müsse das Mädchen alle Kraft aufwenden, um die Fassade von Normalität aufrechtzuerhalten.

Die Teenagerin schien fast alle, die sie damals kannte, über ihr wahres Selbst hinweggetäuscht zu haben. Alle … bis auf Elke Janssen.

Gesa blickte nachdenklich auf, denn sie hatte noch nicht vergessen, wie sehr sich die Krankenschwester vorgestern darum bemüht hatte, Astrid Lührs zu verteidigen. Wenn sie lesbisch war, dann war sie damals vielleicht sogar verliebt gewesen?

Ob diese Liebe von Astrid Lührs erwidert worden war? Irgendwie bezweifelte Gesa dies. Was, wenn Astrid Lührs' Verhältnis mit Elke Janssen weniger sexuellem Interesse entsprang, sondern eher als ein Aufschrei nach Zuwendung zu interpretieren war? Immerhin hatte das Mädchen zeitgleich um die Aufmerksamkeit des anderen Geschlechts gebuhlt. Was Folgen gehabt hatte.

Gesa spürte, wie die Kälte durch ihre Kleidung sickerte, und steckte das Foto frustriert weg. Allen theoretischen Erwägungen zum Trotz war sie mit ihrem Latein allmählich am Ende. Das alles erklärte schließlich nicht, ob und wie der Mord an den beiden Frauen zusammenhing. Hatte Arne Lorenzen recht, wenn er ihr vorwarf, dass sie sich viel zu sehr auf Astrid Lührs konzentrierte? Lag der Schlüssel zum Verständnis des Falls doch eher bei Wiebke Ehlers? Oder hatten sie es hier vielleicht mit zwei Tätern zu tun?

Gesa erhob sich gerade, als sie durch die Fenster zur Eingangshalle des Altersheims eine Person entdeckte, die sie hier nicht erwartet hatte: Renate Ott.

Die Mittsechzigerin verließ soeben den Fahrstuhl. Über der rechten Schulter ihres karierten Wintermantels hing ein Stoffbeutel, und sie marschierte mit knappem Gruß an der Rezeption vorbei, um nach draußen in den Park zu treten.

»Frau Ott?«

Die Angesprochene fuhr herum und sah Gesa verblüfft an. »Frau Harms? Was machen Sie denn hier?«

»Das Gleiche wollte ich Sie auch gerade fragen.«

»Meine Mutter ist hier untergebracht«, sagte Renate Ott. »Sie hat Alzheimer, und wann immer ich auf dem Festland bin, besuche ich sie.« Sie sah sich um. »Warten Sie hier etwa auf mich?«

»Nein, ich habe eben Ihre einstige Direktorin besucht. Frauke Momsen.«

»Ach die. Na klar. Hätte ich mir gleich denken können.« Renate Ott trat zu ihr und vergrub ihre Hände in den Taschen ihres Wintermantels. »Ich laufe der Momsen zum Glück nur gelegentlich über den Weg. Ob sie mich irgendwann mal erkannt hat, weiß ich nicht. Ich habe aber ehrlich gesagt keinen Bedarf, mich mit dieser Person zu unterhalten.«

»Dann wussten Sie, dass sie hier untergebracht ist?«

»Sicher. Warum haben Sie nicht gefragt?«

Gesa gestand sich ein, dass sie das versäumt hatte.

»Und?«, wollte Renate Ott wissen, »haben Sie von ihr irgendetwas Hilfreiches erfahren?«

»Vielleicht«, antwortete Gesa. »Unter anderem erfuhr ich eben, dass Ihr Mann damals vorbestraft gewesen ist.«

Renate Ott sah sie misstrauisch an. »Ja, war er. Wegen einer Schlägerei. Aber was spielt das noch für eine Rolle?«

»Ich frage, weil er das neulich nicht erwähnt hat.«

Renate Ott seufzte vernehmlich. »Verstehe. Aber wissen Sie was: Warum begleiten Sie mich nicht ins Krankenhaus und befragen ihn dazu selbst?«

»Er ist im Krankenhaus?«

»Ja, hat er Ihnen und Ihrem Kollegen doch gestern angekündigt, dass er zur Nachuntersuchung geht.« Renate Ott deutete zur nahen Straße, wo gerade ein Taxi auf den Vorplatz des Altersheims einbog. »Der Schussel hat sein ganzes Sanitärzeug zu Hause liegen gelassen. Ist ihm natürlich erst aufgefallen, als ich schon auf dem Weg zu meiner Mutter war. Ich hab inzwischen alles aus der Drogerie besorgt.« Sie tippte gegen den Beutel. »Nun fahre ich zum Krankenhaus, um ihm die Sachen vorbeizubringen. Wollen Sie mit?«

»Ist das zufällig das gleiche Krankenhaus, in dem auch Frau Janssen arbeitet?«, fragte Gesa.

»Ja, das Klinikum Nordfriesland. So viele Krankenhäuser haben wir hier ja nicht.«

»Gut, dann schließe ich mich Ihnen gern an.«

Das Taxi fuhr vor, und zusammen mit Renate Ott ließ sich Gesa zum Klinikum fahren.

Die Fahrt dauerte nicht allzu lange, und Renate Ott erzählte ihr unterwegs, dass sie und ihr Mann noch immer damit haderten, ob sie die Feier zu ihrer Silberhochzeit nun absagen sollten oder nicht. Und natürlich wollte sie von der Polizistin wissen, was die Ermittlungen bislang erbracht hatten. Gesa antwortete nur ausweichend. Nicht bloß, weil Renate Ott selbst zum Kreis der Verdächtigen zählte, sondern auch, weil sie noch immer darüber nachdachte, warum Elke Janssen ihnen gegenüber die Beziehung zu Astrid Lührs verschwiegen hatte.

Als sie das große Krankenhaus erreichten, teilten sie sich die Fahrtrechnung, anschließend begleitete sie Renate Ott hinauf in die Onkologie. Ihre Begleiterin war dort offenbar bekannt, denn eine junge Krankenschwester begrüßte Renate Ott freundlich, als diese zielstrebig auf eine Zimmertür zuging, kurz klopfte und sie öffnete.

Das Patientenzimmer war für zwei Personen ausgelegt und ähnelte dem, in dem jüngst Jan untergebracht worden war. Gesa sah beim Eintreten, dass sich Nils Ott auf einem der beiden Betten lang gemacht hatte und Zeitschriften las. Wie ein Patient wirkte er im Augenblick nicht. Das andere Bett war ebenfalls belegt, doch Otts Zimmergenosse befand sich nicht im Raum.

Überrascht sah Nils Ott auf, als er Gesa an der Seite seiner Frau eintreten sah. »Oh, hallo.«

Die Otts begrüßten sich mit Kuss und seine Frau wies auf die Tüte. »Frau Harms und ich sind uns vor dem Altersheim über den Weg gelaufen. Sie hat dort die Momsen besucht.«

»Ach, stimmt. Die lebt ja auch noch«, sagte er ohne Begeisterung und reichte Gesa zögernd die Hand. »Dann sind Sie nicht auf Krankenbesuch hier?«

»Nein, tut mir leid.« Gesa setzte sich auf die Kante des Nachbarbetts, während Renate Ott die Sanitärmittel ins Bad brachte. »Darf ich erfahren, warum Sie eigentlich hier sind? Sie deuteten ja schon an, dass Sie in letzter Zeit krank waren. Aber ich hoffe mal, es ist nichts allzu Ernstes?«

»Wie man es nimmt.« Nils Ott stopfte sich ein Kissen in den Rücken. »Vor einigen Monaten stand es sogar noch ziemlich ernst. Bei mir wurde Leukämie diagnostiziert.«

»Leukämie? Oh, das klingt ernst.«

»Nicht wahr?« Er lächelte verkniffen. »Aber inzwischen entwickelt sich alles zum Besten. Meine Genesung schreitet voran. Ich hatte sozusagen Glück im Unglück, denn mit meiner Frau habe ich einen passenden Knochenmarkspender gefunden.« Er warf Renate Ott einen dankbaren Blick zu, die im benachbarten Badezimmer Zahnbürste und Mundwasser auspackte. »Aber deswegen sind Sie vermutlich nicht hier?«

Nein.« Gesa sah ihn aufmerksam an. »Ich habe vorhin von Frau Momsen erfahren, dass Sie damals vorbestraft waren, als Sie auf die Insel kamen. Warum haben Sie uns das nicht erzählt?«

»Meine Güte, weil das doch … vollkommen irrelevant war.« Nils Ott legte ungehalten die Zeitschriften weg. »Aber gut, da Sie das schon wissen: Ich hatte damals als Jugendlicher Mist gebaut. Eine Schlägerei, die etwas entglitten ist. Ich war damals überhaupt ziemlich reizbar.« Er winkte ab. »Aber ich hab mir seitdem nichts mehr zuschulden kommen lassen. Und mir wurde versichert, dass die Sache aus meinen Akten gelöscht und nie wieder eine Rolle spielen würde.«

»Angesichts der derzeitigen Umstände wirft das dennoch Fragen auf«, sagte Gesa ungerührt, »zumal eine Zeugenaussage vorliegt, derzufolge Sie damals ein Verhältnis mit Astrid Lührs gehabt haben.«

»Oh Mann!« Nils Ott zürnte. »Ich hätte mir gleich denken können, dass Sie deswegen hier sind. Aber um das gleich ganz deutlich zu sagen: Das ist absoluter Mist! Und ich muss nicht einmal lange raten, wer Ihnen das gesteckt hat. Das war Sönke, richtig?«

»Darüber darf ich natürlich keine …«

»Das brauchen Sie auch nicht. Ich weiß auch so, dass er es war. Dieses Arschloch sucht schließlich gerade nach weiteren Kandidaten, die als Vater von Strübbels Baby infrage kommen.« Nils Ott deutete wütend auf sein Handy, das auf dem Beistelltisch lag. »Der Penner hat erst vor einer Stunde bei mir angerufen und mir gedroht, er würde mir seinen Anwalt auf den Hals hetzen, wenn ich mich nicht dazu bereit fände, ebenfalls eine DNS-Probe abzugeben.«

»Sönke Jacobs?«

»Ja sicher. Oder gibt es noch jemand anderen, dem gerade der Arsch auf Grundeis geht? Offenbar glaubt er wirklich, ich hätte was mit Astrid gehabt.«

»Dann waren Sie also nicht besonders … vertraut mit ihr?«

Nils Ott warf seiner Frau, die genau hinhörte, einen unglücklichen Blick zu. »Kommt darauf an, was Sie mit *vertraut* meinen. Wenn Sie damit meinen, ob ich Astrid bereits kannte, bevor wir uns auf Pellworm wiedertrafen, dann lautet die Antwort: Ja. Wenn Sie damit aber andeuten wollen, dass ich damals etwas mit ihr gehabt hätte, dann widerspreche ich dem entschieden.«

»Moment, Sie kannten Astrid Lührs schon aus der Zeit, bevor Sie nach Pellworm kamen?«

»Ja. Ich habe Ihnen doch neulich schon gesagt, dass ich die Clique erst über Astrid kennengelernt hatte.« Nils Ott ließ sich in sein Kissen zurücksinken. »Ich stamme ursprünglich aus Neuenkirchen.«

»Ja, das sagten Sie.«

»Haben Sie mal auf einer Karte nachgesehen, wo die Ortschaft liegt? Gar nicht weit von Strübbel entfernt. Also, das Kaff, aus dem Astrid stammte. Ich lebte da bei meinen Adoptiveltern – nur habe ich mich mit denen ebenso wenig verstanden wie Astrid mit ihrer Familie. Wir haben uns damals auf der Hofparty eines gemeinsamen Bekannten kennengelernt. Ich glaube, da war sie fünfzehn. Und sie war damals ziemlich betrunken. Ich fand es nicht in Ordnung, dass sie von einem der älteren Typen angegraben wurde, und hab sie dann nach Hause gebracht. So haben wir uns kennengelernt.«

»Und das erzählen Sie jetzt erst?« Gesa sah ihn stirnrunzelnd an.

»Wieso? Sie haben mich weder danach befragt, noch wüsste ich, wie Ihnen das irgendwie bei der Aufklärung des Falls behilflich sein könnte.«

»Ich frage«, gab Gesa zurück, »weil Sie behauptet haben, dass es irrwitzig sei, dass sich Astrid Lührs mit ihrem Problem damals an Sie gewandt haben könnte. Ganz offensichtlich waren Sie aber so etwas wie ihr bester männlicher Freund.«

»Meine Güte.« Nils Ott räusperte sich verunsichert. »Wir sind uns nach dieser Party vielleicht noch ein- oder zweimal kurz über den Weg gelaufen. Das war es aber auch schon.«

»Sie war immerhin ein ziemlich hübsches Mädchen.«

»Und? Aussehen ist nicht alles. Ich hab Ihnen doch schon gesagt, dass sie davon ab recht oberflächlich war.«

»Dann sind sie ihr auf Pellworm also rein zufällig über den Weg gelaufen?«

»Na ja, nicht ganz«, gestand er. »Bei unserer letzten Begegnung auf dem Festland erzählte sie mir, dass ihre Eltern sie auf ein Internat nach Pellworm schicken würden. Sie wusste, dass meine leibliche Mutter angeblich von dort stammt und ich mich immer mal auf die Suche nach ihr begeben wollte. Ich schätze, sie hat es mir deswegen erzählt.«

»Auf der Insel waren Sie also nicht bloß auf Arbeitssuche?«

»Doch, in erster Linie schon. Die Suche nach meiner Mutter

war eh aussichtslos. Und als ich schon mal da war, habe ich mich dann irgendwann bei Strübbel gemeldet. Schließlich kannte ich auf der Insel ja sonst niemanden. Und über sie habe ich dann auch ihre Freundinnen kennengelernt.« Er nickt seiner Frau zu, die lächelte. »Aber das wissen Sie bereits. Also, wenn Sie irgendeine DNS-Probe haben wollen, können Sie die gern gleich mitnehmen. Ich habe nichts zu verbergen.«

»Ich denke, das wird noch geschehen«, meinte Gesa nachdenklich. Sie dachte an die Worte des Abtreibungsarztes. »Sagen Sie mal, hat Astrid Lührs eigentlich irgendwann versucht, sich von Ihnen Geld zu leihen?«

»Geld? Von mir?« Nils Ott grübelte eine Weile. »Jetzt, da Sie mich fragen ... sie hat mich tatsächlich mal angepumpt. Einige Wochen bevor sie verschwand. Sie wollte wissen, ob ich ein paar Tausender flüssig machen könne. Womit sie bei mir natürlich absolut beim Falschen war. Wieso?«

»Und Sie?«, wandte sich Gesa an Renate Ott.

Die sah sie überrascht an. »Ich? Nein, woher hätte ich denn so viel Geld nehmen sollen?«

»Na ja«, sagte ihr Mann. »Deine Mutter war ja nicht ganz unvermögend.«

»Du glaubst doch wohl nicht, dass die eine solche Summe für mich lockergemacht hätte?« Renate Ott schüttelte den Kopf. »Die war froh, dass sie mich los war, das weißt du doch.« Resigniert sah sie Gesa an. »Sie müssen wissen, dass mich meine Mutter unehelich zur Welt brachte. Das galt damals als ziemliche Schande. Aber sie war hübsch und hat sich dann als Sekretärin hochgeschlafen, wenn ich das mal so bezeichnen darf.«

»Ihr späterer Mann besaß eine kleine Schraubenfabrik«, kommentierte Nils Ott das Gehörte.

Renate Ott nickte. »Sie hat meinen Stiefvater Ende der Sechziger geheiratet. Dabei trennte die beiden ein Altersunterschied von fast dreißig Jahren. Mich haben die beiden unittelbar darauf ins Internat gesteckt. Von uns Mädchen war ich dort am längsten.« Sie klang abgeklärt. »Mein Stiefvater starb zwar Mitte 1973, aber leider bewirkte das nicht, dass mich meine Mutter wieder zu sich holte. Im Gegenteil, ihr kam es offenbar entgegen, dass sie mich los war. Und was soll ich sagen: Sie hat das Leben danach in vollen Zügen genossen. Allein. Beziehungsweise mit ihren Liebhabern. Denn geheiratet hat sie danach nicht mehr.«

»Immerhin hat sie uns später ein bisschen Geld zugeschossen, als wir versucht haben, uns selbstständig zu machen«, bemerkte Nils Ott versöhnlich.

»Ja, aber du weißt selbst, wie weit wir damit gekommen sind.« Sie winkte ab, während sie sich wieder Gesa zuwandte. »Heute langt ihr Vermögen gerade noch für das Altersheim, und wenn ich ehrlich bin, dann bin ich stolz darauf, dass wir uns alles, was wir heute besitzen, selbst erarbeitet haben. Aber wieso fragen Sie überhaupt?«

»Weil Astrid Lührs am Ende vermutlich versucht hat, Geld für einen Schwangerschaftsabbruch aufzutreiben.«

Die Otts sahen sich an, Gesas Handy piepte.

Eine SMS von Katja. Gesa öffnete sie beiläufig, las die Nachricht und richtete sich alarmiert auf. Ein Durchbruch!

»Na, dann sollten Sie auch die anderen fragen«, sprach Renate Ott währenddessen. »So ein Internatsaufenthalt ist ja nicht gerade billig. Die Familien, aus denen wir Mädchen stammten, hatten alle irgendwie Geld im Hintergrund. Und die anderen Eltern waren zum Teil deutlich großzügiger. Und auch liebevoller. Zum Beispiel Elkes Vater. Der hat …«

»Sagen Sie mal«, unterbrach Gesa sie aufgeregt. »Wissen Sie zufällig, ob Frau Janssen hier ist?«

Als habe die Krankenschwester nur auf dieses Stichwort gewartet, klopfte es an der Zimmertür und die Gesuchte trat ein.

»Hier Nils, ich hab deine …« Verblüfft blieb Elke Janssen mit einigen Illustrierten in der Hand stehen und blickte in die Runde. »Oh, ich hoffe, ich störe die kleine Versammlung nicht?«

»Nein, keineswegs«, erklärte Gesa und erhob sich angespannt. »Denn mit Ihnen wollte ich ebenfalls sprechen.«

Rasch antwortete sie auf Katjas SMS. *Bin hier. Kommt zur Onkologie.*

»Tatsächlich?« Misstrauisch legte die Krankenschwester den Stapel Zeitschriften auf einem Tisch ab. »Viel Zeit habe ich aber nicht.«

Gesa gab die Zimmernummer ein und schickte die SMS ab.

»Können wir uns vielleicht irgendwo unter vier Augen unterhalten?« Sie steckte ihr Handy weg und fragte sich, wie lange es dauern würde, bis Katja und ihr Kollege hier waren.

»Da es vermutlich um Astrid und Wiebke geht, ist das nicht nötig.« Die Krankenschwester sah forsch zu den Otts. »Ich habe keine Geheimnisse.«

»Ach, wirklich?« Gesa musterte sie prüfend. »Gut, dann frage ich Sie ganz direkt: Hatten Sie damals eine Liebesbeziehung mit Astrid Lührs?«

Die Angesprochene sah sie überrumpelt an.

Die Otts warfen sich überraschte Blicke zu.

»Ja. Hatte ich. Und?«, antwortete sie zögernd. »Das ich lesbisch bin, weiß hier jeder.«

»Du hattest damals was mit Strübbel?«, fragte Nils Ott ungläubig.

Auch seine Frau blickte ihre Freundin irritiert an.

»Gott. Ja, hatte ich. Aber nicht lange«, verteidigte sich Elke Janssen. »Was wird das hier? Das ging nur sie und mich etwas an.«

»Dann waren Sie also nicht eifersüchtig, weil Astrid Lührs

sich nebenbei mit Vertretern des anderen Geschlechts traf?«, wollte Gesa wissen.

»Wenn Sie damit andeuten wollen, ob ich damals Besitzansprüche an sie stellte, dann lautet die Antwort: Nein.« Wütend sah die Krankenschwester in die Runde. »Offenbar glauben Sie, ich hätte irgendetwas mit ihrem Verschwinden zu tun? Habe ich aber nicht. Im Gegenteil. Ich war damals in sie verliebt. Sie war überhaupt meine erste große Liebe. Und ich war kreuzunglücklich, als sie so mir nichts, dir nichts verschwand. Das ist auch der Grund dafür, warum ich es abartig finde, dass jetzt offenbar jeder versucht, ihr Andenken zu beschmutzen.«

»Noch einmal: Waren Sie damals eifersüchtig?«, hakte Gesa ernst nach.

»Ich werde Ihnen nicht sagen, was Sie hören wollen.« Elke Janssen sah sie böse an. »Im Übrigen ist mein Gesprächsbedarf für heute gedeckt. Wenn Sie noch Fragen an mich haben, dann laden Sie mich gern offiziell vor. Bis dahin …«

An der Tür klopfte es, und Gesa atmete erleichtert ein. Als sich diese öffnete, standen dort wie angekündigt Katja und ein ihr unbekannter Kollege. Beide in Uniform. Hinter den beiden reckte eine jüngere Krankenschwester den Kopf, die ebenso neugierig wie besorgt an ihnen vorbei ins Zimmer spähte. Allmählich wurde es hier eng.

»Frau Janssen.« Katja trat auf die Krankenschwester zu, während sie beiläufig Gesa grüßte. »Können wir kurz mit Ihnen sprechen?«

Elke Janssen sah sich wie ein in die Enge gehetztes Tier im Raum um. »Können Sie mir sagen, was dieser ganze Aufstand soll?«

»Es wäre nett, wenn Sie uns zum Polizeipräsidium begleiten würden«, fuhr Katja ausdruckslos fort. »Freiwillig, wenn möglich.«

Gesa präsentierte derweil Katjas Kollegen ihren Ausweis, damit er wusste, wen er vor sich hatte, und bedeutete ihm, die Zimmertür zu schließen. Denn dort stand noch immer die junge Krankenschwester.

»Nicht, bevor Sie mir nicht sagen, was Sie von mir wollen«, sagte Elke Janssen trotzig.

Gesa gab ihrer Freundin ein Zeichen, die daraufhin ein Smartphone zückte und der Janssen ein Foto präsentierte.

»Der Grund ist recht simpel«, sprach Katja. »Sie haben uns angelogen. Das hier sind doch Sie, oder?«

Elke Janssen sah auf das Display und wurde bleich. »Das ist … von der Fähre?«

»Ist es«, bestätigte Katja ungerührt. »Oberkommissarin Harms war so frei, bei der Fährgesellschaft nach Überwachungsaufnahmen zu fragen. Und diese beweisen, dass Sie am Donnerstag mit der Sieben-Uhr-fünfundvierzig-Fähre von Pellworm nach Nordstrand gefahren sind. Das war die erste Fähre, die nach dem Fährausfall am Dienstag und Mittwoch wieder zurück aufs Festland fuhr.«

»Was nichts anderes bedeutet«, nahm Gesa den Faden auf, »als dass Sie – anders, als Sie uns gegenüber angegeben haben – zum Zeitraum des Mordes an Wiebke Ehlers ebenfalls auf der Insel waren.«

»Du falsche Schlange!«, zischte Renate Ott. »Du warst auf Pellworm? Dann hast *du* Wiebke umgebracht?« Zornig griff sie nach einem Kissen, als wolle sie damit zuschlagen, doch Gesa fiel ihr in den Arm. »Beruhigen Sie sich!«

Elke Janssen, die noch immer das Smartphone anschaute, begann plötzlich zu weinen. »Ich war es nicht«, sagte sie. »Bitte, Sie müssen mir das glauben.«

Mit bebenden Schultern ließ sie sich aufs benachbarte Bett nieder, während sich Nils Ott in dem seinigen aufrichtete und sie konsterniert ansah.

»Also geben Sie zu, dass Sie zum Tatzeitpunkt auf Pellworm gewesen sind?«, hakte Gesa unerbittlich nach.

»Ja, ich war auf Pellworm«, gab die Krankenschwester zu, während ihr die Tränen die Wangen herabliefen. »Nur habe ich angesichts der ganzen Sache Panik bekommen. Ich wollte nicht in Verdacht geraten, mit Wiebkes Tod irgendetwas zu tun zu haben. Denn das habe ich nicht.«

Gesa wusste, dass Wilharm äußerst ungehalten reagieren würde, wenn sie die Befragung fortsetzte. Doch die Krankenschwester sprach von selbst weiter.

»Wiebke hat mich am Sonntag angerufen, weil sie angeblich etwas Seltsames auf dem Film gefunden hat, von dem ich Ihnen erzählt habe.«

»Und was war das?«

»Keine Ahnung.« Elke Janssen zuckte mit den Schultern. »Sie hat Andeutungen gemacht, dass es mit Strübbels Verschwinden in Zusammenhang stehen könnte. Sie wissen, dass Wiebke nach ihrem damaligen Verschwinden immer mal wieder versucht hat, sie aufzuspüren?«

»Ja, weiß ich«, antwortete Gesa. »Sie hat deswegen mindestens zweimal bei Astrid Lührs' Familie auf dem Festland angerufen. Ganz im Gegensatz zu Ihnen. Und das, obwohl Sie damals doch angeblich verliebt in Astrid Lührs waren.«

Elke Janssen wischte sich über das tränennasse Gesicht. »Ich … weiß selbst nicht, wieso ich mich dort nicht meldete. Vielleicht, weil Wiebke schon bei ihrer Familie angerufen hatte? Wir standen ja all die Jahre in Kontakt.« Sie schluchzte. »Vielleicht auch, weil ich es einfach nicht so genau wissen wollte.«

»Zurück zu Ihrem Inselbesuch, bitte«, bat Katja.

Elke Janssen hob den Kopf. »Ich war natürlich überrascht und wollte wissen, was sie mit ihren Andeutungen meinte. Aber Wiebke sagte, dass sie zuvor noch etwas überprüfen wolle.«

»Und das ist alles?«

»Nein. Ich meine … ja«, antwortete die Krankenschwester. »Sie plante wohl, jemanden auf der Insel zu treffen oder zur Rede zu stellen. Wiebke hat sich da leider bloß in Andeutungen ergangen. Aber da sie wusste, wie ich damals zu Astrid stand, wollte sie mich gern dabei haben. Sie meinte, ich sei die Einzige, der sie aus dem alten Kreis trauen würde. Und sie klang ziemlich dringlich. Wir haben uns daher für Dienstag auf der Insel verabredet. Wir wollten uns abends im Gasthaus *Hooger Fähre* treffen.«

»Sie sind dann aber schon früher eingetroffen?«, hakte Gesa nach. »Denn am Dienstag fuhr bereits keine Fähre mehr.«

»Ja, ich bin am Montag Abend mit der letzten Fähre nach Pellworm übergesetzt.« Elke Janssens Blick irrlichterte durch den Raum. »Meine Lebenspartnerin besitzt auf Pellworm ein kleines Ferienhäuschen. Nicht weit von der alten Kirche entfernt. Ich hatte mir nichts dabei gedacht, schon einen Abend früher auf die Insel zu fahren. Dass die Fähre dann zwei Tage lang komplett ausfallen würde, konnte ich ja nicht ahnen.«

»Und dann?«

»Vormittags habe ich ausgeschlafen, dann bin ich mit dem Fahrrad nach Tammensiel, um etwas einzukaufen. Da bekam ich erst mit, dass der Fährverkehr wegen des Sturms eingestellt worden war. Ich habe noch kurz mit dem Gedanken gespielt, bei Inge oder Renate vorbeizusehen, aber irgendeinen Grund musste es ja haben, dass Wiebke bloß mich sehen wollte. Ich bin dann also wieder quer über die Insel zurück.«

Die Otts musterten sie.

»Vom Ferienhaus aus habe ich dann versucht, Wiebke zu erreichen«, sprach Elke Janssen weiter. »Denn ich befürchtete, dass sie es wegen des Fährausfalls vielleicht gar nicht auf die Insel schaffen würde. Aber ich habe sie nicht erreicht.«

»Wann war das?«, wollte Gesa wissen.

»Kurz nach sechzehn Uhr. Verabredet waren wir um neunzehn Uhr.« Elke Janssen zog ein Taschentuch aus ihrem Kittel. »Weil ich nichts weiter von ihr hörte, habe ich mich dann später zum Gasthaus begeben. Nur kam Wiebke nicht. Blöderweise hatte ich vergessen, mein Handy mitzunehmen, und konnte sie nicht noch einmal anrufen. Ich hab dann das Beste draus gemacht, dort etwas gegessen und bin anschließend quer durch das Mistwetter wieder nach Hause geradelt. Auf dem Weg zurück habe ich den Feuerwehreinsatz auf Höhe unseres einstigen Internats mitbekommen. Ich wurde neugierig und hab einen kleinen Abstecher dorthin unternommen, um mir das Treiben anzusehen.«

»Sie waren dort mit einem Damenrad?«

»Ja, sicher. Wieso?« Elke Janssen wischte sich die Tränen aus dem Gesicht. »Das Fahrrad gehört meiner Freundin.«

Gesa ahnte nun, wer die unbekannte Person auf Lorenzens Schnappschuss war. »Und weiter?«

»Dort habe ich zum ersten Mal etwas von dem Leichenfund mitbekommen. Nur … habe ich mir da noch keine großen Gedanken gemacht. Erst, als Gustav Freese aus dem Gebäude kam und er von einigen der anderen angesprochen wurde, erfuhr ich, dass im Keller wohl eine Touristin gefunden wurde. Tot. Und aus irgendeinem Grund musste ich da plötzlich an Wiebke denken. Ich schätze mal, wegen des Fundortes.« Sie sah traurig aus. »Ich bin dann rasch weggefahren und habe abends noch mit Ingrid telefoniert. Meiner Lebensgefährtin. Sie riet mir, ich solle mich erst einmal ruhig verhalten, bis ich Näheres wüsste. Als am nächsten Vormittag dann Inge bei mir anrief und meine Befürchtungen bestätigte, bekam ich es regelrecht mit der Angst zu tun. Ich wollte nicht, dass Wiebkes Mörder erfährt, dass ich mit ihr auf der Insel verabredet war, denn irgendwie war mir sofort klar, dass das etwas mit dem Film zu tun haben musste. Verstehen Sie? Ich hatte einfach Angst, dass er mir dann vielleicht ebenfalls etwas antut.«

Gesa, Katja und deren Kollege warfen sich vielsagende Blicke zu.

»Ihre Aussage dürfen Sie im Präsidium gern wiederholen«, meldete sich dieser erstmals zu Wort. »Wenn ich Sie nun bitten dürfte, uns zu folgen.«

Elke Janssen erhob sich müde und blickte Gesa verzweifelt an. »Bitte, Frau Harms, ich weiß, dass ich mich falsch verhalten habe. Aber ich bin unschuldig. Das war doch auch der Grund, warum ich Ihnen gegenüber den Film zur Sprache gebracht habe. Erinnern Sie sich? Sie müssen ihn unbedingt finden.«

»Wir werden sehen, Frau Janssen«, sagte Gesa zweifelnd. »Mit etwas Glück bekomme ich ihn sogar heute noch zwischen die Finger. Bis dahin wird man Sie – und vermutlich auch Ihre Lebenspartnerin – noch einmal vernehmen.«

Elke Janssen folgte Katjas Kollegen mit hängenden Schultern nach draußen auf den Krankenhausflur. Katja nickte Gesa kurz zu und folgte ihnen. Zurück blieb Gesa mit Nils und Renate Ott, die ihrer alten Freundin erschüttert hinterherblickten.

Eine Weile lastete betretene Stille im Raum.

»Glauben Sie ihr diese Räuberpistole?«, fragte Nils Ott.

»Sie bezweifeln Frau Janssens Aussage?«

»Also, wenn Sie mich fragen, dann haben Sie die Mörderin.« Er klopfte sein Kissen aus und lehnte sich dagegen. »Denn auf mich wirkt das alles ganz schön konstruiert. Und das sage ich, obwohl es mir schwerfällt, mir vorzustellen, dass Elke zu einem Mord fähig ist. Sogar zu zweien, wenn man es genau nimmt. Andererseits …« Er schürzte nachdenklich die Lippen. »Elke war ja schon immer irgendwie anders.«

»Das darf ich wie verstehen?«

Nils Ott sah seine Frau an. »Weißt du noch, wo Elke damals ihr Praktikum gemacht hat?«

»Ja, ich glaube, auf einem Bauerhof«, antwortete Renate Ott zögernd. »Wieso?«

»Dann weißt du ja vielleicht auch noch, dass sie sich damals damit gebrüstet hat, frei laufenden Hühnern eigenhändig den Hals umgedreht zu haben.« Unheilvoll blickte er Gesa an. »Offenbar war sie schon damals viel kaltblütiger, als wir alle dachten.«

Super 8

»Aber das ist doch eine fantastische Nachricht, oder nicht?«

Arne Lorenzen, der am Steuer seines blauen VW Polo saß, warf Gesa einen aufmunternden Blick zu, während er durch den Ort fuhr. »Denn wenn Elke Janssen damals verliebt in Astrid Lührs war, dann war das vermutlich ihr Motiv. Möglicherweise kam es zwischen den beiden zu einem handfesten Streit. Mit Todesfolge.«

Sie querten soeben die Ortschaft Schobüll im Norden Husums, und Gesa sah vom Beifahrersitz aus dabei zu, wie die im Dunkeln liegenden Häuser und Gärten des Luftkurorts an ihnen vorüberzogen. Üblicherweise hatte man von der Landstraße aus einen hervorragenden und durch keinen Deich getrübten Blick auf die Nordsee. Doch es war bereits Viertel nach sechs am Abend, und vor einer halben Stunde war die Sonne untergegangen. Der bewölkte Himmel trug das Seine dazu bei, dass es sich so anfühlte, als wäre es bereits mitten in der Nacht.

Dennoch lagen sie gut in der Zeit. Zwanzig Uhr würde die letzte Fähre zurück nach Pellworm fahren, und vermutlich konnten sie in Strucklahnungshörn sogar noch einen Imbiss zu sich nehmen.

»Es wäre sogar möglich«, fuhr der Journalist fort, »dass Wiebke Ehlers sie selbst zur Rede stellen wollte.«

»Ja, eigentlich sollte ich mich für Inge freuen, dennoch ...« Gesa fuhr sich nachdenklich durch ihr rotes Haar. »Warum soll Wiebke Ehlers die Krankenschwester dafür eigens nach Pellworm beordert haben?«

»Vielleicht ist die ganze Geschichte ja auch gelogen?«

»Ja, vielleicht. Und wenn nicht? Elke Janssens Ausführungen wirkten auf mich durchaus glaubwürdig. Sicher, mit ihrer Lüge hat sie sich alles andere als einen Gefallen getan, und vermutlich ist auch ihre Lebensgefährtin noch wegen Falschaussage dran, sollte sie ihr ein Alibi für den Abend verschafft haben.« Gesa kniff leicht die Augen zusammen, da dicht hinter ihnen ein Lkw fuhr, dessen Scheinwerferlicht sie im Außenspiegel blendete. »Aber letztlich haben wir Elke Janssen einige wichtige Erkenntnisse zu verdanken. Von diesem Super-8-Film hätte sie uns zum Beispiel überhaupt nichts sagen müssen, wenn dieser sie belastet.«

»Na gut, dann schauen Sie ihn sich doch einfach mal an.« Arne Lorenzen strich sich sein langes Haar zurück und grinste breit.

Aufgeregt sah Gesa ihn an. »Was? Sie haben den Film tatsächlich auftreiben können? Und das sagen Sie erst jetzt?«

»Hatte ich doch in Aussicht gestellt«, sagte ihr Begleiter feixend. »Nur war ich einfach zu neugierig, als dass ich Sie unterbrechen wollte. Ihr Tag war schließlich in jeder Hinsicht interessant. Werfen Sie mal einen Blick auf den Rücksitz.«

»Sie glauben wohl auch, dass man eine Frau bloß reden lassen muss, wie?« Gesa griff nach hinten und fand dort ein Notebook samt Lederhülle, das sie nach vorn holte und auspackte.

»Also das haben jetzt Sie gesagt.« Arne Lorenzen beschleunigte, da das Ortsausgangsschild Husums in Sicht kam. »Aber erfahrungsgemäß kann Zuhören bei Frauen nicht schaden. Greifen Sie in die Innentasche der Hülle. Da befindet sich ein USB-Stick. Der Film befindet sich darauf.«

Gesa schaltete das Notebook an und stöpselte den Stick ein. »Verraten Sie mir auch, wie Sie an ihn herangekommen sind?«

»War gar nicht so schwer«, sagte der Journalist. »Ich habe Ihnen doch vorgestern erzählt, dass mein Bekannter Frau Ehlers letzten Samstag noch in der Finanzbehörde gesehen hat. Und zwar, als diese aus der dortigen Technik kam. Ich habe mich gefragt, was die Gute dort eigentlich gemacht hat. An einem Wochenende.« Er brauste eine Linkskurve entlang, um auf den knapp vier Kilometer langen Nordstrander Damm zuzufahren, der die Halbinsel mit dem Festland verband. Ein Bus kam ihnen entgegen, und Arne senkte vorsichtshalber die Geschwindigkeit. In seinem Scheinwerferlicht war zu sehen, dass die Salzwiesen linkerseits der niedrigen Fahrbahnabsperrung noch immer überflutet waren. »Diese Frage habe ich auch meinem alten Schulfreund gestellt.«

»Bei Ihrem Kontakt handelt es sich um einen alten Schulfreund?«

»Ist doch egal«, wiegelte er ab. »Er hat sich jedenfalls für mich schlau gemacht, und es stellte sich heraus, dass die Behörde zu Dokumentationszwecken auch über Mittel zur Digitalisierung von Filmen verfügen. Kurz gesagt: Den Super-8-Film gibt es tatsächlich, und Frau Ehlers hat die Behördeneinrichtung dazu genutzt, ihn zu digitalisieren. Glücklicherweise lag auf dem Rechner noch eine Kopie. Und die halten Sie gerade in der Hand.«

»Mein Gott!« Gesa hatte die Filmdatei inzwischen gefunden und rief ein Mediaprogramm auf. »Der Film muss unbedingt zu meinen Kollegen.«

»Habe ich schon veranlasst«, sagte Arne Lorenzen. »Mein Kumpel hat ihn inzwischen an die Polizeidirektion in Husum geschickt. Ihre Kollegen waren ja bereits in Frau Ehlers Büro vorstellig und haben sich dort nach ihren letzten Ermittlungen erkundigt. Von dieser privaten Kopie hier weiß aber niemand etwas.«

Endlich war der Player hochgefahren.

»Und, haben Sie ihn sich schon angesehen?«, fragte Gesa zögernd.

»Ja, natürlich«, sagte Arne Lorenzen. »Nur erwarten Sie besser nicht zu viel von der alten Aufnahme.«

Gesa drückte auf den Startknopf.

Ansatzlos drang aus dem Lautsprecher Gelächter, und die leicht verzerrten Klänge von *Sugar Baby Love* von den Rubettes tönten ihr entgegen. Gesa sah sofort, wo der Film aufgenommen worden war. Auf dem Vorplatz des alten Internats ließ eine Schar feiernder Mädchen ausgelassen eine Schampusflasche kreisen. Die Farben des Films wirkten etwas verblasst, und hin und wieder waren Streifen zu sehen, dennoch erkannte Gesa die in winterliche Kleidung gehüllten Protagonisten sofort. Und das, obwohl die Hälfte von ihnen heute vierzig Jahre älter war: Inge, die – wie Gesa überrascht feststellte – 1974 noch lange Haare gehabt hatte, Renate Ott, die damals noch deutlich schlanker war, Wiebke Ehlers, ein eher blasses junges Ding mit Brille sowie ganz eindeutig Astrid Lührs. Astrid und Renate trugen rote und grüne Stirnbänder, wie sie damals Mode waren, und Astrid Lührs war noch viel hübscher, als sie auf dem Foto wirkte. Die vier Mädchen johlten den Refrain des alten Songs mit, bis Astrid Lührs dicht vor die Kamera trat und gröhlte »Biikebrennen!«

Die übrigen Mädchen lachten, doch Inge trat vor, um ihre Freundin wegzuschieben. »Lass mich auch mal!«

Das Bild wackelte, und Inge schien die Kamera zu übernehmen, denn an ihrer Stelle trat jetzt Elke Janssen ins Bild. Auch sie war ein ausgesprochen hübsches Mädchen gewesen. Und schon damals hatte sie einen gewissen Schick.

»Meine Damen und Herren«, imitierte sie mit gewichtiger Stimme einen Moderator. »Unsere heutige Expedition führt uns auf eine Insel am Rande jedweder Zivilisation. Heute werden wir Ihnen einige Ureinwohner vorstellen, die hier schon seit Jahrhunderten auf arglistige Weise arme Seefahrer anlocken, um sie auf einem gewaltigen Feuer …«

Sie wurde von dem spitzen Kreischen Astrids unterbrochen, da Renate hinter Elkes Rücken lachend die Sektflasche schüttelte und Astrid mit Schaum bespritzte.

»Mann, jetzt muss ich mich umziehen«, ertönte ihre Stimme.

Die Kamera schwenkte herum, da blubbernde Motorengeräusche zu hören waren. Zwei Traktoren samt Anhänger fuhren unter großem Hallo vor dem Internatsgebäude vor. Auf ihnen hockte eine Gruppe junger Männer, die dem Lärm nach zu urteilen ebenfalls ordentlich vorgeglüht hatten. Am Steuer des vordersten Gefährts, lässig mit Kippe im Mund, hockte unverkennbar Sönke Jacobs. Er hatte schon damals dünnes Haar, das er hinten lang trug. Unter den Jugendlichen weiter hinten glaubte Gesa kurz Nils Ott ausmachen zu können.

Unerwartet folgte ein Schnitt.

Als der Film weiterlief, dröhnte statt den Rubettes Suzi Quatros *Can the Can* aus dem Lautsprecher. Offenbar stand irgendwo eines der Fenster des Internatsgebäudes offen. Weitere Mädchen begrüßten die Neuankömmlinge auf den Traktoren. Von Links trat Elke ins Bild, die sich suchend umsah. »Wo ist denn Astrid jetzt schon wieder?«

»Die zieht sich um«, tönte eine deutliche Stimme, die Gesa für jene von Wiebke Ehlers hielt. Offenbar hielt sie jetzt die Kamera, denn unter den Mädchen, die auf die Hänger aufstiegen, entdeckte sie auch ihre Patentante. Sie nahm auf dem Traktorensitz neben Sönke Jacobs Platz, während Renate zu dem Zuggefährt weiter hinten eilte, dorthin, wo Gesa in der Einstellung zuvor Nils Ott zu sehen geglaubt hatte.

Abermals gab es einen harten Schnitt – und diesmal veränderte sich der Schauplatz. Es war dunkel, und die Kamera war auf ein großes Feuer gerichtet, vor dem zahlreiche Pellwormer standen. Auch sie trugen die typische Kleidung der Siebzigerjahre: Schlaghosen, Fellmäntel und schreckliche Hornbrillen. Im Hintergrund prasselten die Flammen. Flaschen wurden herumgereicht, es wurde gelacht, und einmal war kurz der Leuchtturm zu sehen. Der Fokus der Kamera zog unvermittelt auf und erfasste Inge und Sönke, die sich soeben einen Joint teilten.

»He! Keine Beweisaufnahmen.« Inge lachte und versuchte vergeblich, die Kamera mit ihrer Hand abzudecken. Schließlich wandte sie sich einigen anderen Jugendlichen zu. »Erklärt sich mal jemand bereit, mit Elke Brüderschaft zu trinken? Ich glaube, die braucht endlich mal einen Kerl.«

Das abfällige Lachen eines Mädchens war zu hören. Offenbar von Elke Janssen selbst, die ihre Kamera nun wieder in der Hand hielt. Das Bild wackelte, und sie zoomte zu Wiebke und Renate hinüber. Die beiden Mädchen standen nahe der Biike und warfen in hohem Bogen weiteres Holz ins Feuer. Aus dem Pulk der Menschen hinter den beiden trat unvermittelt ein schlacksiger Junge und hielt Renate die Hände vor die Augen. Das überraschte Mädchen fuhr herum, und Gesa sah, dass es sich bei dem jungen Mann um Nils Ott handelte, der laut lachte. »Ach, hier bist du.«

Renate zog ihn an sich und küsste ihn voller Leidenschaft. Einige Umstehende pfiffen. Erst dann bemerkten sie, dass sie gefilmt wurden. Johlend riss sich Renate das rote Stirnband aus dem Haar und schwenkte es in Richtung Kamera: »Hinfort ihr bösen Geister!«

Abermals ertönte Lachen. Noch einmal waren kurz Inge und Sönke zu sehen, die sich eine Flasche Hochprozentiges teilten. Dann wurde das Bild schwarz.

Gesa sah auf den Bildschirm, während Arne Lorenzen den Damm entlangfuhr.

»Das ist alles?«, meinte sie leicht enttäuscht.

»Ja, ist es.« Er zuckte mit den Schultern. »Ich sagte doch, dass Sie sich davon nicht zu viel versprechen sollten.«

Gesa wollte den Film noch einmal abspielen, als hinter ihnen ein lautes Horn erklang. In den Seitenfestern blitzten zweimal kurz grelle Scheinwerfer auf. Noch immer dieser Lkw.

»Gott, soll der Idiot doch einfach überholen«, fluchte der Journalist. Tatsächlich setzte das Fahrzeug hinter ihnen zum Überholvorgang an. Arne Lorenzen ließ den Lkw vorbei und Gesa sah aus den Augenwinkeln, dass es sich um ein weißes Pritschen-Fahrzeug handelte. Lärmend donnerte das Gefährt an ihnen vorüber.

»Alles, was ich dem Film entnehmen konnte«, meinte der Journalist, »ist, dass Astrid Lührs offenbar schon kurz nach dem Aufbruch zum Biikebrennen verschwunden ist.«

»Könnte sein«, meinte Gesa nachdenklich. »Zumindest ist das Mädchen auf der letzten Einstellung beim Feuer nicht mehr zu sehen, im Gegensatz zu allen anderen aus der Clique.«

Gesa drückte noch einmal auf den Playbutton, als vor ihnen jäh rote Lichter aufflammten. Der Fahrer des Lkw, der sie mittlerweile überholt hatte, legte unvermittelt eine Vollbremsung ein. Arne Lorenzen schrie überrascht auf und versuchte auf die Gegenfahrbahn auszuweichen, doch es war bereits zu spät. Auf Gesas Seite raste das Heck des Lkw auf sie zu.

Im nächsten Moment krachte es.

Metallblech verbog sich quietschend, der Motor jaulte auf und Gesa wurde unsanft in die Gurte geworfen, während vor ihr die Frontscheibe zersplitterte. Mit einem lauten Knall entfaltete sich vor ihr der Airbag, der den Stoß auffing und ihr den Laptop schmerzhaft vor den Oberkörper rammte. Der VW Polo wurde halb herumgewirbelt und kam auf der Gegenfahrbahn zum Stehen.

Der Motor ging aus und Gesa stöhnte.

Benommen hob sie den Kopf, und für eine Weile sah sie nur Sterne. Dann zerrte sie den Laptop unter dem Prellkissen hervor, dessen Gehäuse ihr gegen die Rippen drückte.

Arne Lorenzen schien es neben ihr auf dem Fahrersitz nicht viel besser zu ergehen. Er blutete aus einer Stirnwunde.

»Scheiße!«, fluchte der Journalist, der ebenfalls das Kissen des Airbags beiseitezog. »Alles in Ordnung?«

»Ja, ich glaube …«

Neben ihnen röhrte der Motor des Lkw wieder auf.

Gesa sah über das Luftkissen hinweg, dass der schwere Wagen an ihnen vorbei zurücksetzte. Wollte der Unbekannte Fahrerflucht begehen? Etwa dreißig bis vierzig Meter hinter ihnen stoppte der Lkw.

Was machte der Kerl da?

Unvermittelt heulte die Zugmaschine auf und Gesa sah, dass der Lkw anfuhr und mit höher werdender Geschwindigkeit frontal auf sie zuhielt.

»Raus hier! Der Kerl hat es auf uns abge…«

Ein fürchterlicher Stoß erschütterte ihr kleines Fahrzeug, als der Lkw sie frontal rammte. Abermals fing der Airbag ihren Körper auf, doch Lorenzens VW Polo durchschlug die Fahrbahnbefestigung auf der linken Seite des Damms wie ein Geschoss, kippte im Flug und schlug mit der Beifahrerseite mehrere Meter von dem Damm entfernt auf der überfluteten Salzwiese auf.

Der Aufprall des Wagens wurde von dem Wasser gedämpft, doch im nächsten Moment sprudelte kaltes Salzwasser durch die geborstene Frontscheibe und füllte unerbittlich ihre Seite des Fahrzeugs. Verzweifelt versuchte Gesa, sich von dem Gurt zu befreien, doch sie bekam den Verschluss nicht richtig zu fassen. Hatte er sich verklemmt?

»Hilfe!«, rief sie noch, dann umspülte die Flut ihren Körper vollständig. Panisch zerrte und rüttelte sie unter Wasser weiter an dem Gurt.

Erfolglos.

Ihre Lungen brannten, als sie helfende Hände unter den Achseln spürte.

Der Gurt löste sich endlich, und Lorenzen zog sie an dem aufgeblähten Prellsack vorbei aus dem Wasser. Keuchend und hustend schnappte sie nach Luft, während der Journalist über sich das Seitenfenster herunterkurbelte und ins Freie kletterte.

»Kommen Sie, raus hier!« Er half ihr aus dem Auto, und Gesa sah, dass der umgekippte Wagen zur Hälfte im Wasser lag. Es brannten noch immer die Hecklichter.

Arne Lorenzen sprang neben dem Polo ins Wasser, das ihm bis zur Brust reichte. Gesa folgte ihm leicht benommen und hielt nach dem Lkw Ausschau. Doch der hatte längst die Flucht angetreten. Frierend wateten sie durch das kalte Nass zurück zum Damm. Als sie die Straße endlich erreichten, zog Lorenzen seine Lederjacke aus und hängte sie Gesa über die Schultern. Dann winkte er einem einsamen Fahrzeug entgegen, das sich ihnen vom Festland aus näherte.

Erst jetzt spürte Gesa den Schock. Und erst jetzt wurde ihr klar, wie knapp sie dem Ertrinken entronnen war.

Zitternd hüllte sie sich in Lorenzens Lederjacke und schaute konsterniert in Richtung Nordstrand, wo allmählich die Rücklichter des Lkw verschwanden.

Das eben war ein Mordanschlag gewesen.

Sie musste nicht lange mutmaßen, wer dafür die Verantwortung trug. Der Unbekannte hatte es nach Astrid Lührs und Wiebke Ehlers jetzt auf sie und Lorenzen abgesehen.

Gesa dachte unwillkürlich an ihren Sohn, der eben fast auch seine Mutter verloren hätte. Und trotz der Kälte stieg in ihr ein rasender Zorn auf. Ein Zorn, den ihre nächste Erkenntnis nicht dämpfen konnte: Offenbar waren sie dem Täter dicht auf den Fersen.

Pellwormer Nächte

»Nein, den Fahrer konnten wir bislang nicht ausfindig machen«, sagte Gesas Kollege, der als Erster am Unfallort eingetroffen war. »Und das, obwohl wir in Nordstrand derzeit mit drei Streifenwagenbesatzungen fahnden. Die Spurensicherung hat sich den Lkw allerdings schon vorgenommen. Das Fahrzeug steht verlassen am Mitteldeich, und es sieht ganz so aus, als sei der Wagen in Husum von einem Parkplatz an der Osterhusumer Straße gestohlen worden.«

»Scheiße.« Gesa saß mit durchfeuchteter Kleidung in der Hecktür des Krankenwagens, hüllte sich in eine wärmende Decke und sah dabei zu, wie ein schweres Bergungsfahrzeug den VW Polo von der Salzwiese holte. Wasser strömte aus dem Wagen, als der Kran das blaue Fahrzeug anhob und gekonnt auf die Ladefläche des Hängers verfrachtete.

Die Dammstraße war inzwischen komplett abgesperrt worden. Um Gesa herum blinkten die Signalleuchten der beteiligten Einsatzfahrzeuge: zwei Streifenwagen, ein Bergungsfahrzeug und der Krankenwagen, in dem sie saß. Auf beiden Seiten der Fahrbahn warteten Pkw, von denen gelegentlich einer ausscherte, um in die Richtung zurückzufahren, aus der er gekommen war.

Arne Lorenzen stand am Straßenrand, ließ sich von einer Sanitäterin einen dampfenden Becher heißen Tee reichen, und sah resigniert dabei zu, wie der Haufen Altmetall, in dem er Gesa noch vor zwei Stunden herkutschiert hatte, auf der Ladefläche verzurrt wurde. Gemeinsam mit einem Mitarbeiter des Bergungsunternehmens öffnete er die Beifahrertür und suchte den Innenraum nach verwertbaren Gegenständen ab. Seinem Gesichtsausdruck nach war dem Versuch kein großer Erfolg beschert.

»Und Sie sind sich sicher, dass der Lkw Sie bereits seit Husum verfolgt hat?«, fragte der Polizist.

»Ja«, antwortete Gesa gereizt. »Ich glaube, das erste Mal ist er mir auf Höhe Hockensbüll aufgefallen. Da habe ich mir aber noch nichts dabei gedacht.«

»Mann, Mann, Mann. So was erlebt man auch nicht alle Tage.« Der Mann lüpfte die Dienstmütze und sah Gesa sorgenvoll an. Sein jüngerer Kollege, ein Mittzwanziger mit auffallend vielen Sommersprossen, trat an ihre Seite.

»Oberkommissarin Harms? Hier das Ergebnis der Sammelabfrage, die wir auf Ihren Wunsch hin durchgeführt haben.« Er reichte ihr einen Zettel. »Das sind alle Pellwormer Bewohner mit Lkw-Führerschein.«

Gesa schnappte sich den Zettel und suchte die überschaubare Liste nach bekannten Namen ab. Sie fand darunter gleich drei: Nils Ott, Sönke Jacobs und Martin Jensen, der Fahrradverleiher, mit dem die Otts befreundet waren.

»Von den Frauen, die Sie mir genannt haben«, fuhr der junge Kollege fort, »besitzt nur eine einen Lkw-Führerschein. Es handelt sich dabei um diese Ingrid Beckmann. Nicht ungewöhnlich, wenn sie in Husum eine Spedition besitzt.«

Gesa sah auf, als sie den Namen von Elke Janssens Lebensgefährtin hörte. »Danke. Haben Sie auch die anderen Erkundigungen eingeholt?«

»Ja, habe ich. Ganz so, wie Sie vermutet haben, war Frau Beckmann zusammen mit dieser Krankenschwester noch bis 17.30 Uhr zur Vernehmung auf dem Polizeipräsidium. Man hat die beiden dann mit der Auflage gehen lassen, sich die nächsten Tage über nicht aus der Stadt zu entfernen.«

»Mist.«

»Wenn es eine von Ihnen war, die Sie hier vom Damm gedrängt hat, erwischen wir sie«, versuchte sie der ältere der beiden Kollegen zu ermutigen. »Im Augenblick suchen wir sie allerdings noch, zu Hause waren sie nämlich nicht. Aber Nordstrand ist derzeit komplett abgeriegelt. Von der Seeseite kommt man nur mit der Fähre weg, und zum Festland geht es nur über diesen Damm. Bis auf Weiteres werden wir jede Person kontrollieren, die versucht, die Halbinsel Richtung Festland zu verlassen.«

»In zehn Minuten wird übrigens die Zwanzig-Uhr-Fähre auf Pellworm eintreffen.« Der Jüngere warf einen Blick auf seine Armbanduhr. »Ihr Hauptkommissar Wilharm wurde bereits informiert. Er und sein Kollege halten sich bereit, alle Passagiere zu kontrollieren, die die Fähre verlassen. Er war übrigens sehr besorgt, und ich soll Ihnen seine Grüße bestellen.«

»Vielen Dank«, sagte Gesa lustlos. »Da dies nicht bloß die einzige Fähre ist, die nach unserem … Zwischenfall von hier abfuhr, sondern zugleich auch die letzte für heute, sollte es ihm hoffentlich auffallen, wenn da ein bekanntes Gesicht eintrifft.« Tief atmete sie ein. »Haben Sie Polizeimeisterin Katja Lange schon erreicht?«

»Nein, tut mir leid. Die Zentrale teilte mir mit, dass sie gerade auf einem Einsatz ist. Da läuft eine Razzia, und einer der Verdächtigen befindet sich auf der Flucht. Wird wohl noch etwas länger dauern, bis sie wieder verfügbar ist.«

Arne Lorenzen trat zu ihnen und grüßte die Polizisten. Ein Pflaster zierte seine Stirn, über der Schulter trug er eine durchnässte Tasche, und ebenso wie Gesa war er in eine Decke gehüllt, obgleich ihm der kalte Wind weniger auszumachen schien. Niedergeschlagen präsentierte er ihr das Notebook.

»Das dazu.« Wasser tröpfelte aus dem Gehäuse. »Und der

USB-Stick ist verschwunden. Liegt jetzt wohl irgendwo da draußen im Wasser.«

Gesa betrachtete das Gerät entmutigt, während auf der Straße das Bergungsfahrzeug mit Lorenzens VW Polo anrollte. Die Kollegen des Streifenwagens auf Nordstrander Seite ließen es passieren, und die Sanitäterin mit der Thermoskanne gesellte sich zu den Verunfallten.

»Sie beide brauchen wirklich nichts?«, fragte sie. »Wir fahren Sie gern ins Krankenhaus.«

»Was mich betrifft, habe ich die Karambolage unbeschadet überstanden.« Arne Lorenzen sah Gesa besorgt an. »Und Sie?«

»Nicht mal eine Platzwunde«, sagte die Polizistin, der lediglich die Rippen schmerzten.

»Na gut«, meinte die Frau. »Sollten sich gegebenenfalls Kopf- oder Nackenschmerzen einstellen, rate ich Ihnen, sofort einen Arzt aufzusuchen. Sie wissen ja selbst: Mit einem Schleudertrauma ist nicht zu spaßen.«

»Wird gemacht«, versprach Gesa. »Und danke noch einmal für Ihr Handy.«

»Da nicht für!«, gab die Sanitäterin zurück. »Eventuell lassen sich Ihre Smartphones ja noch reparieren. Akku raus und die Platine in Isopropanol legen. Das ist ein wasserlöslicher Alkohol, der rückstandslos verdunstet.«

»Werde ich mir merken, wenn mein Gerät mal einen Wasserschaden hat«, meinte der ältere Polizist anerkennend.

»Dann haben Sie Jan erreicht?«, wollte Arne Lorenzen wissen.

Gesa schüttelte den Kopf. »Ich habe ihm aufs Band gesprochen. Auch, dass ich im Augenblick schlecht erreichbar bin. Ich denke mal, er ist gerade auf dem Weg zum Kirchspielkroog, wo gleich dieses Theaterstück beginnt.«

»Alleine?« Sein Tonfall klang leicht amüsiert. Gesa bewunderte ihn dafür, dass er trotz ihrer Lage seinen Humor behielt.

»Nein. In Damenbegleitung«, antwortete sie und musste ebenfalls kurz lächeln.

»Wissen Sie denn schon, wo Sie jetzt unterkommen?«, fragte der jüngere Kollege. »Sie sind jetzt ja ebenfalls von Pellworm abgeschnitten.«

»Ehrlich gesagt nicht.« Gesa warf Arne Lorenzen einen kurzen Blick zu. »Das war auch einer der Gründe, warum ich versucht habe, meine Kollegin zu erreichen.«

»Und Sie?« Der junge Kollege wandte sich an den Journalisten.

Der schüttelte den Kopf. »Nein, derzeit bin ich auch auf Pellworm untergebracht.«

»Dann hätte ich da vielleicht einen Vorschlag: Meine Tante führt hier auf Nordstrand eine kleine Pension. Am Herrendeich. Waschmaschine und Trockner hat die auch. Wenn Sie möchten, rufe ich sie an und schlage für sie beide einen Kollegenrabatt raus. Ist angesichts der Umstände vielleicht die angenehmste Lösung.«

Gesa und Arne Lorenzen sahen sich an, und der Journalist nickte. »Wenn das möglich wäre, sehr gerne.« Er musterte Gesa. »Auch für Sie?«

»Ja, warum nicht? Ich fühle mich allmählich wie ein lebender Eiszapfen.«

Die übrigen Kollegen räumten den Damm und gaben ihn wieder für den Autoverkehr frei. Den Kontrollposten auf Nordstrander Seite hielten sie aufrecht.

Die ungleichen Kollegen, die Gesa und Arne Lorenzen betreut hatten, legten auf dem Rücksitz ihres Streifenwagens eine Plane aus, damit sie die Sitze nicht durchfeuchteten. Sie reihten sich kurz darauf in den Verkehr ein, um die beiden auf die Halbinsel zu bringen. Unterwegs kam ihnen das Bergungsfahrzeug, das auf dem Damm nicht hatte wenden können, mit Lorenzens demoliertem VW Polo entgegen, was diesem einen leisen Seufzer entlockte.

Wenig später fuhr der Streifenwagen auf eine begrünte Landstraße ein, die von Feldern und Hausgrundstücken gesäumt wurde. Vieles hier erinnerte Gesa an Pellworm. Einige Minuten später erreichten sie die *Pension am Meiereigraben*, ein reetgedeckter kleiner Gasthof mit Apfelbäumen vor dem Haus, in dem zu dieser Jahreszeit offenbar nicht viel los war.

Wie von Gesas jungem Kollegen angekündigt, wurden sie dort von einer gedrungenen Endfünfzigerin mit mütterlichem Habitus erwartet, die sich ihrer Gäste besorgt annahm. Sie präsentierte ihnen sogleich ihre besten Zimmer im ersten Obergeschoss, organisierte Bademäntel, trockene T-Shirts, Handtücher, Sanitärmittel und sogar Unterwäsche und ließ so lange nicht locker, bis sie ihre durchfeuchtete Kleidung entgegennahm, um diese für sie zu waschen. Bei alledem versicherte sie ihnen, wie glücklich sie sich schätzte, die Polizei unterstützen zu können, und sie erfuhren, dass ihr Neffe schon als kleiner Junge Polizist werden wollte.

Gesa und ihr Begleiter ließen den gut gemeinten Wortschwall standhaft über sich ergehen, bevor sich die Polizistin endlich unter die heiße Dusche stellen konnte. Als sie sich nach einer gefühlten Ewigkeit abtrocknete, ging es ihr deutlich besser. Gesa hüllte sich in den flauschigen Bademantel, setzte sich ans Zimmertelefon und rief noch einmal auf Pellworm an.

Abermals erreichte sie nur den Anrufbeantworter ihres Sohns, den sie ebenso besprach wie jenen ihres Festnetzanschlusses zu Hause. Kurz überlegte sie, ob sie auch bei Inge anrufen sollte, verzichtete aber darauf. Sie wollte ihre Patentante nicht noch mehr beunruhigen. Und was Jan betraf, der war kein Kind mehr. Er würde die Nacht auch ohne sie überstehen.

Sie hatte sich gerade ihr Haar getrocknet, als es an ihrer Zimmertür klopfte.

Sie öffnete, und vor der Tür stand Arne Lorenzen. Er trug einen gestreiften, etwas eng sitzenden Bademantel, der vermutlich dem Gatten der Pensionswirtin gehörte. Sein langes Haar wirkte noch etwas feucht. Er hielt ein Tablett in den Händen, auf dem Teller und Schüsseln mit belegten Broten, Gurken und anderen Leckereien standen.

»Ich hoffe, ich störe nicht«, meinte er augenzwinkernd. »Aber die Küche des Hauses war schon zu. Frau Meier hat uns aber dennoch noch etwas zu Essen gemacht. Sogar einen heißen Grog, damit wir uns nicht verkühlen.« Er deutete mit dem Kinn auf eine große Thermoskanne unter seinem Arm.

Gesa lächelte. »Na, da Sie mir mein Leben gerettet haben, kann ich Ihnen die Einladung zu diesem Drei-Sterne-Mahl nur schwer ausschlagen.«

»Eben. Ich setze da ganz auf Ihre gute Erziehung.« Der Journalist stellte das Tablett auf einem Tisch ab und machte es sich in einem Stuhl unter dem mit Gardinen behangenen Fenster des Raums bequem. Dort schenkte er dampfenden Grog in zwei Becher ein.

»Ich meine das ernst«, sagte Gesa, während sie die Tür schloss. »Danke für vorhin. Alleine wäre ich nicht aus dem Gurt rausgekommen.«

»Ach, kommen Sie.« Der Journalist zwinkerte ihr zu. »Beim nächsten Mal retten Sie mich, und dann sind wir quitt.«

»So so, beim nächsten Mal?« Gesa sah ihren Retter schmunzelnd an. »Ich hoffe nicht, dass das zur Gewohnheit wird.«

»Na ja«, der Journalist betrachtete sie in ihrem Bademantel. »Also, wenn man mal die Umstände außer Acht lässt, die uns hergeführt haben, dann könnte man doch eigentlich denken, wir befänden uns hier in einer Wellnessoase. Fehlt nur noch die Sauna.«

»Scherzbold.« Gesa lachte befangen und nahm auf dem Bett Platz. Viele andere Sitzgelegenheiten bot das Zimmer nicht.

»Wann waren Sie denn das letzte Mal in einer Therme?«, plauderte der Journalist munter weiter, während er ihr einen der Becher reichte und sich ein Brot nahm.

»Gott, das ist schon länger her. Drei Jahre oder so.« Auch Gesa begann zu essen. »Die Ostsee-Therme in Scharbeutz. Hübscher Ort.«

»Ja, da wollte ich auch mal hin.« Sie erfuhr, dass Arne mindestens einmal im Monat saunte, früher begeisterter Schwimmer war, sich heute jedoch nur mit gelegentlichem Joggen und Kraftsport fit hielt. Da der eng anliegende Bademantel die Konturen seines Körpers gut nachzeichnete, konnte sie sehen, dass Lorenzen trainierter war, als man ihm auf den ersten Blick ansah. Mit dem halblangen Haar und dem sich abzeichnenden Zweitagebart haftete ihm etwas leicht Verwegenes an.

Er erinnerte sie ein wenig an einen Schwarm aus ihrer Teenagerzeit.

Während er von seiner Familie, seiner Arbeit und sehr begeistert von einem Thailandurlaub sprach, den er vor einigen Jahren mit einer seiner einstigen Freundinnen unternommen hatte – es schien da mehrere gegeben zu haben –, kam auch sie ins Plaudern. Sie berichtete von ihrer Arbeit, ihrem langjährigen Familienleben, von Ausflügen mit Katja und anderen Freundinnen und gestand ihm sogar irgendwann, dass sie erst mit neunzehn schwimmen gelernt hatte.

Sie unterhielten sich locker, während sie das Mahl verzehrten, und wenn er es darauf angelegt hatte, sie das schreckliche Erlebnis von vorhin etwas vergessen zu lassen, hatte er durchaus Erfolg damit. Ab und an brachte er sie zum Lachen, und sie entspannte sich zunehmend. Ein Umstand, an dem möglicherweise der Grog seinen Anteil hatte, dessen Wirkung sie allmählich spürte. Sie fühlte, wie sich ihre Wangen röteten, was ihr bei zu viel Alkohol immer passierte, und fragte sich, ob Arne Lorenzen sie nicht allmählich für eine Plaudertasche hielt. Doch er erweckte nicht den Eindruck. Im Gegenteil, er war ein interessierter Zuhörer. Gesa gestand sich ein, dass sein Charme auch bei ihr verfing. Und das schon seit einigen Tagen.

»Den Verlust Ihres Wagens verkraften Sie übrigens erstaunlich gut«, sagte sie in einer kurzen Gesprächspause, nachdem sie wieder am Grog genippt hatte. »Die meisten Männer hätten sich da vermutlich mehr angestellt.«

»Ach, wissen Sie«, meinte er schulterzuckend. »Für mich ist ein Auto bloß ein fahrbarer Untersatz, der einen von A nach B bringt. Bei dem, was ich verdiene, wäre es auch vermessen, mein Leben auf solche Statussymbole auszurichten. Wichtig ist doch bloß, dass wir heil aus der Karre rausgekommen sind. Ihnen ist vermutlich ebenso klar wie mir, dass uns da vorhin jemand aus dem Weg räumen wollte?«

»Ja, natürlich.« Auch Gesa wurde ernst. »Die ganze Zeit über frage ich mich, wer das gewesen sein könnte. Elke Janssen und ihre Freundin? Die hätten uns in Husum durchaus abpassen können.«

»Hatten Sie denn das Gefühl, verfolgt zu werden, bevor ich sie aufgelesen habe?«

»Da ich nicht darauf geachtet habe, kann ich dazu nichts sagen.« Gesa lehnte sich gegen die Wand am Kopfende des Bettes und sah nachdenklich drein. »Zu der Zusammenkunft im Krankenhaus kam es vor sechzehn Uhr. Ich habe mich danach schnurstracks in das Café begeben, in dem Sie mich abgeholt haben. Elke Janssen und ihre Lebensgefährtin haben das Polizeipräsidium zwar bereits 17.30 Uhr verlassen, aber woher sollten die wissen, wo ich mich befand? Oder wurden Sie verfolgt?«

»Ich?« Der Journalist schüttelte den Kopf. »Ganz sicher nicht. Ich bin direkt von Kiel aus zu unserem Treffpunkt gefahren. Und was ist mit Nils und Renate Ott?«

»Hm.« Gesa wiegte zweifelnd ihren Kopf. »Das muss ich noch

nachprüfen. Nils Ott sollte eigentlich zur Nachuntersuchung auf seinem Zimmer liegen. Seine Frau dürfte das Krankenhaus kurz nach mir verlassen haben. Wegen der Biiketage wurde der Wochenendfahrplan ausgesetzt, um 16.40 Uhr fuhr noch eine Sonderfähre nach Pellworm. Wenn sie die genommen hat, wurde sie gegebenenfalls auf der Insel gesehen. Sollte sie hingegen – wie wir – auf die Zwanzig-Uhr-Fähre gesetzt haben, dürfte sie drüben Wilharm und Schultze in die Arme gelaufen sein. Gar nicht gut sähe es für sie aus, wenn sie noch immer hier auf dem Festland ist.«

»Und dieser Sönke?«

»Auch das wird sich morgen zeigen. Man mag von Wilharm halten, was man will, aber er wird klug genug sein, jeden Einzelnen unserer bisherigen Verdächtigen auf der Insel nach seinem Alibi für den Abend zu befragen.«

»Dazu gehört dann auch Inge Wilms«, merkte Arne Lorenzen vorsichtig an.

»Ja, sicher. Aber für sie lege ich meine Hand ins Feuer.« Gesa presste leicht die Finger gegen den Becher. »Nur frage ich mich schon seit geraumer Zeit, ob wir es hier bloß mit einem oder gar mit zwei Tätern zu tun haben. Da gibt es schließlich auch noch diesen Freund von Nils Ott. Seine Name lautet Martin Jensen. Er besitzt den Verleih, aus dem Fahrrad und Anhänger verschwanden, mit denen Wiebke Ehlers Leiche zum ehemaligen Internat transportiert wurde. Er hat Nils Ott ein Alibi für Dienstag verschafft, und er verfügt ebenso wie er über einen Lkw-Führerschein. Die beiden scheinen überhaupt sehr eng zu sein.«

»Martin Jensen?« Der Journalist hob überrascht eine Augenbraue. »Den Namen höre ich nicht zum ersten Mal. Der ist in der gleichen Partei wie Gustav Freese.«

Überrascht sah Gesa auf. »In verantwortlicher Position?«

»Wie man es nimmt: Er ist Protokollführer. Also doch eine Verbindung zu der Immobiliengeschichte?«

Zweifelnd blickte Gesa dem Journalisten in die Augen. »Ich weiß es nicht. Mit wem auch immer wir es zu tun haben, bislang verwischt unser Täter seine Spuren aufs Vortrefflichste. Ich kann nur hoffen, dass dieses Schwein Wilharm und Schultze bei der Fährkontrolle in die Arme fällt. Falls nicht, dann sieht es übel für Inge aus. Denn dass es sich bei dem Fundstück in ihrem Garten um die Tatwaffe handelt, ist ziemlich offensichtlich.« Gesa setzte sich an die Bettkante und fixierte das Telefon. »Ich glaube, ich sollte noch mal anrufen. Er hat ja die hiesige Nummer nicht, und wenn sich in der Sache irgendetwas ergeben hat ...«

»Warten Sie.« Arne Lorenzen berührte sachte ihre Hand, als sie zum Hörer greifen wollte. »Sie vergessen, dass Inge zumindest in einer Hinsicht aus dem Schneider ist: Da sie die Insel derzeit nicht verlassen darf, kann sie nicht für den Anschlag vorhin auf uns verantwortlich sein. Das betrifft nebenbei jeden, der sich zu dem Zeitpunkt auf der Insel befand.«

»Und wenn ich mich in ihr irre und sie die Insel doch verlassen hat?« Leicht verzweifelt sah Gesa Arne Lorenzen an. »Was, wenn sie mich die ganze Zeit über belogen hat? Was, wenn sie doch irgendwie da mit drin hängt?«

»Denken Sie ernsthaft, dass Frau Wilms Sie je gefährden würde?« Er umfasste weiterhin beruhigend ihre Hand. »Lassen Sie es für heute einfach gut sein. Heute können Sie nichts mehr tun. Sie werden es morgen früh erfahren.«

Gesa blickte ihrem Gegenüber in die grünen Augen und spürte, wie ihr Herz stärker klopfte. »Der Schlüssel zu alledem ist dieser Film«, meinte sie mit spröder Stimme. »Ich bin mir dessen sicher. Wir müssen unbedingt versuchen ...«

»Auch darum kümmern wir uns morgen«, unterbrach sie der Journalist sanft. »Ihnen fällt es nicht leicht, mal abzuschalten, oder?«

»Nein. Kann ich schon seit einer Weile nicht mehr.«

Sie wollte ihre Hand wegziehen, doch der Journalist folgte ihrer Bewegung. Sein Gesicht kam dem ihren fürchterlich nahe, und sie spürte seine Körperwärme.

Unvermittelt küsste Arne Lorenzen sie.

Gesa fühlte seine Lippen auf ihren, und verunsichert schloss sie die Augen. Sie kam sich vor wie eine Teenagerin. Atemlos saß sie da, und die Gefühle in ihr schlugen Purzelbäume.

Durfte sie das? War sie dafür bereit?

»Ich gestehe, eigentlich wollte ich dir vorher das Du anbieten.« Arne grinste frech und streichelte ihre Wange. »Aber ehrlich gesagt, muss ich hieran schon denken, seit wir uns in dieser Scheune begegnet sind.«

»Tatsächlich?« Gesa zitterte vor Aufregung. »Ich weiß ehrlich gesagt gar nicht, ob ich das noch kann.« Und doch lehnte sie sich leicht gegen ihn. Er roch gut. »Ich … hab früh geheiratet. Vor Peter hatte ich bloß …«

Arne küsste sie abermals. Liebevoll. Zärtlich.

Sie sank zurück auf ihr Bett und gab sich seinen Lippen hin.

*

Jan lag beseelt auf seinem Bett und blickte zu den Star-Wars-Raumschiffmodellen auf, die über ihm an der Decke baumelten. Das Lustspiel, das die Theaterspeeler vom Freesenvereen im Kirchspielskrug aufgeführt hatten, war amüsant gewesen, inhaltlich aber mehr oder minder an ihm vorbeigerauscht. Er hatte nur Augen für Lisa gehabt, die ihn tatsächlich zu der Aufführung mitgenommen hatte.

Allein.

Ohne ihren Bruder.

Gut, da waren noch ihre beiden Freundinnen gewesen, aber Lisa hatte sich von Jan abholen lassen, und sie waren zu zweit zur alten Kirche gefahren. Auf dem Hinweg hatte sie ihm von den Vorstellungen der letzten Jahre berichtet, und während der Vorstellung hatte er neben ihr sitzen dürfen. Später hatte sie ihm anvertraut, dass sie sich irgendwann selbst der Schauspielerriege anzuschließen gedachte.

Natürlich hatte er sie darin bestärkt, denn völlig egal, wie groß oder klein ihr schauspielerisches Talent war, er war sich sicher, dass sie allein durch ihre Erscheinung jeden im Publikum für sich einnehmen würde.

Nach dem Theaterstück hatte er sie ganz ritterlich wieder nach Hause gebracht, obwohl das ein ziemlicher Umweg für ihn gewesen war. Wie in der Nacht im einstigen Internat hatte sie das bunte Tauende bewundert, das ihm als Schlüsselbund diente, und so hatte er es ihr ohne zu zögern geschenkt. Obwohl es ein Andenken an seinen Vater war. Aber das ging schon in Ordnung.

Denn so viel Zeit allein, also *fast* allein, hatten sie noch nie zusammen verbracht. Sie hatten sich überhaupt gut verstanden.

Ziemlich gut sogar.

Oder bildete er sich das nur ein?

Vielleicht war Lisa bloß höflich zu ihm gewesen?

Sein Dauergrinsen gefror, und Jan stieß einen tiefen Seufzer aus.

Er musste an den Unfall seiner Mutter denken, von dem er erst in der Pause des Stücks erfahren hatte, da er sein Handy vor der Vorstellung abgeschaltet hatte und sie ihm bloß aufs Band hatte sprechen können. Der Anruf hatte ihm durchaus einen Schreck bereitet, doch so schlimm schien der Unfall offenbar nicht gewesen zu sein. Zudem war es ihm ganz recht gewesen, dass seine Mutter es heute nicht zurück nach Pellworm geschafft hatte, denn das bedeutete, dass er länger mit Lisa fort sein konnte.

Viel interessanter als den Unfall fand er, dass sie da drüben auf dem Festland offenbar zusammen mit Arne Lorenzen unterwegs war. Jan konnte sich nicht daran erinnern, dass sie nach dem Tod seines Vaters überhaupt mal mit einem anderen Mann aus gewesen war.

Jan vergrub die Arme hinter dem Kopf, grübelte und gestand sich ein, dass er in den letzten zwei Jahren kaum darüber nachgedacht hatte, wie es ihr mit alledem ging. Damals, kurz nach den schrecklichen Unfall seines Vaters, hatte sie viel geweint. Er auch. Aber sie hatte ihrer beider Leben schnell neu organisiert.

Fast zu schnell, seinem Geschmack nach. Er war deswegen oft verärgert gewesen. Auch über den Umzug nach Pellworm, der im Nachhinein betrachtet aber eigentlich ganz okay war.

Lisa hatte ihn auf dem Rückweg gefragt, wie es ihm so ginge. Abgesehen von seiner Mutter und Inge war sie die Erste, die ihn so offen auf seinen Verlust angesprochen hatte. Und nun dämmerte ihm, dass seine Mutter ja nicht bloß seine Mutter war, sondern ihr eigenes Leben führte. Und dass sie – objektiv betrachtet – für ihr Alter auch gar nicht so schlecht aussah.

Ob sich da was mit dem Journalisten anbahnte?

Jan dachte kurz darüber nach, wie er das fände. Arne war nett. Und locker. Lockerer jedenfalls als seine Mutter. Er würde ihr vermutlich ganz guttun, und wenn seine Mutter mal wieder ihre fünf Minuten hatte, konnte man sich mit ihm vielleicht sogar verbünden. Er schmunzelte unwillkürlich und fragte sich zugleich, was sein Vater von der ganzen Sache halten würde.

Die Überlegung machte ihn traurig. Vermutlich hatte er sich über den Tod ebenso wenig Gedanken gemacht wie er und seine Mutter.

Unruhig wälzte er sich herum, dachte wieder an Lisa und ihm kamen Zweifel. Was, wenn sie wirklich einfach nur nett zu ihm gewesen war? *Nett* war bekanntlich der kleine Bruder von *Scheiße*.

Oliver hatte ihm ja gesagt, dass es in der Schule auch noch ein paar andere Typen gab, die auf seine Schwester standen. Patrick war ganz sicher ebenfalls interessiert.

Und wie sollte Jan gegen einen wie ihn bestehen?

Er richtete sich auf und ärgerte sich nun über sich selbst. Er hätte ihr nach seiner Rückkehr ja wenigstens texten können, dass er den Abend cool fand. Obwohl – das hatte er ihr ja schon auf dem Rückweg gesagt. Er lehnte sich wieder zurück, als ihm ein Gedanke kam.

Was, wenn sie *ihm* in der Zwischenzeit geschrieben hatte?

Er suchte sein Handy, bis ihm klar war, dass es noch immer unten in seiner Jacke steckte. Shit. Er schlüpfte in seine Schuhe und öffnete die Zimmertür, um zur Garderobe im Erdgeschoss ihres Hauses laufen. Seine Hand lag bereits auf dem Lichtschalter, als ihm einfiel, dass Lisa ihm heute berichtet hatte, dass ihr Handy bei der Reparatur war. Sie konnte ihm also gar keine Nachricht schreiben.

Er wollte schon umkehren, als er bemerkte, dass die Treppenbeleuchtung nicht funktionierte. Jan betätigte den Lichtschalter ein zweites Mal. Abermals tat sich nichts. Auch unten im Flur sprang kein Licht an.

Stattdessen hörte er jenseits der Stufen ein Geräusch.

Es klang so, als würde sich dort unten jemand an der Garderobe zu schaffen machen. War seine Mutter doch nach Hause gekommen?

»Mama?«

Die Geräusche verstummten. Unten war es komplett still. Allein aus Richtung der Haustür vernahm er das sanfte Säuseln des Windes, der sich außen am Gebäude brach.

Hatte er sich den Laut eben bloß eingebildet?

Ihm wurde unheimlich zumute.

Leise schlich er in sein Zimmer zurück, griff nach seinem

alten Hockeyschläger in der Raumecke und überlegte, ob sich irgendwo hier oben eine Taschenlampe befand. Aber es war wie neulich im ehemaligen Internat. Er verfügte über kein Licht. Nicht mal über sein Handy.

Bei dem Gedanken an das schreckliche Erlebnis vor vier Tagen grauste ihm, und einen kurzen Moment dachte er darüber nach, ob es klug war, im Erdgeschoss nach dem Rechten zu sehen. Andererseits war es lächerlich, hier oben bibbernd herumzusitzen, um dann später festzustellen, dass er sich von irgendwelchen Windgeräuschen hatte Bange machen lassen.

Überhaupt, was würde Lisa von ihm halten, wenn er davon berichtete?

Trotzig packte er den Hockeyschläger, während er die Treppe nach unten schlich. Die Stufen knarzten leise – als jenseits der Stufen plötzlich ein scharfes Klacken ertönte.

Mit dem Geräusch fiel auch im oberen Stockwerk jäh das Licht aus.

Der Sicherungskasten.

Jan stand komplett im Dunkeln.

Seine Bewegungen gefroren, und er spürte von unten einen kühlen Windzug, ganz so, als würde im Wohnzimmer oder in der Küche ein Fenster offen stehen. Scheiße. Unruhig leckte er sich über die Lippen und erwog, zurück in sein Zimmer zu laufen. Doch er besaß keinen Schlüssel für sein Zimmer.

Abermals ertönte im Flur ein leises Rascheln, und jetzt war er sich sicher, dass sich dort jemand verbarg. Keine anderthalb Schritte von ihm entfernt. Rechts. Vermutlich unmittelbar hinter der Gangecke.

Ihm lief es heiß und kalt den Rücken herunter.

Panisch beäugte er die Haustür, deren Scheiben schwach grau aus dem Dunkeln hervorstachen. Dann fasste er einen Entschluss.

Mit einem lauten Aufschrei stürmte er nach unten und hieb mit dem Hockeyschläger ins Dunkle. Sein Entsetzen war groß, als er dort tatsächlich etwas Schweres und Weiches traf.

Jemand stöhnte schmerzerfüllt, und Jan spürte sogleich einen heftigen Schlag auf Höhe seines Gesichts. Doch er war so in Panik, dass er weiter laut schreiend mit dem Hockeyschläger ins Dunkle stieß, wo er schwach eine düstere menschliche Silhouette wahrnahm. Abermals traf er den Einbrecher, und pötzlich wirbelte ihm eine Jacke entgegen.

Bevor er sich darin verfangen konnte, fuhr er zurück, denn er ahnte, dass der Unbekannte nun ebenfalls mit einem Gegenstand zuschlug. Unmittelbar neben ihm an der Wand schepperte es, und jemand entriss ihm mit großer Kraft den Schläger.

Jan trat dem Unbekannten mit einem Aufschrei gegen das Bein, fuhr herum und riss die Haustür auf. Schon war er draußen in der Kälte, stürmte hinüber zu der kleinen Brücke über den Graben und schrie gellend um Hilfe.

Sonntag, 21. Februar

Einbruch mit Folgen

Gesa stand an der Reling der Fähre, ließ sich den rauen Wind ins Gesicht wehen und sah dabei zu, wie der lange Tiefwasseranleger Pellworms mit dem gelb-blauen Zubringer beständig näher rückte. Die Dieselmotoren der Autofähre wühlten das Wasser auf, das Schiff verlor zunehmend an Fahrt und auf dem Autodeck klappten Türen, da die Passagiere in ihre Fahrzeuge zurückkehrten.

Auch auf den Parkplatz vor dem roten Abfertigungsgebäude jenseits des Zubringers kam Bewegung.

Arne trat hinter sie, strich ihr rotes Haar zurück und küsste sie in den Nacken. Sie lehnte sich gegen ihn. »Wenn du so weitermachst, gewöhne ich mich noch daran.«

»Das war der Plan.«

Gesa genoss seine Zärtlichkeit und wunderte sich, warum sie sich so fit fühlte. Schlaf hatten sie beide in der vergangenen Nacht nicht viel gefunden.

Zugleich plagte sie das schlechte Gewissen, denn erst vor wenigen Stunden hatte sie erfahren, welcher Gefahr ihr Sohn in der Nacht ausgesetzt gewesen war. Da sie es am Abend versäumt hatte, die Nummer der Pension durchzugeben, hatte man ihr nicht sofort Bescheid geben können. Und da ihre Kleider noch im Trockner der Pensionswirtin gesteckt hatten, konnten sie aufgrund des Wochenendfahrplans erst die Zwölf-Uhr-vierzig-Fähre zurück nach Pellworm nehmen.

»Mach dir keine Sorgen«, beruhigte sie Arne. »Jan war bei Inge gut aufgehoben, und deine Kollegen dürften mit der Untersuchung eurer Wohnung bereits fertig sein.«

»Ich bin aber für ihn verantwortlich.« Sie drehte sich zu ihm um. »Außerdem halte ich den Einbruch in unsere Wohnung für keinen Zufall. Nicht nach allem, was diese Woche passiert ist.«

Die Autofähre legte an, die Bugklappe mit der Rampe fuhr herunter und die Absperrung wurde beiseitegezogen. Kurz darauf fuhren die Pkw auf die Mole. Gesa und Arne packten ihre wenigen Habseligkeiten, verließen das Schiff und mussten nicht lange nach dem Streifenwagen suchen. Er stand unmittelbar vor dem Abfertigungsgebäude, das den Eindruck eines gedrungenen Leuchtturms erweckte. Unmittelbar neben dem Wagen wartete Oberkommissar Schultze. Sein ausladender Schnurrbart zitterte ein wenig im Wind, und er reichte ihnen die Hand.

»Danke, dass Sie gekommen sind«, begrüßte ihn Gesa.

»Na, nach dem, was Ihnen seit gestern widerfahren ist, war das ja wohl das Mindeste«, brummte er. »Ich war so frei, ihren Sohn auch gleich abzuholen.«

Gesa entdeckte Jans roten Schopf. Er hockte auf dem Rücksitz des Streifenwagens und lächelte ihr müde zu.

»Alles klar?«, wollte sie wissen, als sie sich zu ihm nach hinten setzte.

»Ja, alles klar.«

Sie drückte ihn kurz und bemerkte den prüfenden Blick, den er Arne zuwarf, als er und Schultze vorn im Wagen Platz nahmen.

»Und du bist auch nicht verletzt?«

»Nein«, antwortete Jan. »Bin ja rechtzeitig aus der Wohnung rausgekommen.«

»Und du weißt nicht, wer das war?«

»Das haben mich deine Kollegen auch schon gefragt.« Er schüttelte den Kopf. »Der Typ hat die Sicherungen im ganzen Haus ausgeschaltet. Ich konnte ihn wegen der Dunkelheit also nicht sehen. Aber ich hab ihn mindestens einmal ordentlich mit dem Hockeyschläger erwischt.«

»Gut gemacht«, meinte Arne anerkennend vom Beifahrersitz, während Gesa vor nachträglicher Sorge ganz schlecht wurde.

»Du hast mit ihm … gekämpft?«

»Na, Kampf wäre jetzt wohl zu viel gesagt«, meinte Jan.

»Warum hast du das nicht vorhin erzählt?«

»Aus dem gleichen Grund, warum du mir gestern verschwiegen hast, dass ihr fast ertrunken wärt«, antwortete er schlagfertig. »Ich weiß ja, wie sehr du dich aufgeregt hättest.«

»Touché.«

Schultze fuhr an und kehrte – sich streng an die Geschwindigkeitsbegrenzung haltend – über den langen Fähranleger auf die Insel zurück.

»Sie waren bereits in unserem Haus?«, fragte Gesa ihn.

»Ja, wir sind da auch schon fertig«, sagte der Polizist. »Der Einbrecher ist über die Terrassentür reingekommen und hat sich bei Ihnen leider wie ein Vandale benommen. Es fehlen einige Wertsachen. Könnte also ein gewöhnlicher Einbruch sein.«

»Das glauben Sie doch wohl selbst nicht«, gab Gesa zurück.

Sie fuhren über die Landstraße, die sie nach Tammensiel brachte, und ihnen kam ein Traktor samt Anhänger entgegen, der Brennholz zum südlich gelegenen Leuchtturm brachte. Dorthin, wo das Biikebrennen heute Abend stattfinden würde.

»Erst der Anschlag mit dem Lkw«, fuhr sie fort, »und dann der Einbruch in unser Heim. Das ist doch alles andere als ein Zufall.«

Ihr Kollege klang zögerlich. »Ausschließen können wir im Augenblick wohl nichts.«

»Was hat denn die Untersuchung gestern erbracht? Hatten Sie bei der Fährkontrolle Erfolg?«

Auch Arne lauschte interessiert, als Schultze umständlich ausholte. »Also, da war ich gestern ja persönlich vorstellig. Es waren auch nur sechzehn Passagiere. Darunter leider kein einziger unserer Verdächtigen.«

»Wie bitte?«

»Nun warten Sie doch erst mal ab«, meinte der Oberkommissar leicht ungehalten. »Also, diese Frau Janssen und ihre Lebensgefährtin sind, nachdem sie auf dem Polizeipräsidium ihre Aussage gemacht hatten, offenbar direkt in ein griechisches Restaurant gefahren. Dort haben sie sich gute zwei Stunden aufgehalten. Gibt genügend Zeugen. Herr Ott widerum war die ganze Zeit über im Krankenhaus. Es wäre aufgefallen, wenn er das Zimmer verlassen hätte. Er ist übrigens heute Morgen mit der Acht-Uhr-vierzig-Fähre wieder nach Pellworm zurückgekehrt und hat sich gleich darauf bei uns gemeldet. Frau Ott hingegen hat gestern noch die außerplanmäßige Fähre um 16.40 Uhr erwischt und ist damit auf die Insel zurückgefahren. Mehrere Zeugen haben sie später bei dem Theaterstück im Kirchspielkroog gesehen. Da war Ihr Junge ja auch, wenn ich mich nicht irre?«

Jan, der ebenfalls lauschte, zuckte bloß mit den Schultern.

»Was den Fahrradverleiher betrifft, diesen Martin Jensen, der war ebenfalls zu Hause. Fernsehen. Zusammen mit seiner Frau, die das bestätigt.« Schultze atmete tief ein. »Und Ihre Patentante behauptet ebenfalls, den ganzen Abend über zu Hause gewesen zu sein. Wir haben sie angetroffen, als wir ihren Sohn zu ihr gebracht haben. Aber jetzt kommt's: Sönke Jacobs befand sich nicht auf der Insel. Der Mann ist gestern Nachmittag, ohne sich abzumelden, aufs Festland gefahren. Wir haben natürlich sofort eine Fahndung nach ihm rausgeschickt und hatten Glück: Jacobs geriet noch gestern Abend vor Husum zufällig in eine Verkehrskontrolle.«

»Wann war das?«, wollte Gesa aufgeregt wissen.

»Etwa einundeinhalb Stunden nach ihrem … Unfall.«

»Dann hat er den Lkw gefahren?«

»Schwierig zu sagen«, wich Schultze aus. »Er wurde auf einer der Ausfallstraßen aufgegriffen. Wenn er der Fahrer des Lkw war, dann müssen wir klären, wie er es von Nordstrand aus an den Kontrollen auf dem Damm vorbei zurück in die Stadt geschafft hat. Er behauptet, dass er bloß einige Freunde treffen wollte. Tatsächlich haben die Hunde bei ihm am Wagen angeschlagen. Die Kollegen haben nichts gefunden, wir vermuten daher, dass mit dem Auto früher mal Drogen transportiert wurden.«

»Alles gut und schön«, meinte Gesa unwirsch, »aber was ist jetzt mit ihm?«

»Er wurde vernommen und ist dann mit der Auflage freigelassen worden, mit der ersten Fähre heute nach Pellworm zurückzukehren. Ist er auch.«

»Und?«

»Wir vermuten, dass er unterwegs war, um etwaige Geschäftspartner auf dem Festland zu warnen.«

»Das heißt, wir haben keinen Beweis dafür, dass er es war, der uns gestern gerammt hat?« Gesa war frustriert. »Auch im Lkw keine Spuren von ihm?«

»Sie wissen doch selbst, dass so etwas dauert«, sagte Schultze. »Zumindest eine Sache gilt als gesichert – und das sage ich Ihnen jetzt, ohne Rücksprache mit Hauptkommissar Wilharm zu halten: Er war tatsächlich der Vater von Astrid Lührs' Kind. Der DNS-Abgleich war positiv, das Ergebnis kam heute morgen rein.«

»Also hätte er damals durchaus ein Motiv gehabt?«

Der Oberkommissar nickte. »Aber das beweist noch lange nicht, dass er für den Tod des Mädchens verantwortlich ist. Ich denke daher, es ist besser, wenn wir bei dem bleiben, was wir wirklich wissen. Speziell, was Ihre Mutmaßungen wegen letzter Nacht anbelangt.«

»Mutmaßungen?«

»Ach, kommen Sie. Für die Ereignisse der letzten Nacht gibt es doch mehrere Erklärungen. Erstens: Sie beide sind auf Nordstrand einfach nur einem Irren über den Weg gefahren.«

»Was Sie ja wohl selbst nicht glauben«, mischte sich Arne in das Gespräch ein.

»Zweitens«, hob Schultze die Stimme, »der Einbruch war einfach nur ein Einbruch. Er steht in keinem Zusammenhang mit den Geschehnissen auf dem Damm.«

»Oder drittens«, führte Gesa die Aufzählung ungeduldig fort, »wir haben es hier mit zwei Personen zu tun. Umso dringlicher ist es, sich Jacobs noch einmal vorzunehmen.«

»Natürlich«, sagte Schultze. »Das wird geschehen, sobald wir Hinweise dafür finden, dass er tatsächlich hinter dem Lenker des Lkw saß. Nur müssen Sie sich bis dahin eben noch etwas gedulden.«

Sie erreichten Tammensiel, und Schultze fuhr mit dem Streifenwagen vor ihrem Haus vor.

Arne blieb unschlüssig neben dem Wagen stehen, als sie ausstiegen. Jan warf ihm einen prüfenden Blick zu.

»Na, komm schon«, forderte Gesa Arne auf, sie zu begleiten.

Er lächelte ihr zu und folgte ihnen bereitwillig.

Gesa schloss die Haustür auf und hastete durch den Flur ins Wohnzimmer. Es war so, wie Schultze angekündigt hatte. Der Einbrecher hatte Tisch und Stühle umgeworfen, Geschirr zerschlagen und Teile der Schränke ausgeräumt. Sofort sah sie, dass ihr Laptop verschwunden war. Das Ladekabel steckte noch in der Wand. Die Terrassentür war mit Klebeband versehen. Offenbar war das Schloss kaputt und sie ließ sich nicht mehr anders schließen.

Arne, Schultze und Jan standen hinter ihr im Zimmereingang und beobachteten sie.

»Irgendwelche Spuren?«, wollte Gesa bedrückt wissen.

»Kaum etwas Verwertbares.« Der Oberkommissar schüttelte bedauernd den Kopf. »Keine Fingerabdrücke und leider auch im Garten keine Fußspuren. Ärgerlicherweise führen die Platten Ihrer Terrasse einmal rund ums Haus. Der Einbrecher konnte das Grundstück also verlassen, ohne Spuren zu verursachen.«

Gesa hob einen der am Boden liegenden Esszimmerstühle auf und setzte sich frustriert.

»Nach Aussage Ihres Sohnes wurden Ihr Laptop, Ihr Blu-Ray-Player, eine der Vasen und sein Handy entwendet. Ob das alles ist, müssen Sie selbst noch einmal nachprüfen.«

Gesa nickte.

»Gut.« Schultze räusperte sich. »Übrigens wurde ihr, äh, Urlaub bewilligt. Kriminalhauptkommissar Wilharm schlägt vor, dass Sie ihn dazu nutzen, um sich von den Strapazen zu erholen.«

»Tut er das?« Sie sah ihn verärgert an.

»Ja. Ähm. Ich werde dann mal wieder. Soll ich Sie mitnehmen?«

Arne, dem die Frage galt, schüttelte den Kopf. »Nein, ich werde Frau Harms und ihrem Sohn dabei helfen, hier ein wenig aufzuräumen. Ich komm dann schon zu meiner Pension.«

»In Ordnung. Wir sehen uns dann … später.« Oberkommissar Schultze grüßte in die Runde und verließ die Wohnung.

»Hauptsache, dir ist nichts passiert«, sprach Gesa ihren Sohn an.

Der lächelte zaghaft. »Keine Bange. So schnell haut mich nichts um.«

»Wisst ihr was«, meinte Arne. »Ich schlage vor, wir räumen jetzt erst einmal auf. Ich bin mir sicher, dass ihr euch gleich besser fühlt, wenn alles wieder an seinem Platz ist.«

Gesa warf ihm einen dankbaren Blick zu und wandte sich wieder an Jan. »Und du hast nichts gehört, während der Einbrecher hier gewütet hat?«

»Nein. Gar nichts. Obwohl mich das selbst wundert.« Er zuckte hilflos mit den Achseln. »Als ich mit deinen Kollegen zurückkam, dachte ich zuerst, der habe sich hier mit der Verwüstung des Zimmers bloß gerächt. Andererseits bin ich aber auch gleich nach dem Theaterbesuch hoch auf mein Zimmer und hab gar nicht ins Wohnzimmer geguckt. Oben habe ich noch ein bisschen … Musik gehört. Ich wollte dann noch mal runter, um mir ein Glas Wasser zu holen, und da habe ich dann das Geräusch gehört. Den Rest weißt du.«

»Okay.« Gesa erhob sich. »Dann will ich mal schauen, ob nicht noch etwas fehlt.«

Arne half ihnen dabei, das Wohnzimmer in einen präsentablen Zustand zu bringen, und es war, wie Jan gesagt hatte. Abgesehen von jenen Besitztümern, die er schon vermisst hatte, fehlte nichts.

Als Arne einen Müllbeutel mit zerbrochenen Gegenständen vor die Haustür trug, trat Jan zu seiner Mutter.

»Ihr duzt euch inzwischen?«, fragte er leise.

Gesa legte den Kopf schief. »Ja?«

»Läuft da was zwischen euch?«

»Wäre das schlimm?«

Jan grinste. »Nee. Du hättest vermutlich jemand Schlimmeren anschleppen können.«

»Na, danke.« Gesa strubbelte erleichtert seinen Kopf.

»Was echt scheiße ist«, meinte Jan, als Arne gerade ins Haus trat, »ist, dass jetzt auch mein Handy weg ist. Du weißt ja, wie lange ich für mein Smartphone gespart habe.«

»Ich kann ja mal bei meinen Kollegen rumfragen, ob die noch eines übrig haben«, schlug Arne vor, der nebenan in der Küche verschwand, um Kaffeewasser aufzustellen.

»Na ja«, meinte Gesa, die abwesend die verklebte Terrasssentür betrachtete. »Geteiltes Leid ist halbes Leid: Oliver geht es ja nicht anders.«

»Und Patrick.«

Überrascht sah Gesa ihren Sohn an. Arne kehrte ins Zimmer zurück.

»Patrick ebenfalls?«, hakte sie misstrauisch nach.

»Ja, ist ihm am Donnerstag bei Edeka gestohlen worden.«

Gesa setzte sich auf. »Patricks Handy am Donnerstag, Freitag dann das von Oliver – und gestern deines?«

»Ja. Sieht wohl so aus.«

Gesa sah Arne an, der die Stirn runzelte.

»Hat Lisa ihr Handy noch?«, wollte der Journalist wissen.

»Ja, ich denke schon.« Jan räusperte sich, denn auch ihm schien zu dämmern, dass die Diebstähle irgendwie miteinander in Verbindung standen. »Aber soweit ich weiß, ist das seit gestern auf dem Festland zur Reparatur. Es ist ihr am Freitag runtergefallen und das Display ist gesprungen. Ihr Vater hat es deshalb zum Händler gebracht.«

Gesas und Arnes Blicke kreuzten sich.

»Habt ihr am Dienstag Abend beim Internat irgendetwas mit euren Handys angestellt?«, fragte Gesa geradeheraus.

»Wir? Nein. Was denn auch?« Ihr Sohn zuckte mit den Schultern. »Ich meine, gut … In dem Gebäude war es ziemlich dunkel. Und wir hatten nicht genug Taschenlampen dabei, also haben wir uns mit den Geräten Licht verschafft.«

»Nur mit der Lichtfunktion?«, wollte Arne wissen.

»Nein, auch mit Blitzlicht.« Jan sah sie aufgeregt an. »Ihr meint, dem Einbrecher ging es um die Aufnahmen?«

»Wenn er mit euch in diesem Haus war«, antwortete Gesa ernst, »dann könnte er glauben, dass ihr von ihm unabsichtlich ein Bild geschossen habt.«

Jan schluckte. »Scheiße.«

»Ja, kannst du laut sagen.« Gesa musterte ihren Sohn besorgt. »Warum hast du uns nicht schon früher etwas davon gesagt? Wir müssen an die Bilder irgendwie herankommen.«

»Ja, aber jetzt ist das Handy weg«, sagte er. »Und Lisa bekommt ihres erst Mitte kommender Woche zurück.«

»Du hast doch ein modernes Smartphone«, meinte Arne. »Wenn du es nicht ausgeschaltet hast, müssten die Fotos doch automatisch in deine Cloud hochgeladen werden?«

»Das nicht, aber in mein Bildbearbeitungsprogramm.« Jan wirkte aufgeregt. »Wartet, mein eigener Computer ist ja noch oben.«

Gesa sah ihm hinterher, als er nach oben in sein Zimmer eilte.

»Er weiß es übrigens«, meinte sie leise.

»Natürlich, er ist ja dein Sohn.« Arne lächelte.

Jan kehrte mit dem Rechner unter dem Arm zurück, fuhr das Gerät hoch und rief sein Bildbearbeitungsprogramm auf. Arne setzte sich auf die Couchlehne und sah ebenfalls dabei zu, wie sich vor ihnen auf dem Bildschirm eine große Bildergalerie aufbaute, die Jan in den letzten Monaten mit seinem Smartphone geschossen hatte. Unter den letzten Fotos befanden sich auffällig viele von einem hübschen blonden Mädchen: Lisa. Und einige von ihnen wirkten nicht so, als wären sie mit ihrem Wissen geschossen worden. Gesa ließ sich nichts anmerken.

Sie konzentrierten sich auf die Aufnahmen, die ihr Sohn während der Nacht im ehemaligen Internat geschossen hatte. Die meisten der Bilder waren überbelichtet oder schlicht zu dunkel. Und es gab bloß zwei Aufnahmen aus dem Keller des Gebäudes.

Jan vergrößerte sie.

»Sieh mal, da.« Arne deutete auf das zweite Bild.

Die Aufnahme wirkte angesichts des Schattenspiels etwas unheimlich. Es war in dem Kellergang aufgenommen worden, der zur Zisterne führte. Etwas weiter hinten war bei näherem Hinsehen ein vage humanoider Schatten zu erkennen.

Wie von einer Person, die sich dort gegen die Wand drückte.

Arne nahm Jan den Laptop ab und spielte ein wenig mit den Einstellungen herum. Doch auch ihm gelang es nicht, die Konturen zu verschärfen.

»Mist!«, kommentierte er seine Bemühungen. »Wäre vermutlich auch zu leicht gewesen. Aber das hier stützt die These, dass für die Handydiebstähle der Täter infrage kommt. Wir könnten Ähnliches bei den Bildern der anderen Jugendlichen probieren.«

»Das geht nur, wenn die auch ihre Bilder irgendwo gesichert haben.« Gesa erhob sich, ging eine Weile im Zimmer auf und ab und betrachtete Arne und ihren Sohn. »Ich werde sie danach befragen. Aber ich bin mir ziemlich sicher: Wenn wir diesem Mistkerl auf die Spur kommen wollen, dann müssen wir uns noch einmal diesen Super-8-Film ansehen. Er ist der Schlüssel zu allem. Irgendetwas muss da drauf sein.«

»Was für ein Film?«, fragte Jan verwundert.

»'tschuldige.« Gesa warf ihm einen bedauernden Blick zu. »Polizeiarbeit. Du hast schon jetzt viel zu viel mitbekommen.«

»Schade, aber …« Jan blickte auf die Armbanduhr. »Wie sieht es eigentlich mit dem Biikebrennen aus? Das beginnt in knapp zwei Stunden. Oliver und Lisa erwarten mich.« Er sah kurz zu Arne, als erhoffe er sich von ihm Beistand. »Bei der Gelegenheit könnte ich die doch gleich fragen, ob die ihre Fotos von Dienstag Abend auch runtergeladen haben?«

»Nun, ich habe nichts dagegen, wenn du herausfindest, ob die ihre Bilder ähnlich verwalten wie du«, sagte Gesa. »Aber bitte unauffällig. Was wir auf den Schnappschüssen konkret suchen, behältst du bitte erst einmal für dich. Darum kümmern wir uns dann.«

»Das heißt, ich darf zu ihnen?«

»Ja, zum Biikebrennen. Aber nicht zu diesem Patrick.«

Jan sah etwas unglücklich drein. »Ich schätze mal, die Party fällt eh aus, nach allem, was ich jetzt über seinen Vater weiß.«

Er erhob sich, lief nach oben auf sein Zimmer, zog sich um, und verabschiedete sich kurz darauf. Arne kopierte das Foto mit der Silhouette des mutmaßlichen Mörders in der Zwischenzeit und schickte es an Gesas Mailadresse.

Als die Haustür klappte, sah er sie prüfend an. »Du planst doch irgendetwas?«

»Ja, tue ich«, bestätigte Gesa. »Nur leider wird mir das ohne Wilharms Hilfe kaum gelingen.«

Entdeckungen

»Darfst du denn hier überhaupt noch so einfach rein?«, fragte Arne, während er Gesa in das kleine Polizeirevier Tammensiels folgte.

»Sicher.« Sie zog ihren Schlüssel ab und fragte sich, wo ihre Kollegen waren. »Ich wurde beurlaubt, nicht suspendiert.«

Sie warf einen Blick auf das Telefon im Raum, das auf Rufumleitung geschaltet war. Anschließend klopfte sie an der Tür, die zu ihrem Büro führte. Niemand meldete sich, auch der Nachbarraum war verwaist.

»Weißt du, wo deine Kollegen sind?«, fragte Arne.

»Keine Ahnung.« Gesa zuckte mit den Schultern. »Es ist zwar Sonntag, aber heute ist immerhin Biikebrennen. Speziell bei solchen Veranstaltungen sind wir angewiesen, verfügbar zu bleiben.«

»Also?«

»Also sehe ich selbst nach, ob der Super-8-Film nach Pellworm weitergeleitet wurde.« Gesa setzte sich hinter ihren Schreibtisch, schob einen protzigen Füllfederhalter beiseite, der Wilharm gehörte, und fuhr den Rechner des Reviers hoch. Neben dem Computer entdeckte sie den Bericht, der Sönke Jacobs Vaterschaft von Astrid Lührs' Kind auswies. Die Wahrscheinlichkeit lag bei über neunzig Prozent. Die Forensiker hatten Glück gehabt, aus den Resten des Fötus genug Genmaterial für eine derartige Untersuchung gewinnen zu können.

Endlich war der alte Rechner hochgefahren, und Gesa gab ihr Passwort ein, um das Postfach und den virtuellen Schreibtisch nach dem Super-8-Film abzusuchen – als der Rechner ein ungewöhnliches Geräusch von sich gab. Ein neues Fenster klappte auf und forderte sie dazu auf, den Eintrag zu wiederholen.

Entgeistert sah sie auf das Gerät. »Wilharm hat das Passwort gewechselt. Als ob er gewusst hätte, dass ich mich hier ohne ihn zu schaffen machen könnte.«

»Und jetzt?«, fragte Arne.

»Jetzt bin ich am Arsch«, fluchte sie. »Das hier ist ein Polizeirechner. Selbst wenn ich den Rechner wieder herunterfahre, wird Wilharm beim nächsten Anschalten sehen, dass ich mich hier ohne ihn zu schaffen gemacht habe.«

»Kann er doch nicht beweisen.«

»Doch, denn das Fenster ploppt insgesamt dreimal auf. Wird das Passwort bis dahin nicht richtig eingegeben, wird der Rechner gesperrt. Es wird auch wieder zu sehen sein, wenn man den Rechner neu hochfährt. Wilharm muss jetzt nur noch die Uhrzeit überprüfen und weiß Bescheid. Wer hat denn sonst ohne Schlüssel Zugang zum Revier?«

»Dann musst du Wilharm eben finden und ganz offen agieren«, schlug der Journalist vor. »Du hast immerhin gute Gründe, nach dem Film zu suchen.«

»Ja, aber ich bin von den Ermittlungen ganz offiziell ausgeschlossen. Schon vergessen?«

Gesa erhob sich und sah sich unglücklich im Raum um. Ihr Blick fiel auf den Eingangskorb des Faxgeräts. Sie trat an ihn heran und fischte den Ausdruck hervor, der dort lag. »Ich glaube, ich weiß, wo er und Schultze sind: bei Inge.«

Arne trat neben sie und betrachtete den Ausdruck von dem forensischen Untersuchungsergebnis des Hammers, den sie im Gartenhäuschen ihrer Patentante gefunden hatten. Die Blutreste stimmten mit dem Blut von Wiebke Ehlers überein. Auch die Fraktur ihrer Kopfverletzung passte zu der improvisierten

Waffe. Nur Fingerabdrücke waren auf dem Werkzeug keine gefunden worden.

»Er hat es angekündigt«, meinte sie niedergeschlagen. »Sobald die Forensik es ihm ermöglicht, wird er Inge in Gewahrsam nehmen. Und ich kann nichts dagegen unternehmen.«

»Aber warum?«, fragte Arne. »Sie kann doch nicht an zwei Orten zugleich gewesen sein. Nämlich auf Nordstrand *und* bei euch zu Hause. Damit scheidet sie als Täterin aus.«

»Nicht, wenn Wilharm ebenfalls davon ausgeht, dass wir es hier mit zwei Tätern zu tun haben, die gegebenenfalls zusammenarbeiten«, hielt Gesa dagegen. »Und das, obwohl er von der Sache mit den Handys der Jugendlichen noch gar nichts weiß.«

»Selbst Wilharm sollte wohl vernünftig genug sein, um zu erkennen, dass das gestern auf Nordstrand ein gezielter Mordanschlag und nicht bloß die Tat eines Verrückten war. Nur war deine Tante gestern hier auf der Insel. Für den Angriff auf uns kann sie nicht verantwortlich gewesen sein. Überhaupt, du bist ihre Patentochter.«

»Es gibt leider genug Täter, die sich auf diese Weise selbst zu retten versuchen«, sagte Gesa und klang unsicher. »Oder Wilharm hat noch andere Erkenntnisse, die ihn auf diesen Gedanken bringen.«

Gesa fiel etwas ein, sie eilte an Arne vorbei in den Nachbarraum und durchsuchte Schultzes Arbeitsplatz. »Nicht das auch noch.«

»Was denn?«

Gesa hielt Arne ein Befragungsprotokoll vom Vormittag hin, und es war ihr inzwischen gleich, dass sie ihm damit offizielle Dokumente zugänglich machte, die sie keinem Außenstehendem zeigen durfte.

»Schultze hat heute von Sönke Jacobs Nachbarn erfahren, dass Inge gestern Vormittag bei ihm gewesen ist.«

»Und?«

»Offenbar folgt Wilharm tatsächlich der Zwei-Täter-Theorie.«

Arne lachte ungläubig. »Inge soll ausgerechnet mit Sönke Jacobs unter einer Decke stecken? Sie auf der Insel, er auf dem Festland?«

»Könnte doch sein. Ich weiß inzwischen selbst nicht mehr, was ich denken soll.« Gesa legte die Papiere zurück auf ihren Platz.

Arne trat an sie heran und nahm ihre Hand. »Hältst *du* denn Inge für fähig, einen Mord zu begehen?«

»Nein.« Sie schüttelte energisch den Kopf.

»Also, dann hab Vertrauen. Selbst wenn sich herausstellt, dass Jacobs im Lkw saß, dürfte es Wilharm ziemlich schwerfallen, deiner Tante irgendeine Komplizenschaft nachzuweisen. Auch der verdammte Hammer ist ohne ihre Fingerabdrücke ein schlechter Witz.«

»Arne, darum geht es nicht. Das hier ist eine Insel. Einmal verhaftet, wird das Inge ewig nachhängen. Ein *Mangel an Beweisen* reicht nicht aus, damit sie ihre Praxis weiterführen kann. Niemand hier wird weiter zu einer Ärztin gehen, die verdächtigt wurde, an Tötungsdelikten beteiligt gewesen zu ein. Schon gar nicht, wenn sie nicht zweifelsfrei von allen Verdächtigungen freigesprochen wurde.«

Arne nickte – als sein Blick auf den Mülleimer neben Schultzes Schreibtisch fiel. Er runzelte die Stirn und griff nach einem aufgerissenen Briefumschlag. Auf dem Kuvert prangte als Absender das Emblem einer Firma, die Gesa vom Namen her bekannt vorkam: Hanse Real.

»Ist das nicht diese Immobilienfirma, die du bezichtigst, mit Freese gemeinsame Sache gemacht zu haben?«, fragte sie.

»Ja, eben.« Arne drehte das Kuvert interessiert um. »Das Schreiben ist an das Revier hier adressiert. Beziehungsweise an Wilharm. Da fragt man sich doch, was der Inhalt war?«

Gesa sah sich auf Schultzes Tisch um, dann schritt sie wieder in ihr Büro und durchsuchte abermals Wilharms Unterlagen. Im Postkorb entdeckte sie ein zusammengeklapptes Schreiben, auf dessen Briefkopf ebenfalls das Emblem der Immobilienfirma prangte.

Sie zog das Blatt hervor und ihr rutschten zwei ältere Schwarz-Weiß-Fotografien entgegen, die den Eindruck erweckten, auf einem Familienfest geknipst worden zu sein. Unter den aufgenommenen Personen war ihr stellvertretender Bürgermeister Freese als Jugendlicher zu erkennen. Er war schon damals korpulent und von unsympathischer Ausstrahlung.

Gesa nahm das zugehörige Schreiben zur Hand und las die handschriftliche Notiz darauf.

»Das gibt es doch nicht«, sagte sie überrascht. »Wie waren die Namen der Firmeneigner noch einmal?«

»Von Hanse Real? Ein Doktor Joachim Krüger, außerdem zwei Herren mit Namen Andreas Leiner und Tammo Jakowski«, antwortete Arne ohne zu zögern. »Wieso?«

»Weil das Schreiben hier von Wilharms Schwester stammt. Offenbar arbeitet die nicht bloß in der Immobilienfirma, sondern ist auch die Frau von diesem Jakowski.«

»Wie bitte?«

»Hier, sieh selbst.« Gesa drückte ihm das Papier in die Hand. »Offenbar hat sie ihm die Fotos zugeschickt, die Freese für den Abend des Biikebrennens 1974 entlasten …«

»… nur zeigen sie auch, dass zwischen Hanse Real und eurem stellvertretenden Bürgermeister hier auf Pellworm eine familiäre Verbindung besteht«, führte Arne den Gedanken zu Ende. »Das könnte Freese das Genick brechen, wenn das rauskommt.«

»Und nicht bloß ihm«, meinte Gesa kämpferisch. »Denn es könnte auch bedeuten, dass Wilharm von dem Deal zwischen der Firma und Freese wusste und er versucht war, ihn zu decken. Vielleicht war das sogar Grund, warum Wilharm so sehr an dem Fall hier interessiert war? Er hatte Angst, dass das herauskommt.«

»Letzteres werden wir kaum beweisen können.«

»Völlig egal!« Gesa fluchte. »Wilharm hat mir wegen Inge Befangenheit vorgeworfen. Dabei könnte man ihm dasselbe …«

Vor dem Revier fuhr der Streifenwagen vor, und sie sahen durch das Fenster, wie draußen auf dem Parkplatz Wilharm, Schultze und Inge aus dem Wagen stiegen. Der Hauptkommissar und sein Adlatus wirkten ernst, aber zufrieden. Die Ärztin war offensichtlich am Boden zerstört. Wilharm marschierte voraus, und Schultze begleitete Inge am Arm zum Gebäude.

»Und was jetzt?«, fragte Arne angespannt.

»Das wirst du gleich sehen.« Gesa atmete tief ein und wartete, bis die drei das Revier betraten.

Wilharms Blick gefror, als er sie sah.

»Frau Harms, was machen Sie hier? Hatten wir uns nicht darauf geeinigt, dass Sie Urlaub machen? Oder haben Sie hier bloß etwas vergessen?«

Schultze und Inge warfen ihnen ebenfalls erstaunte Blicke zu.

»Ich sagte Ihnen doch schon, dass ich nicht tatenlos dabei zusehen werde, wie Sie Frau Wilms Ruf auf der Insel zerstören.«

»Ja, ich wurde über Ihre gestrigen Festlandsaktivitäten unterrichtet«, meinte Wilharm kühl. »Und damit meine ich nicht bloß den Zwischenfall auf dem Nordstrander Damm, den sie beide glücklicherweise unbeschadet überstanden haben. Nur gewinne ich allmählich den Eindruck, dass Sie jedes Maß verlieren.« Sein Blick fiel auf das benachbarte Büro, und ihm war anzumerken, dass er wusste, dass Gesa es durchsucht hatte. »Sie haben keinerlei Ermittlungsbefugnisse mehr. Wenn Sie nicht sofort aus dem Revier verschwinden, werde ich dafür sorgen, dass man gegen Sie disziplinarisch ermittelt. Und das nicht nur, weil Sie hier einen Zivilisten reingelassen haben, sondern auch, weil ich annehmen muss, dass Sie Beweise verschwinden lassen wollten, die sich gegen Frau Wilms richten.«

»Machen Sie mal halblang, Herr Hauptkommissar«, erwiderte Arne verärgert. »Ich …«

Gesa berührte ihn am Arm und präsentierte Wilharm das Kuvert. »Wie wäre es, wenn wir beide uns einmal drüben unter vier Augen unterhalten? Sonst könnte ich auf den Gedanken kommen, ähnliche Ermittlungen gegen Sie ausstellen zu lassen.«

»Wie bitte?«

Schultze sah verdattert von einem zum anderen. In Inges Blick keimte ein Anflug von Hoffnung.

»Können wir? Vielleicht drüben, in *meinem* Büro?« Gesa wandte sich um und trat in den Nachbarraum.

Wilharm überlegte kurz, bevor er sich in Bewegung setzte. »Schultze, Sie geben auf Frau Wilms acht. Und Sie« – Wilharm deutete mit dem Zeigefinger auf Arne – »kommen da von dem Schreibtisch meines Kollegen weg und warten genau hier am Eingang. Sollten Sie meiner Anweisung zuwider handeln, dann wird es mir ein Vergüngen sein, auch Sie festzusetzen.«

Arne hob beschwichtigend die Hände und fügte sich.

Wilharm folgte Gesa in das Büro und hämmerte wütend die Tür hinter sich zu. »Was zum Teufel bilden Sie sich ein?«, herrschte er sie an. »Glauben Sie allen Ernstes …«

»Ist das hier von Ihrer Schwester?« Gesa drückte ihm den Brief in die Hand.

»Sie haben meine Post durchwühlt?«

»Hören Sie, Wilharm. Wir können das Spielchen gern noch weiterspielen, aber Ihnen dürfte klar sein, dass ich Ihnen mit Ihrer Verbindung zu Hanse Real gehörig in Ihre Karriereplanung reingrätschen könnte. Und nicht bloß das. Wenn sich herausstellt, dass Sie Ihren Onkel und Ihren Schwager decken wollten, kann

Sie das Ihren Job kosten. Schließlich sollten Sie besser als ich wissen, womit Wiebke Ehlers vor ihrem Tod beruflich beschäftigt war. Ich weiß längst, dass die Kollegen in Kiel ihrer Arbeitsstätte einen Besuch abgestattet haben, und der Bericht mit den dort erlangten Erkenntnissen dürfte Ihnen zugegangen sein.«

»Und?«

»Sie wollen mir allen Ernstes weismachen, dass sie von den Grundstücksgeschäften Freeses und Hanse Reals nichts wussten?«

»Ich weiß von keinen Grundstücksgeschäften.«

Gesa erinnerte sich an den Streit, den Freese und er neulich gehabt hatten. Sie glaubte ihm nicht.

»Das wird schwierig zu beweisen sein«, sagte sie mitleidlos. »Arne Lorenzen sitzt bereits an einem Artikel über die finanziellen Verstrickungen Ihres Onkels mit der Firma. Dass Ihre Schwester mit einem der Firmeneigner verheiratet ist, macht es nicht besser. Ganz im Gegenteil. Und gerade jemandem wie Ihnen wird man nicht abnehmen, dass ihm die Verbindung nicht aufgefallen ist.«

Wilharm begann leicht zu schwitzen. »Was wollen Sie von mir? Dass ich Ihre Tante davonkommen lasse? Weil nicht sein kann, was nicht sein darf?«

»Warum war Frau Wilms gestern bei Sönke Jacobs?«

»Angeblich, um sich mit ihm auszusprechen. Nur glaube ich ihr das nicht.« Er schnaubte abfällig. »Sie sollten selbst am besten wissen, dass ich weiter gegen sie ermitteln muss. Insbesondere da der Hammer in ihrem Garten zweifelsfrei als Tatwaffe identifiziert wurde.«

»Hören Sie auf damit«, forderte ihn Gesa wütend auf. »Ich will bloß, dass Sie nicht so vorschnell handeln. Ich will, dass Sie Inge eine Chance geben.«

»Und wie soll die aussehen?«

Gesa deutete auf den Computer. »Der digitalisierte Super-8-Film von Elke Janssen wurde uns schon zugeschickt?«

»Ja, wurde er. Woher wissen Sie davon?«

»Ist doch egal«, antwortete Gesa.

»Da ist nichts Besonderes drauf.«

»Das sehe ich anders«, erklärte Gesa. »Vielleicht können *wir* auf dem Film bloß nichts finden. Wiebke Ehlers hat auf dem Film aller Wahrscheinlichkeit nach aber etwas entdeckt. Vielleicht, weil sie als Freundin von Astrid Lührs etwas wusste, was wir nicht wissen. Ich will daher, dass Sie Inge ebenfalls gestatten, sich den Film anzuschauen.«

»Und das ist alles?«

»Das … und dass Sie in ihrem Fall keine übereilten Entscheidungen treffen. Eine Anklage gegen sie stünde derzeit auf tönernen Füßen, doch Inge Wilms hat alles zu verlieren. Also geben Sie sich einen Ruck, und ich überlasse es Ihnen, wie Sie im Fall Ihres Onkels agieren. Der Artikel von Herrn Lorenzen ist noch nicht fertig. Aber er wird erscheinen. Verlassen Sie sich darauf.«

Wilharm musterte sie kühl. »Sie kämpfen mit harten Bandagen, Frau Harms. Ich hoffe, Sie übernehmen sich da nicht eines Tages.«

»Das überlassen Sie ruhig mir. Also, um Sie mit Ihren eigenen Worten zu fragen: Haben wir einen Deal?«

Wilharm verzog abschätzig seine Lippen und öffnete die Tür. »Schultze, die Festsetzung von Frau Wilms wird vorerst fallen gelassen. Außerdem will ich, dass Sie beide reinkommen.«

Schultze trat mit fragendem Gesichtsausdruck ein, und Inge sah Gesa verblüfft an. Auch Arne setzte sich in Bewegung, doch Wilharm stoppte ihn. »Sie nicht.«

»Haben Sie sich nicht so«, erklärte Gesa gereizt. »Herr Lorenzen kennt den Film bereits. Ihm haben wir es überhaupt erst zu verdanken, dass wir ihn besitzen.«

Wilharm presste die Lippen aufeinander und setzte sich ohne ein weiteres Wort vor seinen Rechner. Arne trat ebenfalls ein und bemühte sich, Gesas Kollegen nicht weiter zu reizen.

»Darf ich fragen, welchem Umstand ich die plötzliche Milde Justitias zu verdanken habe?«, fragte Inge schnippisch. »Die ist doch sicher nicht der plötzlichen Einsicht geschuldet, dass es vollkommen absurd ist, mich zu verdächtigen.«

Wilharm tippte vergrätzt das Passwort ein. »Wir wollen, dass Sie sich etwas ansehen«, antwortete er. »Und zwar den Super-8-Film, den Ihre Freundin Frau Janssen vor vierzig Jahren aufgenommen hat.«

»Den haben Sie gefunden?« Inge trat aufgeregt hinter Wilharm und Gesa. Arne und Schultze folgten ihr, und hinter dem Schreibtisch wurde es nun etwas eng.

»Sieh dir den Film einfach in Ruhe an und schau, ob du auf ihm etwas entdeckst, das dir seltsam erscheint«, erklärte Gesa.

Die Ärztin nickte, und Wilharm startete die Filmdatei.

Wie in der vergangenen Nacht gab der Mediaplayer des Rechners den Film wieder. Aus den Augenwinkeln sah Gesa, dass ihre Patentante der alten Aufnahme mit einer Mischung aus mädchenhafter Begeisterung und großer Konzentration folgte. Angefangen bei der ausgelassenen Schampusszene auf dem Vorplatz des Internats über die Sequenz, als die Jungen auf ihren Traktoren eintrafen, bis zur Abschlussszene beim damaligen Biikebrennen am Leuchtturm.

Inge seufzte, als der kurze Film zu Ende war. »Mein Gott, waren wir damals noch jung.«

»Noch einmal?«, knurrte Wilharm.

»Ja, bitte.«

Inge ließ sich den Film insgesamt viermal vorspielen, und Gesas Hoffnungen schwanden allmählich, bis sich die Ärztin plötzlich aufrichtete. »Oh, mein Gott.«

»Was?« Alarmiert wandte sich Gesa ihr zu.

»Ich glaube, ich weiß, was Wiebke aufgefallen ist.« Inge bat Wilharm noch einmal zum Anfang zu gehen, drückte schließlich selbst auf die Pausetaste und deutete auf das Standbild. »Seht ihr die Stirnbänder, die Astrid und Renate tragen?«

Jeder im Raum beugte sich vor.

»Und?«, fragte Schultze.

»Gehen Sie mal ganz ans Ende, zum Biikebrennen. Die Stelle nach der Kussszene, als sich Renate ihr rotes Band vom Kopf reißt. Das ist nicht ihres, sondern das von Astrid. Mir ist das nur deswegen aufgefallen, weil ich damals dabei war, als Wiebke es ihr geschenkt hat.«

Wilharm folgte ihrer Aufforderung, und sie sahen sich die Stellen noch einmal an. Anfangs trug Renate Ott ein grünes Stirnband. Am Ende jedoch das rote von Astrid Lührs.

»Und?«, fragte Wilharm. »Die beiden Mädchen haben ihre Bänder getauscht. Was soll daran ungewöhnlich sein?«

»Erinnern Sie sich an unsere Vernehmung neulich?«, gab Inge zurück. »Renate sagte aus, sie wisse noch, dass wir zusammen aufgebrochen sind, anschließend habe sie Astrid aber nicht mehr gesehen. Das kann aber nicht sein, denn hier bei der Abfahrt der Wagen trägt Renate ihr eigenes Stirnband noch, als sie nach hinten läuft. Da war Astrid aber schon nicht mehr da, weil sie sich wegen der Spritzattacke mit dem Sekt umzog.«

»Die ebenfalls Renate Ott zu verdanken ist«, ergänzte Gesa nachdenklich. »Das würde bedeuten, dass sie Astrid auf diese Weise dazu gebracht hat, später nachzukommen.«

»Und nicht nur das«, meinte Arne. »Man sieht nicht einmal, ob Renate Ott dahinten überhaupt aufsteigt.«

»Vermutlich ist sie das auch gar nicht. Seht mal.« Inge spulte zu der Stelle beim Biikebrennen vor, als Nils Ott seine spätere Frau überraschte. »Hier sagt Nils: ›Ach, hier bist du!‹ Fast so, als habe er sie zuvor gesucht. Ich bin mir sicher, das ist es, worüber Wiebke bei der Bearbeitung des Films gestolpert ist.«

»Dann hat Renate Ott Astrid Lührs abgepasst, nachdem die Traktoren abfuhren?«, fragte Arne.

»Gut möglich.« Gesa spann den Gedanken weiter. »Sie hat sie erwürgt und die Leiche des Mädchens anschließend in der alten Zisterne im Keller des Gebäudes versteckt. In dem Internat war zu dem Zeitpunkt ja nicht mehr viel los. Möglicherweise hat sich Astrid Lührs dabei zur Wehr gesetzt und das Stirnband heruntergerissen«, ergänzte sie. »Und irgendwie hat Renate Ott danach das falsche Band erwischt. Verwechselt vielleicht in der Dunkelheit?«

»Das ist noch immer eine gewagte These.« Schultze klang zweifelnd. »Ein Beweis für ihre damalige Täterschaft ist das noch lange nicht.«

»Sehe ich ebenso«, brummte Wilharm. »Außerdem erklärt das nicht die Sache mit Wiebke Ehlers. Frau Frau Ott hat für den Zeitraum, als Wiebke Ehlers ermordet wurde, ein plausibles Alibi. Sie wusste, was im Fernsehen lief …«

»… was sich leicht mittels des TV-Programms herausfinden lässt«, unterbrach ihn Inge.

»… und stellte ein Foto auf die Facebook-Seite des Bootsverleihs«, beendete Wilharm seine Ausführung.

Er rief die Seite auf dem Computer auf und klickte zwecks Vergrößerung das Bild an, das Renate Ott mit dem Bootsmodell in der Hand zeigte.

»Der Eintrag kann vorbereitet und dann automatisch eingestellt worden sein«, merkte Arne skeptisch an.

»Weiß ich«, sagte Gesas Kollege unwirsch. »Aber selbst die auffällige Messinguhr im Vorraum zeigt die entsprechende Zeit. Sehen Sie? Sollte auch die zuvor manipuliert worden sein, dann müsste sie all das von ziemlich langer Hand vorbereitet haben.«

»Offensichtlich hat sie das – nur hat sie bei alledem etwas anderes übersehen.« Gesa beugte sich aufgeregt vor und deutete auf das Aquarium an der gegenüberliegenden Wand des Wohnzimmers, an dessen Oberfläche sich die Fische tummelten. »Sagte uns Nils Ott nicht, dass sein Futterautomat auf die Mittagszeit eingestellt sei? Was machen dann die ganzen Fische da oben in der Ecke? Um 19 Uhr!«

»Das gibt es doch nicht.« Hauptkommissar Wilharm betrachtete das Foto und ballte die Faust. »Dieses raffinierte Miststück.« Er drehte sich zu Gesa um. »Aber was war ihr Motiv? Eifersucht kann es nicht gewesen sein. Oder hatte Nils Ott damals doch etwas mit Astrid Lührs? Wie wir inzwischen wissen, war Sönke Jacobs der Vater ihres Kindes.«

»Ich weiß es nicht.« Gesa zuckte mit den Schultern. »Also lassen Sie uns zu den Otts fahren und es herausfinden.«

Verräterische Details

»Mein Gott, Schultze! Könnten Sie vielleicht etwas schneller fahren?«, Hauptkommissar Wilharm warf seinem Kollegen, der dicht über das Lenkrad gebeugt auf die Landstraße starrte, einen missbilligenden Blick zu. Dort kam endlich der gepflasterte Weg in Sicht, der an dem Feldgraben entlang auf die Warft mit der reetgedeckten Bauernkate der Otts zu führte.

Auf dem Gehöft war niemand auszumachen, allerdings sah Gesa, die auf dem Rücksitz saß, schon von Ferne, dass die Scheunentür zur Werkstatt halb offen stand.

Mit einem Blick durch die Heckscheibe des Streifenfahrzeugs entdeckte Gesa Inges grünen Toyota, der aus Richtung Tammensiel heranbrauste. In ihm saßen die Ärztin und vermutlich Arne.

Wilharm hatte die beiden zu dem Polizeieinsatz nicht mitgenommen, aber Inges Praxis lag nicht weit vom Revier entfernt, und Gesa hatte bereits vermutet, dass sich die beiden nicht so leicht würden abschütteln lassen. Nicht jetzt, da sie offenbar kurz vor der Auflösung des Falls standen.

Als sie den Vorplatz des Gehöfts erreichten, fuhr hinter ihnen auch Inges Auto auf die lange Zufahrt ein. Sie verließen den Streifenwagen, und Wilharms verstimmtem Gesichtsausdruck war anzusehen, was er von den ungebetenen Verfolgern hielt. »Frau Wilms und Herr Lorenzen scheinen noch immer nicht ganz verstanden zu haben, wann Zurückhaltung geboten ist.«

Aus der Scheunentür zur Werkstatt trat Nils Ott.

Wie vor einigen Tagen, als Gesa ihn hier zum ersten Mal angetroffen hatte, war er in einen Blaumann gehüllt und wischte sich die ölverschmierten Hände mit einem Lumpen ab.

»Frau Harms, Herr Wilharm, Herr Schultze.« Verwundert sah er sie an. »Darf ich fragen, was Ihr gemeinsamer Aufmarsch zu bedeuten hat?«

»Wir möchten gern mit Ihrer Frau sprechen«, antwortete Wilharm kurz angebunden.

»Mit Renate?« Nils Ott runzelte die Stirn und sah zum Haus. »Ich schätze mal, die ist drüben. Obwohl … ich sehe gerade, dass unser Wagen weg ist. Dann wird sie wohl noch auf einen Sprung in Tammensiel sein. Sie sagte vorhin so etwas, dass sie noch einmal bei Inge vorbeischauen wollte. Allerdings fahren wir gleich zum Biikebrennen.« Er wandte sich dem näher kommenden Fahrzeug zu. »Ah, da ist Inge ja. Ich schätze mal …«

Überrascht sah er, dass in dem Wagen bloß Inge und Arne saßen.

»Herr Ott«, ergriff Wilharm wieder das Wort. »Wir müssen Ihre Frau wirklich dringend sprechen.«

Ott blickte ihn misstrauisch an. »Wieso?«

»Weil sie dringend tatverdächtig ist, 1974 Astrid Lührs und vor fünf Tagen auch Wiebke Ehlers umgebracht zu haben.«

»Was?!«

Gesa sah dem geschockten Nils Ott an, wie Ärger in ihm aufstieg. »Sie müssen sich irren. Wie kommen Sie bitte auf solch einen Unsinn?«

Wilharm präsentierte ihm sein Smartphone und rief die Facebook-Seite des Bootsverleihs auf. »Ihr Futterautomat. Sie sagten uns doch, dieser sei auf zwölf Uhr mittags eingestellt.«

»Ja, ist er.«

Hinter ihnen klappten Wagentüren, und Inge und Arne stiegen aus. Inge war der Besuch sichtlich unangenehm.

»Dann kann diese Aufnahme unmöglich am frühen Dienstag Abend entstanden sein.«

Nils Ott schaute das Foto eine Weile an und sah dann auf. »Dafür wird es sicher eine Erklärung geben.«

»Nur hat Ihre Frau noch einige weitere Dinge zu erklären«, sagte Wilharm knapp. »Ich frage sie also noch einmal: Wissen Sie, wo Ihre Frau ist?«

Nils Ott schüttelte den Kopf und wirkte ziemlich verzweifelt. »Warum fragen Sie nicht Inge? Renate wollte doch zu ihr.«

»Sie war nicht bei mir«, sagte Inge bedrückt. »Nils, ehrlich, ich kann das doch selbst kaum glauben.«

»Das alles ist auch totaler Quatsch!« Nils Ott blickte die kleine Gruppe gehetzt an. »Was soll Renate denn bitte für ein Motiv gehabt haben? Hä?« Er sah Wilharm an, der schwieg, und schnaubte verächtlich. »Eben. Es gibt keines. Und jetzt kommen Sie mir nicht noch einmal mit diesem Scheiß, dass ich damals mit Astrid Lührs irgendetwas gehabt hätte. Ich war meiner Frau immer treu. Ich gehöre nicht zu diesen Typen, die mit anderen Weibern rummachen. Also, sagen Sie schon: Warum? Das alles ist doch absoluter Irrsinn!«

»Genau diese Frage müssen wir Ihrer Frau stellen«, meinte Gesa ruhig. »Nur …«

»Hören Sie auf damit! Sie irren sich. Sie müssen sich irren.« Er geriet zunehmend in Rage. »Inge, du kennst Renate doch. Sag deiner Patentochter, was sie für ein herzensguter Mensch ist. Bitte. Renate wäre zu so etwas doch überhaupt nicht fähig. Begreift das denn hier keiner? Gott, sie ist seit Jahren im Tierschutzverein und bei UNICEF tätig. Sie organisiert im Sommer ohne Entgelt Wattwanderungen für die Kinder. Sie ist sogar Vegetarierin, weil sie keinem Lebewesen etwas zuleide tun könnte. Und das ist noch lange nicht alles. Regelmäßig ist sie drüben auf dem Festland und spendet Blut. Tut das eine Mörderin? Mein Gott, mir hat sie sogar mein beschissenes Leben gerettet. Ist Ihnen nicht klar, mit welchen Risiken eine Knochenmarktransplantation in ihrem Alter verbunden ist? Auch das hat sie klaglos auf sich genommen.«

»Herr Ott, wir …« Wilharm wollte gerade ausholen, als ihn Inge unterbrach.

»Renate war dein Spender?«

»Ja, zum Teufel. Meine Leukämie hätte mich ohne sie in die Knie gezwungen. Du selbst hast mir doch erklärt, wie unwahrscheinlich ein Genesungserfolg ohne Transplantation wäre.«

»Ich wusste bis eben nicht, dass du deine Heilung ausgerechnet Renate zu verdanken hast.«

»Macht sie das jetzt plötzlich ebenfalls verdächtig?«, höhnte er. »Nur weil wir damit nicht hausieren gingen?«

»Nein, natürlich nicht«, gestand Inge sichtlich irritiert ein. »Ich dachte bloß, du wolltest deswegen die Suche nach deiner leiblichen Mutter wieder aufnehmen.«

»Wir schweifen ab«, merkte Wilharm ungehalten an. »Dürfen wir kurz in Ihr Haus, um uns davon zu überzeugen, dass Ihre Frau tatsächlich weg ist?«

»Natürlich, fühlen Sie sich ganz frei.« Nils Ott beschrieb eine einladende Geste.

»Einen Moment, bitte!« Gesa zog Inge mit sich. »Was war das eben mit der Suche nach Otts leiblicher Mutter?«

Ihre Patentante zögerte kurz. »Du weißt, dass Nils Adoptivkind ist?«

»Ja, hat er mir erzählt.«

»Die Aussicht, einen geeigneten Kochenmarkspender zu finden, liegt bei kümmerlichen 1 zu 100 000. Meine Idee war, dass er vielleicht weiteren Familienmitgliedern auf die Spur kommt. Dadurch wäre die Chance auf gute fünfundzwanzig Prozent gestiegen. Aber so wie es aussieht, hat er ja trotzdem Glück gehabt.«

In Gesa keimte ein ungeheuerlicher Verdacht.

»Hauptkommissar Wilharm, Oberkommissar Schultze, könnten Sie beide bitte mal kurz herkommen?«

»Was ist denn jetzt schon wieder?« Wilharm und Schultze traten zu ihnen, und Gesa senkte abermals die Stimme, als sie Inges Wissen wiedergab.

»Sie wissen doch, dass ich bei der ehemaligen Direktorin des Internats war?«, fügte sie hinzu.

»Ja, und?« Wilharm sah sie ungehalten an.

»Die berichtete mir, dass Astrid Lührs damals bei einem Behördenpraktikum wegen Diebstahls rausgeflogen sei.«

»Ja. Passt doch zu dem Mädchen, nach allem, was wir über es wissen.«

»Nils Ott erzählte mir im Krankenhaus, dass er Astrid Lührs schon seit seiner Zeit auf dem Festland kannte. Ursprünglich kam er auf die Insel, weil von hier angeblich seine leibliche Mutter abstammte, und er nach ihr suchen wollte.«

»Können Sie bitte mal auf den Punkt kommen?«

»Gerade fiel mir ein«, fuhr Gesa fort, »dass du, Inge, uns neulich erzählt hast, dass das nicht irgendeine Behörde war, aus der Astrid damals rausgeflogen ist, sondern das Husumer Jugendamt.«

»Ja, stimmt.«

»Nils Ott erzählte mir auch, dass ihm Astrid anfangs mal versprach, ihm auf Pellworm dabei zu helfen, seine Mutter zu finden. Was, wenn es nicht irgendwelche Unterlagen waren, die sie damals aus dem Jugendamt entwendete, sondern die Seinen?«

»Meine Güte, ich begreife!« Inge schlug die Hand vor den Mund. »Auch das mit der Farbenblindheit der beiden passt.« Sie sah Wilharm in die Augen. »Erinnern Sie sich: Nils Ott sprach neulich davon, dass er und seine Frau beide farbenblind sind. Das wird mütterlich weitervererbt. Und was es bedarf, um hier auf der Insel einen geeigneten Knochenmarkspender zu finden, das habe ich ja schon eben skizziert.«

»Sie glauben« – Wilharms Gesichtszüge nahmen einen erstaunten Ausdruck an »Nils und Renate Ott sind … Geschwister? Dann führen die beiden seit über vierzig Jahren ein inzestuöses Verhältnis?« Er sah sich verstohlen zu Nils Ott um, der sie misstrauisch beäugte. »Weiß Nils Ott davon?«

»Nein, ich glaube nicht«, erklärte Gesa. »Aber ich denke, genau darin liegt das Motiv. Astrid Lührs musste damals dringend Geld für eine teure Abtreibung in den Niederlanden auftreiben.«

»Und das wissen Sie woher?«

»Auch aus Husum«, sagte Gesa kurz angebunden. »Renate Otts Mutter schien kein Kind von Traurigkeit gewesen zu sein. Sie hatte ihre Tochter Renate unehelich zu Welt gebracht. Gut möglich, dass sie bereits einige Jahre zuvor schwanger war und das Kind dann zu Adoption freigab.«

»Nils«, meinte Inge nur.

»Die Frau hat später ziemlich reich geheiratet«, führte Gesa ihre Vermutung weiter aus. »Die Otts selbst berichteten mir, dass der Mann von Renate Otts Mutter 1973 gestorben ist. Sie muss ziemlich viel geerbt haben. Renate Ott hat das als Teenagerin garantiert fallen lassen, um ein bisschen damit anzugeben. Die Jugendlichen damals waren ja nicht viel anders als heute. Garantiert ist das auch an die Ohren von Astrid Lührs gelangt. Um es kurz zu machen: Ich glaube, Astrid Lührs hat Renate Ott damals mit ihrem Wissen um ihr inzestuöses Verhältnis um eine hübsche Stange Geld für die geplante Abtreibung erpressen wollen. Sie ist dem Ganzen während ihres Praktikums im Jugendamt auf die Schliche gekommen, denn vermutlich hat sie das genutzt, um Nils Ott zu helfen, an dessen Adoptionsunterlagen heranzukommen.«

»Aber … hätte Renate Ott die Beziehung nicht einfach beenden können?«, merkte Schultze an.

»Sicher. Hätte sie, aber vermutlich hat sie ihn zu sehr geliebt, als dass sie ihn aufgeben wollte«, meinte Gesa. »Überlegen Sie doch mal: Für sie war Nils ein Fremder, den sie hier auf Pellworm kennengelernt hat. Kein Bruder. Also hat sie in ihrer Verzweiflung ihre Erpresserin umgebracht, auch um zu verhindern, dass Nils Ott jemals davon erfährt und er sich von ihr trennt. Das alles ging gut, bis Wiebke Ehlers den alten Super-8-Film digitalisierte und bemerkte, dass Renate Ott 1974 noch mit Astrid Lührs zusammen gewesen sein musste, bevor diese spurlos verschwand. Vermutlich wollte sie sie hier auf Pellworm zusammen mit Elke Janssen zur Rede stellen. Doch Renate Ott kam ihr zuvor, brachte sie in ihrer Ferienwohnung um und ließ ihre Leiche an genau jenem Ort verschwinden, an dem sie 1974 auch Astrid Lührs entsorgt hatte. Die Otts arbeiten als Hausmeister im ehemaligen Internat. Abgesehen von ihnen wäre dort niemand so leicht reingekommen.«

»Ihnen ist klar, was für eine überaus gewagte Theorie das ist?«, fragte Wilharm.

»Aber eine, die sich leicht mittels DNS-Abgleich überprüfen lässt«, sagte Gesa. »Die Mutter der beiden lebt noch. Drüben in jenem Altersheim, in dem auch Frauke Momsen untergebracht ist. Und wer weiß, vielleicht existieren sogar noch die alten Adoptionsunterlagen.«

Verstohlen blickte sie zu Nils, der immer noch verunsichert vor der Scheune stand. Auch Arne warf ihr einen fragenden Blick zu.

»Aber bei alledem muss sie mindestens einen Mitwisser gehabt haben«, meinte Schultze leise. »Zumindest wenn Sie weiter bei Ihrer These bleiben, dass der Mörder Sie und Herrn Lorenzen gestern um die Ecke bringen wollte – wofür nach derzeitigem Stand ja nur dieser Sönke Jacobs infrage kommt. Frau Ott kann das nicht gewesen sein, die wurde gleich von mehreren Zeugen gestern bei der Theaterveranstaltung hier auf der Insel gesehen. Und ob die einen Lkw fahren kann, ist auch nicht sicher.«

»Ich glaube auch dafür habe ich inzwischen eine Erklärung. Die Idee kam mir gerade eben, als Sie die Facebook-Seite der Otts aufriefen.« Gesa deutete auf Wilharms Smartphone, das dieser noch immer in der Hand hielt. »Die Otts haben doch drüben auf Nordstrand einen Bootsverleih. Was, wenn Renate Ott nach dem Anschlag auf uns nicht etwa mit der Fähre, sondern mit einem ihrer Motorboote nach Pellworm zurückgefahren ist? Anschließend hat sie sich bei dem Theaterstück blicken lassen, um sich ein Alibi zu verschaffen. Danach hat sie meinen Sohn verfolgt und ist bei uns eingebrochen, um dessen Handy zu stehlen.« Sie sah in die Runde. »Übrigens kennt sich Frau Ott recht gut mit Motoren aus. Nils Ott behauptete neulich, dass sie darin in mancher Hinsicht sogar besser sei als er. Ich traue es ihr also durchaus zu, einen Lkw kurzzuschließen und auch zu fahren.«

»Mein Gott.« Hauptkommissar Wilharm fuhr sich über sein Haar und schloss kurz die Augen. »Wenn das alles stimmt, dann …« Er sah in die kleine Runde. »Und wer bringt das jetzt alles schonend Nils Ott bei?«

»Ich mache das.« Inge hob niedergeschlagen die Hand. »Das bin ich Nils schuldig. Suchen Sie in der Zwischenzeit Renate. Ich habe nämlich kein gutes Gefühl dabei, dass sie immer noch nicht zurück ist.«

Biikebrennen

»Walfänger gibt es zwar heutzutage keine mehr, die man verabschieden könnte«, kam Gustav Freese endlich zum Abschluss seiner Rede. »Aber dafür können wir wie in jedem Jahr zahlreiche neue Gäste auf unserer schönen Insel begrüßen. Gäste, von denen sich – wie ich sehe – heute viele bei uns eingefunden haben. Auch Ihnen wünsche ich, dass unser Feuer dazu beitragen möge, alle bösen Geister aus Ihrem Leben zu vertreiben und jedwede neue Saat zu schützen. Wörtlich, aber natürlich auch im übertragenen Sinne. In diesem Sinne: Maaki di biiki ön!«

Jan, der gemeinsam mit Oliver und Lisa zwischen den Schaulustigen stand, die sich in der Dunkelheit ringförmig um den großen Holzstoß versammelt hatten, sah dabei zu, wie der stellvertretende Bürgermeister Pellworms eine brennende Fackel entgegennahm und die Biike offiziell entzündete.

Dem korpulenten Mann war anzusehen, wie sehr er seine Rolle genoss. Die Umstehenden klatschten, und vereinzelt erklangen Pfiffe, während der große Holzstoß Feuer fing.

Begeistert sah Jan dabei zu, wie die Flammen zunehmend Nahrung fanden. Es knackte und knisterte, und beißender Rauch trieb ihnen entgegen. Die Wiese nahe dem Leuchtturm wurde in heller werdenden Lichtschein getaucht, während die Flammen grell emporstiegen. Einzelne Besucher traten an das große Feuer heran und warfen weiteres Buschwerk in die Flammen. Andere ließen Getränke kreisen, und der würzige Geruch von Punsch und Glühwein wehte an Jans Nase.

»Geile Sache!«, rief er und blickte zu Lisa, die eine bunte

Stofftasche über der Schulter trug. Auch sie sah begeistert zur Biike, wo eine prasselnde Funkenglut zum Nachthimmel schlug.

»Okay, lasst uns los«, meinte Oliver.

»Wohin denn?« Jan, der sich auf einen Becher Glühwein freute, sah ihn verwundert an.

»Na, zu Patricks Party.«

»Ernsthaft? Die findet jetzt doch statt?«

»Na klar. Und ich habe ihm versprochen, dass wir kommen.«

»Ich dachte, wir bleiben hier?« Jan sah seine Freunde unglücklich an, denn er hatte den Einwand seiner Mutter nicht vergessen.

»Ja, wollten wir zuerst ja auch«, meinte Lisa, »aber Patrick ist im Augenblick ganz alleine. Sein Vater hat gerade mit der Polizei zu tun, und seine Mutter ist auch nicht da. Das wäre doch ein ziemlich trauriger achtzehnter Geburtstag, wenn nicht wenigstens seine Freunde kurz bei ihm aufschlagen. Wir sind auch zurück, bevor deine Mutter davon irgendetwas mitbekommt.«

Jan sah sie ratlos an, und sie lächelte aufmunternd. »Schau, wir kennen ihn doch schon so lange. Mir tut er einfach leid.«

»Eben.« Oliver klopfte Jan kumpelhaft gegen die Schulter. »Nur ein Stündchen oder so. Danach kommen wir wieder zurück und feiern hier weiter.«

Jan gab sich einen Ruck. »Okay, aber wirklich nicht länger.«

Er warf einen letzten Blick auf den gewaltigen Feuerstoß, und sie eilten zu ihren Fahrrädern, während die vielen Menschen um sie herum lachten, sangen und tranken. Jan hatte erwartet, dass Oliver und Lisa zu Patricks Elternhaus fahren würden, stattdessen radelten die beiden auf der nahen Landstraße entlang Richtung Inselmitte.

Jan schloss rasch zu den beiden auf. »Feiert Patrick denn nicht zu Hause?«

Oliver grinste. »Warte es ab!«

Sie ließen das Feuer hinter sich, passierten einige Häuser und fuhren in der Dunkelheit auf einen Feldweg, der Jan bekannt vorkam. Er ahnte allmählich, wohin die Fahrt ging. »Ist das nicht der Weg zum ehemaligen Internat?«

»Jo!«, rief ihm Oliver zu.

Jan fuhr an seine Seite. »Aber da war doch bis vor Kurzem noch die Polizei? Darf er da überhaupt rein?«

»Keine Ahnung, wie er das gelöst hat. Aber das Haus ist so abgelegen, das kriegt doch niemand mit. Und, hey, nach der Sache am Dienstag ist das definitiv die angesagteste Location überhaupt hier auf der Insel. Die werden dich da wie einen Star feiern.«

»Ehrlich, wir bleiben auch nicht lange.« Lisa ließ sich zu ihm zurückfallen und musterte ihn mitfühlend. »Oder musst du noch an die Tote da unten denken?«

Jan wich ihrem Blick aus, während er in die Pedale trat. »Aber wirklich nur ein Stündchen, ja? Wir bekommen riesigen Ärger, wenn wir uns da schon wieder erwischen lassen.«

»Versprochen!« Lisa lächelte, während ihr der Fahrtwind ins Gesicht blies.

Bald kamen zwischen den Feldern die Gebäude des alten Internats in Sicht. Schon aus der Ferne konnte Jan die flackernden Lichter von Wachsfackeln ausmachen, und kurz darauf hörten sie die verzerrten Klänge von E-Gitarren. Offenbar spielte da vorn die Band, die Patrick angekündigt hatte.

Jan, Oliver und Lisa fuhren mit ihren Rädern auf den Vorplatz, der zu Jans Überraschung von zahlreichen Jugendlichen bevölkert wurde. Ein gutes Dutzend von ihnen johlte der Band zu und versuchte sich am Headbanging, andere rauchten, lachten und tranken Bier.

Patrick war nicht so dumm gewesen, wieder in eines der Gebäude einzusteigen, stattdessen hatte er den Vorplatz und den benachbarten Fahrradschuppen komplett in Beschlag genommen. Dort heizte eine aus vier Mann bestehende Punkband der versammelten Truppe mit harten Klängen ein. Daneben stand eine Pyramide aus Bierkisten, die von älteren Jugendlichen umringt wurde, und auf einem ausgezogenen Tapeziertisch vor dem Eingang zum Hauptgebäude standen Plastikschüsseln mit Salaten, die ziemlich geplündert wirkten. Sogar einen Grill hatte Patrick organisiert, auf dem ein Typ mit heller Fransenjacke Bratwürste hin und her drehte. Einige ihrer Schulkameraden begrüßten die drei, doch die meisten Gäste hatte Jan noch nie gesehen. Er fragte er sich, wann die Party begonnen hatte, denn viele von ihnen wirkten schon reichlich betrunken; ein Typ mit grauem Norwegerpulli pinkelte ohne erkennbare Scham gegen den alten Fahnenmast.

»Hey, cool, dass ihr gekommen seid!«

Aus dem Pulk der Tanzenden löste sich Patrick. Er kam ihnen hopsend entgegen, und Jan sah ihm an, dass auch er schon ordentlich getankt hatte. »Und, habe ich zu viel versprochen? Nachher haue ich selbst noch in die Saiten.«

Er grinste Lisa mit gerötetem Gesicht an.

»Ich hoffe, du hast das hier einigermaßen unter Kontrolle?«, meinte Jan zweifelnd.

»He, stell dich nicht so an. Nehmt euch ein Bier und schnappt euch was zu Essen, bevor alles weg ist.«

Zwei angetrunkene Mädchen zogen ihn zurück zu den Tanzenden, und Jan, Oliver und Lisa warfen sich skeptische Blicke zu.

»Okay«, meinte Oliver. »Holen wir uns was zu Essen.«

»Und wir bleiben wirklich nur ein Stündchen, okay?«, forderte Jan mit Nachdruck.

»Ich glaube kaum, dass ich hier länger bleiben will«, meinte Lisa. Zu Jans Freude spielte sie nachdenklich mit dem bunten

Tauende, das er ihr gestern erst geschenkt hatte. Sie benutzte den Schlüsselbund tatsächlich. Währenddessen sah sie unangenehm berührt dabei zu, wie sich zwei ältere Typen weiter hinten auf dem Platz körperlich angingen, bis sie von einem Dritten getrennt wurden.

Sie lehnten ihre Fahrräder gegen zahlreiche andere Drahtesel an der Außenwand des Hauptgebäudes und mischten sich unters Volk. Im offenen Schuppen dröhnten die E-Gitarren, und Jan stellte fest, dass die Gruppe echt schlecht war.

»Wenn ihr hier wartet, hole ich uns eine Bratwurst«, schlug er vor.

Lisa nickte, während ihr Bruder zu den Bierkisten blickte. »Okay, dann besorgen wir in der Zwischenzeit was zu trinken.«

»Mir reicht eine Cola«, meinte Jan, als er sich in Bewegung setzte.

Er ging hinüber zu dem Grill und blickte sich zu dem Treiben auf dem Platz hinter ihm um, wo soeben zwei ältere Jugendliche auf ihren Mopeds eintrafen. Patrick begrüßte auch sie, doch die beiden beachteten ihn kaum. Stattdessen schwenkten die Neuankömmlinge mitgebrachte Flaschen mit Hochprozentigem und wandten sich ihren Altersgenossen zu. Jan bezweifelte, dass Patrick die Typen mehr als nur vom Sehen kannte.

Und aus irgendeinem Grund fühlte er sich beobachtet.

Er sah sich argwöhnisch um und beobachtete, wie Patrick zwischen den Tanzenden zu Boden stürzte. Ihr Gastgeber lachte angetrunken, kam wieder auf die Beine und tanzte tapfer weiter.

Jan empfand bei seinem Anblick Mitleid.

Endlich erhielt er einige Bratwürste und kämpfte sich durch das ausgelassene Treiben zu den Fahrrädern zurück. Dort wartete bereits Oliver mit einer Flasche Bier und zwei Bechern Cola auf ihn.

»Hast du Lisa gesehen?«, fragte er Jan.

»Nee, ich dachte, die wäre bei dir?«

»Nein, die wollte hier warten.«

Suchend sahen sich die beiden Freunde nach dem Mädchen um, doch sie fanden sie nicht.

»Wo ist sie hin?«, rätselte Oliver.

»Keine Ahnung.« Jan stellte sich auf die Zehenspitzen und versuchte, die Schar der Gäste zu überblicken. »Die ist doch nicht einfach wieder weggefahren, oder?«

»Nee, warum sollte sie? Außerdem ist ihr Fahrrad ja noch da«, sagte Oliver und zuckte mit den Schultern. »Wahrscheinlich hat sie bloß ein paar Freundinnen getroffen. Oder sie musste mal.«

Er langte nach einer Wurst und biss hinein. »Aber ich bin mal nicht so«, sprach er kauend, »und gebe ihr fünf Minuten, bevor ich auch ihre Wurst esse.«

Jan griff schmunzelnd nach seiner eigenen Bratwurst, als er nur wenige Schritte von den Fahrrädern entfernt an der Hausecke ein auffällig buntes Taustück erblickte.

Der Schlüsselbund, den er Lisa geschenkt hatte.

Hatte sie den hier verloren? Jan legte die Wurst auf den Pappteller zurück und hob den Schlüsselbund misstrauisch auf. Unwillkürlich dachte er an seine Begegnung von letzter Nacht zurück – und machte sich plötzlich Sorgen. Lisa war die Einzige unter ihnen, die ihr Handy noch besaß.

»Oliver, lass uns nach Lisa suchen. Ich glaube, hier stimmt etwas nicht!«

»Wieso?« Oliver hielt im Kauen inne. »Was hast du?«

»Ich hab euch doch erzählt, was gestern passiert ist. Die geklauten Handys. Was, wenn der Einbrecher jetzt hinter Lisa her ist?«

»Du meinst, der ist hier?« Oliver wurde sichtlich blass und sah sich hektisch um.

Auch Oliver legte seine Bratwurst beiseite, dann teilten sie sich auf und mischten sich unter die Feierwütigen. Die Band legte jetzt erst richtig los, und auf dem Vorplatz mischten sich immer mehr Gäste unter die Tanzenden. Jan wurde im Gedränge hin- und hergeschubst, doch wo er auch suchte und wen er auch fragte, niemand hatte Lisa gesehen.

Es dauerte nicht lange, und die beiden Jungen trafen bei den Fahrrädern wieder aufeinander. »Und?«

»Siehst du sie hier etwa?«, antwortete Oliver gereizt. »Ich habe keine Ahnung, wo sie hin ist.«

Jan sah sich noch einmal an der Stelle um, wo er den auffälligen Schlüsselbund entdeckt hatte, und bemerkte keine zwei Schritte weiter eine verkrautete Gartenpforte. Offenbar führte von dort aus ein kleiner Pfad hinter das Gebäude.

Jan winkte seinen Kumpel heran, öffnete das Türchen und beide huschten an der Seitenfront des ehemaligen Internats entlang bis zur Rückseite des Hauses in einen verwilderten Garten, der von wuchernden Büschen und unbeschnittenen Bäumen gesäumt wurde. Die Musik auf dem Vorplatz drang nur gedämpft zu ihnen, und die Lichtverhältnisse gestatteten ihnen kaum noch etwas zu sehen. Allein das Licht einer Fackel weiter vorn drang durch das Zweiggewirr bis in den Garten.

»Lisa!« Olivers besorgter Ruf drang durch die Dunkelheit, während er auf die verkrautete Rasenfläche trat. »Bist du hier?«

Jan sah den Schatten jenseits der Hausecke, doch die Warnung an seinen Freund ging in dem Schlag unter, der Oliver jäh an Kopf und Schulter traf.

Er sackte stöhnend zu Boden, und Jan versuchte noch wegzuspringen, doch nur einen Augenblick später wurde auch er schmerzhaft von einer Art Knüppel getroffen. Erst an der Schulter, was ihn bis zur Hauswand zurücktrieb, dann wurden ihm die Beine weggesichelt.

Schwer stürzte auch er auf den Untergrund und sah, wie eine dunkle Gestalt vor ihm einen langen Ast fallen ließ. Panisch versuchte er wegzurobben, doch im nächsten Moment packte ihn die Gestalt am Kragen und presste ihm einen spitzen, metallischen Gegenstand an den Hals. Ein Schraubenzieher?

»Nur ein Laut, Junge«, zischte eine hohe Stimme, »und das war deine letzte Regung.«

Schreien würde bei dem Lärm auf dem Vorplatz nichts helfen. Jan starrte die dunkle Gestalt an und sah im Zwielicht, dass diese sich eine Motorradmaske übergestreift hatte. Gott, sie waren so dumm gewesen.

»Bitte«, keuchte er, während er hinüber zu Oliver blickte, der reglos am Boden lag. »Tun Sie uns nichts.«

Ungehalten wurde er auf die Beine gezerrt, ohne dass der Druck der Metallspitze auch nur einen Moment lang von seinem Hals wich. »Ihr sucht das Mädchen also ebenfalls?«, wisperte die Stimme.

Jan war sich nun sicher, dass es sich um eine Frau handelte.

Er nickte und hoffte verzweifelt, dass Oliver bloß bewusstlos war. »Ja, wir …«

»Schnauze!« Die Unbekannte packte ihn an den Haaren und riss seinen Kopf zurück, sodass sein Hals bloß lag. »Dann ruf sie. Das Miststück hält sich hier irgendwo versteckt. Weigere dich, und ich steche dich ab wie ein quiekendes Schwein.«

»Na los.« Jan zitterte am ganzen Leib. »Aber ich werde sie garantiert nicht rufen.«

Die Unbekannte stieß einen kaum hörbaren Fluch aus und drehte sich mit ihm grob in die Richtung des Gartens. »Zeig dich endlich, Mädchen, oder ich steche deinen Freund ab. Und danach deinen Bruder. Ich gebe dir genau drei Sekunden Zeit! Ab jetzt …«

Schräg gegenüber, hinter dem Stamm einer Kastanie mit ausladenenden Zweigen, trat eine schlanke Gestalt ins Dämmerlicht. Lisa.

»Nicht!«, rief sie mit Blick auf Jan und ihren Bruder. »Hören Sie auf. Wir tun alles, was Sie wollen. *Ich* tue alles, was Sie wollen.«

»Geht doch«, höhnte die Unbekannte. »Dein Handy. Rüber damit.«

»Ich hab es nicht. Es ist zur Reparatur.«

»Es ist … was?!« Die Unbekannte schien ihre Contenance zu verlieren. »Du verarschst mich doch?« Der Druck des spitzen Gegenstandes an Jans Hals verstärkte sich und er ächzte.

»Nein, ich schwöre es Ihnen«, wisperte Lisa. »Seit gestern. Sie können mich gern durchsuchen. Ich habe es wirklich nicht.«

»Scheiße.« Die Frau war von der Situation offenbar überrascht. »Wo ist es?«

»Ich … ich glaube bei Elektronik Müller. Das ist ein Laden in Husum. Dort haben meine Eltern das Handy auch gekauft.«

»Bitte, Sie sehen doch, dass wir Ihnen nicht weiterhelfen können«, krächzte Jan. »Lassen Sie uns gehen. Wir sagen auch nichts.«

»Nein, das geht nicht. Nicht mehr.« Die Stimme der Unbekannten klang jetzt leicht gehetzt. Trotz der Maske merkte Jan ihr an, wie sie nach einem Ausweg suchte. »Natürlich werdet ihr eure Mäuler *nicht* halten. Und ich will nicht, dass deine Mutter erfährt, was ich suche. Jedenfalls nicht, bis ich das Gerät in meinem Besitz habe.«

Der Frau war also bewusst, wer er war?

Jan dachte kurz darüber nach, ob es klug wäre, ihr zu erzählen, dass seine Mutter längst Bescheid wusste, doch er verwarf die Idee rasch wieder. Er wusste nicht, wie die Frau darauf reagieren würde, denn sie erweckte den Eindruck, als habe sie die Situation nicht unter Kontrolle. Er wollte sie nicht provozieren.

Unvermittelt lachte die Frau, als habe sie soeben einen neuen Plan gefasst. »Na gut. Dann muss ich euch eben so lange verschwinden lassen, bis ich das verdammte Mobiltelefon in meinem Besitz habe.«

Sie bedeutete Lisa mit einem Kopfnicken, zu ihnen zu treten. »Los, komm her. Wird's bald.«

Zögernd näherte sich ihnen das Mädchen.

Als Lisa in Griffweite war, stieß die Frau Jan zurück gegen die Hauswand, packte nun sie und drückte ihr stattdessen den Schraubenzieher an den Hals. »Los, sieh nach, wie es deinem Freund geht«, herrschte sie Jan an.

Der stürzte trotz seiner Schmerzen hinüber zu Oliver und untersuchte ihn hektisch. Sein Freund rührte sich nicht, doch Jan spürte das Pochen der Halsschlagader. »Ich glaube, er ist bewusstlos.«

»Gut für ihn«, presste ihre Peinigerin hervor. »Schlepp ihn rüber zu dem Kellereingang.« Sie nickte in Richtung einer düsteren Kellerflucht, gute vier Meter entfernt, die Jan erst jetzt entdeckte.

Was hatte die Frau vor?

Jan packte Oliver unter den Schultern und betete, dass noch jemand den Garten betrat. Irgendein Typ, der sich erleichtern wollte. Oder vielleicht ein Liebespaar. Doch es kam niemand.

Sein Freund war schwerer als gedacht. Lisa schluchzte leise, während die Frau sie voranstieß. Augenblicke später tauchten vor ihm Stufen auf.

»Hier.« Sie warf ihm einen alten Schlüssel hin. »Aufmachen. Und dann runter mit dir und deinem Freund.«

Jan schaute in Lisas verheultes Gesicht, ergriff den Schlüssel, stapfte die Stufen nach unten und suchte zitternd nach dem Schloss. Er fand es und drückte die Tür auf. Sie schrammte leicht über den Boden, und ihm schlug jene muffige Kellerluft entgegen, die er bereits von ihrem letzten Aufenthalt in dem Gebäude kannte.

Er überlegte, einfach loszurennen, sich einen Weg durch das Gebäude zu suchen, um Hilfe zu holen – verwarf den Gedanken aber sogleich wieder und schleifte Oliver mit sich nach unten. Die Maskierte folgte ihm, Lisa weiterhin dicht an sich gepresst.

»Was … wollen wir hier unten?«, fragte Jan, während er Oliver einen alten Gang entlangzog.

»Das werdet ihr gleich sehen«, höhnte die Frau, während sie eine kleine Taschenlampe anknipste, die neben der Eingangstür gehangen hatte.

Jan dämmerte, was sie meinte, als im Licht ihrer Taschenlampe ein Wanddurchbruch in Sicht kam. Dahinter erkannte er den Kellerraum mit der Zisterne. Die Polizei hatte dafür gesorgt, dass der Brunnen jetzt von einer neuen, deutlich solideren Holzverschalung abgedeckt wurde. Sie war mit einem Schnappriegel gesichert.

»Sie wollen uns in den Zisternentank werfen?«, keuchte Jan.

»Keine Angst, Junge«, zischte die Maskierte. »Ich habe nicht vor, euch umzubringen. Jedenfalls nicht, solange ihr mir dafür keinen Grund liefert. Die Polizei hat das Wasser abgepumpt und ihr dürft selbst reinklettern.« Sie drängte mit Lisa im Griff an ihm vorbei, die ihm einen verzweifelten Blick zuwarf, und klappte den Deckel hoch. »Ihr werdet so lange im Tank bleiben, bis ich mir in Husum das Handy deiner Freundin besorgt habe. Und ich will für euch hoffen, dass mich die Kleine nicht angelogen hat. Sobald ich es habe, gebe ich euren Eltern einen Tipp, wo sie euch finden.« Drohend presste sie Lisa den Schraubenzieher gegen den Hals, wo die Metallspitze bereits eine blutige Schramme hinterlassen hatte. Doch Lisa blieb stumm. »Und jetzt … rein da mit euch!«

*

Gesa sah sich hastig auf der Wiese um das lichterloh brennende Biikefeuer um, doch sie konnte die Jugendlichen zwischen den vielen Schaulustigen nicht ausmachen. Auch Wilharm und Schultze, die sich zwischen den Besuchern des Festes hindurchdrängten, hatten offenbar keinen Erfolg bei ihrer Suche. Wilharm kehrte zu ihr zurück und schüttelte den Kopf.

»Nirgendwo eine Spur von ihnen«, meinte der Hauptkommissar. »Und wenn Sie falschliegen?«

»Ich bin mir sicher, dass Renate Ott nach Lisa sucht«, meinte Gesa besorgt. »Ihr Handy fehlt ihr noch, und sie kann nicht wissen, dass es zur Reparatur auf dem Festland ist. Nur begreife ich nicht, wo mein Sohn und seine Freunde hin sind.«

»Frau Harms!« Oberkommissar Schultze kam winkend zu ihnen gelaufen. »Ich hab eben mal bei dem Geschwisterpaar zu Hause angerufen. Ihre Eltern meinten, die beiden könnten auch bei einer Geburtstagsparty sein. Bei dem Feiernden handelt es sich um diesen Patrick Jacobs, der Sohn von Sönke Jacobs.«

»Ach Gott, natürlich.« Gesa war verärgert. »Und ich habe Jan noch gesagt, dass ich nicht will, dass er da hingeht. Lassen Sie uns dort rasch nach dem Rechten sehen. Die Jacobs wohnen ja nicht weit von hier entfernt.«

»Da sind sie aber nicht.« Schultze schüttelte bedauernd den Kopf. »Ich habe da gleich angerufen, es ging aber keiner dran, deshalb habe ich es bei einem der Nachbarn versucht, die ich gestern befragt hatte. Und der sagte mir, dass Haus und Grundstück verwaist seien. Wenn der Junge also feiert, dann woanders.«

»Verdammt.« Gesa sah sich um und entdeckte in der Dunkelheit eine kleine Gruppe älterer Schüler, die das Biikefeuer verließ – obwohl das Feuer noch lange nicht abgebrannt war. Sie sah genauer hin und glaubte, unter ihnen ein bekanntes Gesicht ausmachen zu können. Wenn sie sich nicht irrte, war das einer von Jans Schulkameraden.

»Warten Sie mal.« Sie eilte an den anderen Besuchern vorbei und erwischte die kleine Gruppe, bevor sie auf ihre Fahrräder stieg.

»Hey, ihr. Wartet mal.« Gesa trat an ihre Seite. »Sagt mal, kennt ihr zufällig einen Patrick Jacobs?«

Die drei sahen sich an, und Jans Schulkamerad nickte. »Klar. Wer kennt den nicht? Wir wollen gerade zu seiner Party.«

Also doch. »Könnt ihr mir sagen, wo die stattfindet?«

»Na da, wo sie neulich die Tote gefunden haben«, meinte einer der anderen Jugendlichen grinsend.

Ausgerechnet. Gesa war froh, dass sie keine Polizeiuniform trug und der Junge sie nicht erkannte. Andernfalls wäre die Antwort vermutlich nicht so freizügig ausgefallen. »Gut, danke.«

Sie winkte ihren Kollegen zu und lief zum Streifenwagen, den Schultze nahe der Wiese mit dem Biikefeuer geparkt hatte.

»Die Jugendlichen sind beim ehemaligen Internat«, sagte sie und nahm Schultze kurzerhand die Autoschlüssel ab, als dieser auf der Fahrerseite einsteigen wollte. »Und diesmal fahre ich. Ich will dort nämlich nicht erst morgen ankommen.«

Empört sah sie ihr schnauzbärtiger Kollege an, und Wilharm versetzte ihm gleich den nächsten Dämpfer. »Sie bleiben überhaupt besser hier, Schultze.«

»Warum das denn?«

»Weil nicht sicher ist, ob auch die Ott weiß, wo die Jugendlichen sind. Gut möglich, dass sie hier noch auftaucht, und falls sie das tut, dann nehmen Sie sie fest.« Er ließ den enttäuschten Beamten neben dem Wagen stehen.

Gesa fuhr hart an, querte viel zu schnell den Straßenzug Westertilli und lenkte den Wagen hinter den Häusern kurzerhand auf einen Feldweg, um die direkte Route zum einstigen Internat einzuschlagen.

»Sie könnten das Martinshorn einschalten«, schlug Wilharm vor.

»Nein, wir sollten dahinten besser keinen vorwarnen«, erwiderte Gesa.

Wilharm hielt sich an der Beifahrertür fest, da der Streifenwagen auf dem unebenen Feldweg ordentlich durchgeschüttelt wurde, doch er protestierte nicht. Sie überholten zwei Jugendliche auf Fahrrädern, die ihnen erstaunt nachblickten, und erkannten vor sich bald darauf die von hohen Kastanien umstandenen Gebäude des ehemaligen Internats. Schon von Ferne war zu sehen, dass dort ordentlich etwas los war. Fast so, als hätten die Jugendlichen der Insel unisono beschlossen, an diesem Ort heute ihre Privatfeier abzuhalten.

Als sie mit dem Streifenwagen vor der Hauptzufahrt der Gebäudegruppe hielt, blickte Gesa in zahlreiche missmutige Gesichter. Die Polizisten verließen das Fahrzeug, und ihnen dröhnte der Lärm einer Punkband entgegen. Es roch nach Alkohol und Grillgut, auf dem Vorplatz wurde ausgelassen getanzt, und weiter hinten wurde ein junges Mädchen von ihrem Freund gestützt, während diese sich in einen Busch erbrach.

Einige der Jugendlichen liefen zu der Gruppe der Tänzer und zogen besorgt Patrick hervor, der ihnen angetrunken entgegengrinste.

Gesa eilte sofort zu ihm. »Patrick, wo sind Jan, Oliver und Lisa?«

»Dann … kommen Sie nicht, um die Party hier abzublasen?« Mit einer ungelenken Bewegung deutete er zu den anderen Feiernden, von denen viele noch gar nicht bemerkt hatten, dass zwischenzeitlich die Polizei eingetroffen war. »Wir sind bloß hier auf dem Vorplatz. Da können Sie nichts gegen sagen.«

»Deine kleine Party interessiert mich nicht die Bohne«, fuhr sie den Jungen an. »Also, wo sind Jan, Oliver und Lisa?«

Patrick blinzelte und deutete hinüber zum Hauptgebäude. »Die waren vorhin noch da drüben bei den Fahrrädern.«

Gesa winkte ihrem Kollegen zu und marschierte zu dem Haufen Fahrräder, der an der Wand des Gebäudes lehnte. Das Fahrrad ihres Sohns identifizierte sie sofort, ihn selbst erspähte sie jedoch nicht. Stattdesssen sah sie, dass wenige Meter weiter, im Schatten der Hausecke, eine Gartenpforte offen stand. Offenbar ging es von dort aus in den verwilderten Garten hinter dem Haupthaus.

Einer Eingebung folgend trat Gesa durch die Pforte, marschierte suchend am Gebäude entlang und entdeckte unmittelbar hinter dem Haus niedergedrücktes Gras. Davon abgesehen war der verwilderte Garten leer. Sie wollte bereits umkehren, als sie ein Objekt entdeckte, das sie kannte: Ein buntes Taustück. Alarmiert hob sie es auf. Es hatte Peter gehört, doch seit seinem Tod hütete Jan den Schlüsselanhänger wie seinen Augapfel.

Wilharm holte sie ein, und sie hielt ihm das bunte Tauende besorgt hin. »Der hier gehört Jan. Er muss hier gewesen sein.«

Wilharm verengte die Augen und zückte eine Taschenlampe, deren Lichtkegel er über Bäume und Buschwerk wandern ließ. »Sehen Sie mal.«

Er beleuchtete weitere platt gedrückte Stellen im Gras. Gesa erwog, dass sich hier ein paar Jugendliche im Gras gewälzt hatten, doch die Muster erinnerten sie eher an eine Schleifspur, die sich an der hinteren Gebäudefront entlang bis zu einem Kellereinstieg erstreckte. Das musste der Hintereingang des Hauses sein, von dem die Kollegen des Öfteren gesprochen hatten.

Wilharm zog seine Pistole, und gemeinsam folgten sie der Spur, bis sie die Stufen nach unten blicken konnten. Sie endeten wie erwartet an einer alten Kellertür, die ebenfalls halb offen stand.

Die Polizisten warfen sich alarmierte Blicke zu, und Wilharm schritt an Gesa vorbei, um sich mit der Mündung voran nach unten zu tasten.

Gesa spürte ihren Herzschlag. Wenn Jan noch etwas passierte, würde sie nicht mehr glücklich werden. Jetzt bereute sie es, dass ihre eigene Polizeiausrüstung im Revier lag.

Wilharm folgend schlich sie ins Dunkle und sah weiter hinten im Keller Lichtreflexe über die Wände huschen. Lag dort nicht das Gewölbe mit der Zisterne? Plötzlich war die ängstliche Stimme ihres Sohns zu hören.

»Bitte, ich kann Oliver doch nicht einfach fallen lassen. Was, wenn er sich beim Aufschlag etwas bricht?«

»Rein mit ihm, oder ich schmeiß ihn selbst runter!«, kam es wütend zurück.

Wilharm duckte sich, machte einige rasche Schritte nach vorn und blieb vor einem Wanddurchbruch stehen.

»Hände hoch, Frau Ott. Wir wissen, dass Sie das sind.« Wilharm entsicherte die Waffe und zielte auf sie. »Und lassen Sie das Mädchen los.«

Gesa trat aufgeschreckt an die Seite ihres Kollegen und sah entsetzt, dass ihr Sohn auf dem Rand des geöffneten Zisternentanks balancierte. Der erschlaffte Junge in seinen Armen wirkte leblos, wie tot.

Renate Ott hingegen trug eine Motorradmaske und hielt Lisa gepackt, die sie mit einem Schraubenzieher bedrohte. Statt dem Befehl Wilharms Folge zu leisten, verstärkte sie den Griff um ihre Geisel. Das Mädchen wimmerte.

»Verschwinden Sie!«, presste Renate Ott hervor. »Hauen Sie einfach ab!«

»Frau Ott«, versuchte es Gesa in beschwichtigendem Tonfall. »Das bringt doch nichts.«

»Ich sagte, Sie sollen mich in Ruhe lassen!«, keifte die Frau und drückte den Schraubenzieher stärker gegen Lisas Hals. Dort war Blut zu sehen.

»Bitte, Sie tun mir weh.« Das Mädchen klang furchtsam.

Renate Ott beachtete sie nicht. Ihre Bewegungen wurden fahrig.

»Noch einmal«, sagte Wilharm drohend. »Weg mit dem Schraubenzieher – und dann an die Wand!«

»Nein«, bellte ihn die Ott an. »Sie tun jetzt das, was ich Ihnen sage! Lassen Sie Ihre Waffe fallen und werfen Sie sie mir rüber. Wenn Sie das nicht tun, dann garantiere ich für gar nichts.«

»Und wie wollen Sie von der Insel runterkommen?«, fragte Gesa betont ruhig. Es war klar, dass die Frau von der Situation völlig überfordert war. »Wir wissen von Ihnen und Ihrem Bruder. Es gibt keinen Ort, an den Sie gehen können.«

»Sie wissen …? Das werden wir ja noch sehen!«, geiferte Renate Ott und zerrte den Kopf ihrer Geisel nun derart weit zurück, dass Lisas Kehle bloßlag. »Wenn Sie schon alles wissen, dann wissen Sie auch, dass ich nicht bluffe. Also, runter mit der Waffe. Runter, oder ich stech das Mädchen ab!«

»Nein, nicht!«, gellte Jans panische Stimme durch den Keller. »Bitte, wenn Sie wollen … dann steige ich hinab. Und Sie schicken Lisa hinterher. Nur, bitte, tun sie ihr nichts.«

Gesa konnte sehen, wie Lisa ihrem Sohn einen verzweifelten Blick zuwarf.

Wilharm versuchte derweil zu deeskalieren. »Okay, okay. Ich lege die Waffe weg.« Beschwichtigend hob er die linke Hand, legte die Pistole mit der Rechten auf den Boden. »Sagen Sie uns, was Sie wollen.«

»Das … erfahren Sie schon noch.« Gehetzt zerrte Renate Ott das Mädchen in Wilharms Richtung, schleuderte sie ihm entgegen und packte die Waffe, während er Lisa auffing und hinter sich schob. Die Pistole richtete sie auf Jan.

Sie zog sich die Maske vom Kopf, und zum Vorschein kamen die verzerrten Gesichtszüge einer Frau, die nichts mehr zu verlieren hatte. »Komm her, Junge. Vermutlich bist du deiner Mutter eh mehr wert als deine Freunde.«

Lisa schluchzte, während Jan Oliver auf den Kellerboden gleiten ließ und hilflos Renate Otts Anweisung folgte. Die Frau packte ihn, kaum dass er vor ihr stand, und setzte ihm die Mündung der Pistole an die Schläfe.

Gesa wurde vor Angst ganz schlecht. »Begreifen Sie denn nicht?«, sprach sie heiser. »Es ist aus. Sie kommen hier nicht weg.«

»Ich will ein Boot«, herrschte Renate Ott sie an. Ihr war die blanke Verzweiflung anzusehen, während sie improvisierte. »Und Geld. Verstanden? Außerdem … ich muss nachdenken. Außerdem will ich, dass Sie …«

»Bitte, hör auf damit, Renate!«

Verdutzt fuhr Gesa herum, denn hinter ihr betrat unvermittelt Nils Ott das Gewölbe. Ihm folgten in geringem Abstand Inge und Arne.

Wo kamen die so plötzlich her?

Nils Ott blickte seine Frau voller Kummer an. Deren Gesichtszüge erstarrten bei seinem Anblick, dann pressten sich ihre Lippen aufeinander und ihre Schultern begannen zu beben.

»Mach es nicht noch schlimmer, Renate. Bitte!« Er breitete seine Arme aus und ging Schritt für Schritt auf sie zu.

»Du … weißt es?« Renate Otts Stimme klang höher als zuvor.

»Ja. Ich weiß es.« Er wirkte gramerfüllt. »Aber der Junge kann nichts dafür. Das ist dir doch klar.«

»Ich … ich hab das alles bloß für uns getan.« Renate Ott wimmerte, und die Waffe in ihrer Hand zitterte. »Nur für uns. Und unser … Glück.«

»Ich weiß, Schatz. Ich weiß.« Nils Ott trat behutsam vor sie und drückte ihre Hand mit der Waffe sanft nach unten. »Niemand wird uns die vielen glücklichen Jahre nehmen können. Aber jetzt … lass gut sein. Lass den Jungen frei.«

Renate Ott heulte wie ein gepeinigtes Tier auf, zitterte am ganzen Körper und ließ Jan los, der sofort machte, dass er wegkam. Dann brach sie in den Armen ihres Mannes zusammen. Auch er ging in die Knie, und die beiden umklammerten sich wie Ertrinkende. Eine Weile war das hemmungslose Schluchzen der beiden lauter als die gedämpfte Partymusik vor dem Gebäude.

Wilharm ging zu den beiden, sammelte seine Pistole auf, sicherte sie und verstaute sie im Halfter. Anschließend zückte er Kabelbinder und fesselte Renate Ott die Arme auf dem Rücken.

Widerstandslos ließ sie sich festnehmen.

Gebrochen und mit leerem Blick schritt sie an ihnen vorbei, als Wilharm sie abführte.

Inge eilte zu Nils Ott, der stumm neben der Zisterne hockte. Tröstend legte sie ihm eine Hand auf die Schulter.

Gesa wollte sich Jan zuwenden, doch um den kümmerte sich bereits eine andere.

Lisa und er hielten sich im Arm und Jan strich dem Mädchen beruhigend über das Haar. Oliver kam langsam zu sich und sah sich benommen um. Arne kniete neben ihm, doch schien der Junge außer einer kräftigen Beule keine ernsthaften Verletzungen erlitten zu haben.

Besorgt sah der Journalist zu ihr auf. »Bei dir alles in Ordnung?«

»Ja, alles in Ordnung«, antwortete Gesa. »Woher wusstet ihr, dass wir hier sind?«

»Wussten wir nicht. Nils Ott bemerkte, dass die Schlüssel für das alte Internat fehlten. Und da ihr schon beim Biikefeuer wart, sind wir vorsichtshalber hierher gefahren und einmal rund ums

Haus gegangen, um nachzusehen.« Er machte Inge Platz, die sich nun um den Jungen kümmerte. »Zum Glück ist ja alles gut gegangen.«

»Ja.« Gesa sah traurig hinüber zu Nils Ott, der weinend den Rand der Zisterne berühte. »Nur freuen kann ich mich nicht, denn heute hat es mehr Verlierer als Gewinner gegeben.«

Februarsonne

»Du weißt, dass Freese von seinem Amt zurückgetreten ist?«, fragte Arne.

»Ja, ich habe es heute Morgen erfahren«, antwortete Gesa. »Angeblich aus gesundheitlichen Gründen.«

Sie beide spazierten Hand in Hand den Deich entlang und ein Jogger kam ihnen entgegen, der sie freundlich grüßte. Gesa grüßte ebenso freundlich zurück, und erstmals fühlte sie sich, als sei sie wirklich auf der Insel angekommen. Lächelnd reckte sie ihr Gesicht der Februarsonne entgegen. Ihre Strahlen kitzelten angenehm auf ihrer Haut. Über ihnen krächzten die Möwen, und wäre der kalte Wind nicht gewesen, der vom Meer heranwehte, sie hätte angesichts des strahlend blauen Himmels glauben können, der Frühling hätte bereits Einzug auf Pellworm gehalten.

»Aus gesundheitlichen Gründen also?«, meinte Arne nicht ohne Häme. »Na ja, ihm wird es tatsächlich bald schlecht gehen, denn mein Artikel erscheint übermorgen. Und dann werden er und diese Immobilienfirma einige unangenehme Fragen zu beantworten haben.«

»Ob das reichen wird?«, fragte Gesa. »Du weißt ja, Typen wie er sind Stehaufmännchen. Er wird alles abstreiten.«

»Wir werden sehen«, sagte Arne, der sich einige Strähnen seines halblangen Haars aus dem Gesicht strich.

Gesa liebte diesen Anblick.

»Bei alledem«, fuhr er fort, »frage ich mich, ob Hauptkommissar Wilharm davon gewusst hat oder nicht. Wirklich zugegeben hat er dir gegenüber ja nichts.«

»Gut möglich, dass ihn Freese erst hier auf Pellworm in die Sache eingeweiht hat«, sagte Gesa. »Als ich Wilharm damit konfrontierte, war er sich der Verstrickungen bestimmt bewusst. Immerhin war er besser als Schultze und ich darüber informiert, womit Wiebke Ehlers zuletzt beruflich beschäftigt war. Ich halte Wilharm trotzdem nicht für krumm. Vielleicht war er in der Sache bloß ebenso befangen wie ich mit Inge. Und da er sich am Ende durchaus vernünftig verhalten hat, verzeihe ich ihm das.«

»Nur, dass Inge im Gegensatz zu Freese komplett unschuldig war«, korrigierte Arne sie.

Gesa lächelte schief. »Und dein Buch über die Inselbräuche? Schreibst du das noch?«

»Sicher, Pellworm hat mir ja genug Material geliefert.« Er grinste. »Ich muss dafür auch noch auf den anderen Inseln recherchieren, nur befürchte ich, dass dort nicht so hübsche Polizistinnen Dienst schieben.«

»Wehe dir! Recherchen dieser Art sind dir künftig ausschließlich hier gestattet«, sagte Gesa mit erhobenem Zeigefinger.

Arne lachte und zog sie an sich.

»Ach ja, bevor ich es vergesse«, meinte sie, »die Knochen von Astrid Lührs haben wir inzwischen ebenfalls gefunden. Renate Ott hatte sie im Garten hinter ihrem Haus vergraben.«

»Und Nils Ott?«

»Inge berichtete mir, dass er von der Insel wegziehen will. Er wird wohl alles verkaufen, um dann irgendwo neu zu beginnen.« Sie sah einer Möwe dabei zu, wie sich diese mit ausgebreiteten Flügeln vom Wind tragen ließ. »Die genauen Gründe für die Morde haben sich hier zwar noch nicht herumgesprochen, aber das wird ohne Zweifel eines Tages geschehen. Ob er das mit seiner Frau, also, mit seiner Schwester je verarbeitet, weiß ich nicht. Aber er will offenbar weg sein, bevor die Leute mit dem Finger auf ihn zeigen.«

»Verständlich.« Arne blickte nachdenklich auf das bewegte Meer hinaus. »Was für ein Drama. Hätten die beiden in Frankreich, in den Niederlanden oder in Portugal gelebt, wäre der Inzest nicht strafbar gewesen. Oder in China, in der Türkei, in Russland. Einvernehmlicher Beischlaf zwischen Verwandten ist dort überall juristisch nicht relevant.«

»Ernsthaft?« Erstaunt sah ihn Gesa an. »Aber drohen bei Inzest nicht Schäden für die Nachkommen?«

»Ja, die Chance liegt bei bestimmten Krankheiten tatsächlich höher«, sagte Arne. »Aber die Argumentation läuft wohl darauf hinaus, dass Erbkrankheiten wie Mukoviszidose auch bei nicht blutsverwandten Paaren auftreten. Und Menschen, die daran oder an anderen vererbbaren Krankheiten leiden, verweigerst du ja auch nicht ihr Recht auf sexuelle Selbstbestimmung. Missbrauch hingegen, nicht zuletzt von Schutzbefohlenen, wird in all diesen Ländern mittels entsprechender Strafparagraphen geahndet.«

»Mag sein, aber Nils Ott hatte nie die Möglichkeit, selbst eine Wahl zu treffen. Sie wurde ihm von seine Schwester abgenommen. Das war nicht nur selbstsüchtig, sondern auch skrupellos und letztendlich mörderisch. Die Frau hat viel Leid und Unglück über alle Beteiligten gebracht, und wer weiß: Vielleicht hat sie auch den Fährbeamten umgebracht, der damals ausgesagt hatte, Astrid noch auf dem Festland gesehen zu haben. Wir werden wohl nie erfahren, ob das bloß ein Wichtigtuer war, oder ob Renate Ott ihn irgendwie dazu brachte, in ihrem Sinne auszusagen.«

»Meintest du nicht, ihre Mutter hatte damals geerbt?«

Gesa zuckte unschlüssig mit den Schultern.

»Sieh mal.« Er deutete voraus.

Vor dem Deich entdeckten sie Jan und Lisa, die dort mit einem kleinen Hund herumtollten, den Lisa erst kürzlich von ihren Eltern geschenkt bekommen hatte, um sie das schreckliche Erlebnis vergessen zu lassen. Schon seit Tagen scharwenzelten die beiden Jugendlichen umeinander herum, und heute wirkten die beiden besonders ausgelassen. Sie lachten, liefen hintereinander her und Lisa kam plötzlich ins Stolpern. Jan stürzte neben sie.

Die beiden sahen sich an und küssten sich.

»Na endlich.« Arne grinste. »Besser wir schlagen die andere Richtung ein. Wenn Jan uns sieht, wird ihm das bloß peinlich sein.«

Gesa lächelte bei dem Anblick der beiden.

Sie dachte an den Abend, als Jan ohne Rücksicht auf sich selbst Lisa in der Gefahr beigestanden hatte – und damit vermutlich ihr Herz im Sturm eroberte.

»Glück und Leid«, sagte sie nachdenklich. »Beides liegt oft so dicht beieinander. Letztlich hängt wohl alles bloß von einer Frage ab.«

»Und die wäre?«

Sie sah ihn an. »Wie weit würdest du für deine Liebe gehen?«

Ende